시체가
너무 많다

시체가 너무 많다

박하루
지음

다소 당황스러운 탐정의 유별난 사건집

엘릭시르

차례

어느
공화주의자의
죽음

1

재건은 가면을 받아 들고 못마땅한 표정을 지었다. 먼저 쓰고 있던 가면 때문에 얼굴이 보이지는 않았지만.

“왜 하필 말이죠? 전 말을 안 좋아한단 말씀. 아, 말이라는 동물 자체는 좋아합니다. 크고 우람하고 눈이 초롱초롱한 친구죠. 하지만 이렇게 의인화한 말은 영 별로라고요. 꼭 인간 기준으로 뭔가 얄궂은 이미지를 덧씌운단 말이지.”

“하지만 오늘 모임의 콘셉트라서요. 협조를 해주시면 감사하겠습니다, 음탕마속 님.”

양의 가면을 쓰고 있는 사내가 말했다. 닉네임은 양웬리라고 했었지. 재건은 할 수 없이 쓰고 있던 제이슨 부히스 가면을 벗어버렸다. 서글서글한 재건의 얼굴이 드러나고 잠시 위로 흩날렸던 앞머리가 차분히 내려앉았다. 가면과 닉네임을 쓰는 익명의 모임이었지만 재건은 자기 얼굴이 드러나는 것을 거리끼지 않았다.

양웬리는 갈고닦은 눈썰미로 잠시 드러난 그의 얼굴에 맺힌 정보를 수집했다. 삼십 대 정도의 남자. 미간에 주름 없음. 허술하게 풀려 있는 눈빛. 가면으로 감출 수 없는 키는 약 180센티미터 중후반 정도. 단정하지 못하게 입은 와이셔츠 안쪽으로 제법 탄탄한 몸매가 차오른 것 같았지만, 넥타이도 없이 칼라의 단추가 풀려 블레이저 바깥으로 삐져나온 것이 영 눈에 거슬렸다.

재건은 앞머리를 쓸어 넘기더니 말의 두상을 딴 탈을 뒤집어썼다. 말하기도 불편하고 시야도 제약되는 가면이었다.

"들어가시죠. 다른 분들은 이미 와서 기다리고 있습니다."

재건은 정사각형 모양의 테이블에 둘러앉은 가면의 면면을 살펴보았다. 제각각 다른 동물들의 가면이었다. 제일 끄트머리에 두 자리가 비어 있으니 운영자이자 양웬리라는 닉네임을 쓰는 자와 나란히 앉으면 되겠다고 생각했다.

"회의를 시작하겠습니다. 회원 여러분은 자리에서 일어나 회원임을 증명하는 증표를 보여주세요."

증표. 독서 모임에 이런 것이 왜 필요한 건지는 몰라도 재건은 원래의 주인에게서 입수한 반지를 내밀었다. 정확히는 빼앗은 것이지만. 재건은 이 모임에 참가하기 위해 참가자 중 신상이 검색되는 자를 찾아가 곤란한 일을 만들어주고는 대신 자리에 나타났다. 지난 모임 사진에서 가면을 쓴 멤버들이 반지를 하나씩 끼고 있는 것을 발견한 날카로운 관찰력이 아니었다면 곤란해질 뻔했다.

재건은 기절한 '음탕마속'의 품을 뒤져서 반지를 찾아냈다. 바로 이 모임의 증표였다.

2

그러니까, 이 의뢰는 재건이 보기에 아주 하찮은 사건이었다. 의뢰인이 엄청난 의뢰비를 제안하지 않았더라면 틀림없이 거절했을 것이다.

의뢰인은 중년의 남성 사업가였지만 경제적으로 성공을 이루고 나서 소싯적 꿈이었던 소설 출판을 위해 1인 출판사를 차려낸 초보 소설가이기도 했다. 하지만 그가 소설가의 꿈을 꾸던 과거의 전망과는 달리 국가 경제가 월등히 발전한 지금도 사람들은 책을 읽지 않았고 이름도 들어본 적 없는 신인의 어설픈 데뷔작은 좀처럼 주목받기 어려웠다.

그러던 중 한 인터넷 독서 소모임에서 자신의 책으로 토론

회를 연다는 글을 보게 된 것이다. 출간한 지 반년이나 지난 시점에서 아무런 반향도 일으키지 못한 그 책을 선택한 이유를 먼저 생각해보는 것이 마땅했지만 그에게 그럴 만한 냉정함은 없었다. 그의 사업가 기질은 한순간에 다음과 같은 생각을 전개해나갔기 때문이다.

자신이 이 익명 모임에 참가한다. 그리고 자신의 언변과 가장 정당한 작품 해석으로 그 자리에 모인 독서가들의 감상을 바꿔놓는다. 그 뒤에 그들이 각자의 공간에서 오피셜한 리딩 포인트가 첨가된 감상을 전파한다면 책에 대한 여론도 개선될 것이다.

그의 머릿속엔 한순간 꽃밭이 펼쳐졌지만, 게시물을 클릭한 순간 꽃잎은 우수수 떨어지고 말았다. 이미 어제저녁에 모집이 마감되었기 때문이었다. 시간을 살펴보니 공지가 올라온 지 오 분 만이었다. 상식적인 사람이라면 자기 작품이 이렇게 인기 있을 리 없다고 생각하는 것이 우선이겠지만, 그에게는 미련이 가득했고 얼마 전 자신의 의뢰를 훌륭하게 완수한 사립 탐정을 떠올리고 말았던 것이다.

3

재건이 자리에 앉자 잡담이 멎었다. 이들은 재건과 마찬가지로 서로에 대해 전혀 알지 못하는 듯했다. 주최자 양웬리가 운을 떼고 반지 확인이 끝나자 시계 방향으로 자기소개가 시작되었다.

순서는 다음과 같다. 복도와 직각을 이루는 벽면을 따라 셋이 앉았다.

이누군—개
불스—소
미키송—쥐

복도를 면한 벽면으로는 셋이 순서대로 배치되었다.

MB시청—용
임창용—호랑이
재즈잭래빗—토끼

다시 꺾어진 면으로는 이렇게 셋.

레이지캣—고양이
몽키D.수정—원숭이
피글렛—돼지

복도 쪽 벽의 반대편으로는 빼곡하게 넷이 자리했다.

저닭의목을쳐라—닭
화이트스네이크—뱀
음탕마속(재건)—말
양웬리—양

재건은 호랑이 가면에 이르러 가면의 규칙을 알아냈다.

"아하, 이거 시답잖은 말장난이군요."

"알아채셨나요."

양웬리는 가면 속에서 웃으며 말했다.

"닉네임에 동물을 연상시키는 단어가 있어요. 각각 그 동물에 해당하는 가면을 받은 거예요."

"우와, 대단한데요."

양웬리가 감탄하자 불스가 의문을 제기한다.

"동물이요? MB시청 님이랑 임창용 님은 동물이 아닌데요. 저야 소가 맞긴 하지만."

물소를 형상화한 듯한 가면을 쓴 남자였다.

"그러게. 오히려 임창용이 용이 돼야 하는 거 아닌가?"

레이지캣은 미성의 여성이었다.

"그러니까 말장난이라고 했잖아요. 일단 양휀리 님부터 동물이랑 상관없죠. 단지 발음이 양이니까 양. MB시청 님은 예전에 있었던 야구팀 MBC청룡이 연상되죠. 그래서 뒤에 용을 붙인 거예요."

"어? 이걸 알아채네? 내가 운영자님한테 건의한 건데."

MB시청이 끼어들었다. 삼십 대쯤 돼 보이는 남성의 목소리였다. 재건은 그를 힐끗 보더니 말을 이어나갔다.

"임창용은, 다들 아실 겁니다. 기아 타이거즈의 투수였으니 호랑이고요."

"야구 안 보는 사람이 그걸 어떻게 알겠어요."

절묘하게도 미키마우스 가면을 부여받은 여자가 말했다. 그의 닉네임은 미키송이었다.

"아, 뭐야. 썰렁해."

이누군이 말했다. 그 또한 여성이었고 갈라지는 목소리가 중성적으로 들렸다.

"내가 말 가면을 받게 된 이유를 생각해보니 그런 귀납적 결론에 이르렀단 말씀. 아직 닉네임을 다 듣지 못했지만 나머지도 맞을걸요?"

"저는 재즈잭래빗입니다. 보시다시피 토끼네요."

이어서 자기소개가 시작됐다. 그는 말이 느린 남자였다.

"저는 레이지캣."

고양이 가면은 짧게 말하고 순서를 넘겼다.

"몽키D.수정이에요. 닉이 좀 길어서 그러니 그냥 수정이라 불러주세요."

그는 어린 듯한 목소리의 여성이었고 당연한 말이지만 원숭이 가면을 쓰고 있었다.

"수정이라면 혹시 그게 본명?"

재건이 불쑥 치고 나오자 주위에서 눈치를 준다. 뒤늦게야 이곳이 가면까지 쓸 정도로 익명을 유지하는 곳이라는 사실을 깨달았다.

"아, 괜찮아요. 본명 맞으니까요."

수정은 대수롭지 않은 듯이 말한다.

"저, 저는 피글렛. 푸, 푸에 나오는 돼지…… 아시죠?"

수정의 왼편에 앉은 남자가 어눌한 목소리로 말했다. 그는 고사상 돼지가 연상되는 가면을 쓰고 있었다.

"저는 저닭의목을쳐라입니다."

닉네임에 비해 얌전한 성격인 듯한 남자였다.

"화이트스네이크입니다."

그의 가면은 뱀과는 별 상관이 없었고 단지 표면이 뱀 가죽과 같은 질감을 띨 뿐이었다. 또한, 다른 가면들과 다르게 입 부분이 트여 있었는데 검은 턱수염이 덥수룩해서 어차피 전체 얼굴을 알아볼 수 없는 점은 같았다.

"그, 그런데 이분들 닉이 더 길지 않나요?"

뜬금없는 피글렛의 말에 자리의 사람들은 금방 그 말뜻을 이해하지 못했다. 이내 몇 명만이 조금 전 닉네임이 길다는 소개를 한 수정을 염두에 둔 말임을 깨달았다.

별다른 반응이 없자 피글렛은 들었던 손을 부르르 떨다가 부끄러운 듯 책상 밑으로 감췄다. 마치 분위기를 전환하려는 듯이 다음 차례인 재건이 말을 하기 시작했다.

"자, 오늘의 하이라이트, 내 소개만 남은 것 같군. 이 몸으로 말할 것 같으면 상식을 파괴하고 현실을 뛰어넘는! 음, 생각해보니 정체는 그리 중요한 게 아니군요. 그럼 무슨 소개를 할까. 음탕마속? 닉이 뭐 이래? 마치 아저씨가 요즘 젊은 애들 센스 어설프게 따라해놓고 젊은 감각인 양 착각하며 침 흘리고 기뻐할 만한 닉이잖아?"

"그 정도 하는 게 좋을 것 같습니다."

임창용이 말을 끊었다. 그는 목소리에서 나이대가 짐작되는 남성이었다. 이 자리에서 가장 나이 든 사람임을 대부분 짐작하고 있었다.

이렇게 소개가 끝났다. 이들의 자리를 그림으로 표현하자면 다음과 같다.

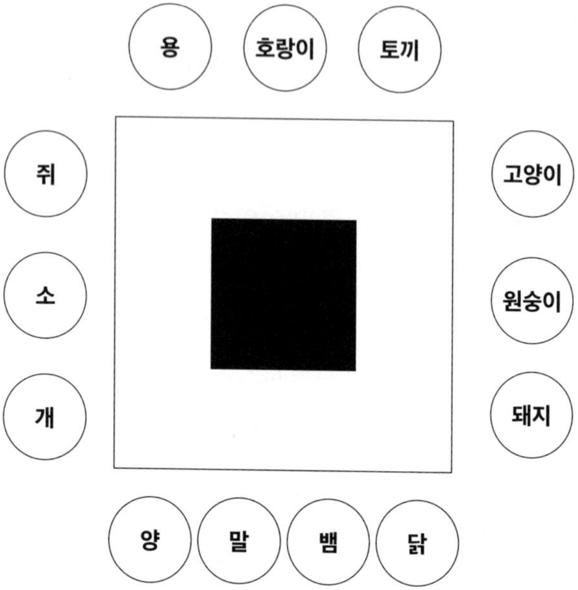

"소개도 끝났으니 이제 시작할까요?"

카페 운영자이자 모임의 주관자 양웬리가 말했다. 사람들은 자세를 고쳐 앉으며 준비해 온 필기구며 회의 자료로 보이는 문서들을 꺼내 들었다. 고작 독서회에 준비할 게 뭐 그렇게 많은 건지 의아해하는데 양웬리가 말했다.

"그럼, 제2046회 공화주의자연맹 한국지부총회를 개최하겠습니다. 정강 암송부터 있겠습니다. 하나. 우리는 공화국이 인류가 받아들여야 할 유일한 정치체제임을 인정하고…….”

책을 꺼내려 품속에 손을 집어넣던 재건은 흠칫 놀라 동작을 멈췄다.

4

재건은 혼란에 빠져서 아무 말도 할 수 없었다.

“……그러므로 공개된 기무사 문건은 왕정주의자의 쿠데타 음모를 드러낸다는 것이 저의 결론입니다.”

미키송이 긴 브리핑을 끝냈다.

“이미 이 나라를 주무르고 있으면서 완전한 복고를 노린 건가? 아아, 그들의 악독함은 산천초목을 시름하게 하는군요!”

이누군이 탄식하듯 말했다.

“역시 왕정주의자들! 그들의 간을 빼내 광화문에 전시해놓아야 합니다!”

불스가 울분에 차서 말했다.

발표를 한 미키송은 고개를 MB시청에게 돌린다.

“혁명 없이는 평화도 없다! 평화를 위한 혁명! 평화를 위한 유혈! 때가 이르렀다! 일어나자! 동지들이여!”

그는 발언권을 전달하듯이 왼편에 앉은 임창용을 팔꿈치로 찔렀다.

"투, 투쟁을! 만인에 대한 투쟁을!"

임창용이 허겁지겁 뒤따라 말했다.

"적들에게 복수를! 자비 없는 복수를!"

재즈잭래빗이 말했다.

"공화국은 피를 원한다! 간악하고 탐욕스런 자들의 피를!"

저닭의목을쳐라는 흥분해 순서를 건너뛰더니 평소보다도 한 톤 높은 목소리가 되어 말했다.

"피를! 적들에게 피를!"

화이트스네이크는 말하며 고개를 왼쪽으로 돌렸다. 그 자리에 있던 재건에게 자연스레 시선이 몰리고 재건은 뭐라도 한마디해야 할 것 같은 기분을 느꼈다. 재건은 어울리지 않게 침을 삼키며 몇 초의 시간을 벌고서 간신히 단어를 머릿속에서 찾아내 외쳤다.

"¡Viva la Revolución!"

절묘한 구호였다. 재건의 외침을 기다리기라도 한 것처럼 좌중은 환호성을 올렸다.

"훌륭합니다. 훌륭해요."

양웬리가 손뼉을 치며 자리에서 일어났다.

"훌륭한 발표였습니다. 그렇습니다. 지금 이 나라는 어둠의 왕정주의자들의 수중에 있고 역대 대통령들은 그들의 꼭두각시였습니다. 우리는 세 차례의 혁명을 통해 본래의 나라를 되찾으려 했지만 그럴 때마다 그들의 방해 공작으로 우리가 원하는 세상은 오지 못했죠. 기무사 문건은 그런 세력의 존재를 다시 한번 증명해줬습니다. 그들은 탄핵을 계기로 이 나라를 공식적인 왕정국가로 만들 속셈이었던 것입니다. 하지만 우리 연맹의 회원이기도 한 김이수 헌재소장이 구국의 결단을 내려 무능한 꼭두각시 대통령을 해임하여 최악의 사태는 일어나지 않았습니다. 우린 지금 어느 때보다도 아찔한 순간을 살고 있는 셈이지요.

그다음 대통령 역시 저들의 하수인인 것은 마찬가지입니다. 진정한 자유와 평화를 얻기 위해서는 혁명이 필요합니다. 4·19혁명이 첫 번째 기회였지만 그들은 쿠데타로서 혁명을 무마했습니다. 6월 혁명은 두 번째 기회였지만 그들은 간악한 술수로 정권을 차지했고 위기감을 느낀 그들은 이제 당시 야당이었던 민주당마저 자기 수중에 끌어들였습니다.

우리가 겪은 세 번째 혁명. 아아, 그것은 공화주의자에게는 비극이라고밖에 말할 수 없는 사건이었습니다. 시민들은 나약해졌고 그사이 그들이 퍼뜨린 폭력 시위의 프레임에 갇혀 모처럼 생겨난 동력을 소극적이고 비폭력적이고 나약한 소시민적 소모임으로 전락시켜버렸습니다. 명예혁명이라니! 인류

역사에 두 번 없는 불쾌하고 모욕적인 단어를 뒤집어쓴 혁명이 어찌 혁명이라 할 수 있으리오!

하지만 이제는 가슴속에서 말라가는 분노의 심지에 불을 붙여야 합니다. 일어납시다! 속박을 끊기 위해 선동합시다! 피를 흘리지 않는 혁명으로는 아무것도 바꿀 수 없습니다! 이 나라를 뿌리부터 뒤집어엎읍시다!"

마치 끓는 냄비의 뚜껑이 들썩이듯 감격과 분노에 찬 외침이 또다시 뚫고 올라오려 하고 있었다. 분위기를 읽은 양웬리는 다급히 말했다.

"여기 음탕마속 동지가 외친 말을 다 같이 외칩시다. ¡Viva la Revolución!"

그러자 좌중은 일제히 외치기 시작했다.

"¡Viva la Revolución!"

"¡Viva la Revolución!"

그들은 자리에서 벌떡 일어나 책상을 내려치며 외쳤다. 재건은 정말로 오랜만에 주눅이 들어서는 어정쩡하게 팔을 흔들며 외치는 시늉만 할 뿐이었다.

"¡Viva la Revolución!"

"¡Viva la Revolución!"

어느 정도 열정이 가라앉자 양웬리는 힘차게 박수 치며 자리에 앉았다.

"좋습니다. 오늘 분위기 너무 좋아요. 이 자리에 참석해주신 혁명 동지 여러분. 여러분은 공화국의 굳건한 토대입니다. 다음 순서로 넘어가볼까요. 잠깐 쉬었다 갈까요?"

"아니요! 이 열정이 모두 불타버리기 전에 다음 안건을 진행합시다!"

저닭의목을쳐라가 말했다.

"그럽시다! 우리가 머뭇거리면 적들의 지배는 더욱 공고해지지요!"

MB시청이 말했다. 그가 어깨로 왼편에 앉은 사람을 치자 임창용은 얼떨결에 고양된 토로를 받아준다.

"그, 그렇습니다. 우리의 나라를 사랑스럽게!"

양웬리는 흡족하다는 듯이 고개를 끄덕이고는 말했다.

"그럼 잠깐만 진정하고 머리를 맑게 한 뒤에 시작하도록 하죠. 이번 콘셉트는 어떤가요? 이 가면들의 조합이 참 재미있네요. 이 중 첩자가 한 명 있는 것 같지만요."

순간, 청중은 그게 무슨 말인지 잠시 생각하다가 이내 깨달은 순서대로 고개를 끄덕거리며 웃기 시작했다.

"불청객인가? 아니라면 아니라고 할 수 있지만."

레이지캣이 말했다.

"오, 아시나 보네요."

양웬리는 말했다. 레이지캣은 고개를 까닥해 보였다.

"응? 나만 모르는 건가?"

MB시청이 말했다.

"혹시 눈치 못 채셨나요?"

양웬리가 묻자 용 가면을 쓴 남자는 아무 말도 하지 못했다.

"이런, 그러면 다른 분들은? 또 알아채신 분 있나요? 아, 아니다. 말하지 맙시다. 여흥을 위해 문제로 남겨두면 어떨까요? 무슨 말인지 모르시는 분은 오늘 회의가 끝날 때까지 생각해보세요. 마지막 즈음에 발표하는 것으로 하고요."

재건은 이게 퀴즈거리까지 될 만한 건가 하는 생각을 했지만, 별말 하지 않기로 했다.

양웬리는 자연스럽게 자신의 앞의 서류를 뒤적이며 말을 이어나갔다.

"이제 이 문건을 어떻게 활용할지 토의해볼까요? 기회는 그리 자주 오지 않습니다. 이제 민중은 어지간해서는 봉기하지 않을 것입니다. 이미 이 가짜 공화국의 안정성에 그들은 마치 사육당하는 돼지처럼 만족하고 있으니까요. 하지만 돼지는 결국 도축되기 마련이지요. 그들 지배의 새로운 국면에 도달한 것입니다. 바로 인민에게 최소한의 먹이를 줌으로써 현 체제를 긍정하게 하여 혁명의 욕구를 원천 봉쇄해버리는 것이죠. 아아, 성군으로 추앙받는 저 대통령을 보십시오. 어느 누가 그의 목을 치고 싶겠습니까."

좌중에선 탄식이 흘러나왔다.

"그래서 우리도 더욱 교묘해져야 합니다. 빠져나갈 수 없는 작전을 세우고 냉정하게 그것을 시행해야 합니다. 방법이 없을까요? 이 소중한 소재를 가지고 꾸밀 수 있는. 우리에게 들어온 이 모반의 증거를 가지고요."

"제가 하나 제안해도 될까요?"

원숭이 가면을 쓴 수정이 말했다.

"네, 수정 님. 발언하세요."

"우리에겐 사회 각 분야에 진출하여 남몰래 혁명 과업을 수행중인 요원이 많이 있죠. 그곳에서 우리 용감한 요원들은 매우 제약된 활동 반경 속에서 충실하게 임무를 수행하고 있습니다. 바로 체제의 중추에서 자기 역할을 수행하는 척하면서 체제의 핵심을 조소하는 임무를요! 너희는 분명히 체제가 완벽하게 작동하는 줄로만 알고 있겠지. 하지만 너희가 알지 못하는 나사 수십 개는 은밀히 영혼 없는 역할 수행을 하고 있다고. 으히히히힛!"

조용조용했던 수정의 목소리는 어느새 앙칼지고 우렁차게 바뀌어 있었다.

"그것은 군부도 마찬가지입니다. 아마도 그들은 형식적으로는 기무사의 음모에 가담하고 있었지요. 하지만 이러면 어떨까요? 설마 두 번 쿠데타를 꿈꾼 자들이 세 번은 안 그럴까.

그때를 노리는 거예요. 그때가 되면 우리 숙련된 요원들은 군부의 망상을 더욱 부채질할 수 있겠지요. 오히려 그들의 가짜 임무를 더욱 성실히 수행하는 일이 될걸요? 그 안에서 정말로 쿠데타를 일으키는 거예요. 아마도 군부는 자기 작전대로 시행되었다고 우쭐해하겠죠?

하지만, 핫! 그것은 사실 우리의 손아귀 안의 일이었다는 사실! 쿠데타가 일어나면 어떤 일이 벌어질까요? 인민들의 혁명 욕구가 들끓어 오르지 않겠어요? 그때를 노리고 우리 야전 요원들이 열심히 혁명 선동을 하는 거예요. 이 두 공작이 맞물리면, 쾅! 하고."

손뼉을 마주친다. 수정은 원숭이의 눈동자 안에서 음침한 안광을 빛내며 말했다.

"뒤집어지는 거죠. 으힛, 으힛, 으히히히히힛!"

청중은 눈이 휘둥그레져서 수정의 말 한마디 한마디를 경청하다가 브리핑이 끝나자 하나둘 손뼉을 치기 시작해서는 좁은 방 안을 기관총 같은 박수 소리로 가득 채웠다.

"훌륭한 계획입니다! 벌써 가슴이 복받쳐 오르네요. 이건 마치, 마치, 그래, 혁명의 기분입니다! 이미 혁명을 이뤄낸 것만 같은 생생한 기분이에요!"

재건의 오른편에 앉은 화이트스네이크가 말했다.

재건은 순간 복어처럼 입을 부풀리며 용솟음치려던 태클

의욕을 틀어막았다. 그의 모습은 마치 토하기 직전의 환자나 취객 같았다. 잠시 실례, 하면서 엉덩이를 뗀 재건. 피글렛이 그를 보고 걱정된다는 듯이 손끝을 가누지 못하며 벌벌 떨었으나 뭐라 둘러댈 겨를이 없었다.

재건은 화장실로 달려가서 외쳤다.

"그냥 아무것도 안 한다는 계획이랑 다를 바 없잖아!"

씩씩대며 간신히 호흡을 진정시킨 재건.

"으아아아, 그 자리에서 딴죽 걸 수도 없고. 도대체 어디서 저런 바보들을 모아 온 거지?"

세수하고 거울을 보고 머릿속으로 주기도문을 외우면서 평정심을 되찾는다. 진정하자. 네가 지금까지 만나온 수많은 괴짜들을 생각해보라고, 탐정 김재건. 이 정도야 충분히 있을 수 있는 일이지. 재건은 몇 번이나 속으로 울분을 삼켰다.

그러고 나서 다시 자리로 되돌아가려는데 그만 누군가와 마주쳤다. 미키마우스 가면을 쓴 미키송이었다. 재건은 재빨리 가면을 뒤집어썼다.

'어라?'

미키송과 스쳐 지나가는 순간 재건은 위화감을 느꼈다. 뭐지. 왠지 어색한 일이 일어난 것 같은데. 잠시 화장실 문 앞에서 고민하던 재건은 미키송이 자신과 엇갈려 들어간 곳이 남자 화장실이고 그는 낮긴 하지만 여자 목소리를 냈다는 사실을 기억해냈다.

"흠, 목소리만으로 성별을 판단할 순 없지. 약간 다른 성일 수도 있고."

대수롭지 않게 떨쳐버리며 재건은 자리로 돌아가려는데 이번에는 MB시청과 마주쳤다. 그는 키가 제법 커서 재건과도 엇비슷해 보였다.

"실례."

그도 남자 화장실로 들어갔다. 재건은 잠시 기다려보았다. 목소리야 편견을 담아 들을 수 있지만 그 편견이란 것은 보통 얼추 들어맞는 법이다. 재건이 착각했다면 다른 사람이라고 해도 다르지 않을 것이다. 말하자면 MB시청 역시 미키송을 여성이라 생각했으리란 것. 남자 화장실에는 미키송이 먼저 들어가 있었다. 뭔가 서로의 오해를 나누는 대화가 들려오리라는 기대를 할 수 있는 상황이었다.

하지만 재건은 아무런 돌발적인 목소리도 들을 수 없었다.

이게 무슨 뜻일까? MB시청이 보통 사람 이상으로 편견 없는 사람이 아니라면, 그는 미키송의 성별을 이미 알고 있었다는 말이 된다. 나아가 둘은 지인 사이라고까지 볼 수도 있을 것이다.

과연 어떨까. 재건은 문에 가까이 다가가 소리에 귀를 기울여보았다. 역시나 그들은 대화를 나누고 있었다.

"……그러면 그건 끝나고 양웬리 님한테 얘기해보기로 해요."

MB시청의 목소리였다.

"그래요. 얘기하면 지워주시겠지."

틀리고 말았다. 둘이 하려던 얘기가 있었다면, 또 그것이 매우 중요하다면 여성인데도 남자 화장실에 들어갈 수도 있을 것이다. 재건은 마음속으로 반성하며 조금 더 들어보기로 했다.

"지금 운영자 권한은 양웬리 님 혼자 갖고 있는 거죠?"

MB시청이 말했다.

"네, 아마도. 정말 심하지 않아요? 그런 걸 마음대로 올리다니."

미키송이 말했다.

"솔직히 이거 탈퇴감이에요. 남의 정보를 함부로 올리면 안 되죠. 저번 일도 그렇고 놔두면 계속 문제를 일으킬 거예요."

말하는 목소리가 점점 가까워지자 재건은 재빨리 문에서 귀를 떼고 도망쳤다. 아무래도 카페의 다른 회원과 분쟁이 있는 모양이었다. 그다지 신경 쓸 필요는 없는 일이라 생각하며 재건은 자리로 돌아갔다.

그들은 그때까지도 돌아가며 저주의 말을 내뱉고 있었다.

그 대상은 이 나라를 은밀히 지배하고 있으면서 호시탐탐 공식 왕정 국가를 세울 음모를 세우고 있는 비밀 왕정주의자 결사였다. 이 자리에 모인 사람들은 바로 그 어둠의 세력에 맞서 진정한 공화국을 세우려는 레지스탕스, 공화주의자 연맹이었다.

잘못 걸려도 단단히 잘못 걸렸다. 재미도 없고 인기도 없는 아저씨의 자전적 소설 따위로 합평회를 할 때부터 의심해봤어야 했다.

그들의 말은 하나같이 거창하기 그지없었다. 말이 거창하기로는 누구에게도 지지 않을 줄 알았던 재건은 말꼬리 하나하나에 힘을 줘서 혁명 이념을 성토하는 그들 등쌀에 밀려 아무 말도 하지 못했다. 그들은 이 나라의 현실과 역사를 온통 엉터리로 이해하고 있었다. 하지만 여기서 쓸데없이 논쟁을 벌였다가는 흥분한 열두 동물의 손에 의해 찢겨나갈지도 모르는 일이었다.

“자, 자. 이제 슬슬 회의를 마치기로 하지요. 다음 주 회의 주제는 수정님이 제시한 ‘풀뿌리 혁명 계획’입니다. 발제 순번에 따라서 다음 발제자 준비해주시고요.”

재건은 말 가면 속의 얼굴을 벌겋게 붉혀가며 앙다문 입안으로 소리 질렀다.

‘발제는 무슨 발제! 즉석에서 정해진 아무 계획을 순번제로

구체화해 오는 게 말이 되냐!'

"다음 순서는, 어디 보자, 음탕마속 님이군요."

"그것도 내 차례였냐!"

마침내 재건은 참지 못하고 목소리를 내뿜고야 말았다.

"네? 뭐라고 하셨습니까?"

다행히 가면 덕택에 발음은 정확히 전달되지 않은 것 같다. 재건은 둘러댔다.

"험험. '그것 또 넉가래 용량'이라고 했습니다. 좋은 뜻이지요."

"그렇군요. 그렇다면 이것으로 회의를 마치겠습니다."

일동 박수.

재건은 식은땀을 흘리며 의자에 축 늘어졌다.

"오늘도 공화국을 위해 애쓰시는 동지들 덕택에 인류의 미래가 밝습니다. 뒤풀이는 어디로 갈까요? 역시 노래방일까요?"

"노래를 못하는 동지도 있으니……."

임창용이 말했다.

"하지만 마땅한 곳이 없잖아요. 가면 쓴 상태로는 밥을 먹을 수도 없고 피시방은 저번에 갔다가 아이디 등 신상 노출의 위험이 있었으니."

재즈잭래빗이 말했다.

"당구장은? 당구 치시는 분?"

레이지캣이 말했다.

이번엔 뒤풀이 장소로 떠들썩해졌다. 양웬리는 잠깐 지켜보다가 장내를 진정시키고선 말했다.

"잠시 쉬는 시간을 가진 후 의견을 취합해보죠. 화장실이라도 다녀오세요. 잠시 후에 질서 있게 의견을 나누어 갈 사람 안 갈 사람을 정해서 바로 움직이죠."

그들은 다시 풀어져서는 저들끼리 떠들어댔다.

"휴, 끝났군요."

양웬리는 옆자리의 재건 쪽으로 돌아 말했다.

"그러네요. 참, 수고."

재건은 힘없이 맞받아쳤다. 이 무리와 더는 같이 있고 싶지 않았다. 자신을 이렇게 진 빠지게 하는 사람들은 생전 처음이었으니.

"덕분에 정기총회가 무사히 진행되었습니다."

"아, 제가 뭘 한 게 있다고."

재건은 겸손하게 말했지만 진심이었다. 이 자리에서 그가 한 일은 구호 하나 외친 게 전부였기 때문이다.

"그나저나 지난번이랑은 약간 분위기가 달라진 것 같네요."

그 말에 아차, 하는 생각도 들기 마련이었지만 재건은 아무래도 상관없다는 마음이었다. 인제 와서 정체를 들키든 말든.

"아, 그런가요? 요즘 애를 키우다 보니. 군식구지만 애나 마찬가지죠. 남자아이인데 아홉 살 때 와서 열네 살이나 됐어요. 물가에 내놓고 기른다는 게 이런 기분인 것 같아요. 요즘 뭔 인터넷을 그렇게 많이 하는지. 물론 그 나이대에는 부질없는 탐구욕이 마구 샘솟긴 하지만."

지쳐버린 재건은 의미 없는 말을 늘어놓았다.

"사실 제가 사회 보고 진행하는 거 되게 약하거든요. 매번 하는 일이지만 매번 이렇게 떨리니 원."

"호오, 말씀 잘하시던데요, 뭘."

"속으론 벌벌 떨고 있으니까요. 그나마 이렇게 여럿이고 가면들 앞이라 망정이지, 일대일로 있었으면 바로 잡아먹히고 말았을걸요."

"잡아먹히다니? 아까 그 얘기인가요?"

옆자리에서 불스와 떠들고 있던 이누군이 갑자기 끼어들었다.

"아까 얘기라면?"

"왜, 첩자가 있다는 말 있었잖아요. 나도 모르겠던데 무슨 말인가요? 혹시 동물에 관한 것인가요?"

평소의 재건이었다면 아무리 사소한 정보라도 자신이 아는 내용을 신나게 떠들어댔겠지만, 오늘은 도저히 입이 떨어지지 않았다. 내가 이렇게 약해졌던가, 하고 속으로 자책할 뿐이었다.

"아아, 모두 모이면 이야기해봅시다. 아직 화장실에서 안 오신 분도 있으니 말이죠."

쉬는 시간은 십 분 정도 더 주어졌다. 재건은 의자에 등을 기대고 잠시 눈을 감고서 머릿속을 정리했다. 얼른 빠져나가야지. 여기는 내가 있을 곳이 아니야.

5

"운영자님? 무슨 일이시죠?"

어수선한 분위기가 피부를 통해 전해졌다. 적은 인원이었지만 제각기 웅얼거리는 목소리는 창문도 없는 방 안에서 뒤섞여 웅성거림으로 되돌아왔다. 의자를 맞대고 있는 옆 사람의 기척이 수상했다. 재건은 눈을 번쩍 떴다.

양웬리가 고개를 축 늘어뜨린 채로 의자에 앉아 있었다. 아니, 그 모습은 건조대의 빨래처럼 널려 있었다고 보는 편이 옳았다. 그는 조금 전처럼 생동감 있게 자신의 육체를 지탱하고서 이 괴짜들의 모임을 주도하지 못했다.

재건은 벌떡 일어나 거추장스러운 말 대가리를 벗어던졌다. 양웬리라고 불리던 사내에게 달려들어 가면을 벗기고 코

밑, 그리고 목덜미에 손을 갖다 댄 후 팔을 들었다가 놓아보았다. 팔은 나무토막처럼 아래로 떨어졌다.

재건은 의자를 당겨 빼내 그의 몸을 바닥에 누이고 심장 마사지를 시작했다. 하지만 알 수 있었다. 자신의 행동에는 아무런 의미가 없다는 사실을.

압박을 가하던 손의 힘이 점점 빠져가는 것을 느끼며 재건은 마침내 완전히 기능을 상실해버린 사람의 얼굴을 내려다보고 중얼거리듯 말했다.

"죽었어."

6

불스가 말했다.

"경찰은 부를 수 없습니다. 우리 조직은 비밀결사인데 경찰을 불렀다가는 모임이 발각돼버릴 거예요."

그러자 화이트스네이크가 말했다.

"그럼 저걸 그냥 방치하자는 말인가요?"

양웬리의 시신은 마땅히 둘 곳이 없어서 책상 가운데 빈 공간에 두기로 했다. 그를 둘러싼 정사각형 모양의 책상과 나머지 열두 회원들의 모습은 마치 의식을 치르는 것 같았다. 그것도 어딘가 산골짜기에서 거행중인 은밀한 종교의식 같았다. 제각기 다른 가면을 쓴 열두 명의 신도들이 사자의 영혼을 삼도천 너머에서 다시 이승으로 불러들이듯이. 물론 그들은 종교와는 가장 거리가 먼 자랑스러운 혁명 투사들이었다. 재건이 보기엔 거기서 거기였지만.

"첩자, 첩자가 있다고 했어!"

MB시청이 외쳤다.

"맞아! 분명히 왕정주의자가 이 안에 숨어 있을 거야! 그자가 우리 동지를 암살한 거야!"

이누군이 갈라진 목소리로 말했다.

이 상황에서도 그들은 누구 하나 가면을 벗지 않았다. 도대체 그놈의 신념이 다 뭔가. 재건은 마지막까지도 이 모임이 거창한 기믹(눈속임)일 가능성을 놓지 않고 있었다. 다들 지하 조직원을 연기하는 게이머일지도 모른다는 가정. 하지만 살인 사건이 벌어진 지금까지 연기하고 있을 수는 없다. 이들은 진심이었다.

"그래서, 여러분은 이 사건을 은폐하고 싶다는 말인가요?"

재건은 운을 떼었다.

"그럴 리가! 범인을 밝혀야지! 그리고 엄격한 민중의 보복을 받아야지!"

저닭의목을쳐라가 말했다. 다들 그 방침에 동의하는 것 같았다.

말하자면 그들은 이 사건을 공식적으로 해결하는 대신 내부에서 적당히 무마시키기를 원하는 모양이었다. 재건은 그다지 투철한 준법주의자가 아니었으므로 그들의 소원을 들어주는 대신 자신의 호기심을 충족시키기로 했다.

"그렇다면 이거 어떨까요? 전 사실 탐정입니다. 밤에는 혁명군의 일원이지만 낮에는 미궁에 빠진 사건을 해결하고 있죠. 저에게 한번 맡겨보심이 어떨까요? 제 실력에 대해 여러분이 알지는 못하더라도 일원적 지휘 체계를 통해 진상을 규명해보는 게 두서없이 각자 떠드는 것보다는 효율적이리라 생각합니다."

사람들은 모두 동의했다. 사건이다. 지금까지는 주눅 든 아이처럼 조용히 있었지만 사건을 물어버린 재건은 다르다. 재건은 기어를 바꿨다. 이 자리에 있는 모든 사람은 한 번도 본 적 없는 광경을 목격하게 될 것이다.

바로 평소의 김재건을.

"으갸하앗!"

재건은 기합을 지르며 벌떡 일어났다.

"이 순간이 오기를 기다렸습니다. 아, 살인 사건을 기대했다는 말이 아니라 원래의 나를 되찾고 싶었단 말씀. 지금부터는 이 탐정 김재건 님이 사건을 해결해버리겠습니다. 일단 살해 방법부터. 지금 의사나 법의학자를 부를 수는 없겠죠? 간단하게 살펴보겠습니다. 일단 사망 당시의 상황을 자세히 설명해주실 분 계신가요?"

재건이 침묵중인 사람들을 둘러보자 서로 눈을 피하기만 하던 가면들 사이에서 피글렛이 부들부들 떠는 손을 들었다.

"벼, 별다른 게 없었습니다. 갑자기 자는 것처럼 엎드려 있다가, 몸을 부들부들 떨며 젖히더니, 그때 사람들이 뭔가 이상하단 것을 깨달았고, 이상한 소리를 내고, 그, 그러다 고개를 숙이고 어깨를 부르르 떨더니 그 뒤로는……."

"그때 난 옆에서 자고 있었습니다. 내가 깨어난 것은 운영자님의 움직임이 완전히 멎은 다음이었나요?"

"그, 그렇습니다."

"증상을 봐서는 독살일 것 같습니다. 입의 거품이며, 근육 경련이 일어난 것을 봐서는 신경 작용제의 일종이겠네요. 단기간에 죽음에 이른 것을 봐서는 매우 독성이 강한 독일 텐데, 그걸 여기서 검출해낼 순 없겠지요."

"독살! 어떻게 이 자리에서!"

미키송이 말했다.

"아주 적절한 의문입니다. 여기엔 오직 열세 명만이 있었고 이 모임은 비밀에 부쳐졌던데다 입장도 통제되었으니 외부인이 범인일 가능성은 없을 것입니다. 따라서 범행은 여기 계신

분 중 한 명입니다. 그렇다면 '어떻게 범행이 가능했는가'를 밝힌다면 범인의 정체도 가려낼 수 있을 것 같습니다."

"잠깐, 독을 꼭 여기서 먹였다는 법이 있나요? 바깥에서 먹은 것이 지금 나타난 것일 수도 있잖아."

몽키D.수정이 말했다.

"음, 독약 종류에 따라 다르겠지만 장기간 잠복기를 거쳐서 급격히 이렇게 증상이 나타나는 독약은 딱히 들어본 적이 없습니다. 다른 트릭을 썼다면 모르겠지만요. 그런데 사실 전 이미 살해 방법을 알아냈습니다. 독이라 하니 먹는 독약을 생각하셨나 보군요."

재건은 책상을 훌쩍 넘어서 시신으로 다가갔다. 그리고 오른쪽 다리 부근을 가리켰다.

"아까 우연히도 제가 이 부분을 잡고 끌어다 놓은 바람에 발견했습니다. 피격 위치는 무릎 아래. 작은 독침입니다."

화이트스네이크가 책상 밑으로 기어와 살펴보았다. 작은 바늘 하나가 무릎 아래쪽에 삐져나와 있었다. 그것은 바지를 시침핀으로 고정하듯이 찔러 살에 파고 들어가 있었다. 못처럼 자그마한 머리가 있었으며 살 바깥으로 남은 부분은 일 센티미터 정도 되어 보였다. 그는 가면 속에서 휘둥그레진 눈으로 마치 확인시켜주듯 멤버들을 올려다보았다.

"아, 만지지는 마십시오. 표면에 독이 묻어 있을 테고 피부

접촉만으로도 중독될 수 있으니까요."

그것을 건드려보려던 그는 재건이 말하자 황급히 놀라 기어서 자리로 되돌아갔다.

"독침이라니! 그렇다면 도구를 이용해 쏘았단 말이야?"

MB시청이 말했다.

"보시면 아시겠지만 작은 독침이라 손으로는 꽂아 넣기는 어려울 것 같군요. 그렇다면 의외로 간단해질 수도 있겠군요. 이 자리에 계신 분 중 독침 발사 도구를 가지고 계신 분이 범인일 가능성이 커지겠네요."

소지품 검사를 하자는 말이었다. 다들 그 방침에 동의했다. 이누군부터 한 명씩 자신의 소지품을 모두 내놓았고 재건이 신발이나 시계, 벨트 등 개조가 가능한 물건을 점검했다. 침을 쏠 만한 기계 장치를 쉽사리 숨길 수는 없을 것이다. 더군다나 그것을 겨냥해서 물건들을 조사한다면.

그 결과 누구도 수상한 물건은 가지고 있지 않은 것으로 드러났다.

"없잖아요! 역시 이 중에는 범인이 없다는 뜻이죠?"

미키송이 말했다. 재건은 고개를 저었다.

"음, 아쉽지만 이 침이 무언가로부터 발사됐다는 것은 분명한 사실입니다. 그리고 그것이 사라졌다는 것 역시 사실이죠. 오히려 증거인멸의 사실만 드러나고 말았습니다. 범인은 이 안에 있습니다."

"증거인멸!"

저닭의목을쳐라가 말했다.

"그리고 우린 또 다른 가능성을 생각해볼 수 있겠네요. 역으로 말하자면 증거인멸의 기회가 없던 사람들은 용의선상에서 제외할 수 있지 않을까요?"

"증거인멸의 기회?"

이누군이 말했다.

"네, 이를테면 자리를 한 번도 뜨지 않은 경우 말이죠. 보시다시피 이 방은 밀폐된 곳이고 쓰레기통에도 아무것도 없으며 자신의 소지품을 처리하려면 일단 이 방을 나가 계단이든 화장실이든 바깥과 통하는 곳에 가야 하죠."

"있어! 여기! 우리 둘이랑 재즈잭래빗 님은 한 번도 이 방을 떠나지 않았어!"

이누군이 왼쪽에 앉은 불스의 어깨를 흔들면서 외쳤다.

"정말인가요? 세 분은 여기서 무엇을 했죠?"

"저희는 쉬는 시간에도 계속 대화를 했어요. 어, 패트리어티즘의 그리스적 기원과 내셔널리즘과의 의미상 차이에 대해서요."

재즈잭래빗이 대답했다.

"대화 도중 특이 사항이나 특별히 이상하게 생각한 점, 신경 쓰이는 행동이나 발언 같은 거 있었나요?"

"으음, 라틴어 파트리아가 어느 시점부터 영토 국가의 주권과 일치하게 되었는가에 대한 이견은 있었지만……."

불스가 대답했다.

"세 분 모두 그 주제의 대화에만 집중하고 있었다는 말이죠? 가끔 다른 사람이랑 얘기도 하기도 하고 그랬잖아요. 이누군 님도 저한테 말을 걸었었고."

"그거랑, 돌아오던 미키송 님이 재즈잭래빗 님한테 말을 건 것 말고는 없었어요."

불스는 말했다.

"그 두 경우 말고 다른 분과 대화하거나 접촉한 일은 없었다는 것에 세 분 모두 동의하시나요?"

세 사람은 고개를 끄덕였다.

"그렇다면 세 분은 용의선상에서 제외해도 될 것 같습니다. 증언에 거짓이 있을 가능성도 있지만 일단 그것은 생각하지 말자고요. 그리고 또 하나 확정할 수 있는 것은 범행 시각입니다. 만일 이 독이 시차를 두고 작동하는 독이라면 침을 맞는 순간 혹은 그 이후로 뭔가 이물감을 느끼고 말을 했겠죠. 그러지 않았다는 것은 이 독은 즉각 작용하는 독이고, 우리가 증상을 목격한 시각 즈음, 즉 쉬는 시간이 범행 시각이며, 그때 범행을 저지를 수 있던 사람이 범인이라는 말이 되겠군요."

어느새 그곳은 재건의 공간이 되었다. 쉬지 않고 추리를 늘어놓는 재건은 계속해서 발언을 이어나갔다.

"그다음은 물리적 위치에 관련된 문제입니다. 보시다시피 피해자는 오른쪽 무릎 아래 한가운데에 침을 맞았습니다. 우리가 앉은 자리를 살펴보죠. 양웬리 님은 앞서 말한 세 분과 마찬가지로 쉬는 시간에 자리를 뜨지 않았습니다. 아, 그러고 보니 저도 마찬가지네요. 습관적으로 날 제외하다 보니 말하는 걸 까먹었네. 하지만 난 다른 측면에서도 빠져나갈 수 있습니다. 바로 각도입니다. 저를 포함하여 이 줄에 앉은 세 사람은 범행이 불가능합니다."

"각도? 어째서죠?"

레이지캣이 물었다.

"자, 보십시오. 자리를 뜨지 않았던 피해자가 무릎에 독침을 맞으려면 어디에서 쏴야 할까요?"

그 자리에 앉아 있는 모두는 자연스럽게 알 수 있었다. 앉은 위치에서 책상에 가려진 자기의 무릎을 내려다볼 수 있었기 때문이었다.

"범인은 책상 밑으로 발사 장치를 내린 채로 조준해서 쏘았던 것입니다. 아마도 많은 연습을 했겠죠? 어딜 맞든 상관없을 테니 그리 정확할 필요도 없었을 거예요. 하지만 우리 세 사람은 아무리 용써봐도 그 각도가 안 나옵니다. 이누군 님이나 피글렛 님 같은 경우는 피해자가 각도만 조금 조절해주면 어쩌다 맞을 수도 있겠지만 바로 수평으로 앉은 우리는 안 됩니다. 따라서 침을 책상 밑의 무릎에 맞히는 또 다른 기상천외한 방법이 나타나지 않는 한 이쪽은 제외."

재건은 동의를 구하듯이 좌중을 둘러보았다. 누구 하나 이의를 제기하지 않았고 재건은 다음 말로 넘어갔다.

"그리고 제가 우연히 확인한 사실이 있습니다. 사실 쉬는 시간 이전에 잠깐 화장실에 다녀왔는데요, 그때 미키송 님과 MB시청 님이 화장실로 들어가는 장면을 목격했습니다. 약간의 호기심이 생겨서 대화를 엿들었는데요, 이 점은 죄송합니다만 이 상황에서는 유리하게 작용하지 않을까 싶네요. 혹시 그 내용을 말해줄 수 있나요?"

두 사람은 잠시 서로 눈치를 주고받았다. 그러다가 바톤을 넘겨받은 미키송 쪽이 입을 열었다.

"운영자님한테 부탁할 게 있었거든요. 카페에서 저한테 집적대다가 이상한 마음을 품은 사람이 있거든요. 음해하고 헛소문을 퍼뜨리곤 해요. 최근에는 제가 올린 글이랑 이것저것 확인 안 되는 정보들을 덧붙여서 우리 둘이 사귄다느니 하는 글을 올린 거예요."

"아, 봤어요. 뽀글뽀글이란 사람 말하는 거죠?"

레이지캣이 말했다.

"네. 그래서 평소 친하게 지낸 MB시청 님이랑 이 문제로 계속 얘기하고 있었거든요. 그래서 운영자님께 직접 그 글을 삭제하고 강퇴시켜달라고 부탁하자는 얘기를 한 거예요."

"그때 이야기를 하기로 미리 약속돼 있던 건가요?"

재건은 물었다.

"아뇨. 제가 먼저 나온 건데 MB시청 님이 따라 나오신 거예요."

그렇다면 그는 자의로 남자 화장실을 택한 셈! 재건은 사실 하나를 확정했다는 생각에 기뻐서 속으로 만세를 불렀다.

"네. 일단 제가 들은 이야기와 얼추 비슷하군요. 이 경우 제가 증인이 될 수 있겠네요. 생각해봅시다. 두 사람은 모임이 끝나고 양웬리 님한테 볼일이 있었습니다. 그것도 자신들과 관련된 안 좋은 소문에 대한 것으로 말이죠. 그런데 살해해버리다니? 저로선 상식적이라고 생각할 수 없군요.

그래도 사람 일이라는 게 혹시 모르니 더 검토해봅시다. 이를테면 MB시청 님이 그 뽀그리인가 하는 사람과 짜고서 미키송 님을 골탕 먹일 계획이었다면? 운영자를 살해해서 운영자 권한이 허공으로 사라져버려서 그 글을 지울 수 없게 된 상황을 노리고 있었다면?"

"말도 안 돼요!"

미키송은 외쳤다.

"이 경우는 다른 정황을 보충해서 생각해볼 수밖에 없을 것 같습니다. 뽀그리라는 사람에 대해 증언해주실 분 계시나요? 아, 아시다시피 전 게시판 활동을 잘 안 해서."

"제가 할게요."

재즈잭래빗이 말했다.

"아시다시피, 우리 카페 회원은 혁명 동지인 조지오웰 등급과 다른 일반 등급들로 나뉘는데요, 보통 서적 리뷰 게시판에서 활동하는 사람 중에서 고르고 골라서 엄격한 테스트를 거쳐 시크릿 등급으로 올려줘요. 이 시크릿 등급은 겉보기로는 다른 등급들, 그러니까 포, 프루스트, 마르케스, 조이스, 엘리엇 등의 등급이랑 차이가 보이지 않아요. 그런데 그 사람은 가입하자마자 뜬금없이 조지오웰 등급에 넣어달라고 우기는 거예요. 안 받아지니까 이번엔 자유 게시판이나 감상 게시판에다가 필요 이상으로 도배하면서 친목질하고 다른 사람들 눈길 끌고 그랬어요."

"이 중에서 그 사람이랑 친분이 있으리라 생각되는 분은 없다 그 말씀이군요."

"네, 무엇보다도 우리는 대의로 뭉친 사람들이니까요."

"처음부터 철저하게 분탕질 칠 생각이었다면? 아예 한 사람이 두 아이디를 쓰든가 아니면 두 사람이 완벽한 역할 분담을 하고 있던 거라면?"

"그 가설대로라면 이 살인으로 그 글을 못 지우게 하는 것이 분탕질을 한 목적이 되어야 할 텐데, 이렇게 뻔히 용의자가 압축되고 들킬 가능성도 높은 짓을 굳이 한다고요? 굳이 그렇게 철두철미하게 준비해서 이런 허술한 짓을 벌인다고요?"

"그렇군요."

재건은 고개를 끄덕였다.

"뭐, 억지 좀 부려봤습니다. 두 분을 빼드리기 위해서요. 저 대신 다른 분의 입을 통해서 나온 말이니 다들 동의하시겠죠? 미키송 님과 MB시청 님을 용의선상에서 제외하는 것 말이에요. 두 분에게는 운영자 양웬리 님이 살아 있어야 하는 이유가 있었으니까요."

사람들은 모두 동의할 수밖에 없었다.

"그리고, 제가 임의로 한 분 더 빼도록 할게요. 피글렛 님인데요. 저 가여운 피글렛 님은 말도 더듬고 수전증이 있으시네요. 독침은 사거리는 짧지만 그래도 맞히려면, 그것도 책상 밑에서 대상을 맞히려면 상당한 연습이 필요하겠죠. 네, 수전증이니까 빗나가서 엉뚱한 사람이 맞았다, 라고 주장할 수도 있겠죠. 하지만 제가 만일 수전증이 있다면 그런 불확실한 살해 도구는 애초에 준비하지 않았을 것입니다. 설마 이 추론을 기대하고 수전증이 있지만 억지로 발사형 독침을 준비했다고 믿는 분은 없겠죠? 뭐, 그럴 수도 있지만. 전 그냥 기각하렵니다."

재건은 숨을 크게 한 번 들이켜고는 말했다.

"자. 이제 누가 남았나요? 임창용 님과 레이지캣 님 둘이 남았군요. 혹시 여기서 이 두 분 중 아무나의 알리바이를 증명할 수 있는 사람 계시나요? 없으신가? 이럴 수가. 마침 나도 어렵군요. 두 분 다 쉬는 시간에 자리를 비우셨고, 위치상 저격하기도 좋고, 딱히 운영자님의 생존에 이해관계도 없고, 수전증도 없어요. 이제 좀 명료해지네요. 약간 마음에 걸리던 게 있었는데 확실히 알 것 같습니다. 범인은 당신입니다!"

7

사람들은 의아해하는 표정을 지었다. 그들이 발하는 시각 신호는 가면에 의해 차단되었지만, 누구 하나 볼 수 있는 이 없더라도 그들은 제각각 이해할 수 없다는 표정을 지었다.

"그래서, 누가 범인이란 말이에요?"

레이지캣이 말했다.

"모르시나? 모르는 게 당연하지. 보통 이럴 때 탐정은 손가락으로 범인을 가리키거든. 하지만 나는 지금 아무런 동작도 취하지 않았지. 말하자면 일종의 서술 트릭이었단 말씀! 웃핫핫핫!"

"아니, 서술 트릭이고 뭐고 지금 뭐 하는 겁니까? 우리 둘 중에 누구란 말이에요? 알리바이가 없으니 범인이라고요?"

임창용이 말했다.

"아직은 확정되지 않았죠. 하지만 이 알리바이들이 깨지지 않는 이상 둘 중 한 명이 범인이란 건 자명하고도 논리적인 사실. 더군다나 이곳은 공권력이 미치는 공간이 아니죠. 실제 재판에서는 혐의가 구체적으로 입증되지 않는 한 논리적으로 그 말고는 범행이 불가능하다 하더라도 유죄판결을 내릴 수 없어요. 하지만 여러분의 목적은 범인을 재판정에 세우는 것이 아니죠. 그냥 이 자리에서 범인이 누군지만 알면 되는 일. 안 그런가요?"

"그렇다고 해도 아직 둘이잖아요. 둘이 공범이라는 말인가요?"

화이트스네이크가 말했다.

"아마도 아닐걸요? 공모는 할 수 있지만, 독침 발사 자체는 혼자서 하는 게 효율적이죠. 공범이 있다 하더라도 그 존재야 부차적인 문제고 여기선 일단 실행범을 찾는 것이 목적."

"그럼 누구라는 거야, 대체!"

임창용이 호랑이 얼굴을 하고서 말했다.

“아, 진정하시고. 제가 골라드릴 테니 조금만 기다려보시길. 우선 생각해봐야 할 문제가 있습니다. 여러분이 누군가를 죽인다고 생각해봅시다. 당신은 증거가 남지 않는 은밀한 무기까지 준비했습니다. 그렇다면 언제 어느 장소를 살인의 무대로 삼겠습니까? 이렇게 밀폐되고 용의자가 한정된 공간? 아니면 여러 사람이 오가고 바람같이 사라질 수 있는 오픈된 공간?”

누구 하나 대답하지 않았으나 굳이 대답이 필요 없는 질문이었다.

“여기서는 동기나 수단에 앞서 제일 먼저 그 까닭을 생각해봐야 합니다. 왜 굳이 자신이 지목당할 위험을 무릅쓰고 여기서 살인을 저질렀나. 범인이 지능이 떨어지거나 착란이 있는 사람이라서? 에이, 그런 건 재미없죠. 무엇보다도 **그를 살해해야 할 이유가 발생했기 때문**이라고 보는 게 가장 합리적이겠죠. 바로 이 자리에서.

예를 들자면 살인 도구를 가지고서 이 자리에 잠입했는데 누가 자신을 지목하는 것 같은 사악한 암시를 흘렸을 때.”

“아아! 아까 그 말!”

이누군이 외쳤다.

“‘첩자’가 있다고 한 말! 그거 때문이죠?”

"그렇습니다. 범인은 무슨 이유에서인지는 몰라도 이 중 누군가를 살해하기 위해 이곳에 왔습니다. 그렇지만 양웬리 님이 그 말을 하신 거죠. 그자는 내내 전전긍긍했을 겁니다. 여기서 섣불리 침을 쐈다가는 들킬 가능성이 커진다. 하지만 그가 여기서 내 정체를 까발리면 계획을 실행할 수도 없다. 그렇다면, 최대한 기회를 아끼되 그의 말을 유의 주시하며 기다리자. 이 자리를 넘길 수 있다면, 그게 최선이겠지만 나중에 따로 처리하든가 하고, 만일 입을 열고자 한다면, 그 직전에 처리해버리자. 이게 합리적인 사고 절차죠.

그런데, 쉬는 시간. 양웬리 님은 마침내 자신의 유명을 달리하는 말을 하고 맙니다."

"쉬는 시간의 그 대화 맞죠? 모두 모이면 이야기해보자고 그랬잖아요!"

이누군이 말했다. 그는 양웬리와 재건의 대화를 얼핏 듣고 대화에 끼어든 적이 있었다.

"그렇습니다. 그는 화장실에 갈 수 없었죠. 양웬리 님의 말 하나하나에 주의를 기울여야 했으니까요. 그때 자리를 비웠던 분이 있다면 알리바이가 추가될 수 있겠지만 그 부분은 제가 기억을 못 하니 패스."

"그렇다면 첩자가 누구인지 밝히면 되겠군! 그자가 범인이야!"

MB시청이 말했다.

"그러면 그거 간단한 거 아닌가? 바로 고양이잖아요!"

화이트스네이크가 말했다.

"고양이를 빼면 여기 가면의 동물들은 전부 12지신의 동물들이에요! 쥐, 소, 호랑이, 토끼, 용, 뱀, 말, 양, 원숭이, 닭, 개, 돼지. 맞죠? 그러니까 고양이가 첩자예요! 레이지캣이 바로 범인이라고!"

그는 손가락으로 동물들을 순서대로 하나하나 가리키며 말했다. 말이 끝나자마자 열혈 혁명 동지들은 순식간에 끓는점에 도달해서는 벌떡 일어나려고 했다.

하지만 재건은 솥뚜껑 위에 올라가듯 책상 위로 껑충 뛰어올라 괴성을 지르며 그들을 억눌렀다.

"스타아아압! 내 추리가 아직 안 끝났어!"

그들 중 재건의 본래 에너지를 당해낼 사람이 있을 리 없었다. 본성이 드러난 재건은 이제 그들 모두를 압도해냈다.

"캬! 그렇게 단순한 문제였으면 이 초월 탐정님이 나설 필요도 없었겠지! 과연 고양이가 범인일까? 다시 한번 그 순간을 리콜해보시길. 그때 레이지캣 님은 뭐라고 말했죠? '아아, 여긴 되다 만 녀석들뿐인가. 그것을 이제야 알아채다니. 훗.' 하고 양웬리 님의 농담을 알아들은 척하지 않았나요?"

"저기, 그렇게까진 말 안 했는데요."

레이지캣이 말한다.

"아무튼! 만일 위기감을 느낀 킬러라면 그렇게 굳이 자신을 어필할 필요는 없었겠죠. 12지신은 우리에겐 친숙한 개념이고 자기 말고도 알아챈 사람은 분명히 있었을 테니까요."

"잠깐! 레이지캣 님은 아닐지도 모른다고 하지 않았나?"

화이트스네이크가 말했다.

재건은 손을 뻗어 발언권을 제한하며 말했다.

"레이지캣 님은 정확히 이렇게 말했습니다. '아니라면 아니라고 할 수 있지만.'"

"맞아요! 12지신이 아닌 건 명백한데 '아닐 수도 있다'라니, 이거 뭔가 다른 의미가 있는 거 아닌가요?"

재즈잭래빗이 말한다.

"다른 맥락은 없을 겁니다. 왜냐하면 12지신은 모든 나라가 동일하지 않거든요. 이거 말한 거 맞죠?"

레이지캣은 고개를 끄덕인다.

"베트남 같은 데에선 토끼 대신 고양이가 있기도 하니까. 여긴 한국이니까 나 말하는 건 맞겠지."

"그렇다면 임창용 님이 범인?"

미키송이 말하자 재건은 닦달하듯 발끈한다.

"'그렇다면'이 아니죠! 아까도 말했듯이 소거법으로 범인을 정하는 것은 탐정의 치욕!"

"그런 말도 안 했잖아요."

레이지캣이 말한다. 재건은 개의치 않고서 책상 위에 쪼그려 앉더니 팔로 바닥을 받치고서 엉덩이를 상 위에 댄다. 벌러덩 뒤로 자빠지며 다리를 V 자로 벌리고선 부르르 떨고는 중심을 잡고 걸터앉고서 다시 말을 잇는다.

"아무튼! 범인은 초조해졌습니다. 입이 마르고 불안감이 가득 차올랐겠지요. 아주 사소한 암시라도 그에게는 무지 큰 압박으로 다가왔을 것입니다. 무려 살인 계획을 들킬 위기였으니까요. 그런데 마침내 양웬리 님은 '그것'을 말하고야 맙니다.

하지만 살인의 직접적인 계기는 다름 아닌 이누군 님의 말이었을 겁니다. 바로 범인에게 더는 늦출 수 없는 리미트 타임이 왔다는 시그널을 주는 계기 말이죠. 아까 뭐라고 말했죠?"

이누군에게 발언권을 돌리자 그는 잠시 당황하더니 기억을 되짚느라 고개를 기울였다. 재건은 시간을 주지 않았다.

"양웬리 님은 이렇게 말했습니다. '일대일로 있으면 잡아먹혔을' 거라고요. 이 말은 맥락상 이런 뜻이었습니다. '자기는 말을 잘하지 못하고 긴장을 잘하는데 여러 사람 앞이라서 그나마 말할 수 있었고 만일 한 명을 앞에 두고 하는 발표였으면 제대로 해내지 못했을 것'이라는 거요. 하지만 이 말이 얼핏 들으면 어떻게 받아들여질까요? 동물과 관련해서 뭔가 비밀이 있다는 암시를 앞서 받은 상태에서는 말이죠. 이누군 님?"

"아, 예. 생각났어요. 저는 그게 아까 그 얘기냐고, 동물에 관한 얘기냐고 물었어요. 첩자에 관한 거냐고."

"네, 맥락은 달라졌지만 음흉한 흉계를 꾸미고 있던 사람이라면 어떻게 받아들일까요? 둘만 있으면 잡아먹힌다. 그것은 첩자. 이 열세 마리의 동물에 관한 것이다. 그리고 불의의 끼어들기를 당한 양웬리는 이렇게 마무리하고 말았죠. '모두 모이면 이야기해봅시다'라고요. 사람은 은연중에 별다른 인과 없이 개별 사실을 늘어놓아서 뜻을 전달하기도 하죠. 발화자는 그 뜻으로 말하지 않았다 하더라도 우연히 어떤 맥락에 해당하는 사람은 그 맥락을 스스로 복원해서 해석하기도 하고요."

"처, 첩자라면, 다음 차례에서 자기 정체가 까, 까발려질 거라고, 생각했겠군요."

피글렛이 조심스레 말했다.

"그렇다 해도 아직 둘 중에선 모르는 거잖아요!"

수정이 말했다.

"분명히 이누군 님은 첩자와 관련된 일이냐고 물었지만 양웬리 님은 확답을 하지 않았습니다. 우리의 대화는 단지 운영자와 회원 간 주고받는 감사의 인사 정도였으니까요. 여기서 어떤 살해의 필요성을 느낀다? 조금 성급하지 않았을까요? 그런데 그보다 자신을 지목하는 것 같은 암시를 느꼈다면 어떨까요? 평범한 대화처럼 느껴지지만, 마치 은유처럼 느껴지고, 그것이 명백히 자신을 향한다고 해석할 수 있는 말이 담겨 있었다면?"

"그게 뭐라는 거죠?"

수정은 재차 물었다.

"우리 남은 후보님들이 무슨 가면을 쓰고 있는지 살펴보시길 바랍니다."

재건을 포함한 열한 마리의 동물들은 일제히 두 사람 쪽으로 고개를 돌렸다. 두 사람 사이에 낀 재즈잭래빗은 좌우를 번갈아 보았다. 기아 타이거즈의 투수를 닉네임으로 삼은 남자가 쓰고 있는 가면은 얼굴을 뒤덮은 호랑이 탈, 닉네임에 고양이가 들어간 여자가 쓰고 있는 가면은 파티용으로 만들어져 가볍고 화려한 고양이 가면.

"아!"

사람들은 탄성을 내뱉었다.

"양웬리 님의 동물은 양. 양을 잡아먹을 수 있는 동물은 아무래도 호랑이겠죠. 여기서 이미 그 외의 모든 동물은, 탈락입니다."

"그게 무슨 소리!"

임창용은 목소리를 높였다.

"그것만으로 내가 범인이라고? 말도 안 돼! 그건 그냥, 레이지캣이 앞서 허세 부리다가 쪼들려서 성급하게 해치운 것일 수도 있잖아!"

"그 두 가지가 동시에 성립할 수 있다고 보나요? 본인이 12지신의 번외편으로 지목받을 수 있는 상황인데? 허세나 쪼들림 둘 중 하나로만 딱 나와야 하지 않을까요? 제가 보기엔 레이지캣 님은 아주 느긋한 성격으로 보이는걸요."

"그래도! 증거가 없잖아, 증거가! 증거가 없는데 피의자가 인정하지 않으면 아무것도 안 된다고!"

"아까 말했잖습니까. 여기는 법정이 아니라고요. 법정에서야 무죄 추정의 원칙에 의해 검사가 범행 사실을 직접 증명해야 하지만 우리가 하는 건 재판이 아니죠. 추리지."

"아냐! 난 안 그랬어! 생사람 잡지 마! 그까짓 알량한 추리로 없는 사실이 만들어지나?"

"이런, 이런. 내 이렇게까진 안 하려고 했는데. 자, 생각해봅시다. 왜 범인은 살의를 가지고서 이 안에 나타났을까요? 개인적인 원한을 가졌다면 더 안전한 곳에서 은밀히 살해하면 될 일. 분명 그의 살의는 이 모임과 관련된 누군가를 향하고 있었겠죠. 이 모임. 공화주의자들의 비밀 모임 말이죠. 이 모임과 관련되어 살의를 가질 사람이라면, 분명히 이 이념에 반대하는 사람일 테지요. 그러니까 첩자라는 말을 들었을 때, 그냥 농담 정도였던 이 말을 들었을 때 예민하게 반응했던 거죠."

"첩자!"

MB시청이 또 눈을 뒤집었다.

"이 또한 의혹일 뿐입니다만, 제가 느끼기로는 너무 이상한 일이라서요. 물론 처음 들었을 때는 그럴 수도 있겠거니 했는데 이 사건과 결부시켜보면 아무래도 우연이라기엔 너무 절묘해서 말이죠. MB시청 님 옆자리에 앉은 임창용 님은 두 번이나 얼떨결에 무언가 한마디를 해야 했어요. 임창용 님은 아까 '만인에 대한 투쟁'이라는 말을 했었죠? 다 같이 한마디씩 할 때."

"그, 그랬지. 그게 왜! 뭐!"

"그런데 이 말은 홉스의 말이에요. 만인에 대한 만인의 투쟁. 홉스는 이 말을 긍정적인 의미로 쓰지 않았죠. 자연 상태에서 벌어질 수밖에 없는 고통스러운 전쟁 상태를 말하는 거였어요. 그래서 그 상태를 피하고자 사람들은 군주에게 자신의 권한을 양도한다는 게 그의 주장. 그래서 그는 군주제를 옹호하죠. 동의에 의한 왕의 지배. 결국, 그 말은 겉보기에는 뭔가 싸우자는 말 같지만 실상 그 내용은 매우 부정적인 뜻.

여러분은 투철한 신념을 가진 사람들 아닌가요? 난 이념으로 똘똘 뭉친 사람들이 인용을 허투루 했다는 말은 못 들어봤네요. 무엇보다 자기가 하는 말 한마디 한마디가 자기 정신을 대표한다고 믿는 사람들이잖아요? 이 말을 쓰는 사람을 전 공화주의자라고 볼 수 없는데. 어떻게들 생각하시는지?"

"그, 그건! 그냥 말실수야! 그냥 잘못 나온 말인데 그거 가지고 내가 무슨 왕당파라도 된다는 말이야?"

"왕당파라. 뭐, 왕당파는 아닐지도 모르죠. 그다음에 인용한 것은 적어도 왕당파의 말은 아니었으니까. 두 번이라고 말했죠? 당황하면 가장 익숙한 인용문이 나오나 보지요. 두 번째 말 역시 혁명을 꾀하는 공화주의자라면 인용할 수 없는 사람의 말이었습니다. '국가를 사랑스럽게?' 이것은 프랑스 혁명을 비웃고 비판한 에드먼드 버크의 말에서 따온 말입니다. 버크는 인간의 불완전함을 근거로 현재 체제와 관습을 옹호하던 사람입니다. 아, 미안해서 어쩌나. 마침 저도 문과였거든요. 임창용 님이 생각하는 현재의 체제가 무엇인지는 모르겠지만 적어도 혁명을 꾀하는 것은 아닌 것으로 보이는군요. 얼떨결에 나온 두 마디 인용문이 죄다 반혁명적인 사상가의 말이니까요."

가면 속이었지만 사람들의 얼굴이 불타오른다는 것을 재건은 느낄 수 있었다. 거기까지 드러내자 임창용도 더는 숨길 생각이 없는 모양이었다.

"크으……. 거기까지 알아냈단 말이지."

임창용은 순간 코트 품속에 손을 넣었다. 일동은 화들짝 놀라 일어났으나 그의 다음 동작을 저지할 수는 없었다.

그는 품속에서 작은 깃발 하나씩을 양손으로 꺼내 들었다. 거기에는 조선 왕실의 상징이었던 오얏 무늬가 그려져 있었다.

그리고 외쳤다.

"대한제국 만세! 황제 폐하는 영원하다! 황제 폐하 만만세!"

"저지해!"

수정이 외쳤고 열 마리 동물들은 그에게 달려들어 각각 목이며 팔이며 다리를 붙잡았다. 그리고는 제각기 가지고 있는 모든 저주의 어휘를 그에게 쏟아내었다.

문득 재건은 날카로운 이명과도 같은 소리를 들었다. 그것은 언제나처럼 뒤늦게 나타나는 경찰의 사이렌 소리였다. 재건이 이미 문자를 통해 경찰에게 신고한 뒤였던 것이다.

"후, 저 친구들은 언제나 늦는군. 이것도 늘 있는 일이란 말이지. 덕분에 탐정이 할 일을 마쳤지만."

그 말을 남기고서 재건은 유유히 시체 한 구가 포함된 아수라장을 내버려둔 채 방을 떠났다. 현장에는 주소도 전화번호도 없는 명함 하나가 달랑 놓여 있었다. 거기에는 이렇게 적혀 있었다.

초월 탐정 김재건

8

어두컴컴한 사무실 안에서는 노트북 모니터 불빛과 그 빛을 반사하는 자그마한 마곤의 얼굴만이 음침하게 번쩍였다. 재건은 피로에 절은 가장처럼 힘없이 문을 닫고선 신발도 벗지 않고 소파에 몸을 뉘었다. 탐정 사무소에 얹혀사는 식객이자 사랑스러운 제자 마곤은 돌아보지도 않고 모니터에 열중이었다.

"그렇게 들여다보면 눈 금방 나빠진다. 안경 속성을 좋아하는 사람도 있겠지만 선택지가 그것밖에 없으면 곤란하다고. 안경은 알 없는 거 써도 되잖아."

재건은 발을 비벼 신발을 벗으면서 말했다.

"제길, 그런데 의뢰는 어쩌지? 의뢰는 성실히 수행했는데 의뢰 자체가 잘못된 거였어. 아무래도 선금제를 만들어야 할까 봐. 이러면 청구가 애매해지잖아. 난 잘못한 게 없으니 청구를 안 할 수도 없고. 아아, 무슨 말인지 이해 못 할 거 안단다. 그냥 안 들을 거 알고 혼자 중얼거리는 말이야. 그런데 너 정말 나 본 척도 안 하는구나."

재건은 슬쩍 마곤이 앉은 책상 위로 올라가 보았다. 위에서부터 거꾸로 노트북 화면을 내려다보려는데 자세히 보니 마곤은 자그마한 입으로 무언가를 중얼거리고 있었다.

"너 뭘 외우는 거냐? 아니, 그건 무슨 사이트야? 잠깐, 이거 어디서 많이 본 문양인데?"

재건은 아직 돌려주지 못한 음탕마속의 반지를 꺼내 보았다. 마곤이 보던 사이트의 왼쪽 위에 그것과 같은 무늬가 그려져 있었다.

"아, 아니!"

마곤은 중얼거리고 있었다.

"하나. 우리는 공화국이 인류가 받아들여야 할 유일한 정치 체제임을 인정하고……."

웃는 탐정

1

"웃하하하하하하하하하하하하하하하하, 하핫!"

재건은 상가가 떠나가도록 웃어댔다.

마곤은 귀를 막으며 인상을 찌푸렸다. 재건이 그렇게 느닷없이 기행을 벌이는 일은 익숙했다. 다만 다른 가게들에게 폐를 끼치는 것이 걱정될 뿐이었다. 그들이 가진 기묘한 초능력 때문이 아니라 하더라도 재건은 충분히 민폐 덩어리였다. 이 무지막지한 웃음소리는 얇은 상가 벽을 뚫다 못해 복도 끝까지 뻗어나갈 것이 분명하다. 틀림없이 몇몇 업주들이 항의해 올 것이다.

이번 달만 해도 재건은 벌써 상가 내에서 몇 차례의 경고를 받았다. 걸레짝이 된 차를 털려던 어린 남학생들을 두들겨 팼

다가 놈들이 패거리 수십 명을 달고 와서 근방을 엉망으로 만든 적도 있었고 느닷없이 어린 시절의 꿈을 되살려보겠다며 사무실 내에서 폭죽놀이를 하다가 사람들을 대피하게 만든 적도 있었다. 그럴 때마다 수습하고 사과하고 다니는 사람은 마곤이었다. 나처럼 잘생기고 잘나 보이는 사람이 사과해봤자 먹히기야 하겠느냐며 버티는 재건 대신 어쩔 수 없이 고개를 조아리고 다녔던 것이다. 가여운 식객 마곤의 불만은 언제나 임계점 근방이었다.

"그만! 시끄러워! 또 무슨 일이에요!"

"뭐냐고? 이 몸에게 뭐냐고 물었어? 으갸하하하하아앗!"

"이렇게 서두부터 그렇게 웃고 있으면 이걸 처음 보는 사람이 뭐라고 생각하겠어요?"

"응? 이걸 본다니? 마치 우리가 객체인 것처럼 말하는군. 우리는 관찰당하는 존재이고 우리를 관찰하는 주체는 따로 있는 것처럼. 소설 속 인물들처럼 말이야."

"또 헛소리하려고."

"그런데 문득 생각해보니 말이야. 소설에는 시점이 두 가지 있다고 배웠잖아. 일인칭과 삼인칭. 그런데 삼인칭을 전지적 작가 시점이라고도 하지?"

"그렇……죠."

중등 교육이 아직 충분하지 않은 마곤은 자신 없이 대답했다.

“그렇다면 삼인칭 소설도 화자가 작가일 뿐이지 그냥 일인칭이라고 해야 되는 거 아니야?”

“그러고 보니…… 삼인칭 소설은 누가 말하는 건지 불분명하네요.”

“보통은 서술자가 작가라는 걸 밝히지 않는단 말이야. ‘나’가 주어로 나오는 경우도 별로 없고. 하지만 그것은 결국 눈속임이 아닐까. 진실로부터 우리의 인식을 떨어뜨려놓는 사악한 술수가 아닐까.”

“잠깐. 나 또 속을 뻔했네. 현실은 소설이 아니잖아요. 소설이야 그렇다 치더라도 우릴 관찰하는 사람이 어디 있어요?”

“어디 있느냐니. 그야, 저어쪽에.”

재건은 감정 없이 말하며 천천히 고개를 돌렸다. 우리의 눈이 마주치고 나는 그의 차가운 눈빛에 꼼짝없이 사로잡히고 말았다.

“엥? 에엥? 뭐, 뭐야, 이게!”

마곤이 당황해 진땀을 흘렸다. 그는 지금 이 순간 일어난 일이 단지 농담인지, 트릭인지, 아니면 환상문학적인 기법인지 구분할 수 없었다. 그것은 그의 존재와 자아를 뒤흔드는 충격적인 사건이었다.

“오직 소설만이 가능한 기법이지. 난 이렇게 생각해. 이 미디어 과잉의 시대에 소설이 살아남을 방법은 이런 게 아닐까. 다른 미디어로는 표현 못 하는 방식을 쓰는 거지."

"잠깐, 잠깐! 어떻게 이렇게 되는 거야? 당신, 누구랑 눈 마주친 거야? 지금 또 나 속이는 거지?"

미안하다, 마곤아.

"지금 말한 거 누구야!"

재건은 소파에 널브러져서는 재밌어죽겠다는 듯이 웃었다.

"뭐냐고요, 대체. 이제는 작가까지 날 괴롭히고 있어."

"그렇게 말하는 건 반칙이야. 우리는 독자적으로 움직이는 캐릭터라고. 이럴 경우엔 작가 말고 신 같은 내재적 원리를 도입하란 말이야."

"그 반칙 댁이 저지른 건데요?"

"그런 사소한 일 따위 신경 쓰다가는 꿈도 찾지 못한 채로 어른이 되어버릴 거야! 하찮은 클리셰 따위로 이 몸을 구속할 수는 없지. 난 지금 엄청난 걸 생각해냈다고!"

"하, 그래서, 무슨 일인데요? 왜 갑자기 그렇게 웃은 거예요?"

대화는 한순간에 본론으로 돌아가버렸다. 그 말을 들은 재건은 느닷없이 허리를 튕겨 소파 위로 벌떡 일어섰다. 허공을 향한 동그란 눈이 희미하게 떨렸다.

"그래. 까먹어버렸어!"

"엄청난 거라며!"

"하지만 까먹었는걸. 아하핫!"

제멋대로 이야기를 끄집어냈다가 제멋대로 접어버리는 것이 영 못마땅한 마곤이었다. 마곤은 심통 난 표정으로 다시 소파에 드러누워 얼굴 위로 만화책을 들어 올린 재건을 노려보다가 문득 생각이 미쳤다.

"왜 웃을까가 아니라."

마곤은 말했다.

"왜 얼버무릴까가 문제겠죠."

"앙?"

재건은 마곤을 힐끗 돌아본다.

"뭔가를 떠벌리고 싶었지만 이내 깨달은 거죠. 이 문제는 나에게 들켜봐야 좋을 거 하나도 없다는 걸."

"헤에."

"말 못 하겠다면 내가 알아내죠. 분명히 오늘 있었던 일들과 관계있는 일이겠죠?"

"그을쎄? 무슨 말인지 모르겠는걸?"

재건은 딴청을 피웠으나 마곤의 복수심은 이미 걷잡을 수 없을 정도로 쌓여 있었다.

"탐정네 식객 오 년이면 풍월은 못 읊어도 간단한 추리 정도는 할 수 있죠. 하나하나 따져볼까요?"

마곤은 턱을 치켜올리며 말했다. 어느새 그는 일전에 재건이 장식용으로 들여놨던 체크무늬 사냥모를 쓰고 있었다.

2

오늘 있었던 일은 사소하고 일상적인 것들을 제외하고 나면 세 가지로 압축할 수 있겠네요. 그중 첫 번째가 11시경 있었던 택배였죠. 탐정님은 정말 드물게도 오전에, 그것도 스스로 일어나서 직접 택배를 받았어요.

아시다시피 이곳 선인상가에서는 개별 사무실로 주문을 하기도 하지만 처음 찾는 택배 기사가 헤매다가 길을 잃는 경우가 종종 발생하다 보니 상가 내 배달 체계를 활용하여 일괄 배달해주기도 하죠. 그런데 전 탐정님이 택배 기사와 하는 통화를 들었어요. 사무실 위치를 상세하게 알려주며 직접 배달해달라고 하는 것을요.

그렇게 해서 탐정님은 오전에 일어나는 무리를 감행하면서까지 직접 택배를 받았던 거예요. 무려 오전에 일어나서! 가만 내버려두면 굼벵이로 메타모르포시스(변신)해버릴 것 같은 인간이!

이것이 유난히 특별한 일인가 하면, 특별하죠. 지금까지 같이 먹은 밥이 몇 그릇인데 이상하게 생각하지 않으면 그게 이상한 거죠. 평소 탐정님은 사건 때문에 억지로 일어나거나 아니면 갑자기 뭔가에 꽂혀서 몰두할 일이 있지 않는 한 절대 스스로 안 일어나거든요. 택배가 오면 택배 기사가 깨워주고 의뢰인이 오면 의뢰인이 깨워주죠. 심지어 지난 사건 때엔 매번 선예 누나가 와서 깨우게 했죠? 누나가 와서 그 난리를 치고 나서야 비로소 그날 일정을 시작하곤 하던 탐정님이었어요. 정말로 절실한 위기감이 아니고서는 결코 먼저 일어나지 않는 사람이잖아요. 그런데! 고작 택배 때문에 스스로 일어나서 기다리다니!

이게 무엇을 말할까요? 배달된 물건이 만에 하나라도 오배송이나 파손이 있어서는 안 되는 중요한 물건이라는 뜻이겠죠? 역시나 탐정님은 그 물건을 제 시야에서 빼돌려 구석에서 감추듯 열어보고는 자기 캐비닛으로 가져갔어요. 그리고 잠가버렸죠. 그게 어떤 물건일까. 그건 그리 중요하지 않을지도 몰라요. 단지 '그것이 엄청 무지 중요한 물건이다'라는 사실만이 중요하죠.

아무튼 택배를 받은 탐정님은 다시 이불 속으로 들어갔어요. 그리고 평소대로 폰을 들여다보며 뒹굴거렸죠. 다음 약속이 1시에 있었지만 12시 반이 될 때까지도 탐정님은 그 어두컴컴한 동굴 속에 처박혀 있었어요. 그리고 의뢰인이 올 때가 되자 투덜거리며 얼굴에 물을 묻히러 갔죠. 그래도 배운 게 도둑질이라고 탐정님은 그 짧은 시간 만에 사람 꼴을 만들어서는 의뢰인을 맞이했어요.

그렇게 만난 의뢰인을 고작 십 분 만에 내쫓아버렸지만요.

잊어버렸어요? 지금 우리 가게가 위태위태해서 한동안 의뢰를 가려 받지 않기로 약속했잖아요. 기껏 조금씩조금씩 모으고 있던 돈은 차 사느라 날려버렸잖아요. 그런데 탐정님은 의뢰인의 첫마디를 듣자마자 "재미없어어어엇!" 하면서 면전에 대놓고 싫은 소리를 해버렸어요. 말끔한 정장 차림의 남자. 품속의 두툼한 현금 봉투. 그리고 "다름이 아니오라"라는 한마디. 그것만으로 대뜸 불륜 증거 조사라고 짐작하더니, 아, 예, 예. 위신을 신경 써야 하는 시계와 넥타이핀을 보고서 높은 위치에 있는 사람이 직접 은밀히 탐정을 찾을 일이 그런 것밖에 없을 거라고 했죠.

어쨌든 탐정님은 대놓고 초치는 소리를 해대서 의뢰인을 쫓아내버렸어요. 모처럼 목돈이 들어올 기회였는데! 내, 댁이 그런 짓을 저지를 단 하나의 상황을 알고 있지. 직전의 의뢰로도 틀어막을 수 없는 재정 위기마저도 무시해버릴 만한 상황. 바로 당신이 나 몰래 뭔가 음험한 음모를 꾸미고 있을 때 말이야.

그 음모가 뭐냐고요? 글쎄, 들어보라니까요. 그렇게 의뢰인을 내쫓아버린 아저씨는 이전과 같이 빈둥거렸어요. 하지만 난 그 속에는 인간으로서는 상상하기도 힘든 끔찍한 생각이 가득 들어차 있었다는 것을 잘 알지. 댁은 그런 사람이니까. 그러면서 나에게 넌지시 말을 흘렸죠. "곧 소식이 올 거야" 하고요. 그리고 그 말은 곧 실현됐어요. 아마도 탐정님이 기대한 바 그대로는 아니었을 테지만요.

그로부터 한 시간 뒤, 우리는 뜻밖의 손님을 맞이하게 됐죠.

바로 집주인 여사님을 말이에요.

그때 탐정님의 표정을 사진으로 찍어놨어야 하는데. 현존하는 김재건의 유일한 천적이라 일컬어지는 주인 여사님이 느닷없이 나타나자 탐정님은 어떻게 했나요? 보기 좋게 소파에서 굴러떨어졌죠. 그리고 마치 자석처럼 그 앞으로 쪼르르 달려가서는 정확한 자세로 무릎 꿇고 착석하고는 고개를 조아렸죠. 그러고는 온 상가가 떠나가라 빌었어요. "죄송합니다! 방세는 이번 달 안으로 반드시 입금하겠습니다!" 하지만 여사님은 이렇게 말했죠. "그것 때문에 온 게 아니에요." 물론 이건 요약하느라 중간 대화를 확 줄인 거고요. 그사이에 있던 탐정님을 괴롭히고 옭아매고 진땀 흘리게 만든 아주 달콤한 말들은 내가 차마 재연을 못 해서 생략했어요. 네? 지금 움찔거렸죠? 한번 꺼내볼까요?

쳇. 봐주죠, 뭐. 여사님의 마치 하찮은 것을 내려다보는 듯한 눈빛 아래에서 빌빌대고 있던 탐정님의 꼬락서니는 길이길이 남겨뒀어야 하는데. 아무튼, 여사님이 이곳을 방문하는 건 매우 드문 일이죠. 왜, 무슨 일로 여기를 찾은 건지 전 들을 수 없었어요. 두 사람은 날 떼놓고 방으로 들어가버렸으니까요.

아시다시피 이곳은 여사님이 한평생 장사를 하던 곳이었어요. 전자상가 초창기 때부터 게임기와 게임 소프트를 팔다가 은퇴하고서 세를 준 거죠. 지난번에 뵈었을 때엔 이런 말씀을 하셨죠. 이제는 이쪽 업계를 뜨고 싶다고요. 그래서 엉뚱하게 전자상가에다 탐정 사무소를 차린다는 아저씨한테 세를 주기로 했다고요. 그래서 어지간히 중요한 일이 아니면 이쪽에 올 일도 없을 거라고도 했어요. 그런데 대체 무슨 일로 탐정님을 찾은 걸까요? 밀린 방세 문제보다도 중요한 일이 뭐가 있을까요? 두 사람만 은밀히 나눠야 할 이야기가 뭐가 있을까요?

이야기를 마치고 나서 탐정님은 태도가 정반대로 바뀌었죠. 다시 평소 모드로 바뀌어 방문을 박차고서 의기양양하게 웃으면서 나왔어요. 여사님은 뭔가 못마땅한 얼굴이었고요. 아마도 얘기가 잘 안 된 모양이겠지요. 네. 물론 상식과 정의의 기준에서죠.

여사님은 이 말 한마디를 남기고서 돌아갔어요.

"두고 보지요. 내가 이 자리를 얼마나 오래 지키고 있었는지만 기억하시길."

탐정님은 코웃음 칠 뿐이었지만요.

그 뒤로는 별다른 일이 없었죠. 탐정님의 상태가 조금 이상해 보였을 뿐. 그것도 일이라면 일이라 하겠지만요. 언제 그랬었죠? 탐정님은 속에서 우주가 뒤집어지는 사람이라고요. 분명히 탐정님은 뭔가 음모를 꾸미고 있었어요. 만화책이나 보며 빈둥거리다가 갑자기 벌떡 일어나서는 창문 밖을 본다거나 현관을 들락날락한다거나 핸드폰을 오랫동안 들여다본다거나 하여간 심상치 않은 행동을 보였어요. 마치 행동 분석이 필요한 어린아이처럼.

그러다가 느닷없이 웃음을 터뜨린 거죠. 자. 여기까지가 프리퀄. 내가 빠뜨린 거 있나요? 여기서부터 시작해볼까요? 댁이 무슨 음침하고 불길한 생각을 품고 있나?

3

"놀라운 이야기군. 정말 놀라운 일이야."

재건은 팔짱을 낀 채로 천천히 고개를 끄덕거리면서 말했다.

"하지만! 자네 추리에는 결정적인 게 빠져 있어."

느닷없이 손가락으로 마곤을 가리켰다.

"저기, 추리는 아직 시작도 안 했는데요."

재건은 갈 곳 잃은 손가락을 슬며시 집어넣었다.

"그, 그런가? 아무튼! 초보 탐정의 어설픈 말솜씨로군."

"지금 졸았죠! 내 이야기 하나도 안 들었죠!"

"자, 자, 그런 게 중요한 게 아니고. 중요한 것은 사건의 진상 아니겠는가. 그래서, 오늘 있었던 일들을 통해 연역할 수 있는 결론이란 무엇인가, 조수 군?"

"내가 뭣 하러 입 아프게 떠들어댔는데! 하나도 듣지 않고!"

"어차피 같이 있었던 일 아닌가. 물론 서로 알고 있는 정보량에 차이는 있겠지만. 난 우리 제자가 무슨 엉터리 같은 추리를 늘어놓는다 해도 엉덩이 두드려줄 준비가 돼 있어요. 처음엔 다 그런 거지. 일루 와. 이 스승님이 안아줄게."

"됐거든요!"

마곤은 모자를 바닥에 내팽개치고 소파 위에서 돌아서 웅크리고 앉았다. 너무나 노골적으로 토라진 몸짓에 재건의 뺨에는 절로 미소가 떠올랐다.

"그러지 말고 말해봐봐. 응? 모처럼 나섰는데. 응?"

"싫거든요?"

"에이, 지금부터라도 잘 들을게. 여기서부터 중요한 거잖아.

난 영화 보다 졸다가도 결정적인 장면에선 일어난다고. 누가 비명을 지를 때라든지."

"비명 때문에 깬 거잖아요, 그건!"

"아무튼! 자, 자. 난 이렇게 오픈 마인드란 말이야. 네가 아무리 터무니없는 소리를 하더라도 넓은 아량으로 들어줄 준비가 되어 있단다. 왜냐하면 내 사랑하는 제자의 추리니까!"

"나 달래려는 거 맞아!"

마곤은 쿠션을 탐정의 얼굴에 집어 던졌다.

잠시 소강 상태. 재건은 마치 가지고 놀듯이 빌고 또 빌어서 마곤의 마음을 간신히 돌려놓았다. 마곤은 다시 사냥 모자를 눌러쓰고 이야기를 시작했다.

"이것은 사건이 아니었죠. 왜냐하면 평소와 같은 일상이었으니까요. 하지만 이 세 가지 일화가 맞물려서 여기서 예상치 못한 사건이 드러나게 된 거죠."

"그 사건이란?"

"좀 가만히 들어봐요. 분명히 탐정님은 택배를 기다렸어요. 뭔지는 모르지만 반드시 본인이 받아야 하는 중요한 물건이었겠죠. 이것이 사건이었을까요? 그것만으론 사건이 되지 않겠죠. 오히려 사건이라 할 만한 건 그다음 의뢰인에 대한 태도였어요. 우리 재정 상황이 안 좋다는 것을 알면서도 의뢰인을 걷어차버린 것. 그런데 이게 단지 탐정님의 변덕 때문이었을까요? 확실히 탐정님은 기분파이기는 하지만 아무 까닭 없이 움직이지는 않거든요."

"그렇지. 이 몸은 모든 행동이 철저히 계산돼 있단 말씀!"

"뺑 치시네. 하지만 택배가 만일 예정대로 왔다면 그다음의 변덕도 있지 않았겠죠. 말하자면 아침의 배달 과정에서 뭔가 예상치 못한 일이 일어났고 그것을 해결하기 위해, 혹은 단순히 흥미로 의뢰를 거절했다는 거예요."

"비 온 뒤 땅이 굳는다는 건가? 아니, 땅이 굳었으니 비가 왔다는 말이겠군."

"조금이라도 닥치고 있으면 안 돼요? 그다음 일도 예상하지 못한 일이었어요. 바로 집주인 여사님이 예고도 없이 방문한 것. 아까도 말했듯이 여사님이 여길 방문하는 건 매우 드문 일이죠. 근방에 사신다고는 하나 무슨 일이 있지 않으면 안 오시잖아요. 그리고 그 용건은 은밀히 해결할 일이었죠. 탐정님과 단둘이. 이것이 우연히 일어난 일일까요?

한번 이 세 사건을 합쳐보죠. 택배에 문제가 생겼고 그 때문에 이미 잡은 의뢰인과의 약속을 걷어찼고 이례적으로 여사님이 방문했다. 이것이 한 사건이라면? 하나의 원리로 인해 연속된 사건들이라면?"

"거참 질질 끄네. 그래서 결론이 뭔데?"

"말 질질 끄는 건 댁의 특기잖아요. 다음에 나올 거라고요."

마곤은 헛기침을 하고는 말했다.

"바로 여사님이에요. 여사님은 수십 년간 여기서 자리 잡고 일하셨어요. 인터넷으로 뭔가를 주문할 때 실수로 이전 주소지로 보내게 되는 경우가 있죠? 여사님은 그만 그렇게 해버린 거예요.

이 상가를 떠난 지도 꽤 되었다고는 하나 모든 사이트에서 주소를 바꾸지는 못했을 거예요. 주문할 때마다 하나씩 바꾸거나 했겠지. 그런데 마침 자신의 택배를 목 놓아 기다리고 있던 탐정님한테 그만 딱 걸려버린 거예요.

평소에 여사님 앞에서 꼼짝도 못 하던 탐정님은 그것을 본 순간 떠올린 거예요. 그 저주받은 두뇌로. 여사님을 골탕 먹일 사악하고도 끔찍한 음모를! 온통 관심이 그쪽으로 쏠린 탐정님은 의뢰를 취소해버리죠. 그리고 여사님은 배송지가 여기로 돼 있다는 것을 알고 직접 찾으러 왔어요. 그렇지만 빈손으로 돌아갔죠. 분명히 탐정님이 배배 꼬면서 허탕 치게 만들었을 거예요."

재건은 하! 하고 탄식했다. 그러면서 여전히 양말조차 신지 않은 발을 높이 치켜올렸다가 재빨리 다리를 꼬았다.

"말은 잘하는군. 역시, 그동안 밥만 축내고 있던 건 아니었단 말인가."

"내 말이 맞죠? 유일하게 가능한 논리적인 설명!"

"하지만 네가 정말 제대로 배웠다면 이다음에 받게 될 반론도 알고 있겠지? 바로 증거 말이야. 네 말은 그저 그럴싸한 설명일 뿐, 아무것도 증명되지 않았어. 말만 갖다 붙이는 거라면 어떤 가설이든 세울 수 있지. 그러니까 증거를 가져와, 증거를."

"아니…… 아직 결론도 말 안 했는데요."

"엥, 그런가?"

"처음의 문제는 왜 탐정님이 그렇게 웃어젖혔을까 하는 거였죠. 이 전황을 통해 생각해보자면 몇 가지 정보를 더 얻을 수 있죠. 일단 탐정님은 받아야 할 택배를 아직 받지 못했어요. 탐정님이 숨긴 것이 여사님 것이라고 가정한다면 받아야 할 택배는 두 개. 그런데 오늘 온 것은 하나뿐이죠. 이건 내가 옆에서 다 보고 있었으니까 확실해요. 택배가 늦어질 수도 있지만 탐정님은 분명히 택배가 일찍 오리라는 것을 확신하고 일어나 있었다고요. 그렇다면 그 택배는 어디로 간 걸까? 여사님은 이렇게 말했죠.

'내가 여기서 얼마나 오래 있었는지 생각해보라'고요. 여사님은 이곳에서 인망도 좋으시고 여전히 상가 전체에 큰 영향력을 행사하시는 분이에요. 당연히 배송 시스템에도 밝을 테고요. 그렇다면 자기 소유의 세 준 사무실로 오는 물품을 중간에 하이재킹하는 것 정도는 일도 아니지 않을까요?

이것을 탐정님이 생각 못 했을 리도 없죠. 저녁 무렵이 되자 탐정님은 깨달았을 거예요. 배송은 완료됐다고 떴을 텐데 택배는 오지 않고, 그렇다면 여사님이 그것을 맡아두고 있으리라는 결론에 이르는 것은 탐정님으로선 쉬웠을 거예요.

즉, 지금 두 사람은 서로의 택배를 바꿔 가지고 있으며 두 사람의 갈등은 그것을 가지고 여사님을 골려주려는 탐정님의 꼬장질 때문이라는 것이 바로 이 사건의 이면!

하지만 여기서 한 가지 더 생각해볼 것. 왜 굳이 '직접' 찾으러 왔는가. 물론 탐정님이 장난칠 가능성이야 언제나 있지만 그렇다고 해도 따로 보내달라고 할 수도 있을 테고 평소의 관계를 생각해보면 직접 가져다 달라고 말할 수도 있었을 거예요. 하지만 안 그랬죠. 여기에도 그럴 만한 이유가 있다고 봐야 하지 않을까요?

네, 여기에 바로 답이 있어요. 배송된 물품은 여사님으로서도 남에게 알리고 싶지 않았던 물건이었던 거예요. 특히 이 능글맞은 탐정한테는요. 그리고 탐정님은 이미 내용물을 본 거죠. 탐정님이 빼앗긴 물건이라 해봐야 저 장식장의 쓸데없는 인형들 같은 거겠죠. 분명히 각각 손에 넣은 상대의 물건의 무게감이 다를 거예요. 네, 웃음은 그래서 터진 거죠. 이 비대칭적인 상황에서 동등하게 서로의 물건을 가졌다고 생각하는 여사님을 집요하고 끈적끈적하게 괴롭혀줄 생각으로요.

이제 답이 됐나요?"

마곤은 콧김을 내뿜으며 말을 마무리했다.

4

"아냐. 여전히 부족해."

재건은 입꼬리를 아래로 삐죽 내리면서 말했다.

"증거 말이죠? 그야 그 비밀 캐비닛을 까보면 되는 일."

"잉? 내 소중이들을 뒤져보겠단 말이야? 그래선 안 되지! 사생활 침해야. 기본권 침해라고. 난 내 사랑스러운 컬렉션을 누구에게도 보여주고 싶지 않단 말야."

"내 말이 틀렸다면 입증해 보이시죠?"

"헹. 그걸 입증해야 하는 건 바로 자네야, 친구. 먼저 내 캐비닛에 여사님의 물건이 들어 있단 걸 증명한 뒤 영장 청구를 하라고. 그게 절차거든."

"절차 같은 소리. 이게 무슨 범죄 사건이라도 되나요?"

"원리는 같지. 어쨌든 네가 하는 말은 내 답이 맞으니까 답안지부터 뒤져보자고 말하는 거랑 똑같아. 그래선 곤란하지. 이 우주 초월 탐정 김재건의 사무소에서 그런 얼렁뚱땅은 결코 용납할 수 없지."

"저기, 지금까지 댁이 얼렁뚱땅 넘겨짚고 깽판 친 사건이 몇 개더라?"

"무슨 소리냐? 이 김재건 님 수중에 떨어져서 깨끗하게 해결되지 않은 사건이 존재한단 말이냐!"

"됐어요!"

마곤은 자리에서 벌떡 일어났다.

"정말이지 말이 길어지면 피곤하다니깐. 증거를 찾으면 되죠? 이쪽에서 안 된다면 저쪽에서 찾는 수밖에. 어차피 둘이 합쳐서 하나의 결론이니까요."

"후훗. 과연 생각한 대로 될까? 네 추리가 틀렸을 가능성은 생각해보지 않은 거야?"

"그야 증거를 가져오면 될 일."

낯짝 두껍기로 우주상에서 따를 이 없는 재건을 말로 설득하기란 불가능에 가까운 일이었다. 꼼짝 못 하는 증거를 들이대야 한다. 마곤은 물러날 수 없는 일이라 생각했다. 여기에는 평소에 당해왔던 일들에 대한 복수심도 한몫했다. 그 증거가 어디에 있는지는 명약관화했다.

마곤은 신발을 갈아 신고 사무실을 나섰다. 재건은 조금 전 보다 만 만화책을 다시 집어 들었다.

정 여사의 집은 효창공원 옆에 있었다. 걸어가도 그리 멀지 않은 거리였다. 단 한 번 가본 기억을 더듬어야 했지만, 그 근방에서도 얼마 남지 않은 단독주택이라서 어렵지 않게 위치를 찾을 수 있었다. 투박한 벽돌 담장 위로 무거워 보이는 지붕이 들여다보이는 낡은 집이었다. 비슷비슷한 빌라나 연립으로 가득 차 있는 주택가에서 홀로 담장 속에 마당을 가두고 있는 그 집은 근방 다른 집들을 압도하는 위용을 보이고 있었다.

마곤은 시커먼 대문 앞에 서서 잠시 고민했다. 정 여사는 마주하기 부담스러운 상대였다. 일단 그는 아이들을 싫어하는 듯했다. 첫 만남 때에도 주변에 아이들이 뛰어다니자 붙들어서 야단치고 부모에게 돌려보낸 정 여사였다. 마곤은 스스로 아이가 아니라고 생각했지만 어지간한 곳에서는 아이 취급을 받는다는 사실 정도는 알았다. 재건을 향한 정 여사의 시선이 주로 경멸과 혐오였다면, 마곤을 내려다보는 시선은 귀찮음과 무관심이었다. 어쩌다 말을 건넬라 하면 대부분 애, 얘 하는 훈계조였다. 적어도 마곤은 그가 자신을 그리 중요하게 생각하지 않는다는 것을 알았다.

물론 재건만큼 정 여사를 부담스러워하는 사람도 없을 것이다. 겉보기에 그렇지 않은 것처럼 보여도, 재건이 정 여사에게 느끼는 것은 부담감이 확실했다. 재건이 부리는 온갖 술수와 트릭과 기행은 정 여사 앞에서는 아무런 효과가 없었다.

재건이 다른 모든 사람에게 대하는 것처럼 딴청 피우거나 모호하게 돌려 말하거나 분위기를 자기 페이스대로 끌고 갈라치면 정 여사는 언제나 단호하게 그것을 끊고서 본론으로 들어가는 것이었다. 재건의 모든 의도는 정 여사의 피곤해하는 듯한 한마디에 간파당했다. 언제나 재건에게 말려들기만 하던 마곤으로선 그들의 대화가 한편으로는 통쾌하기도 했지만 심장 속에 원자로라도 장착한 것 같은 재건마저도 얼어붙게 만드는 정 여사에게서 한 줄기 섬뜩함마저 느끼는 것이었다.

내가 가서 무슨 말을 할 수 있을까. 대문 앞에 서 있는 시간이 길어질수록 마곤의 자신감은 점점 떨어졌다. 정 여사를 상대로 협상을 할 수 있을 리가 없었다. 무엇보다도 그 자리에 서야 깨달은 문제인데 자신은 정 여사에게 아무것도 내줄 것이 없다는 것이다!

생각해보니 무모한 발걸음이었다. 애초에 정 여사는 자신의 물건을 되찾기 위해 재건의 택배를 가로챘다. 고작 이 가설을 증명하기 위해 재건의 물건을 돌려달라고 말한다면 들어줄 리가 없다. 상대가 정 여사가 아니더라도 말이다.

낭패다. 이대로 돌아간다면 적어도 내일 저녁까지는 깨어 있는 시간 내내 재건의 놀림을 받을 것이 분명하다. 그 인간, 분명히 그것을 노리고 날 여기 보낸 거겠지.

하지만 질 수야 없지. 마곤에게는 마지막 수단이 남아 있었다. 불법적인 일이나 사람을 해치는 일에는 쓰지 않기로 약속했지만 이런 상황이라면 예외로 쳐줘야지.

이 황당한 콤비의 모험을 처음 접하는 독자들에게는 잠시 양해의 말씀을. 이미 이들을 알고 있는 사람에게는 새로울 것도 없는 사실이지만 김재건 탐정 사무소의 어린 조수 박마곤에게는 비밀이 하나 있었다. 바로 초능력을 사용할 수 있다는 것.

마곤은 자신의 기척을 지울 수 있다.

보더라도 인지할 수 없다. 인지하더라도 기억할 수 없다. 마곤의 몸이 흩어지거나 투명해지는 것은 아니지만 아무도 마곤의 존재를 알 수 없게 된다.

재건이 겪는 온갖 희한한 사건들의 한 국면에는 언제나 마곤의 능력이 있었다. 별다른 노력을 기울이지 않아도 누구의 눈에도 띄지 않는 능력. 덕분에 마곤은 남들의 눈을 피해서 어떤 장소에든 자유로이 출입할 수 있었다.

미안해요, 여사님.

마곤은 부질없는 사과를 되뇌며 심호흡을 하고는 능력을 발동했다. 능력을 씀에 있어서 별다른 대가를 지불해야 하는 것은 아니었지만 고도의 집중력이 필요했고 극심한 정신적 피로가 수반됐다. 이 능력을 자유롭게 쓸 수 있을 때까지 마곤은 상당한 수련을 거쳐야만 했다.

하지만 지금 마곤은 지구상에서 가장 비밀스러운 스파이이다.

가장 어려운 일은 담장을 넘는 것이었다. 안 그래도 키가 작은 마곤에게 성인 키보다도 높은 담장은 조금 버거웠다. 하지만 넘고 나서는 수월했다. 마당에서 잠들어 있던 커다란 레트리버는 뭔가 낌새를 느낀 것 같았지만 이내 인식의 혼란을 느끼고 고개를 갸웃거리다가 다시 엎어졌다.

현관문은 잠겨 있지 않았다. 문소리가 들리자 개가 왈, 짖었지만 단지 소리에 반응하는 것뿐이었다. 정 여사가 가져간 재건의 택배는 어떤 것일까. 모르긴 해도 정 여사가 내용물을 확인해봤을 것 같지는 않았다. 남의 택배를 함부로 열어볼 만한 파렴치한은 재건뿐이리라. 금방 거래를 할 물건인 만큼 집안 깊숙한 곳에 두지는 않았을 것이다. 아마도 현관이나 금방 들고 갈 수 있을 만한 데에 있겠지.

물론 그것은 어디까지나 마곤의 추리가 정확하다는 전제하에서의 일이다. 그리고 이것은 가설을 확인하는 절차일 뿐이고.

마곤은 조심조심 집 안으로 들어갔다. 집 안은 방과 후 교정처럼 조용했다. 나무로 된 벽과 회갈색 카펫, 오래된 가구가 시간을 그 안의 공기처럼 붙잡고 있는 듯한 실내였다. 전자제품을 팔던 상인의 집이라는 생각은 도저히 들지 않았다. 회전의자(흔들의자?)에 푹 기댄 채, 무릎에 몸을 말고 있는 고양이와 함께 잠들어 있는 모습은 평범한 중년 여성이었다.

소포는 무릎 위에서 비스듬히 의자에 걸쳐 놓여 있었다.

마곤은 발소리를 죽이며 그에게 다가갔다.

고양이의 그르렁거리는 소리가 수면 위의 물결처럼 은은하게 퍼지고 있었다. 그 파장 안으로 들어가자 파동에 맞춰 마곤의 심장도 덩달아 박동질했다. 자신은 눈 똑바로 뜬 상대에게도 완벽하게 무시되는 상태라는 점을 수많은 경험을 통해 알고 있었지만 긴장되는 것은 어쩔 수 없었다. 조금이라도 방심하면 능력이 풀려버린다는 점도 그 요인이었다. 조심해서 나쁠 것은 없었다. 마곤은 손을 뻗었다. 고양이의 등을 지나 자신의 몸통만 한 상자로 다가갔다. 크기는 영락없는 트로피 상자다. 하지만 짐작은 간다. 저 정도 크기의 상자에 무엇이 들어갈지 정도는. 표면에서 사무실의 주소와 받는 사람 난에 김재건이라 적힌 송장을 확인했다. 이것이 바로 탐정 놈을 옭아맬 증거. 나의 승리다. 이것만 가져간다면. 여사님은 잠시 위화감을 느낄 테지만 물건이 마곤의 소유로 들어온 순간부터 이 소포의 존재마저 잊어버릴 것이다.

그때까지의 찰나. 그 순간이 유일한 위기였다.

마곤은 소포의 크기와 무게를 가늠한 뒤, 양손으로 한 번에 집어 들었다.

번쩍. 정 여사의 눈이 뜨였다.

별일 아니다. 자고 있다가 무릎 위에 올려둔 물건의 무게감이 사라져서 반사적으로 반응했을 뿐이다. 이제 곧 영문도 모른 채 다시 잠들 것이다.

그러나 이 모든 예상과 다르게 정 여사는 목소리를 냈다.

"거기 있느냐."

그만, 상자를 떨어뜨릴 뻔했다. 고양이는 세상모르고 잠들어 있었다.

정 여사는 눈을 반쯤 뜨고서 천천히 눈동자를 돌려 집 안을 살펴보았다. 잠꼬대겠지. 독신인 정 여사의 집에 누가 또 있을리도 없었다.

하지만 정 여사는 더욱 명확하게 말했다.

"마곤이냐?"

땀 한 줄기가 등허리를 타고 흘러내렸다.

확신이 옅어지면 능력도 옅어진다. 각종 초능력에 능통한 재건이 했던 말이었다. 마곤은 정 여사에게 자신의 능력을 밝히지 않았다는 사실을 기억했다. 하지만 저 빌어먹을 탐정이 몰래 전하지 않았으리라는 보장은 없다. 확신할 수 없는 상황. 문득 재건이 했던 말이 떠올랐다. 아무리 애매한 순간이라도 일단 널 믿어. 네 능력을 깨려는 사람이 있더라도 능력 자체를 이길 순 없으니까. 훈련할 때 했던 말이었다. 마곤은 이를 악물었다.

호트러지려는 정신을 간신히 붙잡아 동여매었다.

"흐음. 여기 있을 리가 없지."

정 여사는 다시 눈을 감았다.

역시.

마곤은 떨리는 손으로 상자를 끌어당겨 품에 안았다. 상자는 제법 묵직했다.

문이 닫혔는지도 확인하지 못하고 마곤은 부리나케 달려 집을 빠져나왔다.

그 양반이 앞에서 설설 기는 이유가 있다니깐.

단순 잠꼬대인지, 아니면 무언가를 꿰뚫어 본 것인지는 알 수 없었지만, 다시는 정 여사를 상대로 뭔가를 하고 싶지 않았다. 마곤은 승리의 희열감마저 잊어버린 채 전력으로 달렸다.

춥고 좁고 불편하지만 안심하고 등 누일 수 있는 단 하나뿐인 자신의 거처로.

5

마치 우상을 앞에 모신 것처럼 덩실덩실 춤추고 있는 재건을, 마곤은 멍하니 바라보았다. 완충재로 꼼꼼히 감싼 아크릴 케이스 안에는 트로피가 아닌 19.5인치 미소녀 피규어가 들어 있었다. 재건은 그것을 책상 위에 두고서는 주위를 빙글빙글 돌며 어루만지거나 사진 찍거나 얼굴을 가까이 들이대고 바보 같은 표정을 짓거나 하며 기뻐했다.

모든 추리가 맞아떨어졌지만 이 게임의 승리자가 될 수 없다는 사실에 마곤은 망연자실했다.

"역시 내 제자라니깐. 그동안 열심히 키운 보람이 있어. 그렇게 내 의도대로 자신이 할 일을 해주다니. 정말 훌륭해. 물론 그 훌륭함을 이끌어낸 이 몸의 훌륭함엔 미치지 못하지만."

"저기요, 그럼 그렇게 웃은 이유가……."

"물론! 이 순간을 위해서였지. 말했지? 하찮은 클리셰 따위로 이 몸을 구속할 수 없다고. 모든 미스터리의 불문율. 질문을 의심해서는 안 된다. 하지만 이 물음 자체가 문제였을 줄이야! 어떠냐! 이것이 초월 탐정의 의미! 이렇게 난 모든 것을 손에 넣는다 이거야! 웃핫핫하하핫!"

"이 인간, 정말이지……."

마곤은 주먹을 움켜쥐고 부들부들 떨었다.

"그리 어려운 문제가 아니었어. 넌 옆에서 오늘 있었던 일을 다 보고 있었으니까. 약간의 도발만 해주면 충분하지. 넌 반드시 그렇게 생각할 테니까. 두고 보라지. 내 말을 증명해 보이겠어! 하고 말이야. 나라면 다른 방법을 썼을 테지만."

"다른 방법이…… 있었던 거예요?"

"더 간단한 방법이 있잖아! 캐비닛 비밀번호를 알아내서 나 몰래 열어서 가져갔으면 될걸. 네 능력으로 말이야. 답만 직접 확인하면 그만인데."

"이, 이이……."

"물론 그런 경우에도 난 방비를 세워뒀겠지만. 읏하하하핫! 능력은 활용하기 나름! 내가 지금까지 어마무시한 능력자들 틈바구니에서 살아남은 데엔 다 이유가 있단…… 엥? 잠깐, 너 우냐?"

울먹이던 마곤은 고개를 홱 하니 돌리고는 달려 나갔다. 이런, 이런. 또 삐졌구먼. 재건은 대수롭지 않게 중얼거렸다.

고개를 숙인 채로 사무실을 나서려던 마곤은 문 앞을 막아선 무언가에 막혀 멈춰 섰다. 목 언저리에 인조털이 둘러진 하얀 코트와 하얀 장갑을 끼고 머리엔 챙이 넓은 모자를 썼고 그 밑으로 회색 단발이 풍성하게 말려 있는 모습의 정 여사였다.

정 여사는 마곤을 슬쩍 내려다보더니 아크릴 상자를 끌어안고 있는 재건을 보고서 곧바로 상황을 파악했다.

"그랬군요. 이 애를 시켜서 가져오게 할 거라는 생각은 했는데 애마저 속여먹을 줄이야."

재건은 걸어가던 것을 들킨 고양이처럼 어깨를 움츠렸지만 이내 자세를 바꿔 책상에 걸터앉아서는 여유롭게 웃어 보였다.

"이거 다시 뵙는군요, 여사님! 여전히 그 해괴한 가설에 집착하시는 건가요? 네, 제 제자가 여사님 댁을 찾아가서 제가 빼앗긴 물건을 되찾아 왔습니다만, 그건 그냥 여사님이 제 물건을 빼돌렸다는 증거일 뿐, 저한테 잘못 배송된 여사님의 책이 있다는 증거는 되지 않지요."

그것은 반쯤은 마곤에게 하는 말이기도 했다.

그러나 정 여사는 단호하게 말했다. 앞에서 머뭇거리는 마곤의 어깨를 옆으로 살짝 밀면서.

"택배 조합으로부터 확인한 사실입니다. 오늘 아침 11시 30분경 조합을 거치지 않은 외부 택배 차량이 확인됐다는군요. 그리고 조합을 통해 이곳 사무실 위치를 물어온 택배 기사가 있었다고 하고요. 국제 배송 업체라 배달원 파악이 안 됐었는데 그때 확인된 CCTV 자료로 배달원 확인해서 진술 녹취해놨습니다. 이래도 부인할 생각인가요?"

재건은 잠시 멍하니 정 여사를 바라보다가 핫, 하고 터뜨리고는 말했다.

"이런. 그렇게까지 조사하시다니. 역시 권력은 이길 수 없군요."

"애초에 바보 같은 짓을 안 하면 되는 일입니다."

"캐비닛에 있습니다. 저어 구석에요. 비밀번호는 1234."

재건은 완전히 체념하고는 말했다.

"뭐, 뭐야! 그렇게 간단한 비밀번호로 해놓으면 어떡해요!"

어느새 표정을 다잡은 마곤은 말했다.

"딱히 뭘 감추려고 갖다 놓은 건 아니니까. 이거도 하나의 트릭이었단 말씀."

"트릭이고 뭐고 그렇게 앉아 있지 말고 직접 가져다주는 게 어떤가요? 이 늙은이를 왔다 갔다 하게 해놓았으니 그 정도 성의는 베풀어야겠죠?"

"옙! 알겠습니다."

재건은 재빨리 캐비닛으로 가서 물건을 꺼내 왔다. 그것은 책이었다. 포장은 뜯겨 있었지만 종이 가방 세 개에 나뉘어 잘 담겨 있었다.

"이게 무슨 책이에요? 얇고 많아 보이는데."

마곤은 가방 하나를 받아 들고는 슬쩍 들여다보며 말했다.

"이제 와서 감추거나 하진 않으시겠죠?"

재건은 앞장서다가 뒤로 돌아 물었다.

"편견을 가지고 놀릴 생각이면 그만두는 게 좋을걸요."

정 여사는 챙 밑으로 노려보며 재건을 스쳐 앞장서서 나아갔다.

"흠, 뭐 소용없겠죠. 제가 어찌 감히."

"이게 뭔데 그래요?"

"자네의 훌륭한 추리에 빠진 부분이 하나 있지 않나. 왜 여사님이 몸소 여기까지 행차해서 물건을 받으려 했을까. 그것은 이 물건의 성격 때문이지."

재건은 정 여사의 안색을 살피면서 말했다.

"일본에서 들여온 책이지. 얇고 비싼 책이야. 나름 조사해봤는데 여사님은 일찌감치 전자상가에 자리 잡은 만큼 신진문물 수입에도 앞장서고 계셨지. 맞죠?"

"그러니까 그게 뭔데요!"

"알음알음으로 인터넷 인맥들 동원해서 그때 활약한 아이디들, 전설처럼 남은 닉네임들 몇 개를 알아냈죠. 지금쯤 시니어가 돼 있을 법한. PC통신 초창기에 활약했던 아이디들 말이에요. 한번 불러볼까요? 그중에 여사님이 계시지 않을까요? 어떻게 생각하세요?"

정 여사는 말없이 총총걸음으로 걸어 나갔다.

아이돌이
너무 많다

1

"아이돌이 너무 많군."

재건은 소파에 다리 꼬고 앉아서는 거만하게 말했다.

"네?"

의뢰인은 재건과 마주하는 것이 처음이었고 당연하게도 어떻게 반응해야 할지 알 수 없었다.

"지금은 대아이돌의 시대. 케이팝 시장의 성장은 더 많은 지망생, 더 많은 욕망을 불러일으켰고요. 하지만 이곳은 이미 레드 오션, 피비린내가 진동하는 곳이죠. 애초에 그 많은 아이돌을 소비할 수 없는 나라예요. 한 달에 무제한 스트리밍 만 원도 안 되는 정도가 소비의 전부인 나라에서 무슨."

"그래서 아이돌의 수를 줄이려고 아이돌 지망생을 연쇄살인한다는 말인가요?"

옆자리에서 노트북을 두드리고 있던 선예가 말했다.

"바로 맞혔어. 역시 내 조수가 될 자격이 있어."

"누구 마음대로 조수로 만드는 거예요?"

선예는 재건 쪽은 눈길도 주지 않은 채로 말했다.

"그런데 인디 아이돌이라고요? 그런 것도 있나?"

"소속사 없이 독자적으로 활동하면 인디죠. 그리고 자세 좀 똑바로 할 수 없어요? 이래서야 소개해준 내 입장이 뭐가 되겠어요?"

"그러는 너도 딱히 좋은 자세는 아니지 않냐."

"난 친구잖아요. 탐정님은 손님을 맞는 거고요. 그리고 나도 지금 일하는 중이라고요."

"그런 차이가 있었군. 으음."

재건은 고개를 끄덕이며 몸을 일으켜 소파에 똑바로 앉았다.

"그렇다면 이 몸이 누구신지 알고 찾아오신 거겠죠? 바니라고 하셨나요? 토끼 할 때 그 바니?"

바니는 눈치 보듯 눈을 내리깔고는 말했다.

"네에……. 이름은……."

"됐어요. 바니면 됐죠. 바니로서 여기 온 거잖아요?"

재건은 바니의 말을 자르며 말했다.

"네에……."

"그런 거라면 경찰을 찾아야지 왜 탐정 사무소를?"

바니는 머뭇거리다가 대답했다.

"경찰은, 믿을 수 없거든요."

"오호. 경찰을 믿을 수 없어서 탐정을 찾았다. 그 얘기는 경찰의 일반적인 특성을 믿지 못한다는 말이겠군요. 수사력 같은 게 아니라 경찰 개개인의 인성에 대한 것. 그래서 친구가 보증해준 이 김재건이라는 특정인을 찾은 것이겠고요. 탐정이라서 찾은 게 아니라요. 그 말은 지금 이 자리에서 이 몸의 신뢰도를 평가받고 있다는 말인데. 아하, 그것은 나에게 경찰에 말하지 않는 비밀 따위를 말할 수 있느냐 없느냐 하는 문제일 테고. 그렇다면 이렇게 지껄이는 건 신뢰도에 별 도움이 안 된다는 말이겠군요."

"잘 알면 입 다물고 이야기나 들어!"

소파 뒤에서 지켜보고 있던 마곤이 끼어들었다.

"죄송합니다, 손님. 말이 많은 건 이 인간의 버릇 같은 거라. 탐정은 재수 없어야 한다는 중2병적 마인드가 있을 뿐이니 부디 참작해주시어……."

초등학생인가 싶은 소년이 고개를 조아리자 바니는 어쩔 줄 몰라 했다.

"이보게나, 조수 군. 그러니까 의뢰인께서 불편해하시잖아.

혹시 알아? 탐정이 말이 많지 않으면 믿을 수가 없다! 하는 마인드로 오신 건지도."

"친구인 내가 장담하는데 그런 거 절대 아니거든요?"

옆자리의 선예가 눈길도 안 주고서 말한다.

"그런가? 으음. 그럼 난 어떻게 하면 좋을까요? 순서를 모두 넘길 테니 마음껏 말씀해보시겠습니까? 그동안 저는 입을 꾹 다물고 있을 테니."

"어휴, 이렇게 해서 대체 어떻게 영업하는 거예요? 찾아온 손님도 다 도망가겠네."

선예는 마침내 노트북을 덮어버렸다.

"이 몸의 뛰어남은 이미 겪어보았잖니. 그게 바로 백년 가게의 비밀이지."

"시끄럽고요. 바니야, 내가 대신 전해줘도 될까? 이대로 두면 이 인간은 한도 끝도 없이 말하니까."

"근데 친구인데도 예명을 불러?"

"시끄러워요! 지금 시간을 얼마나 낭비했는데!"

결국 선예도 소리를 지르고야 말았다.

선예가 총명함을 발휘하여 정리해준 바에 따르면 사건의 개요는 이렇다.

이 사건은 연쇄살인 사건으로 알려졌다. 희생자는 모두 셋.

타깃은 전부 데뷔하지 않은 아이돌 지망생에 여성이었다. 지난주 월요일부터 격일로 한 명씩 살해당했다는 규칙성도 있었다. 연쇄살인 사건으로 간주되는 이유는 피해자뿐만 아니라 살인 방법에도 공통점이 있었기 때문이다. 이들은 전부 얇은 끈으로 목이 졸려 살해당했다. 첫 번째 살인이 언론에 보도되기 전에 두 번째 살인 사건이 일어난 것을 보아 연쇄살인 사건이라고 판단하기에는 충분해 보였다.

첫 번째 희생자는 바니와 같은 인디 아이돌인 키티. 키티는 바니와 함께 활동하며 바니의 절친한 친구이자 룸메이트였다. 바니는 키티가 살해될 당시 고향집에 내려가느라 집을 비운 상태였다. 시신은 목요일에 발견되었다. 사망 추정일은 부검으로 밝혀졌으며 마지막으로 연락이 된 게 월요일 오후 4시경이라고 했다. 현관문은 자동 잠금장치가 되어 있었으나 침입의 흔적이 없는 것을 보아 면식범일 가능성이 높다는 경찰의 설명이 있었다고 했다.

그런데 바니가 사립 탐정을 찾을 수밖에 없는 이유가 있었다. 경찰에게는 강력범죄를 인지함과 동시에 수사해야 하는 의무가 있다. 연쇄살인의 정황이 뚜렷한 이상 이 사건은 연쇄살인 사건으로서 수사해야 한다. 하지만 바니의 동기는 경찰과 달랐다.

바니는 다른 두 희생자에는 관심 없었다. 단지 소중한 룸메이트인 키티를 죽인 자를 알아내고 싶었다. 경찰은 연쇄살인이라 전제하고 이들을 모두 엮을 증거를 찾으려 할 것이다. 그리고 진실은 재판장에 가서야 명확히 드러날 것이다. 그때까지 기다릴 수는 없다. 바니는 키티를 죽인 범인의 정체, 그리고 확신만을 원했다.

"원 포인트 의뢰로군요. 딱 원하는 부분만 알아내려 탐정을 고용한다. 이런 거 좋아요. 이런 일이 바로 탐정을 필요로 하는 일이지! 접수했습니다. 혹시 경찰에 얘기 안 한 단서 같은 건 있나요?"

바니는 잠시 고민하다가 핸드백 속에서 휴대폰을 하나 꺼내 내밀었다.

"키티 건데, 경찰은 모르는 전화예요. 다른 사람 명의니까. 그런데 이게 진짜 쓰는 폰이에요."

"오호. 그럼 경찰이 누굴 주목하는지 아시나요? 그러니까, 키티 본인 명의 폰에서 경찰이 찾아낸 대상이."

"네. 지금 경찰은 이오를 조사하는 것 같아요."

"이오?"

재건은 그 이름을 어디서 들었나 떠올려보았다. 기본적으로 재건은 가십거리에 별 관심이 없다. 무언가 구미를 잡아끄는 것이 없다면 대부분의 이슈는 흘러왔다가 그대로 흘러가버리는 편이다. 하지만 아이돌 연쇄살인 사건은 지금 온 나라의 헤드라인이고 재건도 관련 키워드를 듣지 않을 수가 없었다.

"생각났다! 연예 찌라시에서 터뜨린 그 사람 말하는 거죠? 뭐더라, 서바이벌 프로그램 톱11 출신. 피해자 키티와의 금단의 연애설! 쇼킹! 이러던 거."

물론 그런 어휘를 쓰지는 않았지만 가십성 기사들의 논조는 대체로 그랬다.

바니는 턱을 당기고 경계하는 표정을 지으며 말했다.

"네에……. 살해당한 날 연락한 사람이 저 말곤 그 사람뿐이라서, 경찰은 유력하다고 보고 있어요. 그러니까 기삿거리를 갖고 있던 연예 매체에서 이때다 하고……."

"역시 글러먹은 놈들이구만. 개인적인 일이 무슨 상관이라고. 하지만 그렇다고 해서 용의선상에 오르지 말라는 법은 없죠. 이오라는 사람도 만나봐야겠군요. 혹시 연줄 같은 거 없나요? 연락처라든가."

"제가 알아요. 저랑도 가까운 사이니……."

"잘됐군! 이 폰은? 잠금은 해제됐나요?"

"아뇨. 비밀번호를 몰라서……. 여러 번 시도하면 잠겨버릴 테니……."

"다행히 페이스 아이디 방식 아이폰이군요. 해제가 가능할 것 같습니다. 생체 보안의 맹점이죠. 사용자가 세상에 없어도 해제할 수 있으니까요."

"네에?"

선예가 목소리를 높였다.

"설마 해서는 안 될 짓을 하려는 거예요?"

"해서는 안 되는? 그렇게 볼 수도 있겠지. 하지만 이 세상 모든 것은 구분 짓기로부터 시작해서 선을 넘으며 끝난다고. 그리고 난 불가능을 모르는 디 얼티밋 탐정, 김재건이란 말이지."

"그래도 지켜야 할 도리가 있죠!"

선예는 외쳤다. 선예는 마곤에게 있는 잠입에 특화된 초능력과 터무니없는 짓을 서슴지 않고 자행하는 김재건이 있으면 어떤 일까지 가능할지 머릿속에서 그려낼 수 있었다. 반면 바니는 겁을 먹고는 이 속을 알 수 없는 탐정과 선예를 빠르게 번갈아보고 있었다.

2

"설명을 제대로 했어야죠. 괜히 얻어맞기만 했잖아요."

마곤은 조수석에 앉아서 이 얼빠진 탐정을 실컷 비웃어주었다.

"설명하려 했다고. 걔가 먼저 넘겨짚은 거지."

재건은 얻어맞은 왼쪽 턱을 만지작거렸다.

"그래서, 결과는 언제 나온대요?"

"얼굴 모델링만 하면 나머진 3D프린터로 바로 뽑으면 되니까, 좀 보채면 며칠 내로 나오겠지."

그것이 재건의 생각이었다. 망자의 얼굴 사진을 모아 3D프린터로 복원해 휴대폰 잠금을 해제하는 것.

"그런 거로 페이스 아이디가 뚫린대요?"

"언젠간 보안 대책이 생기겠지. 그러니까 인류 문명이 그만큼 발전하기 전에 해치워야 돼."

"으이구, 알아서 해요."

그들은 이오와의 약속 장소인 상암동으로 이동했다. 지금 이오는 드라마 촬영을 하고 있어서 끝날 때까지 기다려야 한다고 했다. 그래도 바니가 연결해준 덕택에 곧바로 이오를 만날 수 있었다. 이미 이오는 이슈의 최첨단에 있는 스타였고 연예인에 별 관심이 없는 재건이라 하더라도 기대를 하지 않을 수 없었다.

촬영장은 야외였다. 원래부터 한적한 동네였지만 스태프들이 도로 하나를 점거하고 끝에서 끝을 막고 있었기 때문에 그 구간에는 촬영용 외엔 지나가는 차가 한 대도 없었다. 재건도 멀찌감치 떨어진 곳에 차를 대야 했다.

걸어서 접근해 보니 스태프들이 바리케이드를 치고 일군의 사람들을 막아서고 있었다. 그들은 커다란 카메라를 들고 있기도 하고 사다리 위에 올라가 있기도 했다.

"이들은 뭐 하는 사람들이오? 엑스트라? 기자들?"

재건은 한눈에도 스태프로 보이는 남자에게 물었다. 그는 두꺼운 패딩을 입고 있었기 때문이다.

"아닙니다. 이 사람들, 팬이에요."

"팬?"

재건은 어리둥절했다. 팬이라 치기엔 너무나 치열해 보였다. 그들 중 몇몇이 갖고 있는 카메라는 망원렌즈가 부착된 고급 DSLR이었다.

"오늘 촬영에 이오랑 정교 둘이 커플로 나와서요. 촬영 장소가 알려져 있어서 양측 극성팬들이 이렇게. 촬영 때마다 이래서 따로 관리를 해야 합니다."

팬들은 언제든지 셔터를 누를 수 있을 만큼 긴장 상태였다. 남녀가 섞여 있었으나 여성의 비율이 더 높았고 일부는 응원 슬로건을 들고 서 있었다. 슬로건에는 '봄빛천사 이오'나 '우주왕자 정교' 따위의 문구가 적혀 있었다.

"헤, 찍덕들이군요."

마곤이 말했다.

"뭐? 찍덕? 그게 뭐야?"

"이런, 이런. 모르는 거예요? 저렇게 연예인 사진 직찍하는 사람들 말하는 거죠. 보통은 음방 출퇴근 시간에 몰리기는 하는데 저렇게 드라마 촬영 정보가 돌아서 거기까지 따라가는 경우도 있어요."

"끄응. 우리가 이오랑 만날 거라는 게 알려지면 곤란해지겠군."

재건은 바로 뒤에 대포 같은 카메라를 든 팬이 서 있다는 사실도 모른 채 중얼거렸다.

"저기요, 거기 뭐라고 하셨어요?"

목소리가 들려오자 재건은 이크, 하며 어깨를 움츠린다.

"이오랑 만난다고 한 것 같은데, 진짜예요?"

"아아, 뭔가 잘못 들으셨을 거예요. 전 우리 가요랑 맞는 쿠란 구절에 대해 생각하고 있었거든요. 쿠란 아시죠? 전 제2외국어로 아랍어 선택했거든요."

그 팬은 탐탁지 않은 표정을 지으며 물러났다.

한 시간쯤 지났을까, 촬영이 끝난 듯했다.

스태프 몇 명이 방어선으로 몰려들어 팬들을 막아섰고 배우들과 촬영 스태프와 감독과 여러 사람들이 바삐 움직였다. 어차피 약속 장소는 정해져 있었다. 이오는 알아서 사람들 눈을 피해 가까운 카페로 가겠다고 전해 왔다.

팬들이 함성을 질렀다. 팬들을 향해 정교가 손 인사를 해주었기 때문이었다. 하지만 그는 곧바로 이동해 시야에서 사라져버렸다. 이오는 스태프들과 하나하나 인사를 마치고서 팬들의 포토라인 앞으로 몇 발짝 다가왔다. 그야말로 영화제의 포토라인에 선 것처럼, 이오는 몇 초가량 환하게 웃으며 팬들의 카메라에 응답해주었고 곧 모델의 워킹처럼 성큼성큼 걸어 스태프들 사이로 사라져 갔다. 굳이 해줄 필요는 없는 팬서비스였다.

재건과 마곤은 카페로 먼저 가 있기로 했다.

"내가 왜 만나자고 했는지 알아요?"

어두침침한 카페 안에서 커다란 보잉 선글라스를 걸친 채로 한 치의 흐트러짐도 없이 다리를 꼬고 앉아 있는 이오가 쏘아붙이듯이 묻더니 말을 이었다.

"그쪽이 진범을 잡는 데 도움을 줄 거라고 바니가 그랬거든요."

"지금 본인은 결백하다는 사실을 어필하고 계시는군요."

재건의 말에 이오는 살짝 틈을 노출하고서 언짢은 표정을 지으며 말했다.

"탐정이라고 했죠? 뭐, 단서는 있어요?"

오른편에는 스타일리스트를 겸하는 매니저가 앉아 있었다. 그는 재건과 마곤에게는 인사도 없이 그림자처럼 이오 옆에서 자리며 음료 배치 등을 보조했다.

"키티 씨가 쓰던 대포폰을 손에 넣었습니다. 혹시 비밀번호 아시나요?"

재건은 키티의 휴대폰을 보여주며 말했다.

"그거…… 누가 갖고 있었죠?"

"바니 씨죠, 누구겠어요. 바니 씨는 비밀번호를 모른다고 하시더라고요. 보안이 철저한 아이폰을 뚫을 순 없고요. 그래서 비밀번호를 알고 있으면 수사에 도움이 될 것 같은데."

재건은 싱글싱글 웃으며 말했다. 이오는 선글라스 위로 재건을 노려보다가 거추장스러운 그것을 벗어 테이블 위에 내려놓고는 말했다.

"몰라요. 지금 소문을 염두에 두고 말하는 것 같은데……."

"아, 전 사적인 일엔 관심 없어요."

"이거라도 도움이 되면 말해줄게요. 맞아요. 나 키티랑 사귀고 있었어요. 그런 내가 키티를 죽일 리는 없잖아요."

"아, 이오야, 잠깐. 여기 뭉개졌어. 선글라스 때문인가 봐."

매니저는 간이 화장대를 펼치고 화장을 고쳐준다. 누군가가 옆에서 화장을 고쳐주는 모습은 결혼식 같은 행사가 아니고는 볼 수 없는 광경이었다.

"범인을 잡으면 내가 수임료도 내줄게요. 바니 걔는 무슨 돈이 있다고 탐정을 쓴대? 대신 잡으면이에요. 실패해도 수임

료는 받는 거죠?"

"그건 나중에 따로 얘기하기로 하고, 경찰에 설명할 만한 알리바이는 있었나요?"

"그게, 발견이 며칠 뒤다 보니 사망 추정 시각 범위가 좀 넓어서요. 공교롭게도 아슬아슬하게 증명 못 하는 시간이 좀 있었네요."

"그렇군요. 시체가 목요일에 발견됐죠."

"집 주변엔 CCTV도 없고 강제로 문 열고 들어간 흔적도 없고. 경찰이 의심하는 근거는 다 말해줬어요. 그거 조사받느라 촬영 두 개를 날려버렸다니까요."

"나머지 두 사건은요? 연쇄살인이라 가정하에, 그때 알리바이가 있으면 어느 정도 의심은 벗을 수 있을 텐데."

"그것도 말해줬어요. 수야랑 루시아 둘 다 밤 12시가 넘어 자기 집에서 당했거든요. 두 사람 다 혼자 살고 있어서 아무런 목격 정보가 없고요."

"그러면 말입니다. 혹시 나중에 또 물어볼 게 생길지도 모르니 연락 가능한 번호나 다른 수단 알려주실 수 있나요?"

"저기, 그런 거 함부로 가르쳐주면……."

매니저가 옆에서 끼어들었다. 그의 눈은 새끼를 품은 어미 고양이처럼 잔뜩 경계하고 있었다.

"괜찮아, 언니."

이오는 손을 내저어 매니저의 말을 끊었다.

"매니저 번호 알려줄게요. 어차피 공식적 얘기는 거기서 하니까요."

이오가 눈짓하자 매니저는 머뭇거리다 명함을 건넸다. 이름은 이윤영. 재건은 그것을 품속에 집어넣었다.

"그런데 궁금한 게 있어요. 별건 아니고 개인적인 건데."

재건은 말했다. 고개를 숙이고서 선글라스를 닦고 있던 이오는 눈동자만 치켜 발언 기회를 줬다.

"팬들한테 그렇게 사진 찍히면 그렇지 않나요? 저야 잘 모르는 분야지만, 얼굴 팔아서 먹고사는 데 아닌가?"

이오는 별걸 다 묻는다는 듯이 말했다.

"이게 일인걸요. 원래 팬들이 그런다는 거 알고 시작한걸요, 뭐."

이오와 윤영은 예고한 대로 짧은 시간만을 내어주고 떠나버렸다. 다음 촬영이 다가온다고. 재건은 묻고 싶은 것이 더 있었지만 그런 것은 두 번 다시 허용하지 않는다는 듯한 싸늘한 빈자리만이 눈앞에 남아 있었다.

3

다음 날, 마곤과 재건은 얼굴이 일찍 완성되었다는 연락을 받고 작업을 의뢰한 업체를 찾았다.

3D모델링 업체인 (주)드림스컴트루는 3D프린터 초창기부터 사업을 이어온 나름 실력 있는 회사였다. 사장이 그래픽 디자이너 출신이었고 평소에도 유명 인사 등신대 따위의 작업을 줄곧 해온 터라 작업은 어렵지 않았다고 했다.

"살해당한 아이돌의 얼굴을 만드니까 꼭 데스마스크를 만드는 기분이 들더라고요. 요즘 이런 걸 만드는 사람은 없지만 그래서 더 특별한 것 같고, 이렇게 막 비운의 아이돌을 되살리는 일을 한다고 생각하니까 업계인으로서 사명감도 들고 그래서……."

재건은 목살이 더부룩한 남자의 말을 끊으며 말했다.

"네, 잘 알겠습니다. 그런데 페이스 아이디가 인식을 못 하면 다시 하셔야 돼요."

"문제없을 거예요! 저희 기술은 대한민국 최고거든요. 3D프린터라는 말이 한국에 들어오기도 전부터 해외에서 기술을 눈여겨보고 있다가 아, 이게 이 나라의 미래구나, 하고……."

"어디 보자, 난 애플 따위는 안 쓰거든요. 이거 그냥 비추기만 하면 되나?"

재건은 책상 위에 볼록 솟은 천을 벗겨냈다. 거침없는 행동에 대표는 속수무책이었다.

"아아."

그 안에는 놀랍도록 정교한 두상이 놓여 있었다. 사람 피부색과 비슷한 필라멘트 재질의 그것은 머리카락은 없었지만 사진으로 보던 키티 얼굴 그대로였다.

"이 정도로 되려나? 혹시 몰라서 집에 있던 가발을 하나 가져왔죠. 설마 색깔까지 맞춰야 하는 건 아니겠지?"

재건은 멋대로 두상에다 가발을 씌웠다. 그렇게 하니 더욱 더 사람 같아졌다. 눈에는 키티가 실제로 썼다는 렌즈를 씌워 보았다.

"정말 될까요?"

마곤은 삐딱하게 올려다보았다. 재건은 책상 위에 올라가다시피 하며 두상 앞에서 휴대폰을 이리저리 비춰보았다.

"어라?"

"안 돼요?"

재건은 책상 위에서 폴짝 뛰어내린다. 그리고 마곤에게 폰을 내민다.

"되네?"

"이게?"

"저기, 되는 거죠? 그럴 줄 알았다니까요. 저희 기술은 할

리우드에서도 인정했는걸요. 그런데 형사님 맞으시죠? 이거 수사에 도움되면, 그러니까 발표 같은 것도 하나요? 그러면……."

대표가 옆에서 기웃거렸지만 재건에겐 관심 밖이었다. 재건은 화면이 꺼지지 않도록 유의하면서 화면 안을 살폈다. 카카오톡은 역시 잠겨 있어 열 수 없었고 문자메시지는 잘 쓰지 않는 듯했다. 남은 것은 통화 기록이었다. 그날, 키티가 살해당한 날의 통화는 모두 세 건이었다. 그중 두 명은 재건이 아는 사람이었다.

바니와 윤영. 나머지 한 명은 고지선이라는 사람이었다.

"키티가 원래 폰으로 이오랑 통화한 게 4시라고 했지? 여기선 생존 확인 시각이 뒤로 늘어나는군. 4시 반경에 바니. 삼십분 정도 통화했군. 끝나자마자 바로 윤영과 오 분 정도. 그러니까 5시쯤이지. 그리고 7시 조금 지나 고지선과 오 분. 적어도 7시까지는 살아 있었다는 말이야."

"윤영? 어제 그 매니저인가요?"

"그런 듯? 어, 번호가 같네. 고지선은 누구지? 역시 관계자려나?"

"그럴 거예요. 제 기억이 맞다면요."

"넌 대체 모르는 게 뭐냐?"

"저기, 성공하셨으면 대금은……."

대표가 끼어들었으나 재건은 훌훌 털어내며 이동하기 시작했다.

"계좌로 입금할게요. 아, 이건 가져갈게요."

하며 두상을 집어 들고서 사무실 문을 나섰다. 마곤도 대표에게 눈길 한번 주지 않고 뒤를 따랐다.

재건은 차에 올라 두상을 차 뒷자리에 던져두었다. 마곤은 폰에 얼굴을 박은 채로 차에 올랐다.

"고지선 역시 아이돌인가 보네요. 아직 데뷔 전이지만 연습생 팬들 사이에서는 유망주로 알려져 있나 봐요."

"연습생 팬? 그건 또 뭐냐?"

"팬질의 한 분야예요. 데뷔 전에 싹수 있는 사람들 미리미리 파고들었다가 나중에 텃세 부리려는 거죠."

"그런가. 음. 관계가 있으려나. 조사는 해봐야겠지. 한번 문자 보내봐. 정중하게. 아, 선예한테 말하면 안 된다. 바니한테 새어 나갈 수 있으니까."

"수사 과정을 의뢰인이 알면 안 된다고요? 왜죠?"

"음, 뭐랄까. 자기 모르게 키티랑 통화한 사람이 있다고 하면 아무래도 질투심이 자극될 것 같아서 말이야. 방해될까 봐. 만약이란 게 있으니까."

"질투요? 아니, 왜요?"

"바니는 키티랑 사귀던 사이였으니까."

"네엣?"

마곤은 전혀 예상하지 못한 말에 놀라 목소리를 높였다.

"무슨 근거로?"

"딱 보면 느껴지지 않냐? 가난하고 서러운 인디 아이돌. 바닥의 바닥에서 꽃피는 애틋한 마음."

마곤은 눈을 부릅뜨고 재건을 노려본다.

"알았어, 알았어."

재건은 허리를 펴고 진지한 눈으로 말한다.

"경찰은 동거인인 바니보다 이오를 의심하고 있어. 바니에겐 알리바이가 있지만 고향 다녀오는 것 정도는 고생 좀 하면 조작할 수 있잖아. 아마도 경찰로서는 바니를 의심할 이유가 없기 때문이겠지."

"당연한 거잖아요."

"당연한 게 아니야. 룸메 사이에 아무런 갈등이 없었을까? 경찰이 살해 동기로 주목할 만한 대화가 아무것도 없겠느냐 이거야. 이 폰에 바니와의 통화 내역이 있었다는 걸 기억하라고."

재건은 키티의 폰을 들어 보였다.

"삼십 분 동안 통화했다고 사귀는 거라고요?"

"그건 확신의 계기. 그보다 중요한 건 여기서 도출할 수 있는 사실. 키티는 룸메랑 쓰는 전화와 이오와 쓰는 전화를 구분하고 있었다. 아마도 카톡도."

"양다리……."

"그래. 아마 그 전화에는 바니와의 대화 내역이 거의 없을 거야. 이오와의 개인 연락용 폰이니까. 경찰이 이오를 집중 조사하는 것도 그 때문이고."

"다른 용도로 폰을 분리한 것일 수도 있잖아요."

"중요한 건 이 폰에는 이오와의 통화 흔적이 전혀 없다는 거야. 보아하니 키티는 바니와 조금만 떨어져도 통화를 했던 것 같은데. 여기 봐봐. 에이……."

재건은 뒷좌석으로 던져놓은 두상을 낑낑거리며 가지고 와서는 잠금을 풀고 통화 내역을 보여주었다. 이 기기는 업무 연락을 포함해서 통상 사용하는 전화 같았다. 하지만 그중 가장 많은 통화 빈도를 보이는 상대는 다름 아닌 바니였다.

"바니가 특별히 수사를 요청한 것도, 그리고 경찰 대신 이 탐정님을 찾은 것도 그 때문이겠지. 키티와 사귀고 있다는 사실을 알려야 수사에 진척이 있을 테니까. 나에 대한 보장은 선예가 해줬을 테고."

"그 신뢰를 깎아먹는 건 탐정님 본인이고요."

"잡소리는 과분! 어쨌든 이제 양상이 달라지지? 여기에 새로운 동기가 끼어 있을 것 같지 않니? 이 흔하고 식상한 삼각

관계에서라면 말이야."

"질투……."

"바니가 범인이라면 이오가 의심받는 도중 이렇게 단서를 제공하며 철저한 수사를 요구하지 않았을 거야. 가만히 놔두는 게 자신에겐 이익이니까."

"그럼 이오가!"

마곤은 이 충격적인 사실을 어떻게 받아들여야 할지 알 수 없었다.

몇 초 동안이지만.

"아니, 그럼 말이 안 되잖아요. 삼각관계면 왜 자기 연인을 죽여요. 상대 파트너를 죽여야지."

"사람 마음은 모르는 거지. 양다리를 걸치고 자기에겐 질투심을 유발하면서 피가 마르도록 괴롭히는 연인이라면 죽이고 싶어지지 않을까."

"아니, 그래도! 그런 일이 어디 있어요!"

"모든 일이 일어날 수 있는 곳! 내 세계에 불가능은 없다는 것을 아직 깨닫지 못했느냐, 제자여!"

"말이 되는 소리를 해야지!"

"후후. 불가능한 것을 제외하고 나면……."

"그러면 다른 두 사람은 왜 죽인 거래요? 그 둘은 상관없잖아요!"

재건은 순간 할말을 잃고 말았다.

“그렇군! 이건 연쇄살인이었지!”

“이 양반, 진심이었잖아!”

마곤은 빽 소리를 질렀다. 그 바람에 그들은 차 문을 똑똑 두드리는 소리도 들을 수 없었다.

카페 드 비뉴는 상수동 골목에 그림자처럼 숨어 있는 카페들이 그렇듯 조용하고 가라앉은 분위기를 고수했으나 이날만큼은 예외였다. 개점 당시 기껏 설치한 음향 시스템은 작은 규모의 밴드가 공연할 수 있을 정도는 됐지만 지금까지 무대가 사용된 적은 별로 없었다. 별다른 이유가 있던 것은 아니었고 단지 지원자가 없었기 때문이다.

그날 저녁은 귀한 카페 드 비뉴의 오픈 마이크 무대 중에서도 더욱 특별한 아이돌 무대가 있었다. 인디 아이돌 바니의 무대였다. 인디 아이돌은 그날 카페를 찾은 사람들 대부분에게 낯선 개념이었다. 아이돌을 모르는 사람도 없었고 인디를 모르는 사람도 없었지만 어쩐지 이 단어들의 결합은 이율배반이나 형용모순으로 들렸다.

“별로 어려운 개념은 아니에요. 아이돌도 자기가 곡 만들고 의상 안무 정하고 할 수 있는 거라고요.”

마곤은 주차 위반 딱지를 내려다보며 궁얼대고 있는 재건에게 말했다. 재건의 두서없는 중얼거림 속에 그런 의문 역시 들어 있었기 때문이다.

"일본엔 지하 아이돌이나 지역 아이돌이란 게 있나 봐요. 지방의 지자체 행사나 상가 같은 데에서 라이브 위주로 활동하는 거죠. 그 유명한 AKB도 클럽 같은 데에서 활동하던 인디와 다를 바 없었고 하시모토 칸나도 지역 아이돌이었고요. 우리나라는 딱히 구분은 없지만 지하돌을 더 많이 쓰는 것 같더라고요. 머글한테 말할 때엔 주로 인디라고 하지만."

"그래, 그래. 정말 잘 아는군."

재건은 관심 없다는 듯이 말했다.

"탐정님이 무관심한 거예요. 어떻게 의뢰인의 직업에 대해서도 알아볼 생각을 하지 않을 수가 있어요?"

"꼭 그런 건 아닌 것 같은데?"

무대 준비를 마치고 잠시 쉴 틈이 생긴 선예가 다가와 말했다. 장난기 어린 선예의 얼굴에 마곤은 도망치듯 밀려나고 말았다.

"그런데 정말 괜찮겠어? 원래는 키티도 같이 하는 거였다며?"

재건은 선예에게 물었다. 키티가 살해당한 지 일주일 넘게 지났다. 발견된 뒤로는 이제 겨우 오 일째다. 바니는 가족과 함께 조촐한 2일장을 마치고서 바로 재건을 찾았다. 큰일을 치른 뒤 다음 날 곧바로 공연을 한다는 것이 재건으로서는 이해가 가지 않았다.

"바니도 힘들 거예요. 그런데 키티와 약속한 게 있었대요. 아무리 사소한 기회라 하더라도 절대 놓치지 말자고. 무슨 일이 있더라도 무대를 포기하지 말자고요."

"근성이로군. 역시 아이돌은 아이돌이란 건가."

재건은 중얼거렸다. 이오 매니저의 중재로 지선과는 다음 날 저녁에 만나기로 약속을 잡을 수 있었다. 낮에는 살인 현장을 답사했고 별다른 단서를 얻을 수 없었다. 단지 바니와 키티가 단순 룸메이트는 아니라는 증거 몇 가지만 확인했을 뿐이다. 함께 찍은 사진 액자라든지, 소중하게 감춰져 있던 공동 일기장이라든지.

잠시 후, 알록달록한 옷을 입은 바니가 무대에 올랐다. 드레스도 아니고 스커트도 아닌 이상한 복장이었다. 이것저것 예쁜 것들이 통일성 없이 조합되었다는 점이 핸드메이드임을 입증해주고 있었다. 재건은 숫기 없는 바니가 어떻게 아이돌을 하는지 내심 궁금해하고 있었다. 소위 말하는 '끼'라는 것. 재건은 그 말을 좋아하지 않았지만, 자신을 어필하고 공간을 장악하는 능력이 별도로 존재한다는 점만큼은 인정했다. 사적인 공간을 장악하지 못한다면 무대도 장악할 수 없다. 재건은 큰 기대 없이 무대를 지켜보았다. 카페에는 평소보다 조금 많은 손님이 와 있었다. 개중에는 바니의 팬으로 보이는 사람도 있었다.

"저, 이렇게 찾아주셔서 감사합니다."

바니는 말을 시작했다.

"원래 이 무대엔 한 명이 더 서기로 했는데요, 제 동료였고, 정말정말 소중한 사람이었고, 그 애는……."

바니는 금방 코끝이 빨개져서 말을 잇지 못했다.

"그런데 약속했으니까, 오늘은 키티 몫까지 열심히 할게요. 그게, 키티의 뜻이었으니까요."

적당히 멘트가 끝나고 음악이 재생되었다. 바니는 춤을 추며 노래를 했다. 썩 잘한다고 할 수는 없었다. 하지만 바니는 주눅 들지 않았다. 동작 하나하나에는 자신감이 차 있었고 조금의 망설임도 없었다. 노래는 밝고 희망찬 내용이었다. 노랫말처럼 바니는 더이상 울상 짓지 않았다. 슬픔을 딛고 약속한 그날을 향해 힘껏 나아가자는 다짐을 하고 있었다.

"볼륨 업! 두 손을 벌려 모두 끌어안고서 내 뜨거운 오늘 위에 파노라마 펼치자……."

재건은 전날부터 생각하고 있었다. 이오는 키티와 연인이었다는 사실을 밝히면서도 자기 일을 철저히 해내고 있었고 관련해서는 한 방울의 감정도 내비치지 않았으며 팬 서비스도 잊지 않았다. 의기소침해 보이던 바니 역시 무대에서는 다른 사람이 되어 있었다. 그렇게 해서까지 올라가려는 자리가 어디일까. 재건으로서는 짐작할 수도 없는 곳이었다.

4

수요일. 재건과 마곤은 저녁도 겸할 겸 카페형 빵집에 자리를 잡았다. 이것저것 빵을 잔뜩 쌓아두고 둘이서 비눗방울 터뜨리듯 게걸스럽게 주워 먹고 있자니 막 연습을 끝낸 지선이 들어왔다. 마곤이 평하길, 아이돌 연습생 유망주라고 했다. 미리 확인한 프로필대로 키가 크고 갈색 톤의 피부를 가진 사람이었다. 막 샤워를 하고 온 듯 뒤로 묶은 머리에 물기가 남아 있었고 복장은 가벼운 트레이닝복이었다.

"여어, 어서 와요. 빵이 많으니 좀 드실?" 우걱우걱.

재건은 빵을 입에 문 채로 말했다.

"아, 괜찮아요. 저녁은 안 먹어서."

우걱우걱. "이런, 미처 생각을 못 했군. 고생이 많으시네요."

"관리도 일인걸요."

지선은 정물 묘사를 하듯이 담담히 말한다.

"그래도 커피는 드시죠? 물론 여기서 말하는 커피는 음료를 총칭하는 개념."

마곤이 주문하러 떠나고 이야기가 시작됐다.

"제가 응한 건 이거 때문인데요."

지선은 겉옷 주머니에서 종이 한 장을 꺼낸다.

"이게 가방에 들어 있었거든요."

A4 용지였다. 토너형 프린터로 출력된 것으로 보였다. 글씨체는 궁서체. 워드프로세서 기본 크기로 보였고 글씨체 외에는 아무런 편집도 거치지 않은 건조한 편지였다. 메시지는 다음과 같았다.

미워내가다차지하겠어죽여버리겠어

"살해 협박이로군요."

"네에. 경찰은 장난 취급하더라고요."

지선은 커피잔을 입에 댄 채로 말했다.

"받은 건 언제죠?"

"두 주쯤 전이었을 거예요. 언제부터 들어 있었는지는 몰라요. 저녁때 집에 와서 발견했거든요."

"키티가 살해당하기 전인가요?"

"네에……."

"이런 말 전해드려 유감입니다만, 저희가 키티 사건 수사중인 건 아시죠? 제가 키티의 통화 내역을 확인했거든요. 살해당한 날, 그러니까 지난주 월요일 저녁 7시에 지선 씨와 통화를 했더라고요. 그게 확인된 마지막 생존 시점이었고요."

"아, 혹시 제가 의심받는 건가요?"

지선의 말은 순수한 궁금증에서 나온 것이었다. 하지만 재건은 허겁지겁 허세를 부렸다.

"걱정 마세요. 모두를 의심하는 게 탐정의 일이니까. 심지어 전 저조차도 의심하죠."

커피를 가져온 마곤은 지선의 앞에 잔을 내려놓고 자기 자리로 돌아가 다시 빵을 먹는다.

"그래서 형식상 확인하는 건데, 키티가 살해당한 지난주 월요일 저녁에 알리바이가 있나요?"

"없겠죠. 혼자 왔다 갔다 했으니까요."

"다른 두 사람이 당한 수요일, 금요일은? 날짜가 바뀌는 새벽에 살해당했다는데."

"집에서 자고 있었겠죠."

"알리바이는 하나도 없다는 말이군요. 그럼 월요일에 무슨 통화를 했는지 알 수 있을까요?"

지선은 잠시 기억을 더듬다가 말했다.

"그걸 확인하려고요. 협박장."

"키티에게도 협박 메시지가 갔는가?"

"네. 오래는 얘기 못 했지만, 기분이 안 좋아 보이더라고요. 우리가 그렇게 사이 좋은 건 아니지만요. 그런데 뉘앙스를 들어보니 걔도 그걸 받은 것 같더라고요."

"여기서 궁금한 게 두 가지 생기는데요."

재건은 말했다.

"첫째. 왜 그때 전화를 한 거죠? 협박 메시지를 받은 건 그 전 주 아닌가요?"

"저도 이것저것 알아보다가 걔한테 생각이 미친 거라서요. 별로 친한 사이도 아닌데 바로 물어볼 순 없죠."

"아, 두 번째 질문으로 바로 이어지네요. 왜 그분한테 전화했는가 물으려 했는데."

"우린 같은 소문에 시달리고 있었거든요."

"소문?"

연예계 사정에 밝지 않은 재건으로서는 신경 쓰이는 말이었다. 정보에 어두운 것은 탐정으로서의 수치였다. 재건의 연예계 정보는 보통 삼사 년씩 뒤처졌다.

"네. 이오랑 사귄다고요."

"응? 이오랑요? 아니, 잠깐, 지선 씨랑 키티랑 둘 다?"

이오와 키티의 관계는 당사자가 밝힌 바 있지만 여기서는 일단 소문으로만 들은 척하기로 했다.

"그게, 한두 명이 아니거든요. 경찰이 아는지는 모르겠는데 죽은 루시아, 수야도 그런 소문이 있었어요. 그 밖에도 이오가 건드린 연습생이 더 있다고. 알 만한 사람은 다 알아요. 그러니까, 소문 말이죠."

"네? 루시아, 수야도요? 그러면 협박장은 그 소문 때문에 받았다고 생각하는 건가요?"

"네. 달리 뭐 있겠나요? 미리 말하는데 난 아니에요. 그런데 다른 애들은 모르죠. 이오랑 난 친하긴 하지만 사생활 얘기는 별로 안 하거든요."

"루시아나 수야도 협박장을 받았나요?"

"그건 몰라요. 하지만 걔네도 그런 소문이 있던 건 사실이죠."

"증오가 담긴 살인 협박장. 그걸 받은 사람은 이오와 그렇고 그런 소문이 있고, 그중 한 명은 살해당하고, 협박장을 받았는지는 모르겠지만 같은 소문이 있는 사람이 두 명 더 살해당했다. 갑자기 이오가 사건의 중심이 돼버리는데요."

"바로 나오는데요. 인터뷰도 있어요. 이오가 폴리아모리적 성향이라고."

마곤은 뉴스 기사를 검색하며 말했다.

"흐음. 그걸 공개적으로 밝혔단 말이지? 어쩌면 소문은 그것 때문에 도는 건지도 모르겠네. 그런데 소문 출처는 확인해봤어?"

"그게 바로 나오겠어요? 난 기사만 찾아봤어요."

"소문은 아마 트위터에서 불거졌을 거예요."

지선은 말했다.

"트위터라. 귀찮겠지만 한번 알아봐야겠네요."

"범인은 뻔하지 않나요? 이오와 사귀는 다른 누군가예요. 이렇게 됐으니 밝히는데 이오가 키티랑 사귄다는 소문은 진짜예요. 다른 누가 있어도 이상하지 않아요. 이오는 저한테 서로를 속박하는 관계는 싫다고 몇 번이나 말했거든요."

재건은 머릿속으로 정보들을 정리하며 고개를 끄덕였다. 바니는 키티와 사귀었고 키티는 이오와 양다리를 걸치고 있었고 이오는 다시 여러 사람들과 연루되었다. 바니가 이 관계를 알고 있을까. 적어도 키티와 이오의 관계는 알았을 것이다. 소문은 어떨지 몰라도.

"그렇군요. 그럼 이쪽으로 한번 생각해봅시다. 협박장 말인데요, 모르는 새 가방에 누가 넣었다고 한다면 지선 씨에게 접근 가능했던 사람으로 범인을 압축할 수 있을 것 같은데요."

"그렇겠죠. 그럼 역시 연예계 관계자 중에 범인이 있겠네요."

지선은 무표정한 얼굴로, 자기 주거래 은행을 밝히듯이 덤

덤히 말했다. 대화 사이에 완충 지대를 넣으려던 재건은 당황함을 숨겨야만 했다.

"그날 누구와 접촉했는지 기억하시나요?"

"기억하고 자시고, 스케줄 표에 다 나와 있는걸요."

"스케줄에 안 나온 사람들은?"

"없을 거예요. 다른 사람 만날 틈이 어디 있나요."

지선은 휴대폰을 꺼내 협박장을 받은 날의 스케줄을 확인했다.

"오전 10시부터 12시까지 안무 연습. 점심시간 겸 이동 시간 뒤 1시부터 2시까지 노래 연습. 3시부터는 남양주 촬영장에 가서 드라마 촬영을 했어요. 가방은 항상 방치되어 있었고 누구든 같이 있었거나 스케줄을 알았더라면 접근할 수 있었을 거예요."

"데뷔 전인데 드라마를?"

"카메라 경험이죠. 엑스트라나 마찬가지예요. 얼굴 정도는 더 나오겠지만요."

별게 다 있군, 하고 재건은 속으로 생각했다.

"그렇다면 오히려 연예계 관계자 외의 사람에겐 접근이 어려운 상황이었겠군요."

"그런 셈이죠."

재건은 잠시 대화를 중단하고 생각에 잠겼다. 무언가가 석

연찮다. 얼핏 드러나는 단서 사이의 인과가 너무나 탐스럽지만 희끄무레하다.

"이거 대단히 귀중한 정보를 얻었습니다. 일단 다음 타깃이 될 수도 있으니까 경찰에 보호 요청을 하는 건 어때요? 경찰이 싫으면 특별 가격에 제 경호를 받아도 되고 내킨다면 제 사무실에 와서 좀 있어도 되고요. 바니랑 친하나요?"

"음, 바니랑은 좀. 경호비는 얼마 정도 할까요?"

"의뢰인 경제력에 따라 다른데 단순 경호는 최저 시급에 기름값 정도에서 시작합니다."

"그럼 할게요. 집도 이 근처거든요. 주소랑 알려줄게요. 저 가는 데 따라다니면서 지켜주는 거죠?"

"어? 수사는 안 해요?"

마곤이 물었다.

"해야지. 그런데 범인이 또 나타나면 어디로 오겠니."

재건은 협박장을 흔들어 보이며 말했다.

5

해가 저물었다. 마곤과 재건은 차에서 따분하게 시간을 죽이고 있었다. 물론 아무것도 하지 않는 것은 아니었다. 마곤은 휴대폰으로 이오와 얽힌 소문을 조사하고 있었고 재건은 아파트로 드나드는 사람들을 감시했다. 어차피 범인은 면식범 내지는 연예계 관계자일 가능성이 크므로 만일 지선에게 접근한다면 미리 알릴 공산이 컸다. 재건이 할 일은 지선이 연예계 관계자와 일대일로 만나지 않게 하는 것 정도였다.

"또 하나 있지. 내가 눈이 빠지게 감시하지 않아도 되는 이유."

"또 이상한 소리 하려고 그러죠?"

"아니야. 이번엔 말이 되는 거야."

"이번엔? 지금까지 헛소리했다는 걸 인정하는군."

"왜 지선은 경찰에 가지 않고 탐정에게 돈을 써가며 경호를 의뢰했을까?"

재건은 마곤의 방해는 아랑곳하지 않고 지껄였다.

"경찰이 진지하게 안 받아들였다고는 했지만 그건 살인 사건이 일어나기 전이지. 사건이 실제로 일어났다면 보통은 겁에 질려 곧바로 경찰을 다시 찾지 않겠어?"

"그게 자작이라는 건가요?"

"협박장이 자작이라 해도 반증할 방법은 없지."

"자작이란 증거도 없잖아요."

"그렇지만 말야, 의심할 만한 정황은 네가 찾아보지 않았어?"

"그렇긴 하지만……."

마곤은 카톡으로 전송한 기사와 트윗과 캡처 화면들을 내려다보았다. 소문이 있다는 말은 사실이었다. 이오가 폴리아모리적 성향이 있다는 사실을 밝히는 인터뷰에서부터 이오와 얽힌 아이돌 지망생들에 대한 소문과 증거랍시고 올라오는 캡처본, 그것들을 긁어모아 대책 없이 자극적으로 작성한 기사까지. 그중 확실히 언급되는 이름만 골라보자면 키티, 수야, 루시아, 그리고 지선이었다. 물론, 이 리스트 중 세 명이 살해당했다는 사실 또한 주목받고 있었다.

"만일 이오의 연인 중 한 명이 범인이라면 피해자들 사이의 연관성이 설명되지. 현상을 설명할 유일한 가설. 그게 바로 가장 그럴싸한 이론이야. 그걸 찾아내는 것이 바로 이 김재건 님의 특기! 고지선은 거짓말을 한 거야. 사실 자신이 이오와 사귀고 있었으면서 아니라고 한 거지. 그래서 알리바이로 협박장을 만들어놓고. 어쩌면 희생자들 집에 멋대로 협박장을 배달했을지도 모르지. 양다리 걸친 애인을 살해한다는 가설보다는 이게 낫지?"

"글쎄요……. 증거도 없고, 너무 이상하잖아요. 고작 협박 메시지 정도로 혐의를 벗을 수 있다고 생각했다고요? 지선이 바보라면야……."

"없으니까 이야기하는데, 혹시 알아?"

재건은 고개를 숙이고 주위를 경계하는 척하며 낮은 목소리로 말했다.

"그런 얘기는 증거를 갖고 와서 얘기하라고요. 지선으로서는 아예 협박장 얘기를 안 하는 편이 나아요. 희생자들 방에 대문짝만하게 협박장을 전시해놓고 자신은 그 공통점에서 빠지는 게 유리하지, 반대로 다른 희생자들에겐 협박장이 있는지 없는지 모르겠다, 그런데 나한테는 있다, 하는 건 바보 같은 짓이에요."

"그렇군. 결과적으로 스스로를 용의선상에 올려놓는 꼴이군. 그런데 협박장 트릭을 떠올리고는 괜히 들떠서 다른 생각은 못 하고 내게 그 얘기를 했을 수도 있고."

"제발 평범한 사람을 가정하고 생각해보자고요. 차라리 맨 처음 말한 얘기가 더 설득력 있겠어요."

"아이돌이 너무 많다는 가설 말이냐? 역시 모든 것은 원류로 되돌아오는 법이지."

"아니, 차라리라고, 차라리! 말귀 못 알아먹어?"

"그렇다면 검증이다. 가설을 세웠으면 검증을 해야지. 이오랑 다시 얘기해보자."

"그래서, 너 문어발 연애중이었니, 하고 물어보게요?"

"물론 외교적이고 수사적인 표현을 사용해서."

"외교적이고 수사적인? 탐정님이?"

"결정됐으면 바로 연락해보자고. 그 매니저한테 직접 말이야. 이제 연락처가 있으니 굳이 안 만나고 전화로 물어봐도 되겠지?"

"역시 멋대로 결정해버리는군!"

마곤은 투덜거리면서 윤영의 명함을 찾았다. 마곤은 먼저 윤영에게 문자를 보낸 뒤 통화를 부탁했다. 윤영은 이에 응하고 먼저 전화를 걸어왔다. 마곤은 스피커폰으로 연결해주었다.

"아아, 안녕하십니까. 그제 만났던 탐정 김재건이라고 합니다. 이오 씨께 몇 가지 더 물어보고 싶은 게 있는데 혹시 연결해주실 수 있습니까?"

"이오는, 지금 안 돼요."

매니저의 목소리는 단호하게 잘라 내치는 것 같았다.

"일하는 중인가요?"

"네. 저한테 물어보시면 제가 답해줄 수 있는 건 답하고 아닌 건 전달해드릴게요."

"어, 이건 뭐랄까, 외교적인 질문인데요."

"그걸 그렇게 직접 말하면 무슨 소용이래!"

옆에서 마곤이 뒤집어진다. 하지만 재건은 눈 하나 깜빡하지 않고서 말한다.

"제가 조사를 하다가 이오 씨에 대한 소문을 몇 가지 더 접

했거든요. 이건 단순한 사실 확인 차원이고 조사를 위해서 필요한 단서라서 여쭙는 건데 혹시 짐작하고 계시겠지만 답해주실 수 있으신지."

매니저는 무엇을 말하는지 짐작하고 있었다.

"네. 그때 묻지 않은 소문이죠?"

"네. 굳이 말씀드리자면……."

"괜찮아요. 그건 회사에서도 관리해야 될 문제니까. 공식적으로 말하자면 전부 사실이 아니고요. 키티와 사귄다는 것도 부정하고 있으니 어디서 누설하면 안 돼요."

"네, 네. 물론이죠. 공식적이란 말은 그러면……."

"이오가 여러 명이랑 사귄다는 거 말하는 거죠? 그건 사실이에요. 이오가 폴리라는 사실은 부끄러운 일도 아니고 남들이 관여할 바가 아니에요. 다만 그걸 지저분한 사생활처럼 취급하고 애꿎은 사람들을 끌어들이는 게 나쁜 거지."

"그렇군요. 관련 사실은 제 명예를 걸고 누설하지 않겠습니다."

"그중에서 이 관계를 바람이라고 생각하는 사람이 있을 수는 있겠죠. 만일 그렇다면 이오의 잘못이라 할 수 있겠지만, 이 사건이랑은 상관없는 일이잖아요."

"엄, 혹시 아시나요? 고지선 씨도 여기 얽혀 있는 것 같은데."

"네. 아마 걔도 각별한 사이일걸요. 걔가 이오랑 친하다는 건 유명한데."

이 부분에 와서는 자신 없다는 듯한 말투였다.

"고지선 씨와는 확실히 사귀는 건지 어떤지 모른다는 말인가요?"

"네. 근데 아시죠? 이거 경찰에도 말하면 안 돼요. 우리가 사적으로 그쪽 고용하는 거랑 마찬가지니까 꼭 비밀 유지하셔야 돼요."

"네. 그것도 믿어주셔도."

"혹시 이오랑 얘기하더라도 내가 말했다는 거 발설하면 안 돼요. 그러면 서로 신뢰가 깨지고, 무슨 상황인지 아시겠죠?"

"네에, 네에."

재건은 들썩이는 사실들을 정리하느라 물어볼 말도 정리하지 못했다. 그대로 통화는 종료되었고 마곤과 재건은 침묵에 빠졌다. 그들은 자신이 왜 이 자리를 지키고 있는지 고민해야만 했다. 시간은 십 분 정도 지났지만 한 시간은 그렇게 굳어 있던 것 같은 기분이었다. 재건은 입을 열었다.

"지선한테 다시 물어보자. 무슨 수를 써서라도 이오 본인과 얘기해야겠어. 연락처 적어놨지?"

마곤은 사이드백 속을 더듬어 수첩을 꺼내 들었다.

6

지선이 이오와 친하다는 사실은 잘 알려져 있었다. 마곤이 조사하며 본 유튜브 영상에 나와 있었다. 두 사람은 아이돌 연습생을 출연시키는 케이블 프로그램에 함께 출연했고 그것은 두 사람의 이름을 알리는 계기가 되었으며 그들의 우정 역시 팬들 사이에 깊숙이 각인돼 있었다. 하지만 전국적 이슈가 되었던 서바이벌 오디션 프로그램에 출연하고 톱11에 오른 것은 이오뿐이었다. 지선은 자신의 소속사에서 차근차근 데뷔를 준비하고 있었다. 둘이 함께 출연했던 프로그램은 종영된 지 삼 년이 지났다. 두 사람의 관계가 어떻게 됐는지, 먼저 스타가 된 친구에게 질투심을 품게 됐는지 아니면 사적으로 만나며 우정 혹은 사랑을 키워왔는지 재건으로서는 짐작할 수 없었다.

"왁!"

창문으로 무언가가 나타나자 재건은 깜짝 놀란 고양이처럼 튀어 오르다 천장에 머리를 부딪쳤다.

"깜짝이야!"

지선이었다. 문자를 받고서 그들이 잠복하고 있는 차로 나온 것이다. 이번에도 지선은 트레이닝복 차림이었지만 머리는 헤어밴드로 넘긴 채였고 얼굴에는 흙을 개어 바르는 타입의 마스크 팩이 두껍게 씌워져 있었다.

"일 잘하나 보러 왔어요."

지선은 뒷자리에 날름 들어와 앉았다.

"음. 그렇군. 바로 가까이에 있으니까 직접 만나서 얘기해도 되겠군."

재건은 백미러로 지선의 눈을 들여다보며 말했다.

"무슨 일로 통화하자고 한 거예요? 더 물어볼 거 있어요?"

"그냥, 이오 번호 물어보려고 했었는데."

"이오요? 키티 핸드폰에 없었나요?"

"아, 그건 사정이 있어서."

"매니저 쪽 말고 본인이랑 얘기하고 싶은 거죠?"

"네. 매니저랑은 연락이 됩니다. 그런데 본인한테 직접 물어볼 게 있어서요."

"그런 거라면 이오한테 내가 연락해서 시간 될 때 전화해달라고 할게요. 언제 혼자가 될지 모르니까요."

재건도 그 방법에 동의했다.

"그뿐인가요? 물어볼 거 더 있으면 물어봐요. 얼굴 말라가서 금방 가봐야 돼요."

"이오. 이오에 대해서 더 얘기해줄 수 있나요?"

"직접 묻는 게 좋지 않을까요?"

"알리바이 같은 것 말고 그냥 이오가 어떤 사람인지, 어떤 생각을 하고 사는지 그런 거요. 이오 씨랑은 친하죠?"

"친하다마다요."

지선은 말했다.

"베프인걸요. 피차 연예계 들어와서 만나긴 했지만 초기에 의지할 상대가 서로밖에 없었어요. 그 애는, 정말이지 야심과 오기로 똘똘 뭉쳐 있다고 해야 할까. 집안일이라든가 성장 과정 같은 거 꼬치꼬치 캐물을 거 아니죠?"

재건은 다시 백미러로 눈빛을 보냈다.

"뭐랄까, 이런 적이 있었어요. 서바이벌 초반부에 항상 완벽하고 빈틈없는 모습을 보이던 이오가 유일하게 감정을 내비치고 울 뻔한 적이 있었거든요. 그때 한 말이 내 친구를 위해 꼭 파이널 진출하겠다는 거였어요. 그게 누군지 당연히 온갖 추측이 떠올랐죠. 그리고 거짓말처럼 마지막 우승을 확정 짓고 눈물 펑펑 쏟으며 하는 말이, 아직도 정확히 기억해요. 난 힘들 때 같이 있어준 내 소중한 친구를 위해 이 자리에 섰다고요. 그게 바로 저였죠."

"감동적이군요."

"덕분에 저도 제법 알려져서 데뷔에 탄력 받게 됐지만, 그래도 가끔 생각해요. 그게 의도적인 연출이었을지, 아니면 그냥 생각난 대로 얘기한 건지. 정작 지 가족은 일절 언급 안 했거든요. 그래서 잘 모르는 동료들 사이에서 안 좋은 평가 받기도 하고요. 하지만 누구보다도 자기편은 극진히 챙기는 애예요. 표현을 잘 못 할 뿐이죠."

"그래서 여기저기 소문을 흘리고 다니는 걸까요?"

"모르죠. 그런 면모에 끌리고 동경하는 애들이 많은 건지. 다시 말하지만 난 아니에요."

지선이 돌아가고 재건은 잠시 눈을 붙였다. 연예인. 톱 아이돌. 스캔들. 복수의 연인. 역시 잘 와닿지 않는 개념들이다. 재건은 이오라는 존재를 머릿속에 그려보려고 노력했다. 살인도 사람의 일이란 말이지. 이 사건 속에 녹아내려 달라붙은 마음, 의지, 그런 것이 좀처럼 짐작되지 않았다.

12시가 넘고 슬슬 지루함을 조절하기 어려워질 무렵, 이오에게서 전화가 왔다. 재건은 다시 활기를 끌어올려서 전화를 받았다.

"전화해주셔서 감사합니다. 이번 일과 관련해서 이오 씨한테 직접 묻고 싶은 게 있는데요."

"말씀하세요."

이오는 차분히 말했다.

"이오 씨는 범인을 확실하게 잡아서 경찰과 세간의 관심에서 벗어나고 싶으시죠? 그렇다면 사건과 관련되어 제가 알아야 할 부분은 빠짐없이 말씀해주셔야 해요. 만일 말하지 않은 게 있다면 저로선 거기에 들어간 말 못 할 이유를 멋대로 상상할 수밖에 없답니다."

"무슨 말이 하고 싶은 거죠?"

"우린 소문에 대해 얘기했었죠. 그런데 제가 연에게 소문에 어둡다 보니 미처 알지 못한 게 있었어요. 그게 뭔지는 아시리라 생각합니다."

"전 사실만을 말했는데요."

"물론 그럴 수도 있겠죠. 제가 듣기론 아니었지만요."

"하아."

"귀찮은 소문을 또 떠안고 있다는 것을 뒤늦게 알았는데요, 이 점도 본인 입으로 확인을 해주셨음 합니다."

"궁금한 걸 물어보시죠."

"최근, 사귀고 있는 사람은 몇 명이었죠?"

"없어요. 키티가 죽었으니 이제 한 명도 없어요. 지금 지선 언니를 의심하는 거죠? 제가 여러 명이랑 사귀고 있었고 지선 언니가 나머지 애인들을 죽였다는 거죠? 그런데 난 키티만 만나고 있었어요."

이오의 목소리는 단호했지만 떨리고 있었다. 당연히 예상하고 있을 것이다. 재건이 무엇을 깔고서 이야기하는지.

"지선 씨와는 무슨 사이죠?"

"친한 친구예요. 그뿐이에요. 프로그램에 같이 나온 적 있었어요. 〈아이돌 스트리트〉라고 그냥 떠들면서 길거리 사람들 인터뷰하는 거였는데 거기서 리포터로 같이 나왔어요. 그 뒤로 계속 연락하고 지내요. 가끔 영상에서 언급해줘서 팬들도 지선 언니를 아는 것 같아요."

"알겠습니다. 혹시 다른 알려지지 않은 사실이라든가 제가 알아야 하는데 놓치고 있다든가 하는 건 없나요?"

"그런 게 뭘 말하는지도 모르겠네요. 이게 다예요."

"네, 정말 감사합니다. 마지막으로 또 개인적인 질문이랄까, 하나만 더 물어봐도 될까요."

재건은 지난 만남 때 미처 꺼내지 못했던 질문을 꺼냈다. 형식상의 허락이었지만, 이오는 그러라고 말했다.

"사귀던 사람이 죽었는데 어떻게 그렇게 태연하게 활동할 수 있죠? 지금 이오 씨가 관심 있는 건 누명을 벗는 건가요, 아니면 애인을 죽인 범인을 찾는 건가요?"

재건은 벼르고 있던 질문을 던졌다. 역시 말본새가 영 좋지 않다고 생각했다. 하지만 물어볼 수밖에 없었다. 이오는 의외로 담담히 대답했다.

"범인은, 아무래도 좋아요. 슬퍼하는 건 나 혼자 하는 것으로 족해요. 그것 때문에 다른 일을 다 포기할 순 없잖아요. 난 이뤄야 할 게 많단 말이에요."

그렇게 통화가 마무리되었다. 마곤은 폰을 가슴에 끌어안은 채 잠들어 있었다. 이렇게 하루를 정리하도록 하자. 재건은 잠시 눈을 감고서 생각을 정리하다가 천사가 업어 가도 모르게 잠들고 말았다.

목요일 아침이 되자 재건은 지선에게 확인 전화를 하고서 스케줄을 받은 뒤 여기저기에 전화하기 시작했다. 재건에게도 희미한 방송계 연줄이 있었다. 대학 시절 친구를 비롯해서 과거에 사건으로 만난 사람까지 총동원해서 건너건너 원하는 곳에 다다를 수 있었다.

그사이 마곤에게는 이오의 소문에 대해 좀더 철저히 파헤치라고 지시했다. 마곤은 스마트폰을 오전 내내 두드리면서 웹상에서 접할 수 있는 모든 정보를 긁어모았다. 태어날 때부터 인터넷의 언어와 문법으로 말하고 생각하던 마곤에게는 쉬운 일이었다. 어차피 소문의 시작은 인터넷이었다. 트위터와 연예 관련 기사의 댓글과 몇몇 게시판을 뒤적이면서 소문이 어디서 흘러나와 어떻게 퍼져나갔는지 추적하는 일이었다.

"뭐 좀 나왔냐?"

점심께가 되어 재건이 물었다. 그들은 지선의 레슨 경로에 따라 합정역 인근의 주차장에 차를 대고 있었다.

"네. 나왔다고 해야 되나? 역시 이상해요. 소문이 원래 꼬리에 꼬리를 무는 법이긴 한데 페이스북이 카페 글을 캡처하고 카페에선 트위터를 캡처하고 트위터에선 서로서로 떠드는 말들을 옮겨 쓰고 그 과정에서 다시 페이스북을 참조하는 경우도 있고 해서 찾기 힘들었는데……."

"결론을 말하라고, 결론을."

"가만히 있어봐요. 그래서 알아내기 힘들었지만 결국 해냈다고요. 제일 먼저 불거진 게 역시 이오와 지선의 레즈설. 이건 둘이 친하니까 디씨에서 먼저 돌던 얘기예요. 그리고 실제 사귀다 보니 파파라치한테 찍히기도 한 게 이오와 키티의 교제설. 수야는 트위터에서 나왔어요. 수야는 데뷔를 앞둔 신인인데 이오랑 같은 소속사였거든요. 그런데 이게 묘하네요. 처음엔 팬들끼리 장난으로 사귄다 어쩐다 하면서 캡처 사진 올리고 하던 거였어요."

"뭐야, 그게. 루시아는?"

"루시아도 비슷해요. 서바이벌 프로그램에서 이오랑 같은 조로 나왔는데 둘이 케미가 잘 맞았거든요. 방송에서 장난으로 사귄다는 콘셉트를 잡기도 했고요. 팬들 사이에선 둘 중 뭐가 공식 커플링인가 논쟁이 벌어지기도 했어요."

"그래도 모르는 거 아닌가? 다자연애인가 그거는 실제로 밝힌 거라며."

"모른다고 해서 단정해선 안 되잖아요. 문제는 그게 싸잡아서 교제설로 둔갑하고 기사화됐다는 거죠."

“그러니까 결론은 ‘확인되지 않음’인 거냐? 아니라고 딱 증명된 것도 아니고?”

“그런 셈이죠. 탐정님은요? 뭘 알아보고 있던 거예요?”

“흠. 지금 상황이 이해되냐?”

“또 질문은 패스하고 딴소리 시작하는 거죠?”

“지금 모순점이 너무 많아. 지금까지 우리가 들은 증언들을 종합해보면 말이야, 말이 안 되는 부분이 발생해. 누군가가 거짓말을 하고 있단 말이야.”

“그걸 확인하고 있던 거예요?”

“아무래도 네가 나서야 할 것 같다.”

재건은 넌지시 말했다. 그 말이 무엇을 뜻하는지 마곤은 잘 알고 있었다.

“어디죠? 경찰서요?”

“불확실한 요소를 최대한 소거해야 해. 수야와 루시아는 둘 다 마포구에 살고 있었다고 하니 마포경찰서로 가봐. 거기 증거 보관실에 협박장이 있나 찾아보는 거야. 형사가 개인적으로 갖고 있을 수도 있으니 책상도 뒤져보고. 정 안 나오면 담당 형사 컴퓨터를 뒤져서 조서라도 찾아보고.”

“후, 알았어요. 데려다줄 건가요?”

“멀지 않을 테니 택시 타고 가. 난 자리를 지켜야 하잖아.”

마곤은 군말 없이 차에서 내렸다. 마곤도 그들이 봉착한 난

점을 이해하고 있었다. 그들에게 더 필요한 것은 정보라는 점을 잘 알았고 그것을 얻으려면 자신이 나서야 한다는 점도 알았다. 마곤에게는 초능력이 있었으니까 경찰서에 잠입하는 것은 일도 아니었고 이번이 처음도 아니었다.

늦은 오후, 그들은 지선의 목동 연습실 근처에서 다시 만났다.

"어때? 들키진 않았지?"

마곤은 감시 카메라를 피하기 위해 변장복을 입고 있었다. 얼굴을 가리는 넓은 챙이 달린 모자와 장갑과 우비. 바깥을 나돌아 다니기엔 더없이 수상한 복장이지만 마곤에게는 상관없었다.

"있었어요. 지선 누나가 받은 것과 똑같은 협박장이었어요. 굳이 사진 찍을 필요는 없죠?"

"네 보증이면 충분하지. 이제 명확해졌군. 혼돈이 말이야. 상황이 더 이상해졌어. 희생자의 공통점은 바로 이오야. 이오의 연인이라는 이유로 살해당한 거야."

"그럼 이오의 또 다른 애인이 범인이란 말이잖아요. 확실해진 거 아닌가요?"

"아니야! 아무것도 확실해지지 않았어! 난 내심 이게 발견되지 않기를 바랐다고! 잊었어? 여기엔 심각한 모순이 있어.

그 무엇도 그들이 이오의 연인이라는 걸 증명해주지 않는다고!"

"협박장이 증거잖아요."

"아니야. 근거가 없어. 아직 우린 미치광이 살인마 가설에서 한 발짝도 못 벗어났어. 만약 아이돌 연습생을 아무나 죽이기로 결심한 뒤 교란을 위해 이슈가 되는 녀석들에게 의미심장한 메시지를 남기고서 살해한 거라면 어쩔래?"

"그건 너무 과도한 가정이라고요. 증거가 말하는 그대로 받아들이는 게 어때요?"

"그런데 어쩌나? 우리가 들은 증언은 증거를 배반하는데. 잊었어? 이오는 적어도 최근에는 문어발 연애를 하지 않았다고 말했어."

"그랬죠……."

"그뿐이랴, 윤영은 반대로 그 소문이 사실이라고 했지. 이 말대로라면 피해자 사이의 공통점이 인정돼. 피해자들이 받은 협박장도."

"이오만 거짓말을 한 거라고 보면 어떨까요?"

"그래도 여전히 모순은 남지. 지선은 이오와 사귀는 것도 아닌데 어째서 협박장을 받은 거지? 지선도 거짓말을 했고 실은 이오와 사귀고 있었다고 한다면? 그럼 다시 처음으로 돌아가는 거야. 바니가 부자연스럽게 자기를 용의자에 올린 이유를 또 설명해야 돼."

"그럼 이제 어떻게 할 건데요?"

"가장 튼튼한 사실이 있어."

재건은 말했다.

"지선 말이야. 난 일단 지선의 말을 믿어보기로 했어. 만일 범인이 진심이라면 지선을 마저 죽이러 올 거야."

"어째서죠?"

"가장 그럴싸하니까."

"그때까지 기다리자고요?"

"아니, 유인하는 거지. 장치는 만들어놨어. 지선은 정기적으로 금요일 밤이면 혼자 안양천에서 조깅을 한다고 해. 만일 노린다면 그때가 기회겠지."

"범인이 그때 노린다는 게 확실한가요?"

"초조해진다면 말이야. 이미 기사가 떴을걸? 검색해봐."

마곤은 포털에서 고지선을 검색할 필요가 없었다. 톱 기사에 이름이 올라 있었기 때문이다. 지선은 인스타그램에 협박 메시지를 공개했고 근 시일 내에 경찰서를 찾겠다고 밝혀두었으며 그 사실은 고스란히 기사화되었다. 만일 범인이 지선에게 쉽게 접근할 수 있는 사람이라면 내일 밤을 마지막 기회라고 생각할 것이다.

7

해가 기울었다. 어스름한 군청색 하늘 속으로 안양천의 물결이 빨려들 것처럼 흐르고 있었다. 그늘진 강변은 멀리서 다가오는 사람의 얼굴을 식별하기 어려울 정도로 어두컴컴했다. 그렇지만 그곳을 꿋꿋하게 달리고 있는 사람이 지선이라는 사실을 그는 잘 알고 있었다. 왜냐하면 오늘 저녁에 지선은 스케줄이 없고 스케줄이 없는 금요일 저녁에 그곳에서 조깅을 하는 것은 수개월간 이어진 습관이니까.

길게 끌 생각은 없었다. 적당한 기회를 봐서 지선도 정리를 할 생각이었다. 하지만 이렇게 피치 못하게 처리하게 되리라고는 예상하지 못했다. 왜 갑자기 마음을 바꾸었을까. 지선은 경찰을 불신했다. 그 점은 자세한 내막까지 들어서 알고 있었다. 어릴 적 범죄 피해를 당했던 지선은 경찰의 무성의한 태도와 오히려 자신을 책망하고 압박하는 말투 때문에 막막함을 느끼고 울면서 경찰서를 빠져나왔다. 당연히 가해자는 아무런 처벌도 받지 않았다. 그런 지선이 경찰을 의지하리라고는 생각하지 않았다. 물론 경찰이 지선의 말을 듣는다고 해서 뭔가를 알아낼 수 있을 리는 없다. 하지만 가능성은 최대한 배제해야 한다. 그래서 타이밍은 지금뿐이다.

그는 멀찌감치 떨어져서 자기 페이스대로 달리는 척하며

지선의 뒤를 쫓았다. 지선의 조깅 경로는 알고 있었다. 그가 되돌아오는 지점도 알고 있었다. 마주치는 순간이 결행 순간이다. 그는 전기충격기를 가지고 있었고 조우 지점에서 도로로 이어지는 곳에 렌터카를 대두었다. 물론 감시 카메라나 사람들의 접근성도 고려했다.

속도를 늦췄다. 지선이 마주 오고 있었다. 그는 전기충격기의 스위치에 엄지를 갖다 댔다. 그것이 전기충격기일 줄은 꿈에도 생각하지 못할 것이다.

그럴 것이다.

지선은 마주 오는 그를 쏘아보며 달리기를 멈추었다. 야구모자를 쓰고 자전거 넥 워머를 올려 쓰고 있어서 얼핏 보고는 알아볼 수 있을 리가 없었다. 하지만…… 그는 시선을 피할 수 없었다.

"이런, 이런! 어떻게 하나 보려고 했는데 손에 든 그것은 무엇? 전기충격기가 아닌가! 지선 씨가 그런 것까지 체험할 필요는 없겠지!"

정신 사나운 목소리가 들려왔다. 누구인지 알 것 같았다. 월요일에 만났던 이상한 탐정.

"물론 무턱대고 공격했어도 이 몸이 감탄스럽게 막아냈겠지만! 자, 어디 최후의 발악을 해보시지, 악당!"

그는 잠시 재건을 노려보다가 숨을 꾹 참고서 떨리는 심장을 진정시킨 뒤 말했다.

"무슨 소리를 하시는 거예요? 갑자기 둘이서 함께 나타나다니. 사건 때문이에요? 이건 평소에 갖고 다니는 호신용품이에요. 여자한테 세상 무섭다는 거 이해는 하시려나."

"발뺌하는 건가! 역시 범인의 전형이로군! 그렇게 나와줘야 재밌지! 그래야 이 몸이 활약할 기회가 생기거든. 그러니까 구차해지기 싫으면 미리미리 자백하는 게 좋을걸! 난 계속 버텅겼으면 좋겠지만."

"이해할 수 없는 소리 할 거면 전 가볼게요."

그는 그들을 무시하고 발걸음을 옮기려 했다. 그러나 그의 앞을 지선이 막아섰다.

"그거 나한테 쓰려 한 거 다 알아요. 마주치기 직전까지 영상으로 찍고 있었다고요."

재건의 뒤에서 마곤이 휴대폰을 들고서 다가온다.

"뭐, 뭔가 잘못 본 거야. 몰래 찍는 건 불법이야!"

"살인은 더욱 큰 죄예요!"

새로운 사람이 나타났다. 그는 다름 아닌 이 사건의 의뢰인 바니였다. 바니는 마곤의 뒤편에 서 있었다. 그는 야구 모자 밑으로 바니를 노려보았다.

"자수할 기회를 주고 싶지만 어리석은 범인들은 항상 거부하지. 그래서 입증해 보이겠다! 바로 당신이 범인인 이유!"

재건은 외쳤다. 그리고 누구도 막을 수 없는 재건의 해설이 시작되었다.

"이 사건은 동일범에 의한 연쇄살인 사건. 희생자는 키티, 수야, 루시아. 침입의 흔적이 없는 것을 봐서는 키티가 스스로 문을 열어줄 수 있는 면식범의 소행일 가능성이 크다는 것이 경찰의 견해. 난 여기서 시작해서 키티의 주변 사람들을 만나고 다녔지요. 그랬더니 놀라운 인간관계가 드러났습니다. 키티는 바니와 이오 사이에서 양다리를 걸치고 있었고, 이오에게는 네 사람, 희생자 셋과 저 지선 씨까지 아우르는 교제를 하고 있었다는 소문이 있었지요. 그런데 이에 대해 증언은 제각각 달랐지요.

먼저 이오. 이오 씨는 소문을 부인했지요. 자신은 키티와만 사귀고 있었다고. 이오의 매니저인 윤영 씨는 그런데 상반된 주장을 했어요. 그 소문이 어느 정도 사실이라고. 다만 지선 씨에 대해서는 확실하지 않다고 했지요. 마지막으로, 지선 씨는 자신에 대한 소문을 부인했어요. 다른 두 사람, 수야와 루시아에 대한 것은 모른다고 했고요. 그렇다면 이 셋 중 누군가는 거짓말을 하고 있는 셈."

재건은 퇴로를 차단하듯 그들 주위를 저벅저벅 걸으면서 이야기했다.

"지선 씨가 거짓말을 했을 경우를 생각해봅시다. 즉, 지선 씨가 이오의 연인이라 생각해보자 이거죠. 이 사건의 희생자들은 이오의 연인이라는 공통점이 있다고 알려져 있어요. 그들 중 살아남은 한 명, 지선 씨의 질투심에 의한 범행일지도 모른다는 추측이 여기저기 떠돌고 있어요. 만약에 지선 씨가 이오의 연인이라면 그럴 가능성이 높아요. 범인이 아니라면 굳이 거짓말할 이유도 없죠.

그런데 지선 씨는 나에게 범인으로부터 받았다는 협박장을 보여주며 경호를 의뢰했어요. 이건 불가해한 일. 지선 씨가 범인이라면 자신이 받은 협박장을 숨기고 가능한 한 연관성을 드러내지 않는 게 유리해요. 그런데 굳이 자작 협박장을 만들어 의심을 받는다? 따라서 지선 씨가 협박장을 보여주면서 동시에 자신이 이오의 연인이 아니라 주장하는 것은 내적 모순을 일으켜요. 자기가 범인이라는 자의식이 있다면 협박장도 없애고 이오와의 관계도 부정해야 유리하고, 그런 자의식이 없다면 협박장 따위는 아무 상관도 없죠."

"저기, 참견해서 미안한데요. 범인이 유불리를 계산 못 했을 수도 있잖아요."

마곤이 옆에서 말했다. 마치 청중 앞에서 2인 콩트를 하듯이.

"그럴 수도 있지. 하지만 이것을 믿을 만한 사실로 고정해보고 나머지 추론을 해보자 이거야. 지선은 이오의 연인이 아니다. 이 사실은 나머지 두 사람의 증언과 충돌하지 않으니까요. 키티는 모든 교제설을 부인했고 윤영 씨는 지선 씨에 한해선 모른다고 했으니까요.

이제 두 사람을 비교해볼까요? 윤영 씨의 말이 거짓일 경우, 즉 이오는 키티랑만 사귀고 있었고 소문이 거짓일 경우를 생각해봅시다. 그런데 어라? 제가 확인해본 결과 수야와 루시아는 지선 씨가 받은 것과 똑같은 질투와 증오가 담긴 협박장을 받았다고 하네요. 지선의 증언에 따르면 키티도 협박장을 받은 정황이 있다 하고요. 이거 이상한데요? 소문이 사실이 아니라면 범인의 동기가 오리무중입니다. 바로 이오의 연인이라는 공통점 말이에요. 그게 아니라면 소문과 협박장은 서로 다른 사건인데 우연히 동시에 일어났다는 말일까요? 그럴 가능성은 적으니 이 경우의 수는 일단 제쳐놓겠습니다.

그럼 이오의 말이 거짓이라고 가정해봅시다. 피해자들 그리고 지선과도 사귀고 있었다는 소문이 사실인 거죠. 그렇다면 범인의 동기는 질투라고밖에 볼 수 없지 않나요? 왜 이오의 연인들을 굳이 찾아가 살해하겠어요. 그렇다면 범인이 누군지 대번에 추론 가능하죠. 범인은 살아남은 이오의 연인 중 한 명."

재건은 지선을 가리켰다. 지선은 입술을 삐죽 내밀었다.

"근데 조금 전엔 지선 씨가 범인일 리가 없다고 했잖아! 따라서 기각!

이럴 수가! 결국 이 위대한 탐정이 미궁에 빠져버리고 말았는가! 하고 절망하기엔 이르죠. 하나 더. 이오가 **다른 종류의 거짓말**을 한 것은 아닌지 생각해봐야 합니다. 이오는 단지 키티랑만 사귀었다고 말했습니다. 그것이 수야, 루시아, 지선 씨만을 부정했으리라 믿은 것은 선입관에 갇혀 있기 때문. 사실 이오에게는 연인이 한 명 더 있었습니다. 소문의 대상이 아니었던 터라 우리가 인지할 수 없었고 그래서 은폐할 수 있었던 연인. 아이돌 지망생들에게 접근할 수 있고 지선 씨의 동선도 파악 가능해 협박장을 보낼 수 있던 사람. 바로 당신, 매니저 이윤영을!"

재건의 손가락은 모자를 쓰고, 넥 워머로 입을 가리고 떨리는 손은 전기충격기를 쥐고 있는 윤영을 가리킨다.

"이오는 거짓말을 했습니다. 지금 사귀는 사람은 '없다'고요. 그 이유? 바로 **유일하게 남은 연인을 지키기 위해서**였죠. 연인의 존재가 드러나면 언젠가 경찰의 수사가 그를 향하리라고 생각했을 겁니다.

이오와 윤영의 말은 서로 충돌했습니다. 둘 다 거짓을 말하고 있었지만 동시에 일말의 진실을 말하고 있었죠. 이오의 거짓. 드러나지 않은 연인이 있다는 것. 이오의 진실. 자신에 대한 소문은 사실이 아니라는 것. 윤영의 거짓. 소문이 사실이라는 것. 윤영의 진실. 범인은 마지막으로 남은 이오의 연인이라는 것. 이 각각 명제들은 '숨겨진 연인'이라는 열쇠로 간단히 봉합됩니다. 그리고 그 연인이 윤영이고 윤영이 말한 거짓과 진실에 어떠한 목적성이 있다고 가정하고 나니 모든 문제가 해결되더군요.

소문대로라면, 살아남은 이오의 연인인 지선은 범인으로 몰리게 되죠. 경찰은 지금 이오를 겨냥하고 있지만 언젠간 소문을 참고하게 될 거예요. 범인이 협박장을 보낸 이유도 처음부터 철저하게 지선을 범인으로 만들기 위해서였습니다. 협박장의 공통점은 금방 드러나겠죠. 누군가는 마지막에 남은 이오의 연인을 의심할 테고요. 당신이 나와의 통화에서 소문이 사실이라고 알려준 이유도 지선 씨에 대한 수사를 부추기기 위해서였습니다. 만약에 지선이 자살한 모습으로 발견된다면 세상은 그를 질투에 불타는 연쇄살인범으로 생각할 겁니다. 지선과 이오는 눈에 띄게 친했고 그들이 연인이라고 한다면 믿을 사람은 많겠죠.

이러한 상황을 봉합하는 유일한 논리적 설명. 윤영이 바로 숨겨진 연인이며 소문을 이용해 지선을 범인으로 몰려고 했고, 이오는 자신의 또 다른 연인을 지켜주려 거짓말을 했다는 것. 두 사람은 제각기 따로 저에게 증언했습니다. 그것이 화근이었죠. 손발이 맞지 않았던 거예요. 모순된 상황이 발생했어요. 아마도 윤영 씨는 그것이 사건을 미궁에 빠뜨리리라 기대했겠지만 전 풀어버렸죠. 당신이 범인입니다.

그래서 난 당신이 필연적으로 여기에 나타나리라고 생각했습니다. 이렇게 살의를 가지고. 그리고 입증됐죠. 지선이 경찰에 단서를 뿌리면 아무래도 곤란해질 테니까요. 저기 있는 렌터카 명의를 알아봐도 간접증거가 되겠죠? 이제 그만 포기하시죠. 직접증거는 없지만 경찰은 내 얘기를 들으면 당신이라 확신하고 이내 물증을 찾아내겠죠. 전 여기 오기 전에 몇 가지 조사를 더 했습니다. 확실한 사실은 알아내지 못했지만 이오가 당신과 묘한 기류를 흘렸다는 것을 동료 스태프들한테서 들을 수 있었어요. 증거는 안 되겠지만 내 확신은 더욱 굳건해졌습니다. 논리는 완벽해졌고요. 버티려면 버티세요. 이걸 반박할 다른 시나리오를 찾아낼 순 없을 테니."

윤영은 대꾸하지 못하고 고개를 숙인 채 부들부들 떨고만 있었다. 재건의 말이 안개처럼 흩어지자 고요함이 감돌았다. 재건은 다시 말을 이었다.

"이 가능성을 떠올리게 된 것은 이오 씨와 통화하면서였어요. 저렇게 냉철한 척할 필요 없을 텐데. 저렇게 아무 일도 아닌 것처럼 할 일 다 할 필요는 없을 텐데. 애도 정도는 할 수 있을 텐데. 그렇게 못 하는 이유가 있지 않을까? 난 생각했죠. 설마 소속사에서 눈물 한 방울 허락해주지 않을까. 그런데 만일 슬픔을 감춰야 할 상대가 바로 곁에 있다면 어떨까. 만일 그 상대에게서 어렴풋이 악의를 느끼고 있었다면 어떨까. 그래서 혹시 모를 상황으로부터 나머지 한 연인을 지켜주려고 거짓말을 한 것은 아닐까. 그랬더니 퍼즐이 맞춰지더군요."

천천히 지선이 입을 열었다. 목소리는 떨리고 있었다.

"그러면 이오가 날 범인으로 몰려고 한 건가요? 그 애가 그랬다는 게……."

재건은 대답했다.

"아닐 거예요. 이오 씨 입장에서는 그 소문은 확실히 거짓이니까 그것 때문에 애꿎은 사람이 범인으로 몰릴 거란 생각은 못 했을 거예요. 하지만 또 다른 연인이 있다는 게 알려진다면 소문이 언젠간 그 사람을 겨눌 수 있다는 건 짐작했겠죠. 그래서 감춘 것뿐이에요."

"그런데 어떻게 소문만으로 사람을 죽이죠? 키티는 그렇다쳐도, 다른 사람들은? 어떻게 소문만으로 그렇게 질투심을 품을 수가 있어요? 정말 그런 동기인가요?"

마곤이 불특정한 청자를 향해 말했다.

"동기는 질투가 맞을 거야. 맞죠? 그런데 질투심이 실제 일어난 사건과 실제 인간관계에서만 발생하나? 소문은 팬들 사이, 관계자 사이에서 두루 퍼져 있었어요. 연인에 대한 소문은 어떤 것이든 예민하게 받아들일 수밖에 없죠. 이오는 쿨하게

'그딴 게 무슨 상관이냐?' 하고 말했을지도 몰라요. 하지만 의심과 의혹을 가라앉힐 수는 없었겠지. 이오는 정말 키티와 사귀고 있었고 그 사실을 다른 사람에게 확장하는 것은 어렵지 않았겠죠. 심리적 증거는 충분했을 테고. 다른 희생자들과 지선이 이오와 찍은 사진, 동영상, 기사 등등 여기저기서 접할 수 있었을 겁니다. 마음속에서 분노와 원망은 커져만 갔고, 그러다 보면 대상을 머릿속에서 가공해서 책임을 전가하게 되고. 흔한 일이에요. 한번 부풀기 시작한 의심은 결국 스스로 컨트롤할 수 없는 지경에 이르고 말곤 합니다. 그 시야에서 벗어나지 못한다면."

"정말, 그랬어?"

또 새로운 목소리가 들려왔다. 윤영을 제외한 모두들 그쪽을 돌아보았다. 이오가 달빛을 받으면서 비틀비틀 언덕을 내려오고 있었다.

"정말로, 내 그런 태도 때문에 상처받은 거야, 언니? 그래서, 그래서 그 사람들을 그렇게 죽인 거야? 응? 말해봐……."

이오는 울고 있었다.

"혹시나 했어. 그래도, 언니랑 사귄다고 말하면 언니가 의심받을까 봐 말하지 않은 거야. 정말 언니가 그런 거야? 응? 말해봐……."

도도한 톱스타의 얼굴은 무너져 내리고 있었다.

8

"훌륭해. 훌륭해. 동시에 두 건을 의뢰받아서 완벽하게 해결하다니!"

재건은 소파에 등을 기대고 다리를 꼰 채로 말했다.

"저기, 사건을 생각 외로 빨리 해결한 건 좋은데요, 그래도 눈치는 좀 볼 수 없나요? 여기 의뢰인이 아직 있는데요."

마주 보는 소파에 앉은 선예가 말했다. 선예의 옆자리에는 바니가 있었고 마곤은 방에 들어가 있었다.

"그렇군! 나에겐 스쳐 가는 의뢰일 뿐이지만 의뢰인에겐 동거인이 살해당한 일이니까. 게다가 친구의 누명도 있었고. 맞죠? 이오랑 친구인 거."

"그걸 굳이 말할 필요가 없다고요! 마지막 말도 맥락에 따라선 무지 무례해질 수 있거든요?"

"응? 친구 아닌가요? 의뢰비 대신 내준다길래 사이좋은 줄 알았는데."

"친구가 아니라……."

바니는 무거운 입을 열었다.

"언니……예요. 친언니……."

"에엥?" "뭐어?"

두 사람은 동시에 반응했다.

"그걸 말 안 하다니! 이번 사건에선 별로 안 중요한 정보였지만. 그런데 선예도 몰랐어?"

"어…… 그러면 관계가……."

선예가 말하자 재건의 온도도 한순간에 떨어졌다.

"으음. 뭐 그럴 수도 있지. 저는 의뢰인의 사생활에는 별로 관심이 없답니다."

"괜찮아요. 이제 와서 언니랑 서로 탓을 할 생각은 없어요. 언니도 많이 울었어요. 따지고 보면 나와의 관계를 감춘 키티 잘못이기도 하지만, 그것도 말해서 무엇하겠어요. 두 사람 다 많이 아팠고, 미묘한 부분도 있고, 무리해서 공연한 것도 언니가 스케줄 무리하게 잡는 것도 서로 상처받지 않도록……."

재건은 뭐라 덧붙일 말이 없었다. 이들의 관계는 잘 이해가 가지 않았다. 하지만 어쩌겠는가. 그렇게 살아가는 사람들이 있는걸. 재건은 이미 일어난 일을 원망하는 버릇은 없었다.

"저, 그리고, 부탁드릴 게 있는데……."

바니는 조심스럽게 말을 꺼냈다.

"네. 어떤 것이든 얘기해보세요! 미로처럼 얽힌 사건에서부터 초자연적인 존재까지! 이 김재건 님에게 불가능한 것은 없으니!"

"그게, 아니라, 저, 그거 제가 살 수 있을까요?"

"넹?"

“그거, 페이스 아이디 풀 때 쓴 두상…….”

바니는 진열장 속 수많은 미소녀 피규어 사이에 자리 잡은 키티의 두상을 가리키며 말했다. 재건은 벌떡 일어나 그것을 들고 와 바니에게 건넸다.

“그냥 드릴게요. 제가 보기에도 닮았더라고요. 사실 전 필요도 없고 공간만 많이 차지해서…….”

재건은 말을 마치지 못했다. 바니가 키티의 두상을 끌어안고서 흐느끼기 시작했기 때문이다. 선예가 등에 살짝 손을 얹었다. 안쪽 방에서 문틈으로 빼꼼히 내다보던 마곤은 소리 나지 않게 문을 닫았다.

민트초코
살인 사건

1

탐정의 얼굴에는 불쾌함이 여과 없이 드러나 있었다. 오늘도 마곤은 탐정과 의뢰인 사이에서 진땀 흘리며 무의미한 교통정리를 하는 중이었다.

"죄송합니다! 이 양반이 드라마를 너무 많이 봐가지고요. 괜히 쓸데없이 허세 부리는 것을 좋아할 뿐 별다른 악의가 있는 게 아니에요."

재건은 그 의도가 무색하게 기통 삶아 먹은 듯한 소리로 말한다.

"Never! 이것은 이 몸의 직업에 대한 심각한 모욕! 만일 그런 일이 실제로 일어났다면 그것은 The World의 심각한 내재적 오류! 그것은 그러한 가능성만으로도 하늘이 울고 땅이

울 일!"

"그러니까 그건 그냥 경찰 의견이잖아요! 실제로 그렇다는 게 아니라! 그러니까 좀 진정하라고!"

마곤은 재건에게 올라타듯이 달려들어 멱살을 부여잡고 말했다.

재건은 그런 마곤을 가볍게 넘겨 소파 너머로 던져버리고는 말했다.

"하지만 경찰이 그렇게 결론 내리고 있다고 하니 그런 대참사가 실제로 일어났을 가능성이 충분하잖은가! 디재스터! 마사카!"

"왜 어려운 단어에서는 갑자기 발음이 정직해지는데! 그리고 이건 학살 같은 게 아니라 단순 살인 사건이거든요!"

"아무렴 어떤가! 본질을 보라고, 본질을!"

"지금 거기서 가장 멀리 가고 있는 게 댁이거든!"

"저, 그럼, 의뢰를 받지 않겠다는……."

의뢰인은 분위기에 압도되어 기어들어가는 소리로 말했다. 그는 차분한 인상에 이십 대 초반 정도로 보이는 남자였다. 유리 탁자에 올려놓은 명함에는 "인테리어 디자인 가람가름 디자인 사무소 황기철"이라 적혀 있었다.

재건은 순식간에 낯을 바꾸고 침착한 어투로 말했다.

"아니죠. 이 사건이야말로 저의 사명. 불합리하고 비이성적으로 보이는 현상을 올바르게 바꿔놓는 것이야말로 탐정의 일. 의뢰를 받아들이겠습니다. 반드시 희생자들의 억울함을 풀어드리지요."

"아니, 이게 억울한 사건인지 아닌지는 조사해봐야 아는 거 아닌가요?"

마곤이 소파 등을 훌쩍 넘어와 자리에 착석하며 말한다.

"내가 언제나 말하지 않았느냐, 제자여. 탐정의 가장 큰 적은 바로 편견이라고."

"지금 가장 편견 속에 갇혀 있는 게 탐정님이거든요."

"아니! 이것은 명명백백한 일! 민트초코 아이스크림 때문에 살인이 일어나다니 말이 되는가!

이건 마치 그런 게 아닌가. 탐정 클리셰를 흉내 낸 진지하지 않고 오직 커뮤니티와 SNS로 펌질되는 것만이 목적인 패러디 유머 만화. 탐정물의 외양만 따와서 결국 허무한 결론과 빠른 결말로 끝맺는 원본 없는 패러디. 아니, 이것은! 하면서 실없는 탐정이 민트초코를 발견하고 이것은 바로 민트초코의 원한에 의한 살인입니다! 하고 외치는 장면을 떠올려보라고. 여기 진지하고 본격적인 탐정님이 계시는데 이쪽에는 관심도 없고 패러디만 밈처럼 소비하는 이 무도한 세태! 용서할 수 없음이야!"

재건은 목에 핏대를 세웠고 마곤은 한숨을 내쉬었다.

2

의뢰인 황기철의 설명은 이렇다.

그와 사망자들, 강태환과 조이태는 고등학교 동창이자 오랜 친구였다. 망자들은 연인 관계였다. 양가의 눈을 피해 집을 나와 방 하나를 같이 쓰던 두 사람은 각별한 사이였다고 한다. 둘은 고등학교 시절부터 군대에 다녀온 뒤까지 멀어졌다 가까워졌다 하는 만남을 이어나갔고 여차저차 서로의 정체성을 드러내고 서로의 마음마저 결합하기까지 제법 지난한 세월을 보냈다.

이들을 오랫동안 지켜본 의뢰인으로서는 단순히 민트초코 때문에 살인을 저질렀다고는 믿기 어려웠다. 자신이 모르는 일이 있을지도 모른다는 가정도 해보았지만 그 어떤 이야기가 오더라도 두 사람 사이에 칼부림이 나기까지의 아귀를 맞추기가 어려울 것 같았다. 그렇지만 의뢰인은 그 둘이 연인 관계라는 점을 차마 경찰에게 말할 수 없었고, 두 사람을 단순한 동거인으로 파악한 경찰 입장에서는 그렇게 결론 내리기에 충분했다.

민트초코에 대한 이견 때문에 발생한 다툼이 칼부림으로까지 번졌고 집 안에서 나란히 숨을 거두고 말았다는 것. 한 명은 칼에 찔려서, 다른 한 명은 자살로.

그래서 탐정을 찾은 것이다. 경찰의 조사와 별개로 다른 측면에서 이 사건을 바라봐줄 사람이 필요했다. 그는 사건이 벌어졌을 때 우연히 중학교 동창을 만났고 대한민국의 유일무이하다는 탐정을 소개받았다. 비용이 생각보다 크지 않다는 것을 알고는 독자적으로 사건을 의뢰하기로 결심했다.

경찰이 알려준 수사 상황은 이러했다. 초복을 앞둔 수요일. 연락이 끊긴 두 사람의 아파트를 찾은 기철이 시신을 발견했다. 당시 기철은 타지로 출장중이었는데 월요일 오전에 강태환으로부터 대뜸 얼굴 보고 싶다는 메시지를 받았다. 하지만 저녁때 전화해보니 휴대폰 전원이 꺼져 있었고 동거인이었던 조이태도 마찬가지였다. 그런데 다음 날에도 하루 종일 전화를 받지 않아서 출장에서 돌아온 직후 바로 그들의 자취방을 찾았던 것.

사망 추정 시각은 마흔여덟 시간 이전, 즉, 월요일이었다. 기철이 전화한 시점 두 사람은 이미 사망했을 거라고 경찰은 추정했다. 밀폐된 실내에서 에어컨이 계속 가동되고 있어서 실내 공기는 20도 아래로 계속 유지되어 있었고 부패 정도는 둘이 비슷했다.

강태환은 부엌칼로 목을 오른쪽에서부터 깊숙이 찔렸다. 생존하기 위해 몇 분간 발버둥 친 모양이지만 별다른 대처를 하지는 못한 것 같았다. 사인은 과다 출혈로 인한 쇼크. 흉기인 부엌칼은 사건 현장인 집에서 사용되던 것이었다.

조이태는 욕조에서 오른쪽 손목을 끊고서 핏물에 잠긴 채로 발견되었다. 옷을 모두 입고 양말까지 신은 상태였다. 태환의 피로 만들어진 발자국이 욕실까지 나 있었고 그 밖에 다른 흔적이 없는 것을 보아 자살 결심은 빠르게 이뤄진 것으로 추정되었다. 도구는 그가 소지하던 스위스 아미 나이프였다.

태환이 발버둥 친 흔적과 이태의 발자국 외에 집 안에 몸싸움이라든가 침입의 흔적은 없었다. 그 점이 경찰이 우발적 살인이라 추정하게 된 이유였다. 태환은 목의 오른쪽에 상처를 입었고 이는 범인이 왼손잡이라는 말이었다. 이태는 왼손잡이였다.

중요한 것은 현장의 상태였다. 현관문은 주 자물쇠는 물론 보조 자물쇠인 손잡이 자물쇠까지 이중으로 잠겨 있었고 열쇠 꾸러미는 모두 집 안에서 발견됐다. 하나는 현관 옆 행거에 걸린 조이태의 바지 속에서, 하나는 침실 협탁 위에서 발견됐다. 복도 측 창문에는 창살이 있어 사람이 침입할 수 없었으며 그마저도 안쪽에서 잠겨 있었다. 베란다 쪽 창문 역시 꼼꼼하게 닫혀 있었고 먼지 등을 보아 침입의 흔적은 없었다.

말하자면, 현장의 상태는 밀실이었다. 그것이 모든 사건이 집 안의 두 사람 사이에서 일어났다고 생각하게 된 이유였다.

문제는 범행 동기였다. 최소한 친구 사이였고 동창 관계였던 두 사람 사이에서 칼부림이 날 만한 이유를 생각할 수 없었다. 양가의 가족들도 면밀한 수사를 요청했다. 두 사람이 그럴 리가 없다고 생각하는 것은 그들을 아는 모두가 마찬가지였다.

그래서 경찰은 빈칸으로 남겨두었던 동기에 대한 수사를 시작했다. 그래서 눈여겨본 것이 바로 싱크대 위에 놓여 있던 녹은 아이스크림이었다. 그것은 3, 4인용은 되는 크기의 컵이었지만 그 안에 든 것은 오직 한 종류, 민트초코뿐이었다. 다른 아이스크림들이 섞여 녹은 게 아닐까 검증해봤지만 그것은 확실히 100% 민트초코였다. 그것이 냉장고 밖에서 녹은 채 발견되었다는 점에 미루어 그것을 사 온 당일 사건이 발생했다고 경찰은 특정했다.

경찰은 양 옆집 주민에게 당시 상황을 물었다.

왼편 303호실에 사는 오지수라는 남자는 이렇게 말했다.

"화요일엔 아무 소리도 못 들었어요. 그런데 월요일 저녁에 시끌시끌하더라고요. 둘이 싸우던 것 같았어요. 민트초코? 그게 문제였던 거 같은데. 시끄러워서 벽을 치기도 했는데 소용없더라고요. 찾아가서 한 소리 할까 했는데, 그러다 일이 터진 모양이군요. 제가 가볼걸 그랬어요. 그랬다면 살인을 막을 수 있었을지도……."

반대편 305호실에 사는 사람은 이자애라는 여성이었다.

"네, 들었어요. 월요일에요. 퇴근하고 바로 소리가 들려서 좀 짜증이 났던 것도 기억해요. 화요일이요? 그땐 별 기억이 없던 것 같아요. 싸움 내용은 잘 모르겠는데, 민트초코 어쩌고 했던 것 같아요. 설마 그것 때문에 칼부림 난 건 아니죠? 설마 그랬을 리가요."

경찰은 여기서 민트초코라는 키워드를 얻었고 그날 하루 종일 밖에 있었던 태환이 아이스크림을 사 귀가했다는 사실도 알아냈다. 수사를 지휘하는 수원 남부경찰서 형사과 백상규 경위는 인터넷상의 이슈에도 민감했고 민트초코가 어떤 유행어이며 어떤 의미로 쓰이는지 잘 알았다.

설마? 하는 생각이 든 것도 무리는 아니었다.

3

"흐음."

조금 전과는 다른 사람이 된 양 차분하게 설명을 듣던 재건은 굳은 얼굴로 입을 다문 채로 신음을 흘렸다.

마음에 들지 않았다. 기철의 설명은 논리정연했고 경찰의 판단은 옳았다. 아무리 마음에 들지 않아도 재건은 여기서 다른 판단을 내릴 수 없었다. 그게 재건의 탐정으로서의 프라이드니까. 입으로는 그렇게 말했더라도 증거와 이성에 반하는 결론을 내릴 수는 없었다.

"어떠……신가요? 분명히, 태환이는 민트초코를 좋아했고 이태는 싫어했어요. 그런데 그것 때문에……."

의뢰인은 조심스레 물었다. 재건의 얼굴이 점점 어두워져 가는 것을 보고서 그 역시 불길함을 느낄 수밖에 없었다. 아니, 탐정 사무소를 찾기 전부터 알고 있었다. 경찰의 추정에 흠잡을 부분이 없다는 것을. 단지 인정하고 싶지 않았을 뿐이었다.

재건은 장고하다가 말했다.

"모르겠네요. 그게 동기라고 한다면 납득할 수 없지만 솔직히 전해주신 게 전부라고 한다면 이 결론에 딱히 트집 잡을 수는, 흐음, 불가능한 것들을 제외하고 나면, 흐음."

"그럼 힘들다는 얘기인가요?"

기철은 기어들어가는 목소리로 말했다.

"아니죠. 조사해보지 않으면 모르는 일. 직접 보고 다른 단서가 없나 찾아봐야겠습니다. 경찰이 놓친 게 있을 수도 있으니까. 하지만 큰 기대는 마시고요. 불확실한 일이니 시급과 경비 말고 별도 사건 보수는 받지 않을게요."

기철의 얼굴은 사뭇 밝아졌다.

"잘 부탁드립니다……. 그때 모습이 아직도 생생해서 그쪽엔 가고 싶지 않지만…… 피투성이가 돼서 처참하게 널브러져 있던 태환과, 욕조 끝까지 가득 찬 핏물 속에 잠겨 있던 이태…… 조금이라도, 조금이라도 억울한 게 있다면, 그걸 밝힐 수 있다면 무슨 일이든 하고 싶습니다."

그리하여 재건은 현장으로 향했다. 기철은 주소를 알려주고는 먼저 자신의 차로 현장에 도착해 있었다.

사건이 발생한 지 일주일 정도 지난 상태였지만 여전히 현장은 출입 금지였다. 입구에 서 있던 그는 재건이 아무렇지도 않게 테이프를 뜯어내자 당황하는 모습을 보였다.

"아니, 저……."

"보죠. 현장은 여전히 암울하군요. 곳곳의 마스킹과 어느 정도 닦였지만 여전히 남아 있는 혈흔. 그리고 주인을 잃어버린 텅 빈 집. 그런데 저기 우두커니 서 있는 남자는?"

기철이 입구에서 기다린 이유는 현장 안에 누군가 있었기 때문이다. 왜소한 체구에 헐렁한 바지와 다소 경박해 보이는 반팔 티를 입고 허리춤에 무전기를 차고 있었다. 하지만 다른 모든 것보다 재건의 눈에 들어온 것은 그의 머리였다. 그는 이마로부터 정수리까지가 어둠 속에서도 빛날 것처럼 반질반질했고 그나마 남아 있던 옆머리와 뒷머리는 속살이 드러나도록 깔끔히 면도한 상태였다.

"아, 여기 들어오면 안 됩니다."

그가 누구인지 재건은 대번에 짐작할 수 있었다.

"오호. 그럼 본인은 들어가도 된다는 말이군요. 그렇다면 그쪽은 이 집을 지키는 요정이거나 아니면 이 사건을 담당하는 수원 남부경찰서의 백상규 형사님이시겠군요. 만나서 반갑습니다. 제 이름은 김재건. 이 사건의 조사를 의뢰받은 사립탐정입니다. 긴말하기 뭣하니 바로 본론으로 들어가죠. 귀관께 이 사건의 모든 정보를 공유하기를 요청하는 바입니다. 끔찍한 살인 사건이니만큼 원활한 협조 부탁드립니다."

백상규 경위는 대꾸할 생각도 못 하고 재건을 멍하니 바라보았다. 마곤은 차마 딴죽 걸 생각도 못 하고 한숨을 내쉬며 천천히 등을 돌렸다. 하지만 마곤은 자신이 해야 할 일을 알았다. 재건은 시간을 끌고 있었다. 그사이 마곤은 고유한 은신 능력을 발휘해서 집 안 곳곳을 관찰해야 한다. 싱크대는 현관에서 왼쪽으로 꺾어진 곳에 있었다. 의뢰인의 묘사대로라면 아이스크림은 거기 있었을 것이다. 식기와 수저는 최소로 갖추고 있었다. 하지만 비슷한 종류로 짝이 맞춰진 것을 보아 각자 살림을 갖다 놓고 선 그어놓고 사는 관계는 아니라는 것을 알 수 있었다. 투룸이었지만 침실은 하나였다. 침대는 슈퍼싱글 사이즈였다. 그걸 보고 경찰이 두 사람의 관계를 짐작하진 않았을까? 알 수 없는 일이다.

그 밖에 특별한 것은 없었다. 옷은 여기저기에 널려 있었고 현관과 싱크대 사이 모퉁이에 어정쩡하게 서 있는 행거도 행거에 걸린 옷들도 그대로였다. 이 옷 하나하나를 뒤져 열쇠를 찾아냈다는 것인가? 역시 번거로운 일은 경찰에게 맡겨야 돼. 마곤은 중얼거렸다. 관찰한 내용은 틈을 봐서 탐정에게 전달할 것이다.

“에…… 탐정이면, 민간인이니까, 수사권이 없는데요. 함부로 경찰 수사에 관여하는 것도 안 되고요.”

백상규는 상식적인 답변을 내놓았다.

“물론! 그것은 세간의 상식이자 경찰들의 불문율! 하지만 나는 상식을 초월하고 현실을 파괴하는 자! 그런 규칙 같은 건 이 김재건 님에겐 통하지 않는단 이 말씀. 그러니까…….”

“어라? 김재건이라면, 혹시 도병오 형사님 아세요?”

평소대로 상대 정신을 쏙 빼놓으려 하던 재건은 이 자그마한 형사의 느릿한 말에 템포를 잃어버리고 말았다.

“넵? 도병오 형사님? 지금 양천경찰서에 계시는?”

“아아, 맞구나. 저 도병오 형사님 후배거든요. 잠깐 같은 서에 있기도 했는데 김재건 씨 얘기 가끔 하셨거든요. 저번에 그 떠들썩한 사건에서도 한몫하셨다고.”

“네? 아, 예에. 뭐야. 활동 이력은 국가 기밀인데. 역시 그 아저씨 저와의 인맥을 여기저기 떠들고 다니시는군. 읏핫핫핫!”

“뭐 태반이 욕이었지만요. 그런데 정말 탐정이란 게 있다니

신기하네요."

"그렇죠? 게다가 전 더 희귀한 탐정이죠. 평범한 사건은 맡지 않는단 사실!"

"그래도 현장에 들어오면 안 돼요."

상규는 웃으면서 말했다. 부드러운 인상에 말투도 조곤조곤했지만 재건은 그에게서 그 어떤 험악한 경찰관보다도 딱딱한 벽을 느꼈다.

"아, 그래도 저도 의뢰를 받은 터라. 좀만 보면 안 되나요? 형사님도 자신의 결론이 미심쩍어서 여기 다시 오신 거죠? 동료가 없는 걸 봐서는 공식적인 수사가 아니라 혼자 둘러보려고 오신 것 같은데."

"네에. 그렇긴 한데, 경찰에 대해 잘 아시네요."

"직업이 직업이다 보니. 아, 이건 어떨까요? 저도 참고인 자격이 있지 않을까요? 사망자의 친구이자 최초 목격자로부터 무슨 비밀스러운 소리를 들었을지 모르는데?"

"그야 목격자한테 직접 물어보면……."

"에이, 그래도 당사자가 경찰한테 말할 수 없는 게 있잖아요."

재건은 목소리 낮춰 말했다. 은근슬쩍 그는 상규에게 어깨를 붙이고 팔을 반대편에 둘렀다.

"지금 절차 따질 때예요? 중요한 건 진실이잖아요. 이면의 진실을 내포한 살인 사건! 실적에도 엄청 반영될걸요? 그러니까 우리끼리만 속닥속닥."

"에, 그러면 일단 여기선 나가서 얘기하죠. 얘기야 할 수 있는데 현장에 들어오는 건 안 돼요."

"좋아요! 어디 가서 차라도 한잔하실?"

하며 형사와 어깨동무한 채로 걸어 나오는 재건이었다.

"정말 잘도 구워삶는다니까."

마곤은 뒤돌아 앞장서며 들리지 않게 중얼거렸다.

4

재건과 마곤, 백상규 형사와 기철은 근처의 카페에 자리 잡았다. 기철이 함께한다는 점에서 이미 '우리끼리 속닥속닥'은 아니게 됐지만 재건은 아무래도 상관없다는 식이었다.

"이러쿵저러쿵 어쩌고저쩌고 해서 이 사건엔 별다른 해석이 들어갈 여지가 없어 보입니다. 강태환은 살해당했고 조이태는 자살했죠. 그리고 현장은 밀실. 문제는 동기였죠. 주변 사람들은 두 사람이 그 짓을 벌일 거라고 눈곱만큼도 생각하지 못해요. 단서라고는 현장에서 발견된 다 녹아버린 민트초코, 그리고 민트초코 따위로 말다툼하는 것을 들었다는 이웃 집의 증언뿐이죠. 그렇다면 진상은 괴상해집니다. 룸메이트를 할 정도로 사이좋았던 두 남자가 고작 민트초코 문제로 칼부림을 한다? 아무래도 부자연스러워요."

"저도 그 점이 계속 신경 쓰이더라고요."

백상규 형사는 말했다.

"그런데 경찰로서는 다른 의심할 여지를 찾을 수 없었거든요. 통상 이 정도로 정황이랑 증거가 나오면 사건 종결이에요. 서에서도 적당히 끝내라고 하고요."

그의 이마와 정수리는 햇빛을 받는 창가에서 더욱 노골적으로 빛나고 있었다.

"그런데 민트초코 싫어하는 사람은 엄청나게 싫어하잖아요. 탐정님도 싫어하지 않았어요?"

마곤은 말했다. 적어도 마곤의 기억 속에서 재건이 민트초코와 관련된 무언가를 먹는 장면은 없었다.

"흐음. 왜 사람들은 민트초코 따위에 집착하지? 왜 굳이 극단적인 한 축을 열렬히 추종하는 거지? 좋을 수도 싫을 수도 있잖아. 좀 쿨해지자고. 이 몸으로 말할 것 같으면, 굳이 찾아 먹진 않지만 그것밖에 없다면 안 먹진 않는 정도랄까."

"에엥? 탐정님한테도 그런 회색지대가 있어요?"

"쓸데없는 소리 말자고. 범행 당일 두 사람의 행적은요?"

재건은 주제를 이어 나갔고 형사는 대답했다.

"강태환은 여기저기 돌아다녔죠. 평소대로 볼일 보고, 집 근처 배스킨라빈스에서 문제의 그것을 샀어요. 그 초록색의 끔찍한 물질을……. 분명히 여기에 모종의 악의가 있었을 겁니다. 제가 생각해도 조금 심했어요. 어떻게 쿼터 사이즈에 전부 민트초코로 채울 생각을 할 수 있는 거죠? 인간이라면 그래선 안 돼요. 물론 그렇다고 살해당해도 된다는 건 아니지만."

"아니, 형사님……."

마곤은 말끝을 흐릴 수밖에 없었다. 그러자 느닷없이 재건은,

"그래서 의뢰인님은 어느 쪽이죠? 호? 불호? 입장을 밝히시죠."

하고 기철에게 말을 돌리고,

"쿨해지자던 게 누구더라!"

하고 마곤의 구박을 받았다.

"저는, 어, 좋아하는 편이에요."

기철이 말하는 순간, 무언가가 번뜩였다. 마곤은 그것이 백상규 형사의 눈빛인 줄 알았지만 이내 햇빛이 반사된 이마라는 것을 깨닫고 가슴을 쓸어내렸다.

재건은 말한다.

"봐요. 이런 거라니까. 가볍게 농담 소재로 쓸 만한 일이고

아까 형사님이 오버해서 말하긴 했지만 민초 먹네 마네 하면서 민초로만 채워진 거 사 오는 건 어디까지나 농담이라고요. 이게 진지하게 살인 동기가 돼선 안 돼요. 그렇다면 오히려 진짜 문제는 다른 데 있었다는 거겠지. 그 사람 인성이라든가, 아님 농담 하나 안 통할 정도로 관계가 심각하게 틀어져 있었다든가. 조이태는요?"

"며칠째 집 안에 있었다고 하더라고요. 특별히 하는 건 없는 것 같은데, 주식하고 게임하고 그러느라 나갈 일이 없다고요."

"그럼 사건 전날이나 당일 두 사람 사이 대화 같은 거 알려진 건 없나요? 카톡이라든가."

"디지털 포렌식을 유족 측이 거부해서 못 보고 있습니다."

"아."

기철은 흐름을 끊듯 감탄을 내뱉는다.

"뭐 생각난 거라도?"

"그, 한 이 주 전인가, 지금부터요. 태환이가 저한테 알려줬었어요. 자기 아이폰 비밀번호……."

"네엣? 어째서죠?"

목소리가 치고 올라간 사람은 재건이었지만 놀란 것은 그 자리의 모두였다.

"그냥 잡담하다가, 믿을 건 나밖에 없다면서 혹시라도 자기한테 무슨 일이 생기면 진상을 밝혀달라고 말했거든요. 장난처럼 말하긴 했는데 비밀번호는 진짜랬어요."

"그걸 지금 생각하시다니. 그럼 폰은 누구한테 있죠?"

"지금 서에 있어요. 곧 돌려줘야 하지만요."

상규는 대답했다.

"아하. 그렇다면 경찰은 그걸 들여다볼 권한이 없다는 말이죠? 영장에다가 민트초코가 어쩌고 하고 쓰기도 곤란할 테니. 그렇다고 유족한테 돌려준다면 다신 보기 어려울 거고요."

재건은 유리한 고지를 점하고 있었다.

"그런데 사전 당부해둔 게 있으면 그걸 볼 권한은 온전히 여기 기철 씨한테 있지 않을까요? 유족이라 해봐야 고인이 봐도 된다고 허락한 건 아니잖아요."

재건은 어떻냐는 취지로 기철에게 눈빛을 보냈다. 기철은 말했다.

"만일 보게 된다면 이 내용은 우선 탐정님한테만 공유할게요. 경찰에는 알리고 싶지 않은 내용이 있을지도 모르니까요."

재건은 점점 의기양양해졌다.

한참 만에 상규는 말했다.

"알겠습니다. 그런데 이건 비공식입니다. 이런 경험이 없어 저도 뭐라 말을 못 하겠는데, 알려지면 서로 곤란할 거예요."

태환의 아이폰은 서에 있던 부하 형사가 가져온다고 했다.

그사이 그들은 다시 이웃 사람들을 만나보기로 했다. 재건이 참고인 증언을 정확히 듣지 못했다고 주장했기 때문이다. 어차피 서에서 오는 데 시간이 걸릴 테니 잠깐 만나보는 것도 나쁘지 않다는 합의에 이르렀다.

두 사람이 살던 방은 304호실. 왼쪽 303호실에는 오지수라는 남자가 살았다. 마침 집 안에 있던 그는 문을 열고 숨을 집어삼킬 듯 놀랐다. 문밖에 지난번 만났던 형사, 젊은 남자, 키가 멀대같이 큰 남자, 초등학생 정도로 보이는 꼬맹이가 나란히 서 있으니 누군들 당황하지 않겠는가.

재건은 말을 못 잇는 집주인에게 압박하듯 질문을 쏟아냈다.

"경찰입니다. 제가 경찰인 건 아니고요. 여기 이분이 경찰. 만난 적 있죠? 그러니까 제 질문은 경찰의 질문과 다를 바 없다는 말. 그런데 이사 가나요?"

집 안쪽에서는 여러 사람이 분주하게 움직이며 짐을 싸고 있었다. 비슷한 또래의 젊은 사람들이고 서로 활발히 의사소통하다가 일손을 멈추고 방문객에게 관심 갖는 것을 보아 친구들이 도와주러 온 것으로 보였다.

"아뇨. 계약 기간이 있어서 이사는 못 가고. 당분간 엄마 집에 가 있으려고요. 옆집에서 둘이나 죽었다고 하니 찝찝해서요. 물어볼 게 또 있어요?"

오지수는 이번엔 뒷짐 지고 서 있는 경찰을 힐끗 보며 말했다.

"어머님 집이 가깝나 보죠?"

"강원도인데, 왜요?"

눈에서 경계심이 엿보이자 재건은 바로 본론으로 들어갔다.

"지난주 수요일. 여기 이분이 시신을 발견했죠. 기억하시죠?"

재건은 기철을 앞으로 들이밀며 말했다. 지수는 고개를 끄덕였다.

"발견 이틀 전인 월요일에 옆집에서 싸우는 소리를 들었다고요."

"네. 그때 다 한 말인데요."

그는 짜증 난 기색을 숨기지 않았지만 재건은 신경 쓰지 않고 말했다.

"그때 싸움 주제가 민트초코였다고 하셨는데요, 이 점이 이해가 안 돼서요. 혹시 자세히 말해줄 수 있나요?"

"아니, 자세히라면……."

"그러니까, 대충 쟁점이 있잖아요. 우리나라에는 민초파랑 비민초파랑 오랜 갈등의 역사가 있죠. 치약 맛이다, 아니다,

그게 치약 맛이라면 넌 치약도 먹느냐, 이런."

"그걸 어떻게 기억해요? 그냥 드문드문 들렸을 뿐이에요. 목소리가 들린다고 해도 옆에서 말하는 것처럼 다 들리진 않는다고요. 창문 닫으면 거의 들리지도 않고요."

"그런가요? 그렇겠죠. 그나저나, 좀 이상하지 않아요? 사망 추정 시각은 발견 이틀 전이라고 하더라고요. 그렇다면 살해 동기는 그 말싸움으로 유추할 수밖에 없지 않아요? 그런데 지금 선생님 말씀으로는 민트초코가 거기서 꽤 중요한 화제였단 말이죠. 어떻게 생각해요? 만일 옆집 같은 상황이라면? 살인을 할 수 있을 거 같아요? 장난이든 호의든 그런 짓을 한 가까운 사람을 찔러 죽일 수 있을 거 같나요?"

"뭘 묻고 싶은 거예요? 말도 안 되죠, 그건."

"민트초코 좋아하세요?"

"아뇨. 싫어하는데요."

"이해가 안 돼서 그래요. 어떨 거 같아요?"

지수는 정말 별걸 묻는다는 얼굴로 대답했다.

"뭐 그런 거로 사람을 죽여요? 혼자 먹으라고 하든가 차라리 얼굴에 부어버리든가 하지 죽일 것까진 없잖아요. 그러는 사람이라면 꼭 민트초코 아니더라도 다른 일로 욱해서 찔러버릴 수도 있을걸요?"

그들은 현장인 304호실을 지나 305호실로 갔다. 마침 퇴근

하고 있는 집주인과 문 앞에서 만날 수 있었다.

"잠시만 시간 내주세용. 여기 경찰 아저씨 본 적 있죠?"

재건은 이번에도 스스럼없이 말을 걸었다. 305호실에 사는 이자애는 안은 보여주기 싫은지 문을 열다 말고 앞에 서서 응대했다.

"네."

"전 이 아저씨 친구 같은 건데 경찰을 대신해서 뭐 물어볼 게 있어서요."

"할 얘기는 그때 다 했는데요."

역시 경계심을 감추지 않는 반응이었다.

"제 질문은 못 받았잖아요. 혹시 민트초코 좋아해요?"

뜬금없는 질문에 자애는 머뭇거리다가 대답했다.

"아뇨."

잠시 뻐끔거리다가 단호하게 말했다.

"싫어해요."

"듣기로는 그때 월요일날 옆집에서 싸우는 소리를 들었다고 했는데, 혹시 정확히 무슨 내용으로 싸웠나 기억하시나요?"

"아뇨……. 제대로 듣지도 못했는걸요."

"민트초코라는 말은 들었다고 했잖아요."

"그 말이 들린 것뿐이지 정확히 들은 건 아니에요."

"그렇군요. 지금 경찰은 선생님의 증언을 토대로 동기가 민초가 아닌가 생각하고 있거든요. 그런데 이상하잖아요. 고작 그런 거로 사람을 죽여? 어떨 거 같아요? 비슷한 상황이라면, 민트초코 때문에 누군가를 죽인다는 게 이해되나요?"

"뭘 묻고 싶은 건가 모르겠네요. 말싸움 정도로 사람 죽일 순 없잖아요. 그런데 정말 제가 그때 한 말 때문에 다시 와서 이러는 거예요?"

자애는 조금 어색한 눈앞의 구성원들을 훑어보며 말했다.

"저 건넛집은 당분간 다른 데 가서 산다는데."

재건은 뒤쪽을 엄지로 가리키며 말했다.

"좋겠네요. 전 어디 피난 갈 데도 없네요. 집구석도 그지 같고 이상한 사람들이 밤마다 기웃거리고 심지어 살인 사건까지 일어났는데도 전 꼼짝없이 이 방구석에서 월세 따박따박 내며 살아야 되네요."

"지은 지 얼마 안 된 아파트 같은데."

"우리 같은 거지들을 위한 아파트니까요. 시랑 업자랑 손잡고 월세를 최대한 낮췄다고 하는데, 그런데 이런 얘기가 필요해요?"

"뭐든 도움 안 될 건 없죠. 이웃 사람들이랑은 친한가요?"

"아뇨. 얼굴도 제대로 본 적 없어요."

"304호에 둘이 산다는 건 알았죠?"

"네. 전 퇴근하고 이제 와서 빨리 들어가고 싶은데요."

자애는 말했다. 재건은 고단한 청년을 더는 붙잡지 않기로 했다.

"부하가 늦는군요."

"부하라뇨. 후배고 동료죠."

그들은 다시 304호실 앞에 섰다. 재건은 다시 들어가보고 싶었지만 상규는 허허 웃으면서도 절대 허락해주지 않았다. 어쩔 수 없이 네 사람은 문 앞에서 서성이며 핸드폰이 오기만을 기다렸다.

"그러면 들어가진 않고 문답으로 안쪽 상황을 자세히 살펴보죠. 또 하나 쟁점은 이 현장이 밀실이었다는 건데요. 문은 위아래로 잠겨 있었고, 업자를 불러다가 땄고. 맞죠?"

재건은 기철에게 확인차 물었다. 기철은 그렇다고 대답했다.

"열쇠는 모두 안에서 발견. 하나는 바지에서, 하나는 협탁 위에서. 여벌 열쇠는 없나요?"

"지금까지 발견된 건 없습니다."

형사는 대답했다.

"아, 그것도 제가 알아요."

기철이 말했다.

"예전에 와서 놀다가 들은 적 있어요. 두 사람이 저보다 늦게 왔었거든요. 여벌 열쇠 없느냐 물어보니까 그런 거 안 만들기로 했다고."

"그렇다면 없다고 봐야겠군요."

재건은 말했다.

"발견 당일의 상황을 조금 더 자세히 들어봐야겠습니다. 기철 씨는 월요일, 강태환 씨로부터 의미심장한 메시지를 받았습니다. 그 뒤로 두 사람 모두와 연락이 되지 않았죠. 하지만 지방 출장중이라 수요일에야 여기에 와볼 수 있었죠. 그래서 수요일 오후 5시쯤 이곳을 찾았고, 아무리 문을 두드려도 반응이 없었지만 불은 켜져 있어서 불안한 마음에 열쇠업자를 불러다가 잠금장치를 부수고 안으로 들어갔습니다. 그리고 현장을 발견했죠. 그러니까 정확히 말하자면 최초 발견자는 두 명인 셈. 여기까지는 저도 들은 내용인데요, 문을 딸 때 꽤나 시끄러웠을 텐데 아무도 나오지 않았던가요?"

기철은 대답했다.

"아, 몇 명이 나왔었어요. 시끄럽다고 하는 사람도 있었고 구경하는 사람도 있었고. 어, 그 안의 모습이 처참해서 제가 좀 흥분해서 날뛰었거든요. 신고는 제 폰으로 했지만 112를 눌러준 것은 열쇠 아저씨였어요."

"경찰이 온 건 오 분 이내였나요?"

"네."

"그럼 그때까지 어디서 뭘 하고 있었죠?"

"문 앞에 그냥 앉아 있었어요. 열쇠 아저씨랑요."

"구경 나온 사람들이 누구였는지는 기억하나요?"

"아뇨……. 그럴 경황이……."

"그때 상황을 세세하게 네 국면으로 나눌 수 있습니다. 첫째, 열쇠공을 불러 문을 딸 때까지. 둘째, 문을 따고 시신을 발견할 때까지. 셋째, 패닉 상태가 돼서 신고를 할 때까지. 넷째, 신고 직후 문을 지키며 경찰을 기다리는 약 오 분. 맞나요?"

"네."

"여기서 정확히 말해주셔야 됩니다. 네 국면 중에 열쇠공을 포함해 다른 누군가가 현장을 들여다볼 기회가 있던 순간이 있었나요?"

기철은 잠시 멍하니 바닥을 내려다보았다. 사람의 기억은 그렇게 선명하지 않다. 하지만 그것을 체계화하고 끄집어낸다면 너저분하게 여기저기 놓여 있던 것들 사이에서 뚜렷해지는 것이 생기기 마련이다. 잠시 머릿속을 정리하던 기철은 대답했다.

"세 번째…… 제가 난리 칠 때 잠깐이지만 그 자리에 있던 사람이라면 안에 들어가볼 수 있었을 거예요."

"좋습니다. 이제 강태환 씨 핸드폰을 살펴보는 일만 남았습니다. 거기서 뭔가가 나왔으면 좋겠네요."

때마침 증거품을 가지고 형사가 나타났다.

5

"그거 할까요?"

재건은 말했다.

"뭘 말인가요?"

상규는 되물었다. 재건은 그늘지게 굳어진 얼굴로 목소리를 깔아서 말했다.

"탐정물의 꽃. 추리소설의 백미. 바로 범인을 밝히는 탐정의 일장 연설! 그거 있잖아요. 사람들 모아놓고 범인은 바로 너야! 하는 거."

"귀찮은데 그냥 바로 말하면 안 돼요? 빨리 돌아가면 좋겠는데."

마곤은 오늘 밤 방영되는 애니메이션을 염두에 두고 있었다. 어차피 스트리밍 서비스로 언제든 볼 수 있었지만 공개 직후 볼 때의 희열 같은 게 있으니까.

"오, 정말 탐정은 그런 거 하나요? 한번 보고 싶네요."

백상규 형사는 말했다. 마곤은 투덜거릴 수도 없었다.

"그러죠! 그러면 형사님이 오늘 만난 사람들을 모두 모아주시죠!"

그리하여 아파트 복도에는 총 일곱 사람이 모였다. 재건과 마곤, 의뢰인 황기철, 백상규 경위, 303호실의 오지수, 305호실의 이자애, 그리고 심부름을 한 형사.

재건은 상규에게 부탁 하나를 한 뒤에 의뢰인과 함께 강태환의 휴대폰을 샅샅이 뒤졌다. 사건 당일의 통화 내역과 카카오톡 등 메시지, 검색 기록, SNS 활동 등등. 거기서 재건은 아무것도 발견하지 못했다.

다툼의 조짐이라든가 심경의 변화라든가 하는 것들을 기대할 만했지만 그런 것은 전혀 없었다. 참사 당일에도 별다른 갈등 없는 일상 대화만이 오갔으며 아이스크림을 살 당시에도 간단히 "아이스크림 사 간다?"라는 멘트뿐이었다.

경찰 조사 결과 그 당시 강태환의 모습은 배스킨라빈스의 폐쇄회로 카메라에 찍혀 확인됐다고 한다. 직원이 한 종류 아이스크림을 커다란 쿼터 팩에 꾸역꾸역 퍼 담는 모습도 확인됐다.

"그런데 이거로 뭐가 나와요?"

마곤이 귀엣말로 물었다.

"물론! 그것이 바로 김재건 님이시지!"

재건은 벗어 들고 다니던 정장 재킷을 둘러 입고서 그럼에도 여전히 흐트러진 모습으로 턱을 치켜들었다. 그곳은 실내였지만 당연하게도 에어컨은 나오지 않았고 환기도 잘되지 않았다. 재건은 이미 땀투성이였지만 그런 것은 문제가 아니었다.

"저 지금 영화 보다 나왔거든요? 빨리 끝내주세요."

자애는 불평을 숨기지 않았다.

"저도 짐 싸야 되는데."

지수의 뒤쪽으로 303호실 현관문 앞에는 이삿짐 싸는 것을 도우러 온 친구들이 모여서 드문 광경을 구경하고 있었다.

"뭐, 금방 끝납니다. 전 여기 이 정의롭고 공정한 공권력에게 조사 위임을 받은 사립 탐정 김재건입니다. 그런데 공권력의 조사도 현재로선 별 강제력이 없으니까 수사 협조 요청 정도인데 그걸 위임받은 거니 이야기 듣기 싫으시면 돌아가셔도 됩니다. 다만, 여기서 제가 무슨 얘기를 하는지 들어는 보는 게 신상에 유리할 겁니다. 다름 아닌 살인 사건이니까요."

"그거 해결된 거 아니에요? 친구를 찌르고 자긴 자살했다면서요?"

자애가 말했다.

"네. 정황상 그랬지요. 집은 잠겨 있었고 침입의 흔적은 없습니다. 한 명이 목에 자상을 입고 한 명이 욕조에서 손목을 그었다면 그렇게 볼 수밖에 없겠죠. 그런데 문제는 동기입니다. 전 그리 중요하게 생각하지 않지만 대부분은 사람 행동에는 뭔가 이유가 있을 거라 여긴단 말이죠. 왜 두 사람은 서로 죽고 죽였을까. 여기도 단서가 있는데 말이죠, 바로 사건 당일, 시신 발견 마흔여덟 시간 이전에 벌어진 말다툼을 양쪽 방에 사는 두 분이 들었다는 점이죠."

"또 민트초코 얘기예요?"

지수가 말했다.

"그렇습니다. 두 사람이 들었으니 싸움 소재 중에 민트초코가 있다는 점은 확실합니다. 우리 인터넷 중독자들은 생각하죠. 민트초코. 호와 불호가 명확한 식품. 인류는 민초파와 반민초파로 나뉘어 오랜 분쟁을 겪어왔고 여기엔 양보할 수 없는 선이 있다고 믿고 있죠. 싸움이 발생한다. 민트초코가 언급됐다. 살인 사건이 일어난다. 여기에 민트초코가 중요한 원인이 될 수도 있을 거라는 믿음이 끼어드는 건 자연스럽습니다. 게다가 살인을 저지른 사람이 자살했다면요. 아아, 내가 감정을 통제 못 하고 사소한 문제로 파트너를 죽였구나. 뭐, 이런 상상 할 수 있잖아요."

습하고 어두운 복도에 모인 사람들은 말없이 재건의 말을 경청했다. 경찰과 관계자를 비롯하여 두 참고인 역시 기사로 입으로 전해 들은 것들을 토대로 그렇게 생각하고 있었다. 구체적인 현장 상황을 모르더라도 자신이 들은 민트초코라는 말과 살인 사건이라는 정보만으로도 그러한 연상이 충분히 가능했다.

맨살 위에 바로 셔츠를 입었지만 정장 재킷까지 걸쳐 온몸에 열기를 품게 된 재건은 빨리 이 일을 끝내고 싶었다.

"그런데 이게 논리적으로 끼워 맞출 수는 있어도, 인간적으로 좀 오버잖아요! 확실한 증거가 있지 않는 한 난 납득할 수 없다고! 그런 안일한 결말 따위!"

"그런데 그 안일한 결말이 진실일 수도 있잖아요. 진실이 원하는 대로 딱딱 맞춰 기다려주나요?"

마곤은 조금 떨어진 벽에 기대앉아 있었다.

"그러니까 뭐든지 확정되기 전까지는 가설로만 남겨둬야 한다는 거야. 혹시라도 있을지 모르는 의외의 진상의 가능성을 철저히 탐구해야 하는 게 바로 탐정이라고!"

"아니, 의외의 진상을 누구보다 원하면서 그런 말을 하시면……."

재건은 마곤의 말을 뒤로 넘기고서 말한다.

"그래서 저는 한 가지 가설을 세웠습니다. 이 작위적이고 미심쩍은 민트초코라는 단서는 노이즈가 아닐까 하고요."

"노이즈라면, 교란 정보라는 말인가요?"

백상규가 물었다.

"그렇습니다. 이웃 사람으로 하여금 그것을 듣도록 일부러

발설한 키워드라는 거죠."

"그게…… 어떻게 그렇게 되죠? 곧 죽거나 죽일 사람이 일부러 옆집 사람 들으라고 그런 소리를 해요? 이해가 안 되네요."

상규는 말했다.

"아! 그런 건가요, 혹시? 다잉 메시지!"

젊은 형사가 끼어들었지만 재건은 힐끗 쳐다보지도 않고 말했다.

"아무리 방음이 안 돼도 그렇지 옆집 사람에게 육성으로 메시지를 전달한다고요?"

형사가 무안해할 새도 없이 재건은 자애에게 물었다.

"다시 정확히 묻겠습니다. 월요일. 그때 이자애 씨가 들은 것을 말하자면, 민트초코라는 단어 그리고 두 남자가 싸웠다는 것, 딱 이만큼이라고 할 수 있겠죠?"

"네."

재건은 고맙습니다, 하고는 숨을 크게 들이켜더니 말을 쏟아냈다.

"우리는 전제를 처음부터 바꿔야 할 필요가 있습니다. 그러면 이 사건의 진상은 지금까지 알려진 것과 완전히 달라집니다. 저는 이 사건이 중층으로 일어난 살인 사건임에는 동의합니다. 하지만 치밀한 음모든 우발적이든 최후에 이익을 본 사람, 진상을 감추고 흑막 속으로 숨어든 사람, 사건의 최종적 심급에서 또아리 튼 사람, 한마디로 범인은 따로 존재합니다. 모처럼 두괄식으로 가죠. 범인은 303호실의 오지수 씨, 당신입니다."

재건은 손가락과 팔을 쭉 뻗어 지수를 가리키며 말했다. 앞머리가 땀에 젖고 손가락에서 힘이 빠지고 눈이 조금 풀린 탓에 박력은 없었지만 모든 이목을 주목시키기에는 충분했다. 지수는 눈이 동그래졌으며 재건은 대응할 틈을 주지 않으려 바로 이어 말했다.

"잡음을 줄이기 위해 증거부터 제시하죠. 조금 전 대화에서 저는 경찰만이 알고 있는 정보를 흘렸습니다. 아니, 흘렸다기보다는 현장을 아는 사람이면 자연히 따라오게끔 하는 유도 발언을 했죠. 전 단지 민트초코와 말다툼을 언급하며 어떻게 생각하느냐고 물었습니다만, 당신은 정확히 이렇게 말했습니다. '그냥 혼자 먹으라고 하거나 차라리 얼굴에 부어버리든가 하지 죽일 것까진 없잖아요.' 그런데 전 거기서 싸움의 원인이 강태환이 사 온 민트초코 아이스크림이란 얘긴 안 했거든요. 민트초코가 현장에 있었다는 건 어떻게 안 거죠?"

오지수는 잠시 사고가 정지한 듯하다가 수 초 만에 버벅거리며 변명했다.

"그, 그야, 내가 직접 들었으니까!"

"어라라? 조금 전에는 대화 내용 정확히 들은 게 아니라면서요?"

마곤이 끼어들었다. 재곤은 마곤에게 따봉을 보냈다. 지수는 황급히 말을 바꿨다.

"사, 사실 경찰 오기 전에 뭔가 시끄러워서 현장에 들어가봤어요! 거기서 봤어요! 다 녹은 민트초코!"

재건은 그 말도 예상했다는 듯 말했다.

"오호. 아이스크림 통이 있던 싱크대는 현관문 기준으로 왼편으로 꺾어진 면에 있었는데 그 상황에서 그걸 보셨다고요? 뭐, 그렇다 치죠. 그런데 현장에 들어갔었다는 것을 자백하셨군요. 거기 들어간 사람은 오지수 씨 한 사람인가요?"

"그래요!"

"최초 발견자는 여기 황기철 씨와 열쇠 아저씨. 당신이 현장에 들어간 것은 문을 따고 황기철 씨가 시신을 발견하고 소란을 피운 뒤 경찰이 오기 전까지 아주 짧은 시간이라는 말인데요, 그렇다면 현장 안에 들어간 민간인은 황기철 씨와 오지수 씨 단둘뿐이라고 봐도 되겠죠?"

지수는 파랗게 질린 얼굴로 재건을 쳐다보기만 했다.

"현장에 왜 들어갔을까. 이런저런 변명을 생각해볼 수 있겠지만 제가 생각할 수 있는 가장 유력한 가설이 뭐냐 하면, 바로 밀실을 완성하기 위해서라는 겁니다."

"밀실?"

상규가 말했다.

"열쇠가 모두 안에 있었는데 문이 잠겨 있었고 그 안에서 시신이 발견됐다. 완벽한 밀실의 조건입니다만, 문을 부순 뒤에 열쇠가 그 안에 반입됐다고 한다면 밀실이 깨지게 되죠. 장소는 두 곳이지만 가능성 높은 곳은 현관과 가까운 조이태의 바지 주머니."

"아아. 그렇다면, 오지수 씨가 두 사람을 살해하고 열쇠를 가져가 가짜 밀실을 만든 뒤에 문이 열린 틈을 타 열쇠를 가져다 놓았다, 이거군요. 그런데 뭔가 이상한데."

"이상하죠? 그것만으로는 설명 안 되는 게 많지요. 자긴 거짓말하면 되니 그렇다 치고, 305호의 이자애 씨도 옆방에서 싸우는 소리를 들은 건 설명이 안 되죠. 아하. 셋이서 함께 민초에 대해 논쟁하다가 사건이 벌어진 걸까요? 그런데 그랬다가 이자애 씨가 벽에 귀를 대고 이야기를 듣고 있었으면 어쩌려고요? 목소리는 분명히 셋이었음! 하고 증언하면 어쩌려고요? 게다가 세 명이었다면 현장의 흔적이 그렇게 남지 않았겠죠. 그렇기에 월요일 말싸움의 주체는 둘이라고 보는 편이 합당합니다."

"저, 그러면 대관절 그날 무슨 일이 일어난 겁니까? 그날 두 명이 말다툼을 벌여야 하고, 또 오지수 씨가 관여해야 하고……."

젊은 형사가 혼란 속에서 입을 열었다. 하지만 재건의 이어지는 말은 그의 입을 틀어막고 말았다.

"이렇게 생각해보면 어떨까요. 첫 번째 살인은 사실 일요일에 일어났다고요."

형사들의 눈은 동그래졌다. 고개를 푹 숙인 지수는 그 사실을 알지 못했다.

"오지수 씨는 둘 중 한 명과 공범이었고 애초의 목적은 나머지 한 명을 살해하는 것이었습니다. 그렇게 하면 모든 것이 설명됩니다."

"아, 그러면 오지수 씨는 조이태와 함께 강태환을 살해하고, 조이태는 그 뒤 자살하고, 아, 뭐지……."

"반대입니다."

재건은 젊은 형사의 말을 부정했다.

"먼저 살해당한 사람은 조이태 씨였습니다."

"네엣?"

"그럴 수밖에 없습니다. 에어컨을 틀어놓고 있었지만 지금은 미생물이 번성하는 여름이라 사흘을 방치했다가는 부패가 진행되어 사망 추정 시각도 교란할 수 없었을 겁니다."

"하지만 그건 조이태도 마찬가지 아닌가요? 아……."

형사는 말을 뱉어낸 뒤 차이를 깨닫고 만다.

"네. 조건이 다르죠. 조이태 씨는 욕조 속에 있었으니까요. 그렇다면 부패 진척도도 경직과 이완의 정도도 달라지기 마련입니다. 매우 정밀하게 검시하지 않는 한 살해 시점이 다르다고 알아내기는 힘들 것입니다. 오차가 있더라도 물이라는 조건 때문이리라 생각하고 넘어갈 가능성이 높습니다. 더군다나 여기선 부패를 늦추기 위한 조작도 가능합니다."

"조작이라면?"

"얼음이죠. 시신을 차게 둔다면 부패도 느려집니다. 이건 제 추론이고 실제 이 방법을 썼는지 안 썼는지는 모르지만 어쨌든 범인은 검시관을 속이는 데 성공했습니다. 한 가지 심증이 가는 점을 들자면, 발견 당시 욕조에 물이 가득 차 있었다는 것이 있겠네요. 물을 틀어놓은 것 같지는 않은데 자살하는데 굳이 물을 한가득 받을 이유는 없으니까요. 얼음이 녹아서 그렇게 된 게 아닐까 생각. 아무튼 범인은 이 트릭을 쓰기 위해 발견 시점을 마흔여덟 시간 이후로 설정한 거죠. 오래될수록 사망 시각을 추정하기 어려워지니까요."

"발견 시점이요? 그것도 조작된 건가요?"

"네. 그런데 이건 잠깐 뒤로 미루고 순서대로 해결하죠. 일요일. 범인은 강태환 씨와 공모해서 조이태 씨를 살해했습니다. 뭐, 천 따위로 포박하고 손목을 그은 뒤 욕조 안에 넣는 식이었겠죠.

처음 범인은 강태환에게 이 사건을 자살로 조작하자고 꼬드겼을 겁니다. 그가 제안한 시나리오는 이랬을 겁니다. 먼저, 일요일. 자살로 위장해 조이태를 살해한다. 그리고 월요일. 강태환이 민트초코를 사 오고, 범인과 큰 소리로 말싸움을 벌인다. 민트초코를 언급하여 옆집 사람이 듣도록 한다. 그리고 304호를 떠나 303호라든지 아니면 다른 곳에서 며칠 지낸다.

강태환 씨는 이 뒤에 자신을 노리는 음모가 도사리고 있다는 사실도 모른 채, 며칠 전부터 알리바이를 만들었습니다. 자신에게 의심이 미치는 것을 피하기 위해 룸메이트와의 갈등 흔적을 남기지 않았겠죠. 일상적인 상황. 민트초코로 인한 우발적인 갈등. 가출. 방구석에서 나오지 않던 룸메이트의 자살. 아마 그 정도 시나리오를 그리고 있었을 겁니다. 우울증으로 인한 자살은 사회문제이기도 하니 적당히 그런 언급 한번 해주면 된다 생각했을 수도 있죠.

여기서 친구인 황기철 씨를 이용합니다. 강태환 씨의 핸드폰으로 황기철 씨에게 메시지를 남겨둔 거죠. 그런데 그때 황기철 씨는 출장중이었고 수요일에나 올 수 있던 상황이었습니다. 그걸 알고 유도한 거죠. 그렇게 시신을 얼음에 재워두고, 황기철 씨가 현장을 발견하게 해놓고, 강태환 씨는 배스킨라빈스에서 시간상의 알리바이와 물적증거를 마련합니다.

이게 둘이 공모한 계획이었겠지만 강태환 씨는 범인에게

이용당한 도구일 뿐이었죠. 범인의 진짜 계획은 둘 다 살해하는 것이었습니다. 월요일. 범인과 함께 남자 둘이 다투는 목소리를 남깁니다. 옆집 사람이 돌아오는 시각은 미리 확인했을 거고 늘 지내는 곳이니 방음 수준은 잘 알고 있었겠죠. 다툼이 정확히 전해지지 않아도 상관없습니다. 단지 민트초코라는 키워드만 전달하면 되는 거죠. 네, 이자애 씨도 본의 아니게 이용당한 겁니다.

말한 그대로 이건 노이즈였습니다. 민트초코로 진영전 비슷하게 투닥대는 건 일종의 놀이문화로 제법 흔한 일입니다. 하지만 놀이라 하더라도 가끔 누군가는 심각하게 받아들이곤 하죠. 아주 교묘한 수였습니다. 그 증언을 듣고서 누구든 이 기묘함을 의식하지 않을 수 없었을 테니까요. 그것은 사건에 다른 진상이 있을 수 있다고 사고가 흐르는 것을 방지하는 장치이기도 했습니다. 민트초코, 민트초코. 그 키워드를 입수한 수사관은 거기에 매몰되어 오히려 본질을 놓치고 마는 거죠. 목적 잃고 녹아내린 채 싱크대 위에서 발견된 민트초코.

싸움이 단지 연기일 뿐이라 생각한 강태환 씨는 불시의 공격을 받고 쓰러지고 맙니다."

재건은 말했다.

"이후 증거를 조작하는 것은 쉬운 일이었습니다. 양말을 신고 강태환 씨의 피로 발자국을 남겨두면 '먼저 살인을 저지르고 화장실로 가 손목을 끊은' 그림이 완성되죠. 얼음 자루는 치웠을 테고, 아이스크림을 선반에 두고 에어컨을 틀어둔 채 여벌이 없는 게 확인된 열쇠 꾸러미를 가지고 유유히 현장을 빠져나갑니다. 아, 두 사람의 핸드폰을 꺼두는 꼼꼼함도 보였겠죠. 그리고 결전의 수요일. 우리 착한 친구인 황기철 씨가 예상대로 친구들을 찾아와 문을 따고 안을 들여다봅니다. 이로써 동거인 살해와 자살이라는 그림을 그릴 수밖에 없는 밀실이 완성됩니다.

내부인이 아니었으면 메시지를 보내 현장으로 유도할 수 없었을 겁니다. 현장에 있다가 빠져나간 외부인이 아니었으면 밀실은 완성되지 않았을 겁니다. 따라서, 이 상황을 해석하기 위해서는 내부인과 외부인의 존재가 필연적으로 요구됩니다. 내부인은 월요일 오전에 메시지를 보낸 강태환입니다. 시간 조작 트릭이 가능한 것도 욕조 바깥에 있던 강태환뿐이고요. 외부인은 옆집에 살면서 일을 꾸밀 수 있으면서 동시에 트릭을 완성할 수 있는 남성의 목소리를 가진 오지수 씨 당신이고요. 설마 자기가 들은 게 여자 목소리였다고 말을 바꾸진 않겠죠?"

더는 말할 것도 없었다. 오지수는 머리를 감싼 손을 부르르 떨고 있었다. 백상규 형사는 그의 손을 살짝 잡아주었다.

6

그들은 며칠 뒤 재건의 사무실에 모였다. 범인이 자백했지만 뒤에 밝혀진 것도 있었고 새로 찾은 증거도 있었고 이런저런 전달할 것이 있었기 때문이었다.

"정말 감사합니다. 친구 둘을 잃었지만, 그래도 마음은 편해졌습니다."

기철은 일어선 채로 허리를 꾸벅 숙여 인사하며 말했다.

"그렇게 숙이지 마요. 마음속 깊숙한 존경이면 충분하니까! 웃핫핫!" 우걱우걱.

재건은 그날 만났던 젊은 형사가 가지고 온 델리만주를 한 입에 한 개씩 집어 먹으며 말했다. 그것은 사전에 재건이 요청한 것이었다. 음료수 박스 같은 쓸데없는 거 사 올 거면 차라리 델리만주나 배 터질 만큼 사 오라고.

"팀장님도 정말 감사하다고 전해달라 하셨어요. 직접 오시는 건 아무래도 보는 눈 있다며."

우걱우걱. "델리만주만 있으면 충분하죠. 천상의 향기를 풍기는데 직접 먹어보면 영 실망하기 마련이라 내 돈으로 사기 아깝단 말이야. 양도 적고요."

"그래도 앉은자리에서 두 봉지를 혼자 비워버리는 건 심하지 않아요? 다른 사람은 손도 안 댔는데."

소파에서 밀려나 재건의 책상에 올라앉아 있던 선예가 말했다.

"먹고 싶으면 먹으라지! 난 눈치 따윈 안 주니까."

"으이구. 실컷 드세요."

"이 의뢰인도 네 소개였다니, 정말 훌륭한 마케팅 요원이야. 너도 보상을 받을 필요가 있어. 일로 와, 아 해봐. 내가 친히 입에다가 넣어줄게."

재건이 허리를 비틀어 델리만주를 내밀자 선예는 손등을 찰싹 쳐 밀어냈다.

"됐거든요? 꼬질꼬질한 손으로 어딜!"

"뭐어! 난 손은 잘 씻는다고!"

중학교 동창이었던 선예와 기철은 선예가 일하는 가게에서 만났다고 했다. 그리 친한 사이는 아니었지만 선예는 사연을 듣고서 곧바로 탐정을 소개해주었다.

"동기는 로또였다고 해요."

기철은 말했다.

"역시 그렇군. 뭐, 흔하고 자연스러운 동기죠."

"네……. 태환이는 방구석에서 게임만 하고 주식으로 재산 날려먹고 있는 이태한테 정이 떨어지고 있었다고 해요. 그런데 그만 로또 2등에 당첨돼버리고……. 원래 이게 태환이 사고 이태가 번호 찍은 거라 당첨금은 대부분 이태가 갖기로 했대요. 9대 1 정도로. 크게 싸운 건 없지만 살면서 그간 맺힌 게 많았던 태환이는 옆집…… 음, 남자랑 바람이 나고, 둘이 그 계획을 세운 거라고……. 당첨금은 둘이서 반반씩 나누기로 하고요."

"그런데 옆집 남자가 또 배신을 한 거로군요. 집 계약 기간도 남았는데 서둘러 그곳을 뜨려던 것도 그 때문이었군."

재건은 말했다.

재건이 잠시 사건을 복기하느라 입을 다물자 사무실 안에는 어색함이 감돌았다. 그래서 선예는 다른 화젯거리를 꺼내 들었다.

"그런데 정말 민트초코 하나 때문에 그렇게 의심한 거예요?"

어느 정도 사건 개요를 알고 있었고 재건의 활약도 전해 들은 선예도 그 의문에 다다랐다. 선예는 말하자면 민트초코파였다. 그것도 진짜 민트향에 가까워 숨결에 산뜻함이 가득 차는 것을 선호하는 열혈 지지자였다. 만일 자신이었다면 처음의 가설, 룸메이트가 민트초코를 사 와서 우발적으로 살해했다는 가설을 인정하지 못했을 것이다. 하지만 그래서 더더욱 그것을 이해할 수 없는 현실의 영역으로 미뤄두었을 것이다. 어차피 현실에는 부조리함이 가득하므로. 그런데 재건은 그것의 진실성을 의심했다. 그 부조리함 뒤에 더욱 합리적인 현실이 있으리라 믿었다. 그것이 탐정과 자신의 차이겠지만 선예는 언제나 그런 차이가 생기는 이유가 궁금했다.

"그렇기도 하지만, 그렇지만 난 인정할 수 없는 현실이라 해도 근거만 충분하면 그냥 내버려둔다고."

재건은 그렇게 답한 뒤 말투를 바꿔 모두를 향해 말했다.

"제가 이 사건을 의심하게 된 것은 다름 아닌 바지 주머니 속의 열쇠였습니다. 조이태 씨는 옷을 입고서 자살했는데 열쇠는 다른 바지 주머니에 있었잖아요. 그 사람은 외출도 잘하지 않는 사람인데? 그런데 바지 주머니에 열쇠를 둔 채로 여러 개를 갈아입을 일이 있을까? 그보다 열쇠는 평소엔 바깥에 꺼내두는 게 좋지 않을까? 잠깐 잠깐 편의점 같은 데 다녀올 때 써야 되는데 그때마다 바지를 갈아입는 건 번거롭거든요. 그건 집돌이 이념에 어긋난다고요. 그렇게 생각하니 밀실의 수수께끼가 풀리더라고요.

만일 이 열쇠가 발견된 위치가 원래 있던 자리가 아니라면?

아하, 여기선 외부인이 필요하겠다. 외부인이 있다면 그 외부인은 반드시 남자여야 하겠다. 범인 입장에서 생각해봤을 때 열쇠 꾸러미가 둘 다 밖에 돌아다니고 있으면 뭔가 어색하다고 느껴질 수도 있겠죠. 열쇠가 집 안에서 발견되려면 어디가 자연스러울까. 그래서 개요만으로도 이미 범인은 짐작하고 있었습니다. 옆집 사람을 만나 캐물어본 건 그가 현장에 침입했다는 사실 하나를 건지기 위해서였죠."

재건은 소파에 등을 누이며 말했다.

"그렇지만, 그런 게 없었다고는 할 수 없을 것 같군요. 민트초코 살인 사건이라니! 아무도 그런 말 한 적 없지만, 탐정을 우습게 보는 것 같단 말이지. 여기 진정한 탐정 김재건이 버젓이 살아 계시는데 말이야!"

하나, 둘, 셋, 넷

1

얘길 하자면 말입니다.

아, 지난번 일은 고마웠습니다. 저도 탐정이라는 말 듣고 반신반의했는데 그렇게 멋지게 일을 처리해주셔서 정말 놀랐습니다. 이번 일은 의뢰라기보다는 상담이나 고민 같은 건데요, 그런데 상담료는 내야 하나요? 아아, 고민이 해결되면 사건 종료랑 같은 거로 친다고. 음, 그럼 이야기 듣는 건 상관없다는 말씀이군요. 네. 하루 치 일당만 드리면 되는군요. 아, 걱정 마세요. 천일야화를 풀어놓으려는 건 아니니까요. 하하.

뭐랄까, 조금 장황한 이야기가 될 것 같아서요. 저도 어디서부터 말해야 할지 조금 막막한데, 음, 어릴 때 일부터 시작해야 할 것 같군요.

아마 대여섯 살쯤이었을 겁니다. 우리 집은 제사를 안 지내기 때문에 명절에도 친척들이 모두 모이는 일은 별로 없습니다. 기독교 집안이거든요. 아버지 형제들이 전부 바쁘기도 해서 추석이나 설에 한 번, 그것도 형편 맞춰서 번갈아가며 서로의 집에 모여 밥이나 먹는 거죠. 다들 수도권에 살아서 어차피 종종 만나기도 하고요.

그래서 그때 처음 제가 첫째 큰아버지네 집에 가게 된 것이죠. 제가 태어났을 즈음이 다들 바쁠 때라 잘 모이지 않던 시기이기도 했고요. 그 나이라면 막 자각이 눈뜨고 주변 사람이나 환경을 어느 정도 신경 쓰게 되는 때 아닙니까. 그때 느끼기로 큰아버지네 낡은 집은 몹시 생경했습니다. 친척들도 익숙하지 않았고요. 그전엔 딱히 집 밖에서 잘 일도 없었죠.

예? 아, 설이랑 추석 중에서라면 확실하진 않지만 추석이었을 겁니다. 그렇게 춥지는 않았던 것 같으니까요.

말하자면 그것이 집이 아닌 낯선 곳에서 낯선 사람들과 부대껴야 했던 첫 번째 경험이었습니다. 어릴 적 전 몹시 예민한 성격이었습니다. 주말 드라마에나 나올 법한 좁은 마당 있는 기와집이 그 집이었습니다. 여자들은 안쪽 방에서 모여 잤고 아버지 형제들은 안방에서 아무렇게나 이불을 깔고 잤습니다. 전 엄마 곁에서 자고 싶었지만 공간이 여의치 않았습니다. 사촌들도 별도의 방에서 따로 잤지만 전 형들과도 친하지 않았고 어린 마음에 뭔가 꺼리는 것도 있고 해서 아버지 곁에서 자겠다고 고집을 부렸죠.

사실 불편하기는 어디나 마찬가지였습니다. 저는 불이 꺼지고 나서도 한동안 잠에 들지 못했습니다. 하품조차 나오지 않을 만큼 정신이 말똥말똥했던 게 아직도 기억납니다. 거기서 전 처음으로 존재의 공허함을 느꼈습니다. 방은 어두컴컴해서 아무것도 보이지 않고 오직 그곳에는 나의 의식만이 둥둥 떠 있었죠. 그리고 소리. 소리가 있었습니다. 전 그것이 견딜 수 없었습니다. 냉장고의 모터 소리, 시곗바늘 째깍대는 소리, 그리고 코 고는 소리.

아버지 형제들은 하나같이 코를 골았습니다. 의식과 귀만이 열려 있는 세계 속에서 그 소리들은 마치 공사 현장 한가운데 있는 것마냥 시끄러웠습니다. 지금이야 불면의 밤에 나름의 대응 방법이 있지만 어린 나이에 뭘 할 수 있었겠습니까.

두렵고, 불안했습니다. 붕 떠 있는 의식은 외부의 소리들을 차단하려 뭔가 시도할 수밖에 없었습니다. 저는 숫자를 세기 시작했습니다.

하나, 둘, 셋, 넷.

머릿속에서 메아리치며 점점 뒤섞이다가 존재감을 부풀려 가는 그 소리들을 억누르기 위해 제가 할 수 있는 유일한 일이었습니다.

하나, 둘, 셋, 넷.

그렇게 밤은 흘렀죠.

2

시간을 건너뛰어 바로 며칠 전의 일입니다.

사람 일은 알 수 없는 거라 우린 돌고 돌아 바로 그 집, 어릴 적 온 친척이 모이던 그 집으로 이사를 오게 되었습니다.

그 집, 봉천동의 낡은 주택은 원래 할머니가 사시던 집이었죠. 할머니도 서울 출신은 아니었지만 일찌감치 할아버지와 사별하고 혼자 자식들을 먹여 살리기 위해 서울로 올라왔다고 들었습니다.

그 집은 아버지가 태어날 무렵부터 할머니가 세 들어 살던 집이었습니다. 그러다가 할머니가 한 푼 두 푼 모은 돈에, 친척들에게 빌린 돈에, 고등학교 때부터 일을 한 아버지 형제들까지 십시일반 보태 매입할 수 있었다고 합니다. 지금이야 서울 어디든 집 한 채 마련하기 힘든 세상이지만 80년대만 해도 불가능한 건 아니었죠.

아버지는 할머니가 돌아가실 때까지 그 집에서 살았습니다. 그때가 부사관 전역하고 나서라니까 아마 이십 대 중반쯤

됐겠지요. 최근까지 첫째 큰아버지가 증축, 개조해가며 살았는데 아버지 사업이 흔들려서 기존 집을 팔아야 했고 마침 큰아버지는 시골로 내려가게 되어 우리가 시세보다 싸게 구입했습니다.

그리하여 우리 식구는 그 집으로 이사 왔습니다. 짐 정리라든가 청소라든가 이런저런 신고라든가를 마치고 나서 식구들끼리 조촐하게 한잔하고 있을 때였죠. 전 이 집에 대한 감회를 말하면서 어릴 적 그 이야기를 아버지께 했습니다. 그랬더니 아버지가 대뜸 이런 말씀을 하시는 거예요.

"그게 기억나는 전부냐?"

전 무슨 말인지 몰랐죠. 그러다가 잠들었는지 아니면 밤을 새웠는지도 기억이 안 나니까요. 대여섯 살 때 일을 어떻게 정확히 기억하겠습니까.

아버지는 한숨을 푹 내쉬면서 말씀하셨습니다.

그날, 큰아버지 집에 처음 온 날, 전 밤새도록 칭얼대다가 갑자기 자지러지게 비명을 지르며 난리를 피웠다고요. 그 바람에 온 친척이 깨어났는데 전 부엌 한구석에서 눈을 질끈 감은 채 막 태어났을 때보다도 더욱 커다란 목청으로 소리 지르고 있었고, 이내 기절해 쓰러져버렸다고 하더라고요.

친척들은 응급실에 데려갈 생각은 못 하고 아침까지 기다렸다가 병원에 데려가려 했는데, 아, 뭐, 옛날이니까요. 그때

만 해도 건강에 대한 인식이 지금과는 달랐겠죠. 아무튼, 아침이 되자 전 아무렇지도 않은 듯 깨어났다고 합니다. 전날 밤 일은 아무것도 기억하지 못한 채.

아버지는 그냥 무서운 꿈을 꿨겠거니, 하고 생각했다고 합니다. 그리고 지금까지 그 일을 잊어버리고 있었죠. 그 뒤로 전 건강하게 자랐으니까요. 어렸을 땐 약간 소아비만이었지만 당시 어른들이 생각하기엔 그냥 잘 먹고 잘 자란 거죠.

그러다가 제 이야기를 듣고서 비로소 떠올린 겁니다. 별일 아니겠지, 하고 지나간 게 정말 별일 아니었고 그 뒤로 이십 년 넘게 지난 뒤 꺼내 든 이야기의 디테일이 조금 달랐으니 되짚어본 거죠.

그렇게 생각했습니다.

아버지는 말없이 벌게진 얼굴을 숙이고 한참을 생각에 잠겨 있다가 입을 열었습니다.

그것은 아버지 어린 시절로 거슬러 올라가는 이야기였습니다. 살면서 한 번도 들어본 적 없었던.

3

어렸을 적 기억은 누구에게나 희미한 법이죠. 나이가 어릴 수록 그게 더하고요. 가만히 생각해보면 가족이란 것도 어떻게 해서 이렇게 모이게 됐는지 모호한 부분이 있지 않나요? 자의식이란 것은 나도 모르게 시나브로 생겨나는 것이므로 어느 날 문득 돌이켜보니 엄마 아빠와 형제가 있었다는 것을 알게 되는 것이죠. 누구나 마찬가지일 거라 생각합니다.

아버지는 아주 어릴 적, 동생이 있었다고 합니다. 당연히 동생이 언제 태어났고 언제부터 같이 살았는지 알지 못했죠. 그냥 어느 날부터 자연스럽게 동생과 함께 살고 있었을 뿐. 아무 의심 없이.

아버지의 아버지는, 그러니까 저에게 할아버지죠, 아버지가 채 걸음마도 하기 전에 뇌출혈로 돌아가셨다고 합니다. 처음부터 아버지의 기억 속에 할아버지는 없었다고 합니다. 그게 이상한 일이라는 것은 알았지만 딱히 그립지는 않았다고 하네요. 왜냐하면 아버지에겐 어머니가 전부였으니까요.

그러니까, 아버지의 기억 속 가족의 형태는 이러했습니다. 어머니. 두 명의 형. 그리고 남동생. 그렇게 알고 그게 자기 가족이라고 생각하며 살았던 거죠.

그런데 아버지 입장에서는 그랬던 거죠. 아버지가 국민학교 2학년일 때였습니다. 아버지는 어린 나이에도 뭔가 이상하단 생각을 했죠. 동생과의 나이 차는 한 살. 그런데 동생은 국민학교에 입학하지 않았거든요. 그래서 어머니에게, 저에겐 할머니죠, 물어보았죠. 왜 동생은 학교에 다니지 않느냐고 요. 그러니까 할머니는 대답하기 귀찮다는 듯이 성질을 냈다고 하네요. 그게 더 이상해서 형들이랑 대화를 해봤다고 합니다. 그러자 큰형이 말했다고 하네요.

잰 우리 동생이 아니야.

아버지는 어린 나이에 제법 큰 충격을 받았다고 합니다. 형제들은 모두 연년생이었어요. 그렇다면 막 동생이 태어났을 때 큰형의 나이는 세 살. 아버지보다는 조금 더 기억하는 게 있을 나이입니다. 그렇다면 동생이 생겼을 시점의 일을 조금이라도 알고 있었을 수도 있죠. 하지만 정확한 설명은 역시 하지 못했다고 합니다. 단지 큰형은 목소리를 낮추고 이 얘기는 엄마에겐 비밀이라고 말했다고 합니다.

아버지의 어린 마음에 그 순간 의심이 싹텄습니다. 비록 아버지 없이 자라서 정상적인 가족이니 뭐니 하는 문제에 대해선 비교적 자유롭다고는 하나 지금까지 믿어왔던 사실에 배신당한 기분만큼은 면할 수 없었죠. 그러고 나니 지금까지 대수롭지 않게 여겨왔던 동생의 일이 다르게 보이기 시작한 것입니다. 의심의 색안경을 쓰고 본 동생은 확실히 뭔가 이상했습니다.

할머니가 학교에 보내지 않던 것이 가장 큰 이유였습니다. 하지만 그보다 아버지의 마음을 어지럽힌 것은 동생의 개인적인 특징이었습니다. 동생은 가끔 아버지를 물끄러미 바라보곤 했습니다. 형제들이나 동네 친구들과 놀 때 잘 끼지 않고 멀찍이서 아버지를 바라보기만 할 뿐이었다고 합니다. 그러다가 들키고 눈을 마주치면 도망가거나 숨지는 않고 그저 흰 이를 어금니까지 드러내며 웃었습니다.

동생은 이따금씩 허공을 멍히 바라보곤 했습니다. 무엇이 있나 시선 끝을 추적해보아도 별다른 게 없었죠. 그 시선은 대개 벽이나, 텅 빈 하늘이나, 먼 골목 끝을 향해 있었습니다. 무언가 움직이는 대상이 있던 것도 아닙니다.

아버지는 그렇게 느꼈다고 합니다. 마치 봐야 할 무언가가 있지만 자신은 보지 못하는 것 같은.

대관절 언제까지 저렇게 시선을 고정해둘 수 있나 관찰해보려 하면 한참 만에 인기척을 느낀 동생은 천천히 고개를 아버지 쪽으로 돌렸습니다. 시선은 고정한 채로 고개만요. 그게 어떤 광경인지 상상이 가시나요? 아버지가 술 취해 벌게진 얼굴로 그 모습을 재현해보았는데 소름 끼치더라고요. 마치 사람이 아닌 것 같은 움직임이었습니다. 마네킹이 고개를 돌린다면 그런 느낌일까요?

그뿐만이 아닙니다. 허공을 바라보다 킬킬거리며 웃는다든지 하는 것, 이런 것들은 사실 사소한 것들이죠. 유별난 아이라면 그럴 수도 있다고 생각합니다. 정말 이상했던 것은, 밤중이었습니다.

어느 날 아버지는 가설을 하나 세웠습니다. 배운 말로 해서 가설이지 당시엔 그런 말을 붙이진 않았겠죠. 하지만 의심이라든가, 직감이라든가, 뭐라 부르든 근본은 같을 겁니다. 중요한 것은 그런 생각을 했다는 것이죠.

아버지는 생각했습니다. 나, 동생이 자는 모습을 본 적이 있던가?

평소였다면 이런 의문이 들 리가 없었겠죠. 하지만 아버지는 당시 동생의 이상한 점을 하나둘 발견하던 차였고 그 와중 깨닫게 된 거죠. 아버지는 아무리 떠올려봐도 동생이 자는 모습을 보지 못했다는 겁니다. 무슨 말이냐 하면 항상 자신이 먼저 잠들고 늦게 깨어났다는 거죠. 단지 잠이 없는 아이라서 그럴까? 아버지는 다시 형들에게 물어봤습니다.

막내 말이야, 혹시 자는 모습 본 적 있어?

아버지는 확실히 두 형이 먼저 잠드는 모습을 각각 혹은 같이 본 적이 있었습니다. 형들은 가만히 아버지를 쳐다보다가 말했다죠.

아니. 그러고 보니 한 번도 본 적이 없어.

이상하지 않나요? 어떻게 세 형제 모두 막내의 자는 모습을 못 볼 수가 있죠? 아버지는 이렇게 생각했다고 합니다. 동생이 세 형제가 잠드는 것을 지켜보다가 모두 잠든 뒤에야 비로소 잠을 청한다고요. 국민학교 때까지만 해도 어머니와 네 형제는 같은 방에서 잤다고 했거든요.

그런데 왜 그랬을까요? 초등학교 저학년 정도 되는 막냇동생이 그렇게 해야 할 이유라도 있었을까요? 아버지는 그것을 의식하고 나니까 신경 쓰여서 잠을 들 수 없었다고 합니다. 그런데 한참 잠을 청하다가 동생이 잠들었나 실눈을 떠보면 꼭 시선을 눈치챈 동생이 움찔하며 돌아누워 자는 척을 하더란 말입니다. 아버지는 그것을 보고 정말 일부러 늦게 자는구나, 내가 자는 것을 확인하려는 거구나 하고 생각할 수밖에 없었죠.

어느 날이었습니다. 아버지는 지금도 종종 그 사건이, 그 장면이 생각난다고 하시더군요. 아버지는 매번 동생보다 늦게 잠들려고 했지만 당시는 아버지도 꼬맹이 시절. 하루 종일 에너지를 소진하고서 밤에 잠들지 않고는 못 배길 나이죠. 그런데 그날은 어쩐지 잠자리가 편하지 않았다고 합니다. 여름이었고 온몸이 땀에 젖어서 밤중에 눈을 뜨게 되었죠. 그런데 옆자리가 허전하다고 느꼈어요. 자신의 오른편, 동생이 있어야 할 자리에 아무도 없었던 거예요. 어머니는 다시 동생 오른편에서 자고 있었으니 오른쪽에서는 바로 어머니가 보였죠. 아버지는 몸을 일으켰습니다. 혹시 몰라 위나 아래로 굴러가지 않았을까 살펴보았죠. 역시나 막내는 보이지 않았습니다.

평소였다면 화장실에라도 갔겠지 하고 다시 잠들기를 시도했겠지만, 아버지는 지금이 기회라고 생각했습니다. 바로 동생이 먼저 잠드는 모습을 지켜볼 기회죠. 아버지는 자는 척하고 기다렸습니다. 조금만 기다리면 동생이 오겠지, 하고요.

그런데 동생은 한참을 기다려도 오지 않았습니다. 큰 거든 작은 거든 적당한 시간이 있잖습니까. 물론 체감 시간이긴 하지만 그래도 상식적인 소요 시간이란 게 있잖습니까. 아버지는 생각한 거죠. 이건 동생의 새로운 이상 행동이 틀림없다고요. 아니, 어쩌면 다른 식구들이 잠든 사이 매일 밤 이렇게 자리를 비운 건지도 모르죠.

아버지는 다시 몸을 일으켰습니다. 그리고 방문을 살짝 열고 마당 쪽 화장실을 보았죠. 그런데 화장실 불은 꺼져 있었습니다.

뭔가 심상찮다고는 느끼고 있었지만 그것은 당황스러운 일이었다고 합니다. 동생이 정말로 밤중에 자리를 비우고 수상쩍은 짓을 한다는 뜻이었으니까요. 아버지는 결심합니다. 동생이 어디서 뭘 하는지 알아내기로요. 화장실이 아니면 어디로 갔을까? 집 밖으로 나갔을까? 아니면 집 안 어딘가에서 자고 있을까? 아버지는 어둠 속을 더듬으며 동생을 찾아 나섰습니다.

잠깐 우리 집 구조를 설명해야겠군요. 우리 집은 기역 자로 된 옛날 서울 집이었습니다. 주말 드라마에서 종종 보는 가난한 집 있잖습니까. 대문 있고 네모난 마당 있고 마당에서 등목할 수 있고. 지금도 별채처럼 떨어져 있는 작은 화장실 겸 보일러실이 대문 옆에 붙어 있었습니다. 지붕은 싸구려 기와였지만 대충 한옥처럼 지어진 집이었죠.

한옥 스타일이기 때문에 부엌은 반 정도 바깥에 있었습니다. 기역 자의 코너 부근이 부엌이었고 작은 쪽방으로 바로 이어졌으며, 우리는 쪽방 오른편 안방에서 잤죠. 각 방은 나무 마루로 이어져 있었습니다. 지금은 마당을 크게 줄이고 방을 현대식으로 이어 난방도 잘되게 개조를 한 상태입니다. 하지만 제가 어릴 때만 해도 그 집은 박물관에나 전시돼 있을 법한 집이었죠. 확실히 기억납니다. 좁은 마루 위를 걸을 때 나는 삐거덕거리는 소리. 비가 새서 얼룩지고 곰팡이 핀 벽지. 화장실은 그래도 양변기와 수세식이었지만 썩 쾌적한 공간은 아니었습니다.

아마도 아버지가 복도를 살금살금 기어갈 때도 삐거덕거리는 나무 소리가 났을 겁니다. 모든 소리가 내려앉은 밤중. 나무 소리는 마치 천둥소리처럼 온 집 안에 울리는 것 같았을 겁니다. 두리번거렸겠죠. 아버지는 화장실에 인기척이 없는지 확인하고는 복도를 따라 가보았다고 합니다. 그쪽 끝 꺾어지는 복도 끝에 부엌이 있었죠. 아버지는 부엌까지 가보았습니다.

거기에 동생이 있었습니다. 싱크대 앞에 쭈그리고 앉아 있었습니다. 뒷모습이었지만, 어둠 속이었지만 동생임은 분명히 알 수 있었죠.

아버지는 천천히 다가갔습니다. 동생은 어깨를 들썩이고 있었다고 합니다. 그리고 아버지는 그게 뭔가를 먹는 동작임을 짐작할 수 있었죠. 인기척을 내야 할지 몰래 다가가야 할지 고민되는 순간이었다고 합니다. 아버지는 그때의 감각, 감정을 생생하게 기억하고 계셨습니다. 그만큼 충격적이었기 때문이었겠죠.

아버지가 본 것은, 동생이 생쥐를 우걱우걱 씹어 먹고 있는 모습이었습니다. 동생의 손에 시뻘겋게 가죽이 벗겨진 쥐 사체가 놓여 있었고 눈은 마치 무언가에 홀린 듯 초점이 없었으며 입가는 피투성이였습니다.

아버지는 놀라서 그만 소리를 지르고 말았습니다. 그러자 동생은 정지 버튼을 누르듯 동작을 멈추었죠. 그리고 천천히 뒤를 돌아보았다고 합니다.

마치 멍하니 허공을 응시하다가 돌아보았을 때처럼.

그리고 동생은 천천히 입을 벌렸습니다. 입꼬리를 당기고 다문 치아를 보여주었죠. 가식적 웃음과 진짜 웃음은 쉽게 구분할 수 있다잖습니까. 눈매가 함께 웃으면 진짜 웃음이고 입만 웃고 있으면 가식이라고요. 이건 아버지의 말이 아닙니다. 그렇지만 전 그게 뭘 말하는 건지 알 것 같습니다. 아버지는 정확히 이렇게 말했습니다.

눈은 나를 향하고 있었지만 어디도 보고 있지 않았다고요. 마치 마네킹처럼. 네, 이것은 아버지의 표현이었습니다.

단지 하얗게 번뜩일 뿐인 눈, 웃고 있는 입, 피투성이 입가, 그리고 빨갛게 물든 이, 어금니까지 새빨개진 이만이 어둠 속에서 삐딱한 각도로 떠 있는 것 같았습니다.

아버지는 겁에 질려 도망갔다고 합니다. 무턱대고 집 밖으로 나가서 근처 공사장에 숨어 있다가 해가 뜨고 어머니가 찾는 소리를 듣고서 돌아갔다고 합니다. 간밤의 일에 대해 어머니와 형들은 아무것도 모르는 눈치였습니다. 동생 역시 무슨 일이 있었느냐는 듯 의뭉을 떨 뿐이었죠. 어렸던 아버지는 이 일을 어머니나 형에게 털어놓지도 못하고 몇 날 며칠을 고민하다 앓기까지 했다고 합니다. 그 뒤로는 더더욱 동생에게 말을 걸지 못했고요.

하지만 시간은 어영부영 흐르고 그 일도 적당히 잊힐 무렵, 어느 날부터 동생이 보이지 않게 되었습니다. 동생은 그사이 새로운 기행을 하게 되었는데 종일 나가서 해가 지고 나서야 돌아오는 것이었죠. 그럴 때마다 동생은 할머니에게 혼나곤 했는데도 행방 모를 외출은 대략 일주일 간격으로 일어났다고 합니다.

아버지는 단지 이번에도 어디 나갔나 보다 하고 생각했습니다. 애초에 별로 가까이하고 싶지 않았던 동생이었고 한 번도 옆자리에서 동생이 자는 것을 느껴본 적도 없으니 며칠이나 없었어도 바로 알아채지 못했다고 합니다. 그렇지만 그 기간이 길어지니 알 수밖에 없었던 거죠. 아버지는 할머니에게 물어봤습니다. 동생 어디 갔느냐고요.

그러자 할머니는 저어 갔다, 라고만 말할 뿐이었습니다.

저어 갔다뇨. 아버지로선 이해할 수 없는 말이었습니다. 형들에게 물어봐도 모른다는 말을 하며 시선을 피할 뿐이었습니다.

그것이 마지막이었습니다. 동생은 다시 돌아오지 않았습니다. 할머니는 언제나처럼 아침을 차려놓고 나가 해 질 녘 돌아와 저녁을 해주고 일찌감치 잠자리에 들었습니다. 마치 원래 그렇게 살았던 듯 동생이 없는 일상이 이어졌습니다. 이상하고 소름 끼치기까지 한 동생이었지만 아버지는 동생이 갑자기 사라졌는데도 아무도 그것을 신경 쓰지 않았다는 사실이 더 기괴하게 느껴졌습니다.

하지만 묻지 못했죠. 물어보려 해도 할머니는 화를 냈고요. 다만 아버지는 생각했습니다. 일전에 큰형이 한 말.

—걘 우리 동생이 아니야.

우리 동생이 아니면 도대체 무엇이었을까요? 아버지는 생각했습니다. 정말로 동생이 아니었을까? 그래서 그런 이상한 행동을 한 걸까? 그때 아버지는 생각한 거죠. 우리가 동생을 언제부터 데리고 살았지? 아버지는 그때 기억이 애매하다는 것을 알아챘다고 합니다.

동생은 어느 날 갑자기 생겼습니다. 삼 형제 중 누구도 태어난 것을 본 적이 없었죠. 아버지는 그즈음 친구 집의 백과사전에서 읽은 뻐꾸기 이야기를 떠올렸습니다. 뻐꾸기는 다른 새의 둥지에 알을 낳고 다른 어미 새로 하여금 자기 새를 기르게 한다죠. 혹시 동생은 그런 존재가 아니었을까? 어디서 다른 누군가가 우리 집에 맡겨놓고 기르게 한 뒤 다시 데려가버린 건 아닐까? 거기에서 그쳤다면 그렇게 이상하지는 않았을지도 모릅니다. 하지만 아버지는 더 나아가 이런 생각도 해보았다고 하네요.

혹시 그 아이는 스스로 뻐꾸기가 된 것은 아닐까? 삼 형제 중 누구도 그 아이가 들어오고 나가는 도중 다른 어른이 오가는 모습을 본 적이 없었습니다. 아이는 그냥 제 발로 왔다가 제 발로 나간 거죠. 어떻게 그런 일이 가능하냐 하실지 몰라도 아버지가 직접 본 일이잖습니까.

이것은 탐정님이 다루시는 온갖 해괴한 사건에 들어갈 만한 이야기가 아닙니까. 얼마 전에 저에게 일어났고 탐정님이 해결해주신 일처럼, 우리 아버지도 그런 것을 어린 시절 겪은 게 아닐까요? 다만 그땐 탐정님이 없었으니 누구에게도 털어놓지 못했겠죠.

4

할머니는 아버지가 전역하고 얼마 지나지 않아 돌아가셨다고 합니다.

그때나 지금이나 중고등학교는 정신없이 지나가는 바람에 마음에 걸리는 것이 있어도 미뤄두고 꾸역꾸역 살아가야 했죠. 아버지는 졸업과 동시에 육군 부사관으로 입대합니다. 당연히 복무중에는 별다른 심려를 끼치고 싶지 않아서 그런 얘기를 꺼낼 수 없었죠. 전역하고 나서 꼭 동생의 일을 물어봐야지 하고 마음먹고 있었는데 할머니는 아버지가 돌아오고 나서 바로 얼마 뒤에 교통사고로 느닷없이 세상을 뜨게 됩니다.

한 번 아주 잠깐 기회가 있었다고는 했습니다. 마침 화제가 어린 시절을 스쳐 가기에 아버지는 넌지시 물어봤다고 합니다. 그러니까 할머니는 빨리 이 주제에서 벗어나려는 투로, 업둥이였어, 하고 말 뿐이었다는 것입니다.

아버지의 이야기는 그것으로 끝이었습니다. 아버지가 왜 이런 이야기를 해주셨는지는 모르겠습니다. 술이 얼큰히 취해 더듬더듬 장황하게 혼잣말하듯 해준 이야기라서 별다른 의도는 없이 단지 옛날 일을 털어놓고 싶었던 건지도 모릅니다. 하지만 제 이야기를 듣고서 뭔가 마음에 걸리는 게 있던 것일 수도 있죠. 저는 그때 무언가 충격을 받았던 것이 분명하니까요.

하지만 거기까지 들었을 때 비로소 생각나는 것이 있었습니다. 제가 기억해야 했던 것. 사실은 이 이야기의 본질과도 같았던 것.

까무러친 일 같은 건 제 입장에선 그리 중요한 게 아닙니다. 계기가 뭐가 됐든 어쨌든 정신을 잃은 일이니까요. 경황이 경황인지라 잊어버릴 수도 있는 일이라고 생각합니다. 하지만 그보다 중요한 것은 제가 그날 밤 의식적으로 생각하던 것이었지요. 전 그날 대강의 기분은 기억했지만 그것은 기억하지 못했습니다. 제가 발작을 일으킨 것과 관계있는 일일까요? 모르겠습니다.

뜸 들이지 말고 바로 말하도록 하죠. 바로 숫자 말입니다. 잠이 오지 않아서 세고 있던 숫자. 전 숫자를 세고 있었다고 했죠. 그게 무슨 숫자인지에 대해서 까맣게 잊고 있었던 것입니다. 하지만 이건 도저히 빼놓고 말할 수 없는 것이었습니다. 왜냐하면 그것은, 같은 방에서 코를 골고 있던 사람의 숫자였으니까요.

저와 아버지, 아버지의 두 형제만 있는, 시곗소리가 똑딱거리는 방에서 말이죠.

하나, 둘, 셋, 넷…….

5

"뭐, 뭐예요!"

마곤은 소파 위에서 몸을 움츠렸다. 재건은 팔짱을 끼고서 조는 것처럼 고개를 끄덕이고 있었다.

"그럼 어릴 때 그 방에서 자고 있던 사람들은……."

"일단 제 기억은 거기까지입니다. 대여섯 살 때였고 정확하지는 않아요."

"그, 그때 기절했다고 했잖아요! 그것도 부엌에서! 그, 그, 부엌에서! 아니, 탐정님! 뭐라고 말 좀 해봐요! 듣고 있어요?"

"어, 어?"

정말로 졸고 있던 재건은 고개를 번쩍 들었다.

"네에, 어릴 때 살던 친척네 집으로 다시 이사 와서, 그다음엔요?"

"하나도 안 듣고 있었잖아!"

마곤은 재건의 등짝을 후려치며 외쳤다.

"아냐. 다 듣고 있었다고. 혹시 들어보셨나, 잠자는 명탐정이라고."

"그거 다른 작품이거든요!"

"그레고르 잠자는 명탐정* 같은 건 어때?"

"아무 말 끄집어내지 말고! 그건 또 무슨 아동 문고 같은 제목이야!"

의뢰인은 곤란한 얼굴로 말했다.

"저어, 못 들으셨으면 다시 이야기해드릴 수 있는데……."

"아이고야, 그게 무슨 소리예요! 자는 척하고 다 들었을 거예요. 정 안 되면 다른 데서 타임머신이라도 구해다가 듣고 오라고 할 테니 안 그러셔도 돼요!"

마곤은 펄쩍 뛰며 말했다.

"당연한 소릴! 그럴 필요 없이 이 몸은 이미 다 알고 있다고. 이야기의 시작과 끝. 그리고 전말까지도."

재건은 팔짱 낀 어깨를 뒤로 쫙 젖히고는 뻐기듯이 말했다.

"저, 정말 전말을 알고 계신 건가요?"

의뢰인은 흔들리는 눈동자로 재건을 올려다보며 말했다.

* 카프카의 『변신』 주인공의 이름을 빗댄 말장난.

"물론! 이야기를 아주 잘하시는군요. 혹시 말하는 직업이라든가 글 쓰는 직업이라든가?"

"아, 아뇨. 말은 잘 안 하는 관리직입니다."

"흠! 그렇다면 타고난 재능이시겠군. 하지만 그보다 중요한 게 있죠. 의뢰인께서는 원래 말을 잘하시고 논리적으로 사고하시는 영향도 있겠지만, 그보다 중요한 게 뭐냐 하면, 이 이야기를 아주 일관되고 체계적으로 잘 정리해주셨다는 거예요."

"무슨 말이에요, 그게? 하나 마나 하는 소리를."

마곤은 재건이 왜 그런 말을 하는지 이해할 수 없었다. 마곤이 알기로 재건은 실없는 소리는 자주 해도 의미 없는 소리는 하지 않는 사람이었다.

"중요한 거야. 의뢰인님은 정말로 완벽한 이야기를 해주셨다고! 기승전결! 복선! 경험과 아버지가 들려준 이야기 사이의 연결점! 그야말로 괴담의 본질 같은 이야기!"

"그러니까 그게 왜 중요한 거냐고요, 지금."

"제자여, 생각해보게나. 평범하게 사회의 때로 얼룩져가는 이십 대 후반 회사원이 이런 이야기를 즐겨 하겠어? 즐겨 보겠어? 맞죠? 괴담 같은 거 많이 보는 편은 아니죠?"

재건은 마곤에게 말하다가 말꼬리를 의뢰인에게 돌렸다.

"네에. 전 영화도 잘 안 봐요."

재건은 그것이 포인트라는 듯 손가락을 튕기더니 말한다.

"그거야. 난 이미 지난 의뢰에서 이분을 상당히 파악한 상태고, 이야기를 그리 중요시하지 않는 사람이라는 것을 알고 있었어. 그런데 이분이 해준 이야기는 너무나 완벽해. 구조를 나눠볼까? 복선. 어릴 적 잠 못 들면서 숫자를 세던 일화. 아버지가 말해준 기절했다는 사실. 그리고 아버지의 이야기. 동생에 관한 것. 동생이 사라졌단 것. 그리고 마무리로 어릴 적 세던 숫자의 의미. 이건 내 스타일도 아니야. 난 이렇게 앞뒤가 맞아떨어지는 이야기 싫어한다고."

"그러니까 그게 어때서요? 말이 되는 이야기라는 게 불만이라는 거예요? 그, 언제나 하는 말처럼 허무맹랑한 이야기만 찾아다니니까?"

마곤은 말했다.

"여전히 이해 못 하는군! 생각해봐. 세상일이 그렇게 딱 떨어지기만 하겠느냐고. 소설이나 영화 속에서나 그렇지. 이 세상 모든 것을 알고 있는 이 김재건 님이 보기에는 충분히 있을 법한 일이야. 어떤 점에서냐 하면, 몇몇 단편적 단서들이 이어져 하나의 불가능한 이야기를 만들어내는 것 말이야. 이건 평소 사건을 해결하는 내 일이랑 다를 바 없지."

"어, 그러니까, 의뢰인님의 이야기가 지나치게 논리적인 이유는, 본인이 그렇게 끼워 맞췄기 때문이라는 건가요?"

"일부러 그렇게 하진 않았겠죠."

재건은 의뢰인 쪽을 향해 말한다.

"하지만 사람은 별이 떨어지면 거기서 큰일이 일어나리라 기대하는 법. 여러 우연이 겹친 거예요. 그 우연들을 한데 모아서 하나의 해석을 만들려 하는 것은 인간의 본성이고요. 그런데 그것을 모아놓고 보니 세상에 있을 법하지만 있어서는 안 되는 기괴한 그림이 그려지고 말았다. 이게 바로 괴담의 논리 프로세스죠. 어떻게든 인과를 찾으려는 습성이 낳은 괴물이랄까."

"어…… 그럼……."

재건은 의뢰인의 답답한 반응을 기다려주지 않고 말을 이었다.

"분명히 의뢰인님은 합리적인 사람이고 명료한 사고를 좋아하는 사람입니다. 그래서 무리하게 자기 경험과 아버지의 이야기를 엮으려 한 거죠. 그렇지 않으면 개별적인 사건과 기억이 야기하는 불충분함, 불분명함, 아무것도 정해지지 않음이 자신을 괴롭혔겠죠. 물론 이건 아버지가 먼저 연관성을 짐작하고 해주신 이야기지만요. 하지만 가만히 생각해보자고요. 아버지의 사라진 동생과 의뢰인님의 기억이 필연적으로 이어져야 할 이유가 있나요?"

의뢰인은 가만히 오 분 정도 곰곰이 생각해보았다. 그리고 솔직하게 고개를 저었다.

"네, 그런 겁니다. 어릴 적의 발작이야 충분히 있을 수 있는 일이에요. 과거 유아 사망률은 그런 질환을 제때 치료하지 못해서 높았던 거죠. 그것만 놓고 보면 전혀 이상한 일이 아니에요. 아마 병원에 갔었다면 정확한 진단명과 함께 기록이 남아 있었겠죠."

"그러면 아버지 이야기는……."

"아버지는 분명히 어렸을 적 발작을 보고 자기 동생을 떠올렸을 거예요. 하필 같은 집, 같은 장소에서 이상한 행동을 보이다니. 그걸 마음속에 담아두고 있었겠죠. 아마도 알게 모르게 극진한 보호와 관심으로 키웠을 거예요. 혹시 이 녀석도 그런 이상한 존재면 어떡하지. 하지만 의뢰인께서는 별 탈 없이 잘 자랐죠. 그대로라면 아버지도 잊어버리고 말았을 테지만 그쪽 식구는 다시 그 집으로 이사하게 되었고, 하필 의뢰인께서는 어릴 적 잠 못 들던 일을 기억하고 트라우마를 품고 있는 아버지에게 얘기했던 거죠. 아버지로선 과거 일을 떠올릴 수밖에 없었던 거예요."

의뢰인은 어두운 얼굴이 한층 더 어두워져서는 말했다.

"아버지 이야기는 어떻게 된 건가요? 그것도 다 착각인 걸까요?"

"그야 모르죠! 타임머신 타고 가서 검증해보지 않으면."

재건은 당당히 말했다.

"하지만 기억 자체가 왜곡되지 않았다는 전제하에, 그러니까 아버지 생몰 연대 같은 중요한 사실관계가 틀리지 않았다는 전제하에 더 나은 해석을 해볼 수는 있겠죠."

재건은 소파에 등을 누이고 운동화를 신은 다리를 쭉 뻗어 반대로 꼬았다.

"이상한 동생 이야기. 아버지는 아마 60년대생이시겠죠? 60~70년대에 어린 시절을 보냈을 거고요. 거기에 편모에 이촌향도민. 우린 쉽게 상상할 수 없는 시대를 살았겠죠."

"그건 그렇겠지만 무슨 상관인지……."

재건은 말을 계속했다.

"현재와 같은 인식을 기대해선 안 된다는 말입니다. 지금 이야기해주신 것들은 이해가 안 되기에 괴담처럼 변모한 부분이 있습니다. 하지만 저에겐 그건 단지 수수께끼일 뿐이죠. 세상에 말도 안 되는 일은 없으니까요. 하나하나 살펴볼까요?

우선, 어느 날 갑자기 나타난 동생에 대해서. 삼 형제가 연년생이라 하지 않았습니까. 막내가 태어났을 때 큰형은 많이 잡아야 다섯 살. 삼 형제에게 임신한 어머니나 출산 후 고생하는 어머니에 대한 기억이 없어도 이상한 일은 아닙니다. 이 부분은 아주 일반적인 현상이에요. 그런데 큰형이 이렇게 말했다고 했죠? 잰 우리 동생이 아니라고요."

"네, 그랬다고."

"여기서부터 괴담의 조합이 시작됐죠. 아버지는 그 말을 의미심장하게 여겨서 의뢰인분한테까지 전해줬겠지만, 정말 그럴까요? 그때 아버지가 초등학교 저학년이었다고 했죠?"

"네, 아마."

"큰형도 초등학생이었을 테고. 그런데 초등학생들이 하는 말에 큰 의미가 있는 경우가 많을까요? 아이들은 호기심이 많습니다. 세상에 대해 모르는 게 많고요. 그래서 이상한 것을 믿기도 하고 자기들끼리 수군수군 설화를 만들기도 하죠. 단지 텔레비전에서 본 단편적인 정보를 굳게 믿고서 어른이 돼버리기도 하죠. 어릴 땐 누구나 그런 일을 겪잖아요. 학교에 떠도는 괴담이라거나, 담임선생님의 은밀한 사생활이라거나, 화장품 가게의 고양이 귀신이라거나 이런 소문들 주워 먹는 일이요.

그런 차원에서 한 말은 아닐까요? 분명히 큰형도 동생이 이상한 행동을 하는 것을 봤겠지요. 동네 꼬맹이들 사이에 이상한 소문이 돌았을 수도 있고요. 그렇지만 그 말이 실제로 유의미해야 할 필요는 어디에도 없어요. 어쩌면 큰아버지는 그 일을 기억도 못 할지 모르죠."

의뢰인은 고개를 끄덕였다.

"동생에 대해서 생각해볼까요? 동생. 멍하니 허공을 보고 멀찍이서 지켜보고 기분 나쁘게 웃고 학교에 안 다니고. 아버지가 기괴하게 여겼던 이 정보들을 지금 사회에 풀어놓으면, 평범한 발달장애 아동의 모습이 아닐까요?"

"아아……."

그는 당황하고 말았다. 자신의 이야기에 담긴 너무 당연한 사실을 알아채지 못했기 때문이었다.

"당시엔 장애인은 그냥 가정에 떠맡겨져 있었죠. 복지란 게 없었으니까요. 당연히 각 가정은 장애인 자녀를 책임질 만큼 부유하지도 강하지도 못했습니다. 사회적 차별 의식은 지금보다 훨씬 컸을 테고요. 학교에 가지 못하는 아이도 많았습니다. 적당히 동네 바보 취급받으며 간신히, 간신히 살아갔을 겁니다. 부모가 끝까지 책임진다면 그나마 다행인 경우고요.

잰 우리 동생이 아니라는 형의 말. 어쩌면 이 맥락일지도 모르겠네요. 당시 아버지가 그랬듯 큰아버지도 장애인 동생을 기괴한 무언가로 여겼던 게 분명합니다. 정확한 맥락은 알 수 없지만요."

재건은 스트레칭하듯 입을 쩍 벌리더니 말을 이었다.

"그리고 중요한 사건이 있었죠. 한밤의 부엌에서의 사건. 아, 그전에 잠들지 않는 동생의 수수께끼도 풀어볼까요? 우린 이것이 단지 아버지의 기억에 의존한 진술임을 주목해야 합니다. 아버지는 이미 동생에 대해 꺼림칙한 무언가를 느끼고 있었습니다. 그렇다면 어떤 것을 보더라도 수상하게 해석할 수 있죠. 말하자면 인지 편향이 일어날 가능성이 있다는 말입니다.

어떤 현상이 발생합니다. 사람들은 흔히 그것을 자기가 갖고 있던 원래 판단에 꿰맞추려 하죠. 그리고 그것에 반하는 반례들은 간단히 잊힙니다. 다시 말하지만 어린 시절입니다. 사고가 정교하지 않은 시기고 게다가 오래전이에요. 아버지든 형들이든 이미 동생을 기묘한 녀석이라고 인지하고 있던 상황에서 그것을 확증하는 것처럼 보이는 몇 가지 예가 발견된 겁니다. 잠들지 않는 동생도 그 경우 중 하나죠. 동생이 활발히 움직이던 시기가 있었을 겁니다. 낮잠을 많이 잔다든가 아니면 불면증을 겪었다든가. 아버지는 과연 동생과 함께하던 모든 시간 내내 동생을 관찰했을까요? 이야기만 들어봐도 초등학생 때 그 사건이 일어나기 며칠 전 정도로 관찰이 한정돼 있었잖아요. 편향은 그 정도로도 쉽게 일어납니다. 너무나 흔한 현상이라서 심리학에서는 실험 설계의 기본 통제 요건으로 삼을 정도예요.

정말로 동생이 잠들지 않았더라면 그걸 가장 먼저 알아챈 것은 어머니가 아니었을까요?"

"그럼 그것도 착각이란 말이에요? 부엌에서 그……."

마곤이 말했다.

"그럴 가능성이 크다고 보는데, 솔직히 말하자면 이건 단서가 없으니 애매한 소리밖에 못 할 것 같군요. 그렇지만 이 역시 잔뜩 의심의 눈길을 보내고 있던 어린 아버지의 시선에 의해 왜곡된 장면일 가능성이 큽니다. 발달장애 아동은 대체로 자기 욕구를 통제하지 못하는 경향이 있습니다. 밤중에 몰래 냉장고라도 뒤진 게 아닐까요? 김치나 명란젓이나, 뭐 그런 거요."

"그, 그게 진짜 쥐를 잡아먹고 있던 거면 어떡하죠?"

의뢰인은 간신히 반론 비슷한 것을 꺼내보았다.

"글쎄요? 어쩌죠? 사십여 년 전 작은 아이였던 분의 건강을 걱정해줄까요? 그게 설령 진짜 쥐라고 해도 괴담이 해체되는 건 똑같아요. 잘 모르는 어린아이가 쥐 잡아먹은 거잖아요. 해로운 균이 바글댈 테지만 그 뒤로 최소 몇 년은 더 산 게 확인됐잖아요. 무사히 이겨냈나 보죠. 여기엔 아무런 기괴함도 비상식적인 것도 없어요."

"엥. 그러고 보니……."

마곤이 중얼거렸다.

"이게 탐정의 일입니다. 기이해 보이는 것을 일상적인 것으로 되돌려놓는 것요. 그게 탐정의 마법이죠. 마법이라. 예전에 이런 말을 쓰는 친구가 있었는데. 탐정은 이러한 마법을 풀어주는 마법사입니다. 이 세상을 두려움과 신비가 남아 있는 곳에서 되게 재미없는 곳으로 되돌리는 사람이죠. 이번 사건은 우연이 모여서 착시가 일어난 경우입니다. 전 그걸 되돌릴 줄 알죠. 이 따분한 세계에 오신 것을 환영해용."

"그럼 동생이 사라진 건요?"

마곤이 목소리를 일으켜 말했다.

"이쯤 되면 짐작할 만하지 않나? 어머니가 포기한 거지. 아까 말했지? 지금 기준으로 판단할 수 없던 시대라고. 남편도 없이 네 형제를 기르는 도시 빈민의 생활을 상상해보라고. 가난하고 나라는 제구실을 못 하던 시절. 그런데 막내는 학교도 못 보낼 만큼 감당하기 어려운 애야. 한때 입양아 부모 찾기 많이 했었지? 옛날엔 더했다고. 각종 시설로, 교회로, 해외로, 부모가 키울 여력이 안 돼서 버려진 애들이 수두룩했다고.

아마 할머님은 자식을 그렇게 떠나보냈을 거예요. 어느 정도 자란 다른 형제들에겐 '저어 갔다'고 말할 수밖에 없었을 거고요. 나중엔 업둥이였다고 말했다고 했죠? 역시 얼버무리려는 투로요. 이것도 사실일 수도 있고 아닐 수도 있지만 중요한 건 아니죠. 할아버지의 사망 시점을 봐서는 진짜 자식일 가능성도 있지만 여기서 그런 걸 확정 짓는 건 의미 없을 것 같군요.

중요한 건 유년기까지 기르던 막내를 마침내 포기해버렸다는 사실이죠. 음, 굳이 극단적인 가정은 하지 말자고요. 어쨌든 할머니에게 그것은 큰 죄책감 같은 감정을 심어줬을 거고 마지막까지 털어놓지 못할 만한 일이었을 거예요. 당연히 일부러라도 잊고 살아갔을 거고요.

이런 개별적 사실들, 당시의 상황 등이 맞물려서 하나의 이야기가 탄생하고 만 거죠. 장애아에 대한 부족한 인식, 집안 사정, 아이들의 별로 중요하지 않은 말들, 의심, 우연히 목격된 여러 일반적이지 않은 일들. 의뢰인께서 기절했던 것도 아버지에게선 사라진 동생과의 연결점이라 생각했을지도 모르지만 어릴 적 각종 병이나 사고에 취약한 건 누구나 마찬가지잖아요. 어쩌면 가족력일지도 모르고.

인생의 모든 것은 제각각 일어납니다. 죽음에도 별 필연적 이유가 없는 경우가 많죠. 바로 전까지 성공 가도를 달리고 있다가도 갑자기 사고를 당해 죽을 수도 있어요. 그런데 그것을 엮는 것은 이야기죠. 인간만이 가지고 있는 인과에 대한 강박."

"그렇다면 제 기억은 어떻게 된 거죠? 제가 세고 있던 숫자는……. 전 확실히 기억합니다. 그때, 어릴 적 저는 분명히 코 고는 사람의 숫자를 세고 있었어요. 아버지께 듣기론 큰어머니나 어머니나 제 사촌 형제 그 누구도 코를 골지 않는다고 했거든요. 코를 고는 건 아버지 형제뿐이라고요."

"그게 가장 큰 수수께끼군요. 저는 이것 역시 일어날 수 있는 우연이라고 말하고 싶습니다만, 그래도 납득 가는 설명은 필요하겠죠. 가장 쉬운 답변은 착각이었다, 나중에 덧씌워진 기억이다, 따위를 들 수 있겠지만 그 정도로 만족하진 않으시겠죠?"

의뢰인은 고개를 끄덕이는 대신 재건을 가만히 바라보았다.

"당시 방에 있어야 할 사람은 세 명. 그런데 의뢰인분은 네 명의 코 고는 소리를 들었다. 그런데 알고 보니 아버지에겐 어느 순간 빌붙어 살다가 사라진 동생이 있었다. 그렇다면 혹시? 이게 괴담의 요지 아닙니까. 하지만 우린 이 소리를 달리 해석해볼 수 있습니다. 그러면 완벽하게 괴담이 해체되겠죠?

이건 어떨까요? 코를 고는 패턴은 사람마다 제각기 다릅니다. 이건 대개 체형과 잠 습관 때문이라 성문처럼 제각각 특성을 보이기도 해요. 몇몇 패턴이 있죠. 드르렁 어푸, 드르렁 푸, 크르릉 크르르, 기이잉 쌔애액. 뭐 여러 가지로 나눌 수 있겠죠.

그런데 만일 이런 패턴이 있으면 어떨 것 같나요? 셋 중 두 사람이 들숨에선 비슷한 소리가 나는데 날숨에서 제각각 다른 패턴을 내는 경우.

그러니까, 예를 들자면 한 사람은 들숨에서 드르렁, 날숨에서 푸, 다른 사람은 들숨에서 드르렁, 날숨에서 히융히융히융.

요컨대, 두 사람의 들숨과 날숨 중 하나가 겹쳐서 마치 이인 삼각의 효과가 나버리고 만 거라면.”

의뢰인은 멍하니 재건의 얼굴을 쳐다보았다. 재건은 끝났다는 듯이 턱을 치켜올려 천장을 바라보며 말했다.

“당시 방에 있었던 사람은 셋. 한 명은 분명하게 구분이 됐겠죠. 그런데 나머지 두 사람은 소리 하나가 묘하게 싱크로를 일으키고 만 것입니다. 그래서 그 두 사람이 세 사람으로 세어진 거죠. 소리가 겹친 ‘드르렁’이 한 사람으로, 날숨이 각각 두 사람으로요. ‘푸’ 한 사람, ‘히융히융히융’ 한 사람.

당연히 이건 예시이고 가능한 한 가지 사례일 뿐입니다. 이 가설 자체가 틀렸을 수도 있어요. 하지만 세 사람의 코 고는 소리가 정신없이 섞인 고독하고 낯선 방에서 다섯 살짜리 꼬맹이가 불안 속에서 그 소리를 세고 있었을 때 그것이 매우 정확하게 카운트될 가능성보단 이게 높지 않겠어요? 제 생각엔 여기까지의 제 해석이 가장 일관되고 제게 이 고민을 의뢰하신 목적에 부합하는 것이 아닐까, 뭐, 전 그렇게 생각합니다.”

나는
범인이 아니다

1

하늘이 내린 선물이다.

불경한 생각이었지만, 소설가 박하루는 그렇게 여길 수밖에 없었다.

서울에 눈이 내리고 있다는 얼굴 모르는 누군가의 호들갑에 잠시 머리를 식히러 바깥으로 나온 차였다. 때는 자정을 향해 가고 있었고 가로등이 하얀 골목길 곳곳을 노랗게 물들이고 있었다. 눈은 이미 그친 뒤였다. 찾는 이 없이 호젓하게 침묵하고 있는 골목길은 그의 무너져가는 옛 한옥 집 대문 앞에서 끝났다. 그렇다. 그의 집은 막다른 골목 끝자락에 있었다. 누군가가 그의 집 앞까지 찾아왔다면 다시 길을 따라 되돌아갈 수밖에 없었다.

그렇지만 눈 위에 난 발자국은 한 가지였다. 발자국은 끝이 보이지 않는 먼 곳에서부터 조금 어지러운 규칙에 따라 하루의 집 대문까지 이어졌다. 돌아가는 것은 없었다. 문제는 대문이 열려 있었고 대문 안쪽, 이제는 쓰지 않는 개집에 기대어 처참한 몰골로 죽어 있는 남자가 있다는 점이었다. 남자의 코트 앞섶은 풀어져 있었고 안에 입은 터틀넥 스웨터는 피투성이였다. 옷에 번진 핏자국으로 봐서는 복부에 상처를 입은 것으로 보였고, 피는 개집을 따라 계단 밑 배수구로 흐르다 얼어붙어 있었다.

시체라니! 그것도 명백하게 살해당한 시체라니! 이 집에 사는 사람은 박하루 자신 한 명뿐이었고 최근 몇 달간 배달부 외에는 누구도 방문한 적이 없었다.

심장이 뛰었지만 그는 불안을 느끼기보다는 마땅히 해야 한다고 생각한 일을 했다. 바로 사진을 찍는 것. 어플 하나 실행하는 것도 버거워하는 구형 LG 스마트폰을 들어 마당의 전경을 찍고 눈을 밟지 않도록 주의하며 골목길 사진을 찍었다. 마당으로 들어오는 또 다른 통로인 계단에 쌓인 눈 사진도 찍었다. 무슨 생각인지 그는 골목과 계단 사진을 트위터에 올렸다. 별다른 코멘트를 덧붙이지는 않았다.

그는 누구보다도 이것이 어떠한 상황인지 알고 있었다.

"클리셰……."

박하루는 중얼거렸다.

"눈이 쌓인 길. 오는 것만 남고 가는 것은 없는 발자국. 시체. 살인에는 두 명이 필요하다. 범인과 희생자. 그렇다면 필요한 발자국은……."

금방 계산이 되지는 않았다. 하지만 한 줄이 아닌 것은 분명하다.

"일종의…… 불가능 살인……."

그의 눈은 전율로 흔들렸다.

왜냐하면 그는 하루 종일 사람 죽이는 일로 골몰하는 미스터리 작가이기 때문이다.

2

그는 공모전을 통해 데뷔했지만 십여 년간 이어온 작가 인생은 그리 순탄치 못했다. 이렇다 할 히트작을 내지 못했고 적당히 구색만 갖춘 애매한 글을 간간이 발표하며 간신히 작가 직함을 달고 사는 처지였다. 그는 자신이 작가라는 확신도 갖지 못했다. 그의 인생에는 아무것도 없었다. 어떤 모험도, 로맨스도, 충격적인 전환점도 없이 흐르는 대로만 살아온 삶이었다. 소설가는 무색무취한 자신의 삶을 부정하기 위해 택한 직업이 아닐까, 하고 그는 자신의 무의식에게 종종 되묻곤 했다. 그런데 그 경력마저 하품밖에 나오지 않으니 그에게 무슨 삶의 보람이 있겠는가!

아이템. 아이템이 필요했다. 이 상황을 한 방에 뒤집을 화끈하고 자극적인 아이템. 그의 불행은 그가 생각한 모든 것이 이미 세상에 어떤 형태로든 존재한다는 사실이었다. 도저히 남들의 사고를 벗어난 생각을 할 수 없다는 사실에 그는 늘 좌절했다. 이게 다 경험이 없어서 그래. 그는 종종 이렇게 자신을 정당화하곤 했다. 삶에 아무런 긴장감이 없는데 화끈한 소설이 나올 리가 없잖아. 그렇게 스스로 변호하며 오늘도 나오지 않는 글자를 붙잡고 씨름하고 있던 차였다.

그런데 이렇게 눈앞에 실제 사건이 떨어지다니. 그야말로 A급 단편 추리소설에나 등장할 법한 완벽하게 미스터리한 상황이! 이것은 하늘이 내게 내린 선물이 분명해. 하루는 그렇게 생각할 수밖에 없었다.

대부분의 추리소설에서는 민간인인 탐정이 형사사건에 개입하는 것을 제대로 정당화하지 못한다. 그것은 엄밀히 따지자면 공무집행방해라고도 볼 수 있는 일이었다. 그렇지만 이렇게 내 집 내 마당에 시체가 떡하니 떨어져 있다면 얘기가 다르겠지. 이건 내 사건이다. 하늘이 나에게 내린 선물이자 시련이다. 이것은 내가 풀어야 할 수수께끼이다. 이보다 완벽한 아이템이 또 있을까?

사람들은 늘 실화에 열광한다. 실제 발생한 미스터리에는 더더욱 열광한다. 집 마당에 느닷없이 나타난 시체. 그런데 발자국은 한 줄. 범인은 어디로 와서 어디로 사라졌는가? 그리고 이 장소에서 살인이 벌어진 이유는 무엇인가? 여기에 영웅 캐릭터가 등장한다면 금상첨화다. 그 집의 주인은 가난한 추리소설가. 그는 자신의 주특기인 명쾌한 추리로 진상을 알아낸다. 그리고 그 이야기는 그의 손에서 소설로 만들어지는데! 비밀을 알고 싶다면 이 책을 사보시라!

하루는 좁은 마당에 카메라가 몇 대 들어올 수 있을지 상상하며 실없는 웃음을 흘렸다.

"홀리 쉿! 형, 무슨 짓을 저지른 거야!"

제트 엔진을 삶아 먹은 듯한 목소리에 하루는 현실로 돌아오고 말았다.

"뭐, 뭐야?"

눈앞에 서 있는 자는 덩치만으로 마당을 가득 채울 것 같지만 뺀질뺀질한 얼굴을 불쑥불쑥 들이미는 통에 여간 귀찮은 것이 아닌 바로 그 녀석, 김재건이었다. 그는 탐정을 자처하고 다니는데 이 근방에 사무실이랍시고 차려놓은 셋방에서 살고 있었다. 허술하게 입은 블레이저와 운동화, 그리고 덥수룩한 머리. 이 모양새 그대로 자고 일어나 빈둥빈둥대며 싸돌아다니는 해괴한 자였다.

"무슨 일이 있었는지는 모르지만 자수하자. 변호사비가 없으면 국선 아무나 박아두고 내가 전부 변론해줄게. 그래서 형량은 최소로 받고 반성 많이 하고 감옥에서 글도 쓰고 하는 거야. 아, 감옥을 배경으로 완전 생생한 글을 쓸 수도 있겠다. 대신 나한테는 최대한 솔직하게 말해주기. 알았지?"

녀석은 멋대로 하루의 두 손을 움켜쥐고 떠들었다. 비로소 하루는 깨달았다. 지금 좋아할 때가 아니구나. 제삼자의 눈으로 봤을 때 가장 유력한 용의자는 다름 아닌 집 안에 있던 자신이니!

하루는 재건의 손을 뿌리치며 말했다.

"아, 아니야! 내가 한 거!"

"너무 걱정 말라고. 이 탐정님이 아무리 잔인하고 극악무도하고 인면수심한 범죄라 해도 가엾은 사연에 의한 참작할 만한 범죄로 만들어줄 테니. 대신 솔직하게만 말하라고."

"아니라고! 집에 있다가 나와보니 이렇게 돼 있었어!"

"그럴 리가 있어? 내가 봤는데 이 집으로 들어오는 발자국은 하나였다고. 그 말은 저 죽은 남자의 발자국이란 말이잖아. 대문 말고는 바깥으로 향하는 유일한 길인 옥상 계단에도, 난간에도 눈 쌓인 거 보이지? 여기서 빠져나가는 건 불가능해. 범인은 형이야."

"아니야!"

하루는 눈을 부릅뜨고 외쳤다. 절실한 목소리에 재건은 잠시 말을 멈추고 가난한 작가의 눈을 들여다보았다.

"정말?"

"정말!"

"이걸 지금 발견한 거라고?"

"그래! 모르는 일이라고! 내가 대체 뭣 때문에 내 집에서 살인을 저지르겠어? 난 하루 종일 방 안에 틀어박혀서 글만 쓰는 소설가야. 만나는 사람도 불쑥불쑥 찾아오는 네가 전부고. 난 범인이 아니야."

재건은 멋대로 집 안으로 들어갔다. 신발도 채 벗지 않은 채였다. 그리 넓지 않은 집 안 구석구석을 장롱 안 침대 밑까지 뒤져보고는 다시 나와서 말했다.

"창문은 전부 창살. 집 안에 숨어들 곳은 없다. 이 집으로 들어오는 유일한 발자국. 하루 종일 그 집에서 한 발짝도 나간 적 없는 골방 소설가. 뭐로 봐도 범인으로 볼 수밖에 없는 상황. 그렇지만 그는 범인이 아니라고 강하게 주장. 불가능한 살인……. 멍하니 서서 히죽거리던 걸 봐서는 땡잡았다고 생각하고 있었겠군."

재건의 흘려보내는 말에 하루는 흠칫 놀랐다. 재건에게는 별다른 의도가 없었고, 이어 말했다.

"지금 좋아할 때가 아니라고. 바깥의 눈이라도 쓸어버리지 않는 한 형은 영락없는 용의자야. 일단 하우더닛(어떻게 범죄를 저질렀나)은 나중에 생각하고 증거부터 없애버릴까? 행인이 있었던 것처럼 몇 번만 왔다 갔다 하면 범인이라고 대뜸 의심하진 않을 거야. 시체 만진 적 없지? 흉기는 가져간 거 같고."

"아, 그게……."

하루는 실토했다.

"뭐어! 사진을 트위터에 올렸다고? 무슨 생각으로!"

"모, 몰라……. 상황을 꼼짝 못 하게 남겨놓고 문제를 풀고 싶었달까……."

재건은 휴대폰을 두들겨보고 말했다.

"멍청하긴! 세상에, 사진은 또 잘 찍었잖아! 벌써 몇 명이 '좋아요'를 눌렀어. 인기도 없으면서 쓰잘데기 없이 이런 거만 반응이 빠르다니까!"

하루는 재건의 폭언에 뭐라 대꾸할 겨를도 없었다.

"어, 어떡하지?"

재건은 한숨을 깊게 내쉬고는 말했다.

"어떡하긴 뭘 어떡해."

덥수룩한 앞머리를 위로 쓸어 올려 매끈한 이마를 드러내면서,

"수수께끼를 풀 생각이었다며? 우리끼리 뭐라도 맞춰봐야지."

3

하루는 생각하던 것을 꺼내보았다.

"일단 발자국이 누구 것인지 정확히 알아내는 건 힘들어 보여. 발자국 크기랑 내 발 크기랑 비교해봤는데 신발 사이즈는 270에서 275는 될 것이라 추정. 그런데 시신의 신발도, 벗겨보진 않았지만 키로 추정해보건대 같은 사이즈야. 발자국이랑 밑창 둘 다 별다른 특징은 없고. 피해자의 신발이 젖어 있긴 하지만 무엇 때문에 젖은 건지는 알 수 없겠지.

가장 쉽게 생각할 수 있는 해법은 이 발자국이 범인 것이라는 것. 평범하게 걸어온 다음 발자국을 정확히 따라 밟고 되돌아갔다는 것 정도겠지."

"가장 흔한 해결책이군. 그런데 이 집엔 아무나 드나들 수 있다는 설정일까?"

"응. 대문이 닫히면 저절로 잠기는 형태인데, 고장 나서 밀면 그냥 열리거든."

"그렇군. 그래도 그건 문제가 있어."

"어, 어떤?"

"나와봐."

재건은 하루의 손목을 붙잡고 차갑게 얼어가는 시신을 지나 대문 앞으로 나갔다.

"저 발자국을 봐. 이게 한번 밟은 걸 되밟은 흔적이야?"

재건은 발자국을 가리키며 말했다. 어둠 속에서 형광빛처럼 빛나는 눈 위에 찍힌 발자국은 이제 두 줄이었다. 수수께끼의 발자국과, 재건이 만들어낸 발자국. 두 발자국은 1센티 정도의 눈을 짓이기면서 나란히 대문을 향하고 있었다. 얼핏 보기에도 발자국 위에 다른 발자국이 덧입혀졌다고 보기엔 어려웠다.

"그냥 흙 자국이면 모르겠는데 이건 눈 발자국이잖아. 발자국을 완벽하게 똑같이 만들어내면서 뒤로 걸어가는 건 불가능해. 눈을 밟는 압력도 분명히 다를 테고."

"그런가……."

"그리고 또 하나. 이 설명이 성립하려면 이상한 가설 하나를 더 세워야 돼. 당연히 그걸 입증하는 것도 별개."

"어떤 가설?"

"눈이 내리기 전에 피해자가 이 대문 안에 들어와 있었어야 하잖아."

"아."

"이 사람 모르는 사람이지?"

"으응."

"위 가설이 성립하려면 우선, 모르는 사람이 눈이 오기 전에 여기 들어와서 어슬렁거리고 있었는데 눈이 1센티 정도 쌓이자 범인이 나타나 살해했다, 하는 상황을 설정해야 돼. 뭐 하나 말이 안 되잖아. 왜 모르는 사람 집에 들어와서 추운 마당에서 서성대고 있겠어? 형을 스토킹하려는 것도 아닐 테고. 시간도 그래. 눈이 내린 건 저녁 7시부터 9시. 두 시간 동안이나 마당에서 기다려야 할 이유가 있겠어?"

"그, 그렇지."

"그리고 뒷걸음질 가설을 인정한다면 이건 왜 안 될까? 한 사람이 먼저 순결한 눈 위를 밟고 이 집에 왔고, 두 번째 사람이 조심스레 발자국을 따라 밟으며 왔고, 이러쿵저러쿵 살인이 일어났고, 한 사람은 다시 세 번째로 그 발자국을 뒤로 밟으며 도망쳤다는 거. 이 가설이라면 굳이 대기 시간을 설정하지 않아도 되잖아."

"으음, 발자국의 무리수랑 대기 시간의 무리수 둘 중 하나는 반드시 인정해야 한다는 건가?"

"그렇지. 어느 쪽을 인정하는 게 더 좋겠어?"

하루는 잠시 생각하다가 말했다.

"그렇다면 이거도 성립 안 하겠네. 두 사람이 눈이 오기 전에 들어와 있다가 눈이 내리고 나서 범인만 뒷걸음질 쳐 도망가는 거."

"대기 시간 쪽을 선택했군. 말이 안 되진 않지만, 마찬가지지. 두 사람은 마당에서 소꿉놀이라도 하고 있던 거야?"

"만일 거기 우리가 상상 못 할 이유가 있었다면?"

"뭔? 두 사람이 마당에서 눈이 쌓이길 기다리고 있던 이유?"

"으응……."

"두 사람이 부둥켜안고 마당에서 오들오들 떨고 있었던 이유 말이지?"

"아니, 표현이 좀…… 아무튼, 이렇게 생각해봐. 두 사람은 킬러야. 아니면 조폭에서 보낸 행동요원. 목적은 나였어. 나를 해치려고 우리 집에 찾아온 거지. 그런데 이 주변은 소리 하나 안 들리는 조용한 골목이잖아. 집 안에 내가 없다고 생각한 거야. 그래서 마당에서 내가 오길 기다린 거지.

그런데 마침 집 안에서 인기척을 느낀 거야. 나는 집에 있을 때는 꼼짝도 안 하는 시간이 대부분이지만 그래도 청소도 하고 설거지도 하고 볼일도 보고 손도 씻고 하니까. 둘 사이에 말다툼이 일어났고, 한 명이 다른 한 명을 충동적으로 죽이고 만 거야. 말다툼은 충분히 일어날 수 있지. 기껏 추운 데에서 기다리고 있었는데 사실 안에 있었다고 하면 심사가 뒤

틀릴 수밖에 없지. 큰일 났다, 하고 생각하고 발을 동동 구르던 범인은 동시에 바깥에 눈이 쌓였다는 것을 알게 됐어. 그리고 생각한 거야.

그래, 발자국을 남기자. 뒤로 걸어서 이 골목을 빠져나가면 한 사람의 발자국밖에 남지 않게 되고, 현장을 목격한 경찰은 집 안에 있던 박하루가 범인이라고 판단하겠지.

말하자면 이것은 우연과 돌발 상황이 만들어낸 사건이야. 유령처럼 사라진 범인은 없어! 단지 그 위에 범인의 교활함이 덧씌워졌을 뿐이지! 그래! 이거야! 사건은 해결됐어! 이제 이거로 글을 쓰면…… 크흐흐…….”

재건은 혼자만의 망상에 빠진 하루를 빤히 쳐다보았다. 침묵과 무안을 얻은 하루는 헛기침을 했다.

재건은 말했다.

“나름 괜찮은 시나리오야. 그래. 인정해주지. 그 가능성만 강하게 주장하면 법정에서 유죄판결 받을 일은 없겠군. 유일한 가능성에서 입증 못 할 여러 가능성 중 하나로 격하됐으니. 하지만 입증 못 하는 건 그 가설도 마찬가지야. 그거로는 아무것도 말할 수 없다는 것 말고는 말할 수 없다고.”

“어? 어어…….”

“그리고 이 탐정님의 심미안에 따르자면, 그 가설에는 결함이 있어.”

"겨, 결함?"

"그래. 중요한 결함이야. 만일 진범이 형을 범인으로 몰고자 했다면, 그가 가장 먼저 해야 할 일은 뭐였을까?"

"어? 글쎄……."

"시간! 타임아웃!"

"뭐?"

하루는 재건이 자식을 윽박지르는 부모처럼 카운트다운이라도 하는 게 아닌가 하고 당황해했다. 하지만 재건의 말뜻은 그게 아니었다.

"발자국이 생긴 뒤로 한참 지났잖아! 아무리 여기가 인적 드문 골목이라 해도 언젠가는 누군가 지나가기 마련. 이 발자국을 증거로 형을 범인으로 만들려면 어떡해야겠어? 이 증거가 훼손되기 전에 경찰이 이걸 봐야 할 거 아냐."

"아아."

"그런데 이미 이 몸이 먼저 발견하고 옆에 다른 발자국도 남겨놨잖아. 정말로 범인에게 그럴 의도가 있었다면 진작 경찰이 여기 달려왔어야 돼. 독거노인이 집 안에 틀어박혀 전화를 받지 않는다든가 뭐 그렇게 대충 신고를 해서 순찰을 돌게 하는 거로도 충분하겠지. 그런데 안 그랬잖아."

"범인이 미처 생각을 못 한 건……."

"순간적인 우연을 이용해 계략을 꾸미는 놈이 그걸 생각 못

한다고? 말도 안 돼. 그리고 지금은 12시가 다 돼가는 시각. 눈이 그친 게 9시니까 오차 감안해도 거의 세 시간, 적어도 두 시간 이상은 방치돼 있었다는 말이잖아. 아무 조치도 취하지 않은 거야. 나중에라도 충분히 돌이켜 신고해놓을 수 있는 시간이야."

하루는 아무 말 하지 못했다. 하지만 이대로는 추리소설가로서의 자존심이 용납하지 않았다. 하루는 팔뚝을 벅벅 긁으면서 머리를 굴려보았다.

4

"도구 트릭은 어떨까?"

"난 그거 별로."

재건은 대뜸 잘라 말했다.

"뭐?"

"그거 『명탐정 코난』에서 소재 떨어지면 나오는 거잖아. 바깥에서 문 잠그는 거라든가 괴상한 현장 만들어서 억지로 짜 맞추는 거."

"이건 현실이잖아."

"소설로 쓸 거라며? 소설은 더 쓰기 어려워. 만화라면 그림이 공간을 잘 표현하니까 그나마 이해시킬 수 있지만 소설에서 간략한 조감도나 얄팍한 문장력 가지고 상황을 납득 가게 쓸 수 있을 거 같아?"

"아니, 그래도……."

"공학적 구조가 중요한 테마로 등장한다면 또 몰라. 난 기계적 트릭은 언젠가 도태해야 할 추리계의 적폐라 본단 말이야. 그런 건 용납할 수 없어."

"아니, 추리소설이라면 작품관이 다르니까 그렇다 쳐도 지금 우린 눈앞에 사건이 있잖아. 소설 속 상황이 싫다고 현실을 부정하면 안 되지."

"그런가? 그랬던 거군. 흠. 어디 한번 해봐. 기계적 트릭."

재건은 마지못해 허락하는 투로 말했다. 하루는 기분이 꽤 상했지만 꾹 참고 이야기했다.

"저기 담장 너머 교회 보이지?"

하루는 대문 위 옥상 공간과 지붕 사이의 틈을 가리켰다.

먼저 집 구조 설명을 덧붙여야 할 것 같다. 이 집은 육십여 년 된 옛 서울형 한옥집이다. 기역 자 형태에 작은 마당이 있고 툇마루와 섬돌이 있었지만 수차례에 걸친 수선과 증축으로 지금은 원래 모습을 잃어버렸다. 벽에는 콘크리트가 덧씌워지고 방이 확장돼 마당은 훨씬 좁아졌으며 문은 두꺼운 새시로 교체되었다. 지붕은 여전히 기와로 덮여 있었지만 군데

군데 허물어지고 흙이 무너진 부분이 많아서 비닐과 패널로 보강된 상태다. 본래 구름 그림자와 빗방울을 고스란히 만끽할 수 있었던 마당은 지금 패널로 막혀 있었다.

하루가 가리킨 것은 그 패널과 옥상의 틈새였다. 그곳으로 교회의 붉은 벽돌 외벽이 엿보였다. 교회는 골목길을 마주 보고 집을 가리듯이 우뚝 서 있었다.

"보이는군. 창문도 보이고 각도만 잘 잡으면 옥상도 보이네. 매우 훌륭한 스나이핑 포인트야."

재건은 하루가 할 말을 짐작하고 있는 듯했다.

"그, 그렇지? 살해 도구는 칼로 보이지만 흉기는 남아 있지 않아. 분명히 회수한 거야. 그 말은 칼 회수를 위해 기상천외한 방법이 쓰일 수 있었다는 말이지."

"형씨, 그거 궤변이다?"

"일단 들어봐. 범인은 희생자의 동료야. 이 집을 방문할 거라는 것을 사전에 알고 있었고 시간 맞춰 저격 지점에서 기다리고 있었지. 교회와 이 장소의 거리는 약 10미터. 대각선 거리는, 어디 보자, 교회 높이가 10미터 조금 넘어 보이니 대략 15미터에서 20미터 정도 될 거야. 옥상이라 해도 20미터는 안 되겠지. 지금 실측을 할 수 없으니 이걸 최대 거리로 삼아 보자.

이 거리에서 무언가를 던져서 맞히는 것은 불가능한 일이겠지. 하지만 이건 면밀히 계산된 살인이야. 범인은 아마 여러 번에 걸쳐 유사 상황에서의 실험을 통해 가능한 조건을 알아냈을 거고 범행에 빈틈은 없었을 거야. 범인이 쓴 방법은 말이야……."

"이건 팁인데 추리 파트에서 장황한 설명을 하려면 상대를 자신의 전제로 하나하나 끌어들여야 한다고. 범인이 스스로 자백하도록 하는 게 추리 쇼의 목적이야. 그냥 주절주절하면 아무도 안 들어."

"하고 있잖아, 좀. 그 거리에서 칼을 꽂아 넣으려면 팔이 무척 길어야 하겠지. 긴 장대 끝에 칼을 달면 어떨까? 그런데 그런 거는 아무래도 비현실적이야. 길이가 20미터는 되는 막대를 다룰 수 있는 사람은 없으니까. 그러니까, 쓸 수 있는 유일한 방법은……."

"석궁 같은 거겠지 뭐."

"어? 어어……."

"개량한 화살을 써서 말이야. 날이 좀 넓은 고대 유물 같은 칼날을 달고, 뒷꽁지에 끈을 달아둔 다음, 슉, 쏘아 푹, 찌르고 타깃이 쓰러지려는 순간 끈이 팽팽해지면 휙, 당겨서 화살 회수. 이거 말하려던 거지?"

"으, 으응."

조금 실망한 듯한 목소리로 하루는 눈이 쌓인 옥상 난간을 가리키며 덧붙였다.

"끈의 탄성을 이용하면 옥상에 쌓인 눈을 건드리지 않고 회수할 수도 있겠지."

하지만 재건은 곧바로 부정했다.

"역시 비현실적이라고. 저 교회에 CCTV 하나 없을까? 그건 지금 확인할 수 있는 게 아니니 그렇다 치더라도 일단 정황상 안 맞아."

"정황상?"

"상처를 보라고."

재건은 개집에 여전히 기대어 있는 시신을 가리켰다. 그러고 보니 하루는 트릭을 생각하느라 시신 상태는 자세히 살피지 못했다. 시체를 가만히 들여다볼 배짱이 없기도 했다.

"상처는 배에 나 있어. 딱 한 번 칼질이 이뤄졌지만 정확히 아래에서 위로 나 있다고. 이건 사람이 직접 찌른 흔적이야. 형 말대로라면 상처는 위에서 아래로 나 있어야 돼."

"그, 그걸 봤단 말이야? 어느 틈에?"

"당연하지! 경찰이 오면 건드리지 못하니까. 아무도 모르게 현장을 관찰하는 것은 탐정의 기본 소양이라고."

"그럴 수가……."

하루는 팔뚝을 긁으면서 말했다.

"이건 사람의 솜씨야. 적어도 칼질을 어떻게 해야 하는지 알고 있는 사람의 짓이라고. 상처에 망설임이 없고 데스 포인트인 횡격막을 찌를 준비가 돼 있는 사람, 그리고 오른손잡이의 범행이야. 그래도 여전히 왜? 라는 의문이 남아 있잖아. 왜 굳이 이곳을 저격 장소로 삼았을까? 형을 골려주기 위해서? 눈이 내린 건 우연이라 쳐도, 그런 복잡한 방법을 써서 골탕 먹여야 할 이유라도 있어?"

하루는 아무 말 하지 못했다. 문득 자신의 버릇을 눈치챘는지 긁던 손을 떼고 주먹을 꾹 쥐고 부들부들 떤다.

"그, 그래도 일단 트릭의 성립 여부를 모두 검토해야 하는 거 아니야? 동기야 알 바 아니고, 그게 탐정이잖아!"

"뭐, 그것도 한 방법이긴 한데, 동기가 중요한 단서가 되는 일도 있고."

"이건 어때? 지붕에 줄이 연결돼 있었던 거야. 당연히 사전에 작업을 해놨겠지. 교회에서 지켜보고 있다가, 피해자가 대문 안으로 들어오자 슬금슬금 접근한 거야. 당연히 범인은 체구가 작은 사람이겠지. 어쩌면 여자일지도 몰라. 보면은 지붕에 줄을 매어둘 공간 같은 건 있거든. 범인은 프로라서 쌓인 눈은 건드리지 않고 침투할 수 있었어. 그래서 접근한 다음……."

"제발 말이 되는 소릴 하자. 지붕에 고양이만 다녀도 삐걱거린다며. 지붕이 사람 무게를 버틸 수 있어? 지붕은 버텨도 지붕에 쌓인 눈은?"

"그, 그럼, 드론 같은 건 어때? 요즘 드론 엄청 발달했잖아. 군인들도 드론 암살 같은 거 쓰고 있고. 공간이 좁긴 하지만 작은 드론이라면 못 들어올 것도 없어."

"드론을 이용해 칼로 찔렀다고? 대체 뭐 하러? 기왕 불법 드론을 쓸 거면 총을 다는 게 낫지. 그리고 드론이 정면으로 날아오는데 아무 저항도 없을 수 있어?"

"칼을 맞은 상태로 여기 들어온 거라면? 어딘가에서 칼을 맞고서 필사적인 각오로 지혈을 한 뒤 추적자를 피해서 이 골목 끝까지 흘러들어온 거라면? 봐봐! 오른손이 피투성이야. 왼손잡이라서 오른손으로 지혈을 하느라 그렇게 된 거야. 발자국이 조금 비틀비틀한 거도, 분명히 칼을 맞아서 정신이 혼미한 채로……."

"제발 진정해. 왜 그렇게 안절부절못하는 거야? 형은 소설가야. 탐정이 아니란 말이야. 소설가는 트릭보다 이야기를 더 잘 만들면 되는 거야. 내가 가끔 소재도 던져주잖아. 그러니까 진정하고 들어가서 신고나 하자고. 나도 경찰에 신고하지 않고 혼자 단독으로 수사하는 일은 없다고."

"왜 말을 피하는 거야! 이 추리는 어떠냐고! 단 하나 가능성이라도 있다면……."

"없어! 그럴 가능성! 자기 동네도 모르는 거야? 발자국은 골목 바깥에서부터 이어졌어. 여기선 끝이 보이지도 않아. 거리는 50미터도 넘는다고. 그 거리를 피 한 방울 안 흘리고 올 수 있을 거라 생각해?"

하루의 퀭한 눈은 공허히 흔들리고 있었다.

5

두 사람은 방 안으로 들어갔다. 트위터에 올린 사진은 지우고 재건이 최초 발견자를 자처하기로 한 뒤 경찰에 신고하고 기다리기로 했다.

하루는 재건이 끓여준 뜨거운 물을 마시며 말했다.

"난, 내가 천재라고 생각했어. 시마다 소지의 『점성술 살인사건』을 보면서 마치 머릿속에 목소리가 들리듯이 진상을 속속들이 알아냈거든. 그게 내 추리력이라 생각했어. 그런데, 그런데 그게 아니었던 거야. 나중에야 알게 됐지. 『소년 탐정 김전일』에서 거기 쓰인 트릭을 도용했다는 사실을. 난 『김전일』을 어릴 적에 다 봤거든. 그 트릭이 머릿속에 남아 있다가 뒤늦게 원작을 보고서 떠올리게 된 거야. 내 천재성은 처음부터 거짓이었어."

"신기한 경험이군. 그걸 살려서 에세이라도 써보는 게 어때?"

"너 이 자식, 놀리냐?"

"난 항상 모두를 놀리고 있지. '브라운 신부'에서 그랬잖아. 범죄자는 예술가지만 탐정은 비평가에 불과하다고."

그 말에는 재건 나름의 위로도 담겨 있었다.

"난 그렇게 생각 안 해. 탐정은 모든 문학적 카테고리 중에서 가장 진실된 존재야. 문학은 기본적으로 거짓말이잖아. 작가의 사심에 따라 작중 요소를 조작해 뻔뻔하게 늘어놓는 이데올로기잖아. 그런데 탐정은 아니야. 탐정은 늘 진실을 밝힌다고. 다른 모든 것이 거짓말일지라도, 설령 탐정이 전하는 서사가 거짓말일지라도 탐정의 말만큼은 진실이야. 난 그래서…… 내 삶을 진실로 만들고 싶었어."

"흠. 난 이해할 수 없군. 그래서, 포기 안 할 거야?"

"물론! 경찰이 오더라도 추리는 계속할 거야. 그게 아무리 터무니없더라도……."

"더 해봐."

"응?"

"경찰 올 때까지 더 해봐. 금방 오겠지만, 그동안의 유희라도 되겠지 뭐."

하루는 잠시 고민하다 말했다.

"자살……은 아니겠지?"

"흉기는 그럼 어디로?"

"우리가 상상도 못 할 기상천외한 도구라면? 예를 들면, 배에 붙어 있다가 칼이 나와서 푹 찌르고 드론으로 변신해 날아가는 식의."

"그나마 모순점은 없는 가설이군. 그런 거 만들 수야 있겠지."

"음……."

하루는 말했다.

"초능력……은 어때?"

"흐음."

"너도 생각해봤겠지? 기계 트릭을 말하긴 했지만 서사 논리를 따지자면 기계 트릭과 초능력의 개입은 정확히 동형이야. 이건 내가 전문가니까 내 말을 들어. 논리적인 난점이 왔을 때에 거기에 기상천외한 기계나 가상의 과학기술을 대입하는 거랑 초능력을 끼얹는 거랑 서사적 역할은 같아. 넌 그래서 그런 걸 배제하려 하는 거잖아. 너 자신이 초능력자랑 엮이는 일이 많으니까."

재건은 이날 처음으로 할 말을 잃었다.

"만일 공중부양 능력자가 범인이라면? 신체를 파리 크기로 변형할 수 있는 능력자가 범인이라면? 상처를 내고 잠시 동안 시간을 되돌렸다가 원하는 타이밍에 터뜨릴 수 있는 능력자라면? 너도 지금 초능력자가 전혀 개입하지 않았다고 확신할 수 없겠지? 네 능력은 능력자의 기척을 느끼는 것이니까. 능력자가 바로 옆에 없다면 넌 그가 있었는지 없었는지 알지 못해. 완전히 배제하지 못한다고."

재건은 한숨을 내쉬며 말했다.

"맞아. 그게 내가 제일 싫어하는 일이야. 많진 않아도 능력자가 개입하는 경우가 있으니까."

"만일 모든 가능성이 부정되면 그쪽으로 알아볼 거야?"

"어. 그게 내 일이니까. 피해자 신상을 알아내고 주변 사람들을 찾아다니면서 능력자가 있나 찾아보겠지."

"만일 주변에 능력자가 없으면? 어어, 예를 들면, 이 사람이 능력을 가진 암살자에게 당한 거고 다시는 이 사람 근처로 올 일이 없다면?"

"그게 내가 가장 경계하는 일이야."

재건은 말했다.

"없길 바라야지, 그런 일."

"불안하지 않아? 그런 걸 놓칠 가능성을 늘 생각한다는 게."

하루는 물었다.

"불안하지."

재건은 대답했다.

"내가 느끼는 것도 같은 것일 거야. 난 불안해. 두려워. 내가 지금까지 살아온 십 년이 헛된 것이 될까 봐……."

하루의 커다란 눈동자는 멍히 허공을 주시하고 있었다. 재건은 과거, 현재, 미래, 어느 곳을 향하는지 알 수 없는 그 눈을 들여다보았다.

"설마……."

재건이 말했다.

6

재건은 하루의 오른손을 낚아챘다. 떨리는 손에는 힘이 없었고 손톱에는 피와 각질이 묻어 있었다. 그러고는 억센 손으로 턱을 붙잡고 눈꺼풀을 벌려 들여다보았다. 하루의 동공은 마치 어둠 속 고양이처럼 확장돼 있었다.

"내 이럴 줄 알았어."

그렇게 말하며 재건은 마당으로 뛰어나갔다. 시신의 겉옷을 벗기고 코트며 바지 할 것 없이 주머니를 뒤졌다. 현장 오염은 안중에 없었다. 그리고 재건은 생각한 것을 찾아냈다. 그것은 바늘에 뚜껑이 씌워진 주사기였다.

"하! 거짓말이었군! 모르는 사람이라는 말. 조금 이상하다 생각했는데 역시 형은 이 사람이 누군지 알고 있었어."

"무, 무슨……."

"시간이 없으니 닥치고 들어. 처음에 키로 미루어 신발 사이즈가 발자국 크기랑 같을 거라 했지? 신발도 안 벗기고 말이야. 개집에 기댄 사람, 그것도 죽어서 자세도 찌그러진 사람의 키를 어떻게 짐작하지? 원래 키를 알고 있었던 거겠지.

왼손잡이라는 것도. 오른손으로 지혈을 시도했다는 것을 통해 추론했다 주장한 거겠지만, 그게 어떻게 왼손잡이라는 확증이 되지? 내가 방금 확인했는데 왼쪽 주머니에 라이터가 있었고 라이터의 마모 흔적이 왼손 쪽으로 나 있더라고. 그 사람은 왼손잡이야. 하지만 태어나서 처음으로 배에 구멍 뚫렸을 때 먼저 짚은 손만 가지고 판단하는 건 불가능해. 형은 이미 알고 있었어."

"……."

재건은 증거품인 주사기를 손수건으로 감싸 들이대며 말했다.

"그리고 또 공통점을 찾아냈지. 바로 약쟁이라는 거. 형의 그 풀린 동공, 멍하니 무언가를 쫓는 시선, 그리고 자꾸 팔뚝을 긁어대는 버릇. 그거 메스버그지? 지금도 평상시랑 다른 무언가를 느끼고 있는 거지?"

"……."

"두 약쟁이. 한 명의 죽음. 그런데 그것으로 끝일까? 이대로 경찰에 넘어가면 이 사건은 다시 명료하고 단순한 사건으로 변하겠지. 바로 형이 범인이라는 것으로.

그런데 형은 필사적으로 수수께끼를 해결하려 했어. 그것은 결코 범인의 행동이 아니었어. 형이 범인이라면 취해야 할 행동은 그게 아니야. 내가 범인이 아니라는 것을 설득하는 것이겠지. 그래야 돼. 어느 범인이 자기가 유력하게 의심받을 상황에서 한가하게 소설 소재를 찾고 있겠어?

그러니까, 형 자신에게 범인이라는 인식이 있었다면 말이야. 따라서 형이 범인이 아니라는 것은 확실해."

"……."

"형은 또 하나의 거짓말을 했어. 아니, 생각해보면 거짓말은 아니었지. 일종의 서술 트릭이라고 할까? 형은 추리 작가니까 무슨 말을 해야 할지 어떻게 말하면 서술 트릭이 성립할지 잘 알고 있겠지. 어쨌든 목적은 듣는 내가 착각하게 하는 것.

그게 무엇이냐 하면, 형이 집 안에서 한 발짝도 나간 적 없다는 사실이었어.

참 나, 생각해보니 형은 자신이 오늘 하루 종일 집 안에만 있었다는 말은 하지 않았어. 그냥 그러는 게 자기 일상이라고만 했잖아. 형은 이 동네 약쟁이들이랑 어울리고 있었어. 얼마나 중독됐는지는 몰라도 어디 구석에 가서 사이좋게 주사를 맞거나 거래를 하거나 했겠지. 내가 집에 자주 드나드니 집 안에서 맞기보다는 가서 함께 맞을 가능성이 높다 생각. 이 동네는 음지가 많으니까. 낡은 기와집이 골목골목 이어진 한적한 동네니까.

형은 오늘도 느지막이 그런 위험한 일을 하고 있었던 거야. 그리고 밤 9시가 지나, 눈이 희뿌옇게 된 채로, 정상적인 사고를 할 수 없을 만큼 약에 취해서 비틀비틀 걸어온 거야. 이 아무도 지나다니지 않는 골목길, 아무도 밟지 않은 눈길 위로 말이야!

그래. 저 발자국은 다름 아닌 형의 것이야. 형은 자기가 눈길을 걸어왔다는 사실도 눈치채지 못할 만큼 제정신이 아니었던 거야. 발자국을 자기 발과 비교했다고 했지?"

"자, 잠깐, 말도 안 돼. 그럼 시체는 어떻게 거기 나타난 거지?"

하루는 말했다.

"모르겠어? 뇌가 플로랄 폼으로 변하기라도 한 거야? 시체는 이미 거기에 있었어! 단지 형이 보지 못했을 뿐이야!"

"아."

"살인은 이미 눈이 내리기 전에 일어난 거고! 트릭이고 뭐고 없었던 거야. 이 약쟁이 동료는 조직의 돈을 빼돌렸다든가 대금을 치르지 못했다든가 해서 쫓기고 있었겠지. 그래서 도망치다가 이 동네 이 구석 집이면 쫓아오지 못할 거라 생각한 거야. 하지만 결국 도망치지 못하고 대문 안까지 들어와 칼에 찔리고 말았어.

그런데 그 뒤에 눈이 내렸고, 집을 비우고 해피타임을 갖고 있던 집주인 박하루는 터덜터덜 들어와 구석 개집에 나뒹굴고 있는 시체는 보지 못한 채 집으로 들어간 거야. 밤이라 어둡기도 하고 약에 취해 몽롱한 상태였으니까. 개집은 안 쓴 지 오래됐고 평소에도 굳이 그쪽을 의식하며 다니진 않았겠지. 정신이 나가 있는 와중에선 더욱더."

하루는 주저앉은 채로 멍하니 허공을 올려다보았다. 모든 정황과 양심이 그것이 진실이라는 것을 말해주고 있었다. 정말로 그랬다. 그는 범인이 아니었다. 탐정 김재건은 키가 컸다. 때로는 그의 얼굴이 일본 요괴처럼 보이기도 했다. 머릿속에는 큰 사람이 되자고 다짐하던 어린 시절의 친구의 목소리가 둥둥 떠다니고 있었다.

"계십니까?"

마침 경찰이 도착해 대문을 두드렸다. 아직 재건은 발자국이니 뭐니 하는 얘기는 하지 않은 상태였다. 재건은 바닥의 하루의 멱살을 잡아 일으켰다.

"일단 뒤처리는 내가 할게. 그냥 아무것도 모르겠다고 해. 지금 일어났고, 영문도 모르겠다고 해. 발자국도 이제 의미 없어졌고, 그냥 약쟁이들 사이 갈등이라고 하면 경찰은 대충 납득할 테니까. 여긴 외국인도 많고, 경찰들도 대충 멋대로 짐작하는 게 있을 테니까. 알았지? 알았느냐고!"

머리가 인형처럼 흔들리는 와중 하루는 아무런 생각도 할 수 없었다.

고양이 콧수염의 동기

1

"잠깐."

박하루가 말하자 재건의 손가락은 허공에 멈추었다.

"기억하지? 네 역할."

하루는 재건의 손가락을 접어주며 눈을 들여다보고 말했다. 재건은 김빠진 듯 흐물거리는 표정을 하고서 말했다.

"아, 참. 몇 번이나 확인하는 거야? 오늘의 주인공은 형. 난 바람잡이."

"절대로 신나서 나서면 안 된다."

하루는 재건의 오른손을 가슴팍에 안겨주며 말했다. 재건은 남아 있는 왼손으로 초인종을 찔렀다. 카메라로 바깥을 확인한 건지 별다른 말 없이 영하의 날씨 속 얼어붙은 것만 같던 대문이 열렸다. 성문이 아닌가 싶은 무거운 나무문이었다. 그 안으로는 별세계와도 같은 정원이 펼쳐져 있었고 눈발을 비춰주는 은은한 가로등 불빛을 따라 현관으로 안내하는 돌길이 이어져 있었다. 하루의 얼굴은 썩 내켜하는 것 같지 않았다.

현관까지 마중 나온 가정부를 따라 안으로 들어가면서 하루는 마음속으로 마지막 리허설을 마쳤다. 카우보이모자를 쓰고 인조털이 목을 감싸는 코트를 입고 알 없는 뿔테 안경을 쓴 장신의 남자와 그보다는 조금 평범한 차림이지만 덩치는 더 큰 남자가 들어서면 대번에 이목이 집중될 것이다. 모임 주최자 말고는 그의 방문을 모르는 상태. 크고 명료한 목소리로 등장을 알려 분위기를 자신의 것으로 만들고 유명한 작가들과 친분을 빠르게 과시한다. 그렇게 후배들 앞에서 대선배의 위용을 과시하고 추종자를 만들려는 것이 하루의 목표였다. 이 판은 인맥으로 돌아가고 있으니까. 내 편은 최대한 많이 만들어두는 것이 좋다. 이름하여 박하루 사단의 탄생이랄까? 그런 허황된 꿈을 갖고 미스터리 작가 박하루는 이 자리에 임했다.

계획은 완벽했다. 하지만 응접실 풍경은 예상과 달랐고 모든 시나리오는 물거품이 되고 만다.

"어? 하루 작가님!"

하루가 듣기로 이 모임은 미스터리 작가들을 모두 초대해 직종의 의를 다지고 한 해를 마무리하는 행사였다. 여기에는 추리소설계의 원로부터 신인까지 모든 작가들이 초대된다고 했었다. 적어도 하루는 그렇게 들었다.

그런데 인사를 한 서영은 미스터리 작가로 통칭될 만한 인물은 아니었다. 자리에 있던 사람들 면면이 모두 그랬다. 순식간에 구성원을 파악할 수 있을 정도로 이 모임은 조출해 보였다. 응접실에 옹기종기 모여 있던 사람은 모두 네 명. 공교롭게도 모두 하루와 아는 사이였다.

"어, 어어, 안녕하세요."

하루는 허탈하게 인사를 했다.

"오셨군요. 추운데 고생 많으셨어요. 겉옷 주시고 앉으세요."

모임의 주최자이자 집주인인 상민이 안쪽 방에서 걸어 나오며 말했다. 그는 목조 인테리어와 어울리는 갈색 니트와 캐주얼한 면바지를 입고 두꺼운 안경을 쓰고 있었다. 겉모습만 봐서는 이 자리에서 유일하게 작가다운 모습이었다. 그도 그럴 것이 이 자리의 사람들은 하나같이 각자의 개성을 고집스레 표현하고 있었으니까. 요란스러운 카우보이모자는 개중 특별해 보이지도 않았다.

하루는 일단 소파에 앉았다. 계획은 이미 물 건너갔고, 상황 파악이 필요했다.

잘못된 것은 계획뿐만이 아니었다. 술을 진탕 마시고 주정 부리다가 1층의 손님방에서 잠들었던 하루는 다음 날 아침 싸늘한 시신으로 발견되었다.

2

발견자는 상민이었다. 싸늘한 시신이라는 말은 문자 그대로였다. 방의 보일러가 꺼져 있어서 냉기가 가득했고 창문엔 살얼음이 껴 있었다. 마지막까지 깨어 있던 사람은 애진과 서영이었다. 상민은 두 사람에게 사실을 전했고, 소파 발치에 뻗어 있던 재건을 실수로 밟아 깨웠으며, 다른 방에서 자고 있던 소윤과 셰인을 깨웠다.

잠시 등장인물 소개를 하도록 하자. 집주인이자 모임의 주최자는 박상민이고 내과 의사이자 미스터리 작가이다. 초대객은 하루까지 총 다섯 명. 이 중 이서영과 박애진은 SF 작가이고, 셰인 킴은 웹툰을 그리는 동양화가, 김소윤은 성인물 웹소설 작가다.

모두가 서재 겸 거실에 모여 눈물 흘리는 가운데, 재건이 방에 들어가서 얼굴을 확인했다. 마냥 가볍기만 해 보였던 재건의 얼굴은 굳어져 있었다. 지난밤, 재건은 사람들 앞에서 하루와의 인연을 주절주절 늘어놓았다. 혀가 꼬부라져서 중언부언한 감이 있었지만, 재건과 하루가 각별한 사이라는 점은 다들 알 수 있었다.

"나만이 자기 말을 이해해주는 사람이라고 맨날 나를 불러다가, 혹은 내 사무실에 와서 온갖 투정은 다 부리곤 했어요. 형편 안 좋은 주제에 만날 때마다 항상 자기가 산다고 고집부렸고요. 둘 다 키가 큰데 제가 조금 더 크니까 뒤로 따라 걸으면 그림자나 스탠드가 따라다니는 것 같다고 하곤 했죠."

전부 지난밤에도 한 말들이었지만 사람들은 재건의 추도사를 가만히 들어주었다.

"그런데, 이 점은 확실히 해야겠습니다. 박하루는 살해당했습니다. 그리고 사실을 말하자면 전 박하루 작가가 고용한 탐정이기도 합니다. 자신에게 무슨 일이 생기면 반드시 진실을 밝혀달라는 의뢰를 항시 가동중이죠. 경찰에 알려야 하겠지만, 괜찮으시다면 우리끼리 한번 말을 맞춰보는 게 어떨까요? 범인은 이 안에 있을 확률이 높으니까요."

"네에?"

다들 놀란 눈으로 이 장신의 탐정을 올려다보았다. 의사인 상민이 말을 이었다.

"자는 도중에 사망한 것으로 보입니다. 혈액 침하, 경직 상태를 보니 두세 시간 정도 지난 것 같습니다. 외상이 없는 것으로 보아 독살일 가능성이 크겠지만, 어쩌면 구토할 때 이미 중독된 상태였을 수도 있겠네요. 아, 전 법의학의가 아니니 검안까지밖엔 할 수 없습니다."

"아하. 박상민 작가님은 의사기도 하시죠. 하지만 살인 방법은 이미 추정하고 있습니다. 사이안화수소예요."

재건은 말했다. 성인소설 작가 소윤이 놀란 목소리로 물었다.

"그걸 어떻게? 정말 소설처럼 아몬드 냄새 같은 걸로 알 수 있는 거예요?"

"아뇨."

재건은 낮은 목소리로 대답했다. 그는 하루가 입고 온 털 코트를 집어 들었다.

"박하루는 미스터리 작가이다 보니 위험한 것을 가지고 다니거든요. 그런 거 있잖아요. 작가의 쓸데없는 집착 같은 거. 그 사람은 항상 범죄 도구를 가지고 다니면서 트릭 고민을 하곤 하죠. 최근 가지고 다니던 건 사이안화수소였거든요. 그런데 주머니를 찾아보니 그게 지금 없네요."

"그, 그럼, 자살은 아니었을까요?"

눈이 토끼처럼 빨개져 있는 SF 작가 서영이 잠긴 목소리로 말했다.

"남의 집에서 자살을 하는데 증거품을 없앨 수는 없죠. 또 아무리 맛이 갔다 해도 그 정도로 분별없는 인간은 아닙니다. 아시잖아요."

그 말에는 그 자리의 모두가 동의할 수 있었다.

"그럼, 정말……."

소윤이 말했다.

"보니까 방 창문은 잠겨 있지 않았습니다. 1층이고 하니 외부 침입의 가능성도 있지만, 이 집 담장은 꽤 높죠? 감시 카메라도 있었던 것 같고요."

재건은 상민 쪽을 향해 말했다.

"네. 사각이 없다고는 못 하지만."

"불가능한 건 아니라는 말이군요."

"그럼! 역시 외부에서 침입한 사람이!"

세인이 그 말을 기다리고 있었다는 듯 외쳤다.

"가능성을 열어두자는 말입니다. 일단 경찰에게 할 말을 먼저 정리할 겸, 잠깐 어젯밤 동선을 우리끼리 정리해보는 게 어떨까요?"

재건은 좌중을 돌아보면서 말했다.

3

다시 전날 밤으로 돌아가도록 하자. 하루와 재건은 영하의 겨울 밤, 청담동 상민의 저택을 방문했다. 하루는 대문을 들어설 때부터 집의 모양새라든가 위치라든가 하는 트집을 잡으며 툴툴대고 있었다.

과연 추리소설가의 저택이라 할 수 있는 곳이었다. 응접실은 커다란 원통처럼 돼 있었는데 2층 난간 밑까지 책장이 솟아 있었고 그 안은 책으로 가득했다. 그 장서는 전부 추리소설이었다. 국내 출판작은 물론 미번역된 원서까지도 한 구역을 차지하는 대한민국 최대의 미스터리 서가였다.

이런 저택과 서재는 그가 그만큼 성공한 사람이라는 방증이기도 했다. 상민은 출간하는 소설이 족족 영화화되어 판권왕이라 불릴 만큼 이 분야에서 알아주는 작가다. 오랜 연이 있었지만 하루는 그를 싫어했다. "작품을 인정할 수 없어"라는 것이 사적이면서도 공식적인 이유였지만 실은 질투심이 전부였다. 거기에 그는 본업이 내과 의사이기도 했으니 더욱 배가 아플 수밖에 없다. 하루는 작가랍시고 행세하고는 있었지만 그것 말고는 아무것도 없었고 글이 생업이라 하기에도 민망한 처지였다.

그런데도, 좋지 않은 비위를 움켜쥐고서 내 목적을 위해 여기까지 왔는데, 여기 모인 사람들은 대체 다 뭐란 말인가?

하루에게 먼저 아는 척한 사람은 SF 소설가 이서영이었다. 한겨울인데도 꿋꿋하게 봄철 느낌이 물씬 풍기는 드레스를 입고 반절만 따고 나머지는 길게 늘어뜨린 머리를 한 모습은 철을 한참 놓친 히피 같아 보였다.

"되게 오랜만이네요. 잘 지냈어요?"

"똑같죠 뭐. 그런데 하루 종일 인사하고 다닐 걱정 하고 왔는데, 안 그래도 되겠네요."

하루는 소파에 둘러앉은 사람들을 돌아보며 말했다. 그들 가운데에는 술과 먹거리가 잔뜩 쌓여 있었다. 은은한 조명이 얼굴 얼굴마다 반쪽짜리 그늘을 만들어주어 마치 모닥불 주위로 모여 있는 것처럼 보였다.

"그러게요. 저도 아는 사람 없을까 봐 걱정했는데 이렇게 소윤 작가님도 있고 하루 작가님도 오셔서 되게 되게 반가워요."

동양화가이자 일러스트레이터인 셰인 킴이 말했다. 그는 현대적인 한복 차림이었고 옆자리에 앉은 성인물 소설가 김소윤은 연말 시상식 같은 복장이었다. 소윤은 하루를 향해 밝게 웃으며 손을 흔들었다.

"여기 있는 사람들 전부 하루 작가님 아는 건가요? 일행분은?"

서영은 재건 쪽을 보며 물었고 재건은 대답했다.

"넵! 운전삽니다. 김재건이고요, 분리수거와 배달을 맡고 있죠."

"하하. 친구예요. 이 친구도 미스터리 좋아해서 만일의 경우를 대비해서 데려왔어요."

하루는 한눈에도 세대 차 나 보이는 재건과 격 없이 지낸다는 점을 강조하듯이 어깨를 바싹 붙이고선 말했다. 사람들은 각자 재건에게 자기 이름을 밝혔다.

"추리소설 좋아하시나요?"

곁에 서 있던 상민이 물었다.

"네. 이야, 책이 무척 많군요. 여기에 종일 처박혀서 책이나 읽고 싶을 정도예요. 박상민 작가님도 만나 봬서 영광입니다. 작품은 정말 재밌게…… 에, 아, 영화로 본 게 전부지만 여튼 재밌게 잘 봤습니다."

재건은 하루의 눈치를 보며 말을 고쳤다. 하지만 올바른 선택인지는 의문이었다.

"감사합니다. 이 자리에서 처음 공개하는 건데 엊그제 마침 새 영화화 계약을 마쳤답니다."

상민은 자랑임을 굳이 감추지 않고서 말했다.

"최신작은 이미 제작중이라고 하지 않았어요? 혹시, 신작이에요?"

서영의 옆에 앉아 있는 애진이 물었다. 서영과 마찬가지로 주로 SF를 쓰는 그는 사슴 모양의 전신 잠옷을 입고 있었다.

"신작은 아직 쓰는 중이고, 영화화되지 않은 첫 장편이에요."

"아, 그게 있었구나! 그럼 이제 단행본은 전부 영상화되는 거네요."

"어쩌다 보니 그렇게 됐네요."

"와, 부럽다. 전 언제 영상화해보나요."

소윤이 술잔을 든 채로 말했다.

"작가님은 대신 꾸준히 대박 내고 있잖아요. 저는 영화 덕분에 그럭저럭 팔고 있는 거죠."

"전 꾸금이라서 애초에 기대도 안 하지만요. 헷."

하루는 팔꿈치로 재건을 건드렸다. 재건은 하루가 무엇을 원하는지 알았다. 하지만 달리 할 수 있는 게 없었다. 원래 계획은 신인들 앞에서 본인 대신 작가 박하루론에 대해 침 튀기며 떠들어대는 것이었지만 서로 아는 사이라면 그럴 수 없다.

차라리 평소대로 날뛰어서 빨리 자리를 뜨게 해주는 게 낫지 않을까 생각했다.

"두 분은 하루 작가님 어떻게 아는 거예요?"

애진이 세인과 소윤에게 물었다.

세인이 조금 들뜬 목소리로 대답했다. 그는 얼굴이 창백했지만 어느 정도 취기가 오른 상태였다.

"하루 작가님과는 데뷔 전부터 페친이었어요. 그러고 보니 무지 오래됐네요. 책 낸다는 소식 들은 것도 페친 된 지 한참은 되고 나서였는데 그 뒤로 십이 년 정도 지났나요?"

소윤도 말했다.

"저도 하루 작가님이랑 오래 페친이었어요. 여기 셰인이랑 알게 된 것보다 훨씬 더 전부터요."

"제가 잘 파악한 건지는 모르겠는데……."

재건이 말했다.

"여기 모인 사람들은 전부 주인장인 박상민 님의 초대를 받아서 온 것. 이 중 서영, 애진 님이랑 하루 형이 한 그룹이고, 셰인, 소윤 님, 하루 형 이렇게 셋이 한 그룹인 거 맞나요? 각 그룹은 서로 초면이고요."

"그렇게 되나?"

하루는 말했다. 하루 입장에서는 전부 아는 사람이었기 때문에 굳이 그런 분류를 할 필요는 없었다.

"정말 그렇게 되나요?"

소윤이 해맑게 웃으면서 사람들을 돌아보고는 말했다. 술기운이 한껏 올라 있는 얼굴이었다.

"네?"

소윤과 눈이 마주친 서영은 자신에게 묻는 줄 알고 허겁지겁 주위를 돌아보며 인간관계를 다시 파악했다. 하지만 소윤은 그런 반응은 알아채지 못한 듯 다시 까르르 웃으며 술을 들이켰다.

하루는 조금 일찍 올걸 하고 후회했다. 이렇게 서로 모르는 그룹 사이에 자기가 껴 있으면 자연스레 화제의 중심이 됐을 테니 말이다. 하지만 주인공은 언제나 늦게 등장한다는 신념하에 하루는 일부러 여유 있게 나와서는 차 안에서 시간을 보내다가 나타났던 것이다.

"저도 이런 관계일 줄은 몰랐는데, 정말 묘한 모임이네요. 이 중 저와 제일 가까운 건 역시 같은 미스터리 작가인 박하루 작가님이고요, 다른 사람은 이런저런 일로 얼굴만 한 번씩 뵈었던 분들입니다."

주최자인 상민은 어딘지 모르게 흡족한 얼굴이었다.

그렇게 하루는 자리에 합류했고, 재건은 빠르게 결정 내리지 않은 것을 후회했다. 야심찬 계획이 수포로 돌아간 박하루는 자포자기해 에라 모르겠다 상태가 되어 술을 진탕 마시고 완전히 풀어진 상태로 널브러져 아무 소리나 집어 던지고 있었다.

"도대체가! 왜 다들 날 빼놓고 잘나가는 건데! 너무한 거 아냐? 너무 불공평하다고!"

하루는 거의 소파에 드러누운 상태였다. 얼굴은 벌게져 있었고 자신이 어디에 있는지도 잊어버리고 말았다.

"취하셨어요. 들어가 쉬시는 게……."

소윤이 말하자 하루는 오히려 화를 낸다.

"취했다고? 내가? 하! 난 말이지, 한 번도 취해본 적이 없어요! 아니, 취하긴 취하지만, 취하지 않는다고! 무슨 말인지 알아요?"

"이보쇼, 형씨. 추한 꼴 보이지 말고 빨리 빠지자고."

재건은 한참 전부터 하루를 끄집어내려 안간힘을 쓰고 있었다. 하지만 소파에 푹 파묻혀서 버티면서 악을 쓰는 데에는 어찌할 방도가 없었다.

"뭐어? 지금 나 무시하는 거지? 못 파는 삼류 작가라고 지금 무시하는 거지? 그래, 너 잘났다! 성인물 써서 돈도 잔뜩 벌고, 연예인처럼 입고 다니고. 난 인정도 못 받고 팔아먹지도 못하고. 에이 더러운 세상!"

하루는 번갈아가면서 사람들에게 못 하던 말을 집어 던지고 있었다. 이번에 타깃이 된 소윤은 뭐라 받아줘야 할지 몰라 쩔쩔매기만 할 뿐이었다.

키 180이 넘는 사십 대 남자가 발버둥 치는 꼴이 마치 다섯 살배기 아이와도 같았다. 지금 누가 말을 걸더라도 눈에 뵈는 게 없는 하루에게는 잘난 작가들의 한가한 참견 정도로 보일 것이었다.

"엉? 두고 봐. 지금 내가 엄청난 트릭을 갖고 있거든. 이거만 쓰면 추리소설계는 끝장나는 거야. 그런데 이거 알아? 나, 전에도 그렇게 생각했다? 그런데 아무리 대단한 글을 써도 아무도 안 봐줘! 대체 왜 그러냐고, 응?"

하루는 누가 듣든 말든 목 놓아 떠들어댔다.

"에휴. 또 저러신다."

서영이 인상 쓰며 한숨을 내쉬었다.

"전에도 이런 적이 있었나요?"

셰인이 물었다.

"소설가 모임에서도 저랬거든요. 그땐 술은 마시지 않았지만 내도록 구시렁대서 사람들 모두 불편해했어요."

"그런데 좀더 심해진 것 같지 않아요? 전에는 술 먹어도 얌전한 편이었는데."

애진은 빨간 표지의 책 한 권을 내밀며 말했다. 그것은 하루의 첫 번째 장편소설 초판본이었다.

"쓸모없는 선물 교환식에 이걸 내다뇨. 작가님이 뭐랄까, 담아둔 게 너무 많은 것 같아요."

"분출 못 한 원망이 쌓여 결국 자기를 잃어버린 것 같아요. 전부터 걱정되긴 했는데, 오실 줄 알았으면 술은 치워뒀을 텐데."

서영이 말했다. 하지만 이미 엎질러진 물, 아니 술이었고 이제는 카펫 위에 다른 먹은 것들도 함께 엎지르려 하고 있었다.

"우엑, 우엑!"

하루는 소파 바닥에 굴러떨어져서 카펫 위에 얼굴을 처박고서 구토했다. 사람들은 경악했지만 오히려 상황은 나아졌다. 그대로 바닥에 얼굴을 박은 채 정신을 잃고 만 것이다. 이때다 싶은 사람들은 정리를 시작했다.

"역시 술 먹으면 사람이 변하는군요."

세인은 구겨진 한복 소매를 다듬으며 말했다.

"그죠? 이미지 되게 좋았는데. 저도 술 마시는 건 처음 봤거든요."

소윤은 소파에 축 처져 있었다.

"이거 죄송하게 됐습니다. 물론 전 딸려 온 거라 진짜 죄송하단 건 아니고 그냥 형식상."

재건은 말했다. 재건은 인사불성 상태의 하루를 싣고 돌아가려 했지만, 상민이 여기서 쉬고 가기를 권했다. 하루는 손님용 방 침대에서 곯아떨어져 있었다.

"죄송한 건 저희들이죠. 저희 일인데 괜히 말려들게 해서."

서영이 말했다.

"제 친구 일이기도 한걸요. 그런데 그 양반이 맨날 친구 없다 친구 없다 그러더니 이렇게 모인 사람이 전부 그 인간 중심으로 연결돼 있을 줄은 몰랐네요. 대부분 모르는 사람일 거라고 했거든요."

재건은 곧 자연 분해될지도 모르는 하루의 명예와 평판을 위해 처음의 목적은 이야기하지 않기로 했다.

"아, 그건 처음 얘기 꺼낸 거랑 계획이 좀 달라져서요."

상민이 말했다.

"원래 하루 작가님이 알던 대로 업계 사람들 다 불러다가 크게 파티 하려고 했는데 전염병도 돌고 해서 사전에 시간 확인된 몇 명만 불렀어요. 실제로 부른 건 오신 분의 두 배 정도 되지만요."

"그렇군, 그렇군. 맞아, 그러고 보니 두 작가님도 이름을 들어본 것 같아요. 하루 형이랑 단편집 낸 적도 있죠?"

재건은 애진과 서영을 향해 말했다.

"네. 꽤 오래전이지만요."

애진이 대답했다.

"맞아. 그래서 기억나요. 책 이것저것 둘러보다 두 분 이름 본 거 같아요. 어? 이 사람 박하루 책에서 본 거 같은데? 하고요. 애진 작가님 일간지 인터뷰도 했었죠? 전 세계를 떠돌며 머무른 지역을 소설로 남기는 작가!"

"아, 예. 부끄럽네요. 그걸 보셨다니. 뭐, 아직 제가 묵은 호텔이 성지가 돼 관광 코스가 되거나 하는 정도는 아니지만요. 오호홋홋홋홋홋!"

재건은 웃음으로 받아줬다.

"웃핫핫핫! 언젠간 그렇게 되실 겁니다. 셰인 작가님 이름도 본 적 있어요. 전에 개인전 했었죠? 길 가다가 포스터 봤는데 주제가 주제인지라 기억에 남네요. 맞죠? 동양화 그리는."

"어? 보셨구나. 1월 말까지 하니까 시간 되면 보러 오세요. 이번에 되게 평가 좋았거든요. 제가 원래 그리는 주제가 전부 레즈비언인데요, 이번엔 처음으로 고양이를 넣어봤어요. 그래서 전시회 제목이 '여자, 그리고 고양이'예요. 고양이는 그러잖아요. 주변에 사람이 있든 없든 도도하게 멋대로 돌아다니는 거. 그림에 그런 고양이를 넣어보니 정말 재밌더라고요."

"오, 며칠 내에 찾아뵙죠. 동양화 잘 모르지만 분위기 있어 보이더라고요. 흥미, 흥미."

당장 운전할 필요가 없어진 재건도 술 한 잔 따랐다. 평화로운 밤이었다. 느긋하게 취한 사람들은 떠들다가 딴짓하다가 찬바람 맞아가며 담배 피우다가 한숨 자다가 폰 게임 하다가 밤을 보냈다.

재건은 제멋대로인 이 사람들과 죽이 잘 맞는다고 생각했다. 하지만 창작자 입장에선 어떨까. 이 자리의 모두들 한 가닥 하는 사람들이었고 그중 하루는 가장 초라한 작가였다. 나중에 어깨나 두드려줘야지. 하지만 엎질러진 물이니 맘 편히 있기로 하자. 재건은 기분이 좋았다.

동틀 무렵, 하루가 시신으로 발견되기 전까지는.

4

"여기까지가 우리가 공통으로 기억하는 장면인 것 같습니다. 그런데 빠진 부분이 있죠. 저만 알고 있는 부분."

재건은 말했다. 그러면서 상민 쪽을 바라봤다.

"하루 작가님을 방에 옮길 때 말이죠?"

상민은 대답했다.

"네. 여러분은 자리를 청소했고 저 혼자 안쪽에 있는 방에 하루 작가를 옮겨다 놨습니다. 그런데 말입니다. 저는 틀림없이 그 방의 보일러를 켜놓고 나왔지 말입니다. 타이머가 작동하는지도 확인했다고요. 그 말은……."

"누군가가 보일러를 껐다는 말이군요."

추리 작가인 상민은 눈치가 빨랐다.

"아시다시피, 보일러 스위치는 전등 스위치 바로 옆에 있습니다. 불을 켜려다 실수로 보일러를 만질 수도 있다는 말이지요. 우리가 방에 들어갔을 때 방 상황이 어땠죠?"

재건은 시험하듯이 상민에게 물었다.

"방은 차가웠고, 창문엔 성에가 껴 있었죠. 그거군요. 방이 따뜻해졌다가 식은 거예요. 결로 현상으로 창문에 맺힌 물방울이 얼어붙은 거죠."

상민은 대답했다.

"네. 우리는 밤새 자유롭게 왔다 갔다 했습니다. 누구나 그 방에 접근할 기회가 있었을 거예요. 아, 그전에 퇴근한 가정부님은 여기서 빼고 생각해도 되겠죠. 방금 다들 들어가보셨다시피, 보일러가 들어오지 않는 그 방은 매우 춥습니다. 아마 식는 것도 빨랐겠죠. 설계가 잘못된 건지……."

"그 방은 원래 창고로 쓰던 곳이라서요. 보일러가 안 들어가는 방을 개조한 거예요."

"그럼 더 확실하네요. 범인은 마지막으로 그 방에 들어가서 보일러를 끈 사람입니다. 외부에서 침입했든, 안에서 들어갔든. 왜냐하면 그 뒤에 들어갔다면 한기를 느끼고 보일러를 확인했을 테니까요."

재건이 말을 마치자 애진이 발표를 기다렸다는 듯 손을 들었다. 재건이 가리키자 그는 말했다.

"말씀하시는 게, 사람들이 모두 그 방에 들어갔다는 것을 전제하시는 것 같은데요. 방에 들어간 사람이 많을까요?"

재건은 대답했다.

"그야, 제가 봤으니까요. 누군가가 여러 번 그 방문을 여닫는 모습을. 제가 앉은 자리에서는 보였거든요. 어두워서 그게 누구인지 일일이 확인하지는 못했지만, 제가 본 것만 최소 세 차례. 놓친 것도 있을 수 있겠죠. 왜 그랬는가 하면, 그야 제 의뢰인이니까요. 여기까지 와서 극단적인 사건이 벌어지리라고는 생각 못 했지만, 조금 더 경계했어야 하는 건데."

재건은 이를 악물었다. 누구도 그 침묵을 깨지 못했고 잠시 마음을 진정시킨 뒤 재건은 다시 말했다.

"아마 아실 분은 아실 겁니다. 하루 작가는 알코올 분해가 매우 빠릅니다. 주량은 적지만 뻗었다가도 한두 시간만 자면 바로 멀쩡해지죠. 어쩌면 물이라도 마시러 나오기도 했을지도 모르겠군요. 그러니 솔직하게 말해주셨으면 좋겠습니다. 여러분 중에 밤새 하루 작가가 잠든 방에 들어간 분이 계십니까? 대화를 나눈 분이라든지."

애진이 조심스레 손을 올렸다. 하루의 방에 들어갔다는 사실을 밝히면 범인으로 지목될 수도 있다는 것을 그 자리의 모두가 알고 있었다. 그렇지만 서로 눈치를 보던 사람들은 하나둘 손을 들었다. 마지막으로 상민이 손을 올렸다. 손을 내리고 있는 사람은 재건뿐이었다.

"그렇다면 알리바이가 확실한 것은 저뿐인 것 같군요. 전 소파 이 자리에서 밤새 한 번도 일어나지 않았으니까요."

그 사실에도 모두 동의하는 것 같았다.

"혹시나 해서 묻는 건데, 들어갔을 때 온도가 내려간 게 아닌가 하는 생각을 해보신 분이 있나요?"

아무도 없었다.

"본인이 보일러를 껐다 하시는 분은?"

역시 대답이 없었다.

"그렇다면 제 추리가 맞다고 봐도 되겠죠? 지금 누군가가 거짓말을 하고 있습니다. 이 자리에 없는 사람이 있거나요. 그가 범인이고 실수로든 일부러든 보일러를 끄고서 현장을 빠져나갔습니다. 그게 누군지만 알아내면 되겠군요. 한 명씩 자기가 몇 시쯤 방에 들어갔는지 얘기해주실 수 있나요? 다른 누군가를 봤다든가, 하루 작가와 얘기를 했다든가, 다른 특이사항 어떤 것이든 포함해서요."

그렇게 해서 그들은 재건과 짤막하게 일대일로 면담했다. 그렇지만 확실해진 것은 아무것도 없었다. 그들 중 시간을 정확히 기억하는 사람은 없었다. 다만 하루와 대화했다는 사람은 있었다. 서영이었다.

"구상중인 소설 얘기를 했어요. 비몽사몽 상태였던 거 같은데 이번 건 정말 대박이다, 그런데 분량이 애매해서 단편으로 할지 장편으로 할지 못 정했다 이런 얘길 했어요."

"내용 애기는 해주던가요?"

"네. 외따로 떨어진 시설 안에서 살인 사건이 일어났는데 다잉 메시지가 발견되고 거기서부터 추리를 하는 내용이랬어요. 오히려 요즘엔 그런 게 드물 만큼 평범한 내용인데 말이에요."

만일 서영보다 먼저 하루를 보러 간 사람이 있다면 혐의는 벗을 수 있을 터였지만 아쉽게도 서영 역시 방에 들어간 시점은 정확히 기억하지 못했다. 재건은 서영이 건넨 명함을 내려다보며 만지작거리다가 품속에 집어넣었다. 그는 특이하게 성 영문 표기를 Yi라고 쓰고 있었다.

"혹시 이 명함 다른 사람에게도 보여줬나요?"

그것은 오늘 유일하게 가져온 명함이라고 했다.

"아뇨. 하나밖에 없어서 어느 분을 드려야 할지 애매해질 수 있으니 아예 꺼내지 않았어요."

서영은 대답했다.

재건은 문답만으로 범인을 추려내는 것은 불가능하다고 판단했다. 그래서 더 늦지 않게 경찰을 부르기로 결정했다. 일개 탐정에게는 현장을 건드리고 증거를 수집할 권한이 없었으므로. 경찰을 따라다니며 단서를 빨아먹고 그것으로 진상을 밝혀내는 것이 재건의 주 수법이었다.

경찰이 들어서고 폴리스라인이 쳐지고 과학수사팀이 현장을 통제하는 사이 날이 밝아왔다. 아직 부검 전이었지만 과학수사대원의 의견도 사이안화수소에 의한 독살에 무게가 실렸다.

입과 손에 남은 초콜릿 자국을 볼 때 주입 수단은 초콜릿이고 피해자 스스로 먹게 했을 것이며, 당연히 살해 당시 하루는 정신을 차리고 범인과 대화를 나눴으리라고 추측되었다. 그렇다면 면식범일 가능성이 컸다.

그렇지만 그곳에 모인 사람들을 긴장시킨 원인은 다른 데에 있었다. 사망한 박하루가 움켜쥔 왼손 안에. 그것은 보통 잠들 때 쥐거나 할 만한 것이 아니었다. 그것은 10센티 정도 되는 고양이 콧수염이었다.

5

"다잉 메시지?"

"이얍."

재건은 관계자 대표로 지난밤부터 오늘 아침까지의 경위를 일목요연하게 설명해주었다.

"뭡니까, 그게."

사십 대쯤 돼 보이는 형사는 경상도 억양이 섞여 있는 남자였다.

"아니, 형사님, 다잉 메시지도 모른단 말씀이십니까? 이거 실망입니다. 미스터리의 기본 아닙니까. 죽은 사람이 죽기 직전 남긴 범인을 암시하는 메시지 말입니다."

"형사 생활 하면서 그런 건 한 번도 본 적이 없습니다."

강남경찰서 강력 6팀 팀장인 곽경식 경위는 추리소설과는 아무런 연이 없는 사람이었다.

"그렇군. 되게 심심한 인생을 사셨군요. 하지만 이번 피해자는 미스터리 작가입니다. 다잉 메시지 정도야 문제도 아니겠지요."

"여기 고양이 기릅니까?"

곽 형사는 상민 쪽을 향해 물었다. 편의상 현장 탐문은 책이 내려다보는 거실 소파에서 이뤄지고 있었고 방문객들은 그 주위에 둘러서 있었다.

"아뇨. 이 집에 고양이는 없어요."

상민이 대답하자 형사는 메모지에 볼펜으로 무언가 적으면서 재건에게 말했다. 볼펜이 잘 나오지 않는지 몇 차례 종이에 문지르더니 동료 형사에게 다른 볼펜을 받고서 마저 적었다.

"고양이가 없다, 그런데 왜 고양이 수염을 쥐고 있었죠?"

"그러니까 다잉 메시지라니까요. 범인이 누군지 가리키는."

"아니, 내 말은, 고양이가 없는 집에서 고양이 수염이 어떻게 나왔느냐 하는 거예요."

"아하. 그 설명부터 해야겠군. 말했잖아요. 박하루 작가는 미스터리 작가라고요."

"미스터리? 막 귀신 나오고 유에프오 나오고 그런 거요?"

"아뇨, 아뇨! 미스터리는 장르 명칭! 추리소설과 동의어! 정말 어떻게 수사관이 그런 기초적인 것도 모를 수 있죠?"

"거, 쓸데없는 소리는 자제하시고. 그래서 미스터리인가 뭔가 작가라고 고양이 수염을 가지고 다녔다는 말이에요?"

"네! 아, 여전히 이해가 가지 않으시리라는 거 잘 압니다요. 여긴 추가 설명이 필요하니까 조금만 참아주시길. 에헴."

재건은 헛기침을 하며 다리를 반대로 꼬았다.

"그러니까, 박하루는 추리 작가죠. 추리소설에서 가장 중요한 게 뭐냐 하면 탐정님의 존재……는 뭐 제 생각이고, 보통은 트릭이라고 생각하겠죠. 작가는 일 년 내내, 글을 쓰지 않는 기간에도 항상 글 생각을 합니다. 미스터리 작가는 트릭 생각을 하겠죠. 조금 전에 본인이 소지중이던 독약을 먹었다고 했잖습니까. 그 이유도 마찬가지입니다. 박하루 작가는 항상 트릭 도구를 가지고 다니면서 이게 실제로 가능할지, 어떻게 적용할지 고민하곤 했습니다.

이번에 쓸 작품의 트릭 콘셉트는 바로 다잉 메시지였습니다. 사실 다잉 메시지는 성립하기가 힘든 소재입니다. 왜냐하면 죽기 직전에 그 아이디어를 떠올려야 합니다. 그러면서 동시에 범인이 메시지를 훼손하지 못하게 해야 하죠. 만일 알기 쉽게 범인 이름을 적는다면, 그럴 틈이 있었다 치더라도 범인은 그걸 가만 놔두지 않았을 테죠. 그래서 다잉 메시지는 보통 암호화되기 마련입니다.

그러면 다시 처음의 문제, 죽기 직전에 어떻게 그런 '범인은 당장 알아채지 못하지만 암호를 풀면 범인을 알 수 있는' 문제를 만드느냐는 문제에 봉착하게 됩니다. 그것을 얼마나 잘 해결하느냐가 작품의 성패를 가르기도 하고요. 그래서 박하루 작가는 항상 실제 물건을 들고 다니면서 고민하는 겁니다. 우연이든 아니든, 다잉 메시지를 남길 조건은 만들어졌다고 생각합니다. 작가가 입고 온 코트는 방 안에 있었고 지금도 뒤져보면 이런저런 소도구가 나올 거예요. 범행 도구인 사이안화수소가 들었던 약병은 사라졌지만요. 하지만 어딘가에서 발견되겠죠."

조사해보니 과연 하루의 코트 주머니엔 잡다한 것들이 잔뜩 들어 있었다. Q, W, E, R, T, Y 키보드 키캡, 영화의 한 장면이 찍힌 필름 조각, 볶은 원두 한 알, 동물 사료 한 알, 돋보기, 마스크, 껍질 있는 땅콩, 까지 않은 밤, 1회용 지하철 카드.

"그러니까 이게 이렇게 된 건가요? 죽음을 직감한 박하루가 자기 코트로 엉금엉금 기어가서 주머니를 뒤져 이 고양이 수염을 찾아 다시 침대로 되돌아가 죽었다?"

곽 형사는 미심쩍은 듯 말했다.

"그렇게 볼 수밖에 없잖습니까. 이 집에서 고양이 콧수염이 나올 리는 없고, 그 수염은 박하루 작가의 코트 속에 있었고, 이 사람은 하루 종일 트릭 생각만 하는 사람이고."

"그래서, 이 수염은 무슨 뜻이죠? 고양이 키우는 사람이라는 뜻?"

형사는 재건을 빤히 바라보며 물었다.

"글쎄요. 과연 그럴까요? 어제 대화하다가 나온 말인데, 이서영 작가님은 고양이를 기른다고 했고, 적어도 두 분, 셰인 작가님과 애진 작가님도 고양이를 기르거나 접촉이 많은 분인걸요."

"직접 들은 건가요?"

형사가 물었다. 재건은 서 있는 셰인과 애진 두 사람과 눈을 한 번씩 마주치더니 말했다.

"아뇨. 셰인 작가님은 옷에 고양이 털이 묻어 있었고, 애진 작가님은 손등에 잔상처가 많았거든요. 기르는 고양이가 새끼거나 아니면 길고양이와 접촉하다가 다친 거라 추측됩니다. 맞나요?"

두 사람은 그렇다고 했다. 애진은 지금도 고양이를 기르고 있고 길고양이를 만날 때를 대비해서 항상 사료를 가지고 다닌다고. 지금 입고 있는 사슴 잠옷은 이 집에 와서 갈아입은 것이라 털이 묻지 않았으리라고도 했다.

"그러니까 고양이를 기른다는 의미는 아닐 겁니다. 암호는 여러 가지로 해석될 수 있지만 그중 가장 개연성 높은 것을 정확히 지시해야 하거든요."

"그럼 뭐란 말입니까?"

재건은 드디어 올 것이 왔다는 듯 설명을 시작했다.

"고양이 콧수염. 단순한 연관성만으로는 안 됩니다. 대상을 정확히 지칭해야 하죠. 바로 그 사람일 수밖에 없는 것. 그게 뭐냐 하면 그 사람의 직업이죠. 자, 세계에서 가장 유명한 고양이는 어떤 고양이일까요? 그건 바로 슈뢰딩거의 고양이죠. 물론 이 고양이는 실제 고양이가 아니지만 그래도 고양이 하면 슈뢰딩거의 사고실험이 떠오르는 게 인지상정. 즉, 고양이가 의미하는 것은 과학과 관련된 사람, 혹은 그 고양이를 질리도록 인용하는 집단, 과학소설 작가들이죠."

헉, 하는 소리가 참고인들 사이에서 빠져나왔다. 재건은 그쪽에는 시선을 주지 않고서 이어 말했다.

"그런데 이 모임에 과학소설 작가는 두 사람입니다. 이서영 작가와 박애진 작가. 그럼 두 사람 중 누구인가? 그런데 우리는 고양이 콧수염이 발견된 위치를 기억해야 합니다. 형사님. 하루 작가는 고양이 콧수염을 어느 쪽 손에 쥐고 있었죠?"

"어느 쪽 손? 김 형사. 그런 것도 적어뒀나?"

곽 형사는 부하에게 확인해보고는 대답했다.

"왼손이네요."

재건은 한층 목소리가 높아져서는 말했다.

"왜 하필 왼손일까요? 박하루 작가는 오른손잡이죠. 그런데 왼손으로 단서를 남긴다? 여기에 뭔가 의미가 있지 않겠어요? 이서영 작가님은 노동단체에서도 일하고 있고 감정노동센터에서도 일했으며, 프로필에도 노동자들의 이야기에 관심이 많다고 나와 있죠. 이념 성향을 나누자면 좌파 쪽이라고 할 수 있는 사람입니다. 박애진 작가님의 생각은 잘 모르겠지만 가시적으로 대외적으로 활동을 하는 사람은 이서영 작가님 쪽입니다. 그렇다면 이 메시지가 가리키는 사람은 이서영 작가님, 당신일 수밖에 없습니다."

재건이 가리킨 서영의 얼굴은 하얗게 질려가고 있었다.

"네? 저, 저, 저는, 말도 안 돼요! 그, 그건 비약이라고요! 고양이가, 물론 전 고양이를 좋아하지만, 고양이를 바로 SF 작가로 연결 짓는 건……."

"물론 완벽한 논리는 아닙니다. 하지만 다잉 메시지를 만들 때는 제한된 시간 좁아진 시야 속에서 최선의 수단을 찾아야 합니다. 당장 죽어가는 박하루 작가가 생각할 수 있던 것으로 제한해보자면 그것 말고는 답이 없습니다. 가지고 있던 도구, 혹은 방 안에서 쉽게 구할 수 있는 도구는 제한돼 있었을 테니까요."

재건의 논의를 차분히 따라오던 곽 형사는 자리에서 일어났다. 가장자리에 흩어져 있었던 동료 형사들도 천천히 다가왔다.

"아직 조사 단계니까 작가님은 참고인 신분이고요, 서로 동행해주시겠습니까? 소지품도 조금 봐야 할 것 같습니다."

말은 그렇게 했지만 곽 형사는 서영을 범인이라 점찍고 있었다.

경찰의 수색은 금방 끝났다. 서영이 묵던 방 장식장 뒤쪽에서 작은 유리병이 발견되었기 때문이었다. 안약 용기였으나, 표면에는 매직으로 해골 그림이 그려져 있었다. 그 병에는 사이안화수소가 들어 있었다.

6

면회소는 유리로 가로막혀 있었다.

안쪽과 바깥쪽의 공간은 엇비슷했고 양쪽에서 감시 카메

라가 유리를 노려보고 있었다. 서영은 하루 만에 한결 수척해져서는 면회에 응했다. 옷차림은 전날 봤던 그대로 봄철 같은 드레스였다. 춥지 않냐는 말에 서영은 안쪽은 따뜻하다고 답했다.

"에, 여긴 좀 추운데. 그럼 가능한 한 빨리 끝내는 편이 좋겠군요. 어차피 삼십 분밖에 없지만."

재건은 손목시계를 확인하면서 말했다.

"전 안 그랬다고요. 제가 왜 하루 작가님을 죽이겠어요. 아무리 생각해도 그 논리는 억지예요. 너무 광범위한 가능성을 다루고 있다고요."

"네. 죄송합니다. 어쩔 수 없는 일이었습니다. 저도 그렇게 생각합니다. 이서영 작가님은 범인이 아닙니다."

재건은 고개를 꾸벅 숙이면서 말했다.

"넷? 아니, 저……."

서영은 순간 머리가 복잡해졌다. 경찰서에서는 동기에 대해서만 집중적으로 질문받았다. 박하루와의 인연이나 일화 같은 것을 꼬치꼬치 캐물었다. 그것이 범인임을 확신하고 하는 질문이라는 것을, 또 방에서 발견된 살해 도구만으로는 범행을 입증할 수 없다는 것을 서영도 알았다. 이 탐정도 그 정도 인식일 것이라 막연히 생각하고 있었다.

"도박을 했습니다. 다잉 메시지야 저는 바로 이해했지만 아무래도 부자연스럽습니다. 이런저런 구실을 붙여 가능하다고 말하긴 했는데, 범인을 알리려고 했다면 당했다는 것을 알았을 때 큰소리를 치는 게 나았겠죠. 넓긴 하지만 실내잖아요. 어떻게 대처도 못 하고 급사했다고 보는 편이 이치에 맞아요."

"그러면……."

"네. 다잉 메시지는 범인이 남긴 거죠. 이렇게 서영 님을 궁지에 몰아넣으려고요. 그런데 그것도 확실한 건 아니었죠. 그래서 확신이 필요했습니다. 만일 정말 그렇다면 오히려 서영 님에게 불리한 증거가 또 나올 거다, 하고요. 만일 타임 체크로 범인을 골라낼 수 있으면 좋았을 텐데 그건 실패했고, 그래서 수를 던진 거죠. 역시나 약병이 서영 님 방에서 발견됐어요. 그렇다면 전 확신할 수 있죠. 다잉 메시지는 진범이 조작한 것이다. 목적은 이서영 작가를 궁지로 몰아넣으려고."

"그럼! 저는 꺼내주는 건가요?"

서영은 벌떡 일어나서 외쳤다. 하지만 재건은 그런 서영을 진정시키려는 듯 느긋하게 말했다.

"음, 당연히 언젠가는 나오셔야겠지만, 제가 형사님을 설득해보겠습니다. 그런데 그러려면 납득 가능한 용의자를 제시해야 합니다. 집 수색으로는 딱히 물증은 안 나온 것 같고."

"어떡하죠? 방법은 없는 건가요?"

재건은 서영이 말을 아끼려 하는 것을 눈치챘다.

"동료들을 의심하고 싶지 않다는 마음은 이해합니다만, 그러지 않으면 서영 님이 고생하게 돼요. 아마 법적으로는 유죄 때리기 힘들긴 할 텐데 최소한 평판은 뚝 떨어지겠죠. 세상엔 그런 사람 많잖아요. 법원 판결을 단순히 증거 부족이나 판사의 편견이라 여기는 사람들."

서영은 뭐라 대꾸할 수 없었다.

"그래서 말인데, 혹시 더 들으신 게 없나 다시 여쭙습니다. 박하루 작가가 말해준 거 말이에요."

"네? 전날, 제게 해준 차기작 이야기요?"

"네. 아무래도 그게 자꾸 신경 쓰이네요. 저도 지나가는 말로 얼핏 듣긴 했는데 자세한 건 못 들었거든요. 혹시 어제 말해준 거 외에 또 있는지."

서영은 잠시 기억을 되짚느라 시선을 돌렸다. 그런데 이내 그의 얼굴빛은 더욱 어두워졌다. 역시 거기에 단서가 있었구나. 재건은 입을 열 때까지 기다렸다. 잠시 후, 정신을 되찾은 서영은 시계를 보더니 빠르게 말을 쏟아냈다.

"그럴 리가 없다고 생각하지만, 이 사건, 연관성이 있어요. 이건 하루 작가님의 아이디어였거든요. 하루 작가님이 말해준 건 이런 거였어요. 작가 모임이 있어요. 우리처럼요. 거기엔 서로 아는 작가들이 모였는데 오랫동안 관심 못 받고 인지도를 쌓지 못해 설움만 가득 찬 작가도 참석해요. 어, 음, 하루 작가님처럼요. 그 작가는 자기가 이번엔 대단한 아이디어를 생각했다고 떠벌리고 술을 마시고 주정을 부리고, 살해당해요. ……하루 작가님처럼요.

그런데 작가는 그러면서 다잉 메시지를 남겨요. 그 메시지는 모임의 누군가를 가리키고, 그 사람은 범인으로 몰리죠. 하지만 진상은 달랐어요. 사실 그것은 죽은 작가의 아이디어를 빼앗으려는 다른 작가의 짓이었어요. 그 소설가도 하루 작가님처럼 항상 다잉 메시지 도구를 들고 다녔고요. 범인은 그것을 이용해 다잉 메시지를 조작해 다른 사람을 범인으로 몰아요.

여기서는 죽은 작가의 노트 몇 페이지가 찢겨 나갔다는 게 다르긴 하지만, 저, 만일, 하루 작가님이 이 이야기를 또 다른 사람한테 했더라면……."

"그 아이디어를 빼앗기 위해 박하루 작가를 살해했다, 는 게 되는군요. 아이디어를 빼앗는 소설의 아이디어를 빼앗기 위해 그 아이디어를 낸 사람을 살해한다라. 역시 그랬군요. 제가 들은 건 딱 하나였어요. 완벽한 프랙털 형태의 소설이 만들어질 거라고요."

"프랙털!"

서영은 다시금 깨닫고서 소리쳤다.

"더 있었어요. 사실 그 소설 속 작가가 쓰는 소설 내용 역시 같은 내용이었다는 게 마지막에 밝혀지는 결말이라 했어요. 프랙털은 계속해서 구조가 반복돼야 하잖아요. 이미 소설 내에서 두 번의 액자 구조가 반복되는 거였어요."

"그게 현실에서 다시 한번 반복된다면?"

재건은 의미심장한 목소리로 말했다.

"그, 그럼, 그 동기라는 게……."

서영의 목소리는 떨리고 있었다.

"도작의 동기. 현실에서 소설의 내용을 그대로 다시 반복하고 마는, 프랙털."

"그런 것을 의도한 건 아니겠지요……."

"모르죠. 순간 갑자기 미학적 충동이 들어서 아름다운 구조를 완성하고 싶은 욕구가 차올랐을지. 역시 범인은 같은 추리 작가인 박상민 님이려나요."

"그런데 애진 님이나 소윤 님도 추리 쓰지 말라는 법은 없고, 셰인 님은 웹툰도 한다고 하시고……."

"전부 동기가 성립하는군요. 저랑 일대일로 면담했을 때엔 다들 하루 형이랑 얘기하지 않았다고 했거든요. 거짓말한 사람이 범인일 텐데……."

재건은 준비운동을 하듯이 허리와 목을 비틀어 소리를 냈다. 동시에 재건의 두뇌는 순차적으로 가능한 경우의 수를 빠르게 검토했다. 그리고 마침내 깨달았다.

"아하! 알겠습니다. 범인은 김소윤 작가예요."

"네에? 어째서죠? 이것만으로 알 수 있는 거예요?"

"증거는 없지만요. 그래서 말인데 하나만 더 확인해주세요. 그곳 사람들과의 인간관계는 제가 아는 그대로가 맞나요? 애진 작가, 상민 작가랑만 알고, 나머지는 SNS 친구도 아니고?"

"네."

"혹시 누구 서영 님한테 원한 품었다든가 하는 사람은 없나요?"

"제가 알기론 없어요."

재건은 시간이 거의 다 됐다는 것을 확인하고는 말했다.

"알겠습니다. 일단, 조금만 여기서 더 기다려주시겠어요? 시간이 없으니 자세한 얘기는 나중에. 증거를 찾아야 할 것 같아요. 그러지 못하면 경찰을 설득할 수 없을 거예요. 그러면 상황이 더 길어질 수 있으니 조금만, 조금만 기다려주세요."

서영은 수긍했고 재건은 면회실을 떠났다.

7

재건은 가능한 정보를 모조리 찾아보았다. 하루의 핸드폰을 몰래 빼돌릴 수 있어 다행이었다. 그 안에는 하루의 모든 로그인 정보가 저장돼 있었으니까. 재건이 주목한 것은 하루와 연결된 사람들의 소셜 미디어였다. 그 안에 단서가 있을지도 모른다고 생각했다. 일상의 시시콜콜한 일부터 인터넷에서 벌어진 각종 분쟁, 지나온 고민거리, 그리고 인간관계.

재건은 소셜 미디어에서 활동하지는 않았지만 사람들의 활동 방식은 잘 알고 있었다. 하루처럼 극단적으로 과거나 신상을 숨기는 사람도 있고 실명 활동을 하는 사람도 있다. 제자이자 식객인 마곤처럼 별도의 자아를 만들어서 역할놀이를 하는 사람도 있다. 물론 마곤은 재건이 자신의 비밀 계정을 알고 있다는 사실을 모른다.

만일 그 사람들의 계정을 전부 뒤져야 했다면 찾는 것은 불가능했을 것이다. 재건은 서영과 소윤의 계정에 집중했다. 두 사람은 다행히 일상과 그날그날의 생각을 줄곧 적어두곤 했다.

거기에 단서가 있었다. 조수를 동원하여 하룻밤 꼬박 폰을 들여다보며 타임라인을 뒤진 결과였다. 과거의 기록에서 범인을 찾아낸 것이 아니었다. 재건이 찾던 것은 추론을 뒷받침할 정황이었다. 그 사실을 확인한 재건은 해가 뜨고 다시 유치장을 찾았다.

"새로운 사실을 알아냈어요! 가설을 뒷받침할 정보 하나!

결정적이지는 않지만 그럴 만한 개연성을 충족시키는 사실! 제가 뭘 알아냈느냐 하면요."

재건은 자신이 알아낸 것을 전달했다. 서영은 기억을 더듬은 끝에 생각해낼 수 있었다.

"맞아요! 전 소윤 작가님을 만난 적이 있어요! 그게 벌써 이십 년이나 전이네요. 그걸 페이스북에서 찾은 거예요?"

"네. 동기는 사소한 원한입니다. 뭐, 겉보기에야 사소하지만 본인에게는 큰일일 수도 있죠."

"생각났어요. '거울' 송년회 모임에는 필진뿐 아니라 독자들도 자유롭게 모이곤 했거든요. 그때 소윤 작가님은 작가 지망생이었어요. 제 팬이라고 했던 것도 기억나네요. 이걸 왜 못 떠올렸을까."

"그땐 둘 다 어렸을 테니까요."

서영은 추억 속에서 문득 고개를 드는 후회로 복잡한 얼굴이 되었다.

"약간 언쟁이 있었거든요. 소윤 작가님이 지금 이 출판 구조는 뭔가 문제가 있다고 주장해서 저는 이렇게 말했어요. 정확한 워딩은 아닐지 모르겠지만 내용은 틀림없을 거예요. 지망생이 자꾸 공모전에서 떨어지는 것에는 잘못된 구조 문제도 있지만 그보다는 조금 더 비중 있는 이유로 글의 스타일이나 고집이 기존 글들과 맞지 않는 점도 있다, 라고요. 그땐 아마 조금 더 직설적이었겠지만."

"페이스북엔 웹진 거울 작가들 만나고 왔다, 뭔가 마음에 안 드는 일이 있었다, 이 정도 글만 있었어요. 이거다 싶었죠. 그저께 소윤 님이 그랬었죠? 제가 처음 모임 내 관계를 파악하는 질문을 했을 때, 하루 형이 '그렇게 되나?' 하고 묻자, 소윤 님은 다른 할 말이 있다는 듯이 '정말 그렇게 되나요?'라고 했었죠. 그땐 무슨 의미인지 몰랐는데 가설을 세우고 페북의 이십 년 전 글을 확인하니 바로 연결되더라고요. 그건 '정말 우리가 처음 만난 것일까?'라는 의미였던 거죠."

그리고 서영은 그때 소윤과 눈이 마주쳤던 것을 기억했다. 과민 반응인 줄 알고 넘어갔지만 이제 와 생각해보면 확실히 서영을 지목했던 것이었다.

"그러면 왜 절 죽이지 않고 하루 작가님을 죽인 거죠? 이상하잖아요. 저를 범인으로 만들기 위해 하루 작가님을 살해하는 건 그렇게 효율적이란 생각은 안 들어요. 역시 아이디어를 빼앗을 생각이었던 걸까요? 원한보다 작품 욕심이 더 큰 걸까요?"

"하루 형에 대한 동기는 따로 있었어요. 혹시 보셨나요? 하루 작가는 몇 달 전부터 페이스북에서 잘나가는 작가들을 저격하곤 한 것 같더라고요."

"아아, 네. 봤죠. 누구 말하는지는 알 수 없었지만 은근한 돌려 까기, 수동 공격……."

"네. 너흰 좋겠네, 난 책 내도 팔지도 못하고 맨날 구질구질하게 사는데, 하면서. 그런데 이걸 소윤 작가가 가볍지 않게 받아들인 모양이에요. 그러다가 하루 작가한테 직접 문제 제기한 일도 있었는데 그러면 은근슬쩍 발뺌하며 행여 기분 나빴으면 사과드리겠습니다, 이렇게 빠져나가고. 그러면서 또 건드리고. 이게 좀 지독한 짓이거든요."

"그렇죠. 동기가 될 수 있을 것 같네요. 저로선 잘 이해 안 가지만……."

"그저께 밤, 하루 형이 주정 부릴 때에 소윤 작가한테 직접 뭐라 그랬잖아요. 연예인처럼 입는다느니. 그런데 그런 말이 의외로 큰 상처가 될 수도 있을지도 모른다 생각해요. 그러니까, 직접적 동기 말이죠. 소윤 작가님은 쇼핑몰도 운영하거든요. 하루 작가 입장에선 본업도 있고 틈틈이 쓰는 글도 대박나고 하니 배가 아플 수밖에 없겠지만, 그걸 언더도그마식 비난으로 써버리면 당사자 입장에서는 확 올라올 수도 있죠."

서영은 고개를 끄덕였다. 하지만 그것으로도 그가 범인임을 입증할 수는 없었다. 그렇지만 심증은 더욱 확실해졌다. 두 사람은 남은 시간 동안 어떻게 자백을 유도해낼지 고심했다. 결국 별다른 진전 없이 시간만 지나버렸다.

면회를 끝내고 나오는데 곧바로 다음 면회자가 있었다. 애진이었다. 바로 아래층 강력계 사무실에서 곽 형사로부터 참고인 조사를 마치고 올라오는 길이라고 했다.

재건은 만난 김에 애진과도 얘기를 해봐야겠다고 생각했다. 애진은 정말로 소윤과 아무 연결점이 없는 것 같았지만 그래도 맞물려보면 뭔가가 나올지도 모르는 일이니까. 어색하게 인사만 나누고 면회소로 들어갔던 애진은 채 오 분도 지나지 않아 급하게 뛰쳐나왔다.

"아! 계셨군요! 다행이다!"

"엥? 기다리고 있긴 했지만요. 무슨 일이라도?"

"얘기 들었어요! 소윤 작가님이 범인이라면서요!"

애진은 호들갑스럽게 말을 쏟아냈다.

"출국! 어제 들었어요. 소윤 작가님은 원래 한 달쯤 뒤에 미국 간다고 했었거든요. 그런데 갑자기 급한 일정이 생겨서 오늘 비행기로 출국한다고 했어요! 몇 년 동안 안 돌아온다고 했었는데, 그렇다면……."

창가에 기대 있던 재건은 몸을 세웠다.

"켕기는 게 있다는 말이겠군요."

"굳이 거기서 살인을 저지른 이유도요! 유력 용의자만 만들어놓으면 자기는 곧 떠나니까!"

"마침 저에게 박하루의 전화가 있거든요. 잠금 패턴을 알아서 다행이지 뭐예요. 전엔 아이폰 잠금 해제하려고 3D 프린터까지 동원했다니깐. 죽은 자로부터 전화를 받으면 섬뜩하겠군요."

재건은 숨겨두었던 하루의 전화를 꺼내 들었다.

소윤은 놀란 목소리로 전화를 받았다.

"안녕하세요, 작가님! 그저께 만났던 김재건입니다. 네. 뭐, 슬프지만 할 일은 해야죠. 제가 하루 형의 유품을 정리중인데요, 사실 어제 하루 형이 선물을 나눠줄 계획이었어요. 모임에 나올 작가들한테 하나씩 나눠줄 개인적 선물이요. 그걸 전해드리고 싶은데 오늘 만날 수 있을까요?"

물론 거짓말이었다.

"네? 공항이요? 벌써 가는 길이라고요? 에엣, 할 수 없죠. 제가 공항으로 바로 갈게요. 에이, 그래도 유품이잖아요. 마지막 가는 길에 남겨둔 선물인데 못 전하면 미안하죠. 네. 제2터미널이요. 전 공항철도로 갈 테니까 가서 수속하고 계세요. 기다리는 동안 만나면 되겠죠, 뭐."

전화를 끊고서 재건은 지금까지보다 더욱 신속하고도 차분히 두뇌를 가동했다. 어차피 자신이 쫓아가봐야 출국을 막을 수 없다. 막는 방법은 경찰로 하여금 긴급 출국 금지 신청을 하는 것뿐이다.

경찰을 설득하고, 출국하기 전에 쫓아가 출국 금지 신청을 하고 체포해야 한다.

그렇다면 어떻게 빠른 시간에 그것을 해내는가. 오랜 경험상 경찰을 움직이게 할 정도로 설득하기까지는 시간이 상당히 소요된다. 공항까지는 빠듯하게 잡아도 한 시간. 이미 출발했다면 그보다 훨씬 전에 도착할 것이다. 보통은 출국 두세 시간 전에 가서 수속할 테지만 긴급한 도주인 만큼 시간을 촉박하게 잡았을 가능성이 크다.

"흐음, 뭐, 도박을 해봐야지."

재건은 지나다니는 경찰들의 눈치를 슬쩍 보다가 바로 1층의 강력계 사무실로 돌진했다. 다행히 곽경식 형사는 자리에 있었다.

"긴급! 긴급! 형사님! 진범이 도망가요! 지금 인천공항으로 가고 있는데 긴급 출국 금지 하지 않으면 미국으로 날아가버릴 거예요."

곽 형사는 역시 당황한 표정이었다.

"아니, 여긴 어떻게, 그런데 진범이라뇨?"

그는 느릿하긴 해도 형사답게 중요한 부분에 바로 주목했다.

"설명은 가면서 할게요! 일단 가서 붙잡죠. 한 달 뒤로 예정돼 있던 출국이 갑자기 오늘로 바뀌었어요. 도주하려는 게 분명해요. 아, 이거라고요. 진범이 따로 있고 다잉 메시지 조작을 해서 서영 작가를 범인으로 몬 게 이 사건의 진상! 왜 그 사람이 범인인지는 설명이 기니까, 지금 시간이 없다고요!"

재건은 곽 형사의 손목을 잡아끌면서 말했다. 곽 형사는 이렇게까지 무턱대고 자기 사무 공간으로 들어오는 사람은 처음이기에 어찌할 바를 몰랐다. 그러나 노련한 형사답게 차분히 손을 뿌리치며 말했다.

"지금 공항에 가고 있다고요? 긴급 출국 금지는 굳이 안 따라가도 할 수 있으니까 차분히 얘기나 들어봅시다."

"네? 안 가도 돼요?"

"네."

"그, 차로 추격하고 노점상 뒤집어엎고 공항 가서 몸싸움하지 않아도 돼요?"

"네."

"이런 실망스러운!"

"급하다면서요."

재건은 마치 범인을 놓친 것만 같은 허탈한 표정을 짓고 있다가 이내 정신 차리고 설명을 시작했다.

"에, 그러니까, 어허, 오호통재라, 이 비극이 어디서부터 시작됐느냐 하면, 아니, 그런 것보다 그냥 최대한 빠르게 추리 과정만 밝히죠. 다잉 메시지와 방에서 발견된 범행 도구만으로는 기소도 어렵다는 거 아시죠? 도구야 범인이 방에 놓을 수 있는 거고, 다잉 메시지는 해석하기 나름이니까요."

재건은 자신이 서영을 범인으로 몬 이유는 생략하기로 했다.

"고양이 콧수염 정도 손 틈에 끼워 넣는 거 누구나 할 수 있었다는 점도 아시겠죠? 순서가 좀 뒤집히긴 했지만, 일정을 바꿔 하필 지금 도망치려 한다면 그가 범인이리라는 그, 뭐냐, 형사의 직감 이런 건 생기시죠?"

"됐으니까 일일이 확인하지 말고 빨리빨리 좀 얘기합시다."

"네, 네. 여튼, 결론을 말하자면 범인은 웹소 작가 김소윤입니다."

형사는 놀란 얼굴은 아니었다. 재건은 연출이 부족했나 자책하며 말을 계속했다.

"흠흠. 여기서 중요한 건 '후더닛(누가 범인인가)?'이 아니죠. 적당히 감으로 찍고 뒤에 증명한 거니까요. 실제 동기도 그리 중요한 게 아닙니다. 페이스북 뒤져서 알아낸 건데, 그냥 원망 앙금 이런 거였죠. 김소윤은 이서영, 박하루 둘한테 앙금이 있었고, 마침 그날 신경 건드리는 말이 나왔고, 마침 요건이 마련돼서 확 저질렀다! 입니다. 지금 설명이 필요한 부분은 '왜 그를 범인이라 판단했나' 하는 추리의 뼈대 부분이겠죠."

재건은 다음으로 넘어갔다.

"다잉 메시지를 조작해서 죄 없는 이서영을 범인으로 몰아붙이려는 게 범인의 목적. 그렇다면 두 가지를 충족해야겠죠.

자신이 범인으로 몰릴 가능성의 차단. 그리고 이서영을 지목하는 논리. 소거법으로 하나하나 제거해볼까요?

먼저 박애진 작가님이 범인인 경우. 전 다잉 메시지가 SF 작가를 가리킨다고 했지만, 그게 아닐 수도 있죠. 단순히 고양이 기르는 사람을 말하는지 SF 관련자를 말하는지 여기선 정확히 떨어지지 않아요. 왼손도 마찬가지. 범인이 의도했는지 안 했는지 알 길은 없어요. 그렇다면 고양이 수염만 달랑 놓는 건 아무래도 위험해요. 본인도 고양이를 기르고 있잖아요."

"그렇겠네요."

형사는 담담히 대답했다.

"그리고 서영 님은 자기 성을 Yi라고 표현하시더라고요. 여기 명함이 있으니 확인을."

재건은 가지고 있던 서영의 명함을 건넸다.

"그러면 고양이 기르는 입장에서, 자신과 명확한 구분점을 줄 필요가 있지 않았을까요? 하루 작가 주머니에는 키캡도 있었잖아요. QWERTY. 저라면 그걸 또 활용했을 것 같은데요. Y 하나를 시체 품속이라든가 침대 뒤라든가 여튼 적당한 데에 놓았으면 대상이 확실히 구체화되겠죠. 그런데 서영 작가를 처음 만난 사람들은 이니셜로 뭘 쓰는지 알 리가 없죠. 이 사실을 아는 것은 그날 명함을 받은 저와 원래 아는 사이였던 하루 작가, 애진 작가뿐이에요. 명확히 다잉 메시지를 전할 수 있는 사람이 그것을 하지 않았다. 그건 범인이 아니라는 것으로밖에는 설명이 안 돼요."

곽 형사는 흥미로운 표정으로 들으며 고개를 끄덕였다.

"셰인 작가가 범인인 경우를 살펴볼까요? 고양이 콧수염으로 만들어낼 수 있는 정보값은 고양이 관련 외에는 '좌파 SF 작가'뿐. 개인적 친분이 있던 것이 아니면 이서영 작가를 좌파라고 인식하지는 못할 거예요. 그래서 셰인 작가는 결코 이 상황에서 좌파 SF 작가라는 해석을 의도할 수 없어요. 그렇다면 구분점은 고양이뿐이니 그건 고양이를 키우는 자신에게 유리하지 않죠. 그러므로 진범이 아니에요."

재건은 타이밍을 고르고 다시 말했다.

"여기서 남은 사람, 불확실한 다잉 메시지로부터 안전한 사람이 둘이 돼버립니다. 고양이를 기르지 않고 SF 작가도 아닌 사람은 소윤과 상민."

"그 두 사람 페이스북을 뒤져봤다는 말이에요?"

"두 사람을 다 뒤져볼 여유는 없었죠."

"김소윤 씨를 특정할 만한 이유라도 있었던 거예요?"

재건은 마치 그 질문을 기다렸다는 듯 입가에 자신만만한 미소를 지었다.

"알려지지 않은 사실이 있죠. 서영 작가는 아마 불리한 상황에서 조사에 협조를 안 했을 거고, 진범은 거짓말을 했겠죠. 최소한 두 사람, 서영 작가와 범인은 하루 작가와 대화를 나눴습니다. 바로 그날 밤, 하루 작가가 사망한 그 밤에 말이에요. 살해 동기는 바로 거기에서 나왔습니다.

하루 작가가 취해 쓰러진 그 밤. 하루 작가의 방에는 저 말고 모든 사람이 방문했습니다. 모두 하루 작가와 대화를 했죠. 그런데 하루 작가는 서영 작가에게 자기가 앞으로 쓸 소설 얘기를 해줬습니다. 어느 정도는 뻐기려는 의도였겠고 어느 정도는 인정받으려는 의도였겠죠. 하루 작가는 본인 이야기도 했을 겁니다. 자기 소설 속 인물처럼, 자기도 여러 다잉 메시지 도구를 들고 다닌다고요. 이 이야기를 범인에게도 했을 거라는 추정은 당연히 가능합니다. 그러지 않았으면 범인은 다잉 메시지 조작을 생각하지 못했을 테니까요."

재건은 잠시 말을 끊었다.

"네, 여기서 문제가 발생합니다. 전 이 정황을 통해 누군가가 서영 작가를 범인으로 조작했다는 것은 알았지만 그게 누구인지는 확신할 수 없었습니다. 그런데 위에서 말했듯이 고양이가 있는 애진, 세인 작가는 제외하고, 남은 두 사람 중에 생각해볼 때, 그 자리에서 긴급하게 살인을 저지르려면 절실한 동기가 필요하지 않았을까 하는 생각을 하게 됐죠.

즉, 이것은 동기의 문제입니다. 누가 그럴싸한 동기를 가지고 있느냐. 범행이 발각될지도 모르는 제한된 상황. 이때 긴박하게 살인을 결심할 동기가 있느냐.

소윤 작가의 동기? 페이스북을 뒤져보기 전에 제가 그 사람의 동기를 알 수는 없죠. 그래서 일단 아무나 한 명이 범인이라 가정해봤습니다. 당시로선 가장 유력했던 게 미스터리 소설가 박상민의 동기. 그런데 그에게 동기가 있을까요?

만일 사적인 동기, 바깥에서 가져온 동기가 있었다면 굳이 그 순간을 고르지는 않았을 겁니다. 자기 집이고, 아무리 다잉 메시지 조작이 가능하다고는 하나 언젠가는 의심을 다시 살 수 있어요. 동기는 그 순간 발생했다고 봐야 옳습니다. 즉, 박상민 작가를 범인으로 가정하려면 그 순간 그 장소에서 살인을 저지를 만한 동기가 발생해야만 합니다. 여기서 생각해볼 만한 유일한 동기가 바로 도작의 욕심이죠. 두 사람은 같은 장르를 쓰니까요. 한번 박상민 작가가 범인이라 가정하고 이야기를 전개해봅시다.

하루 작가가 자랑한 그 소재는 이렇습니다. 한 소설가가 있는데 자신의 다잉 메시지 트릭을 자랑하다가 그 아이템을 뺏으려는 동료 작가에게 살해당합니다.

그런데 이야기 속 트릭이란 게 이거였습니다. 다잉 메시지는 진범이 만들어낸 조작이었다는 것. 이야기 속에서 똑같은 구조의 이야기가 반복되는 프랙털과 같은 이야기입니다.

쉽게 설명해볼까요? 이야기 속 희생자인 소설가를 V라고 하고 진범을 T라고 합시다. V는 다잉 메시지 트릭 아이디어를 가지고 있었습니다. T는 이 아이디어를 훔칠 생각으로 범행을 저지르고 다잉 메시지를 조작해 엉뚱한 F를 범인으로 만듭니다.

그런데 V가 가지고 있던 아이디어란 것은 다름 아닌 이것이었죠. 희생자 V2가 있습니다. 그는 다잉 메시지 트릭 아이디어를 갖고 있었고 그것을 노린 T2에게 살해당합니다. 그가 남긴 다잉 메시지는 F2를 가리키고 있었죠. 그런데 V2의 아이디어란 다시……."

형사는 이야기를 따라가기 어려운 눈치였다. 재건은 단어 하나하나에 힘을 줘 천천히 이야기를 전달하려 노력했다.

"이 이야기를 하면서 하루 작가는 자기도 항상 다잉 메시지용 소도구를 가지고 다닌다는 얘기를 했겠죠. 그것을 들은 현실 속 범인은 생각을 한 것입니다.

내가 지금 박하루를 죽이면 범인을 다른 사람으로 만들 수 있고, 아이디어는 내가 뺏을 수 있겠구나.

이 동기는 바로 그 순간 그 자리에서밖에 생기지 않죠. 그 순간이 아니면 쓸 수도 없고요. 그렇게 되면 현실에서 프랙털의 마지막 테두리가 완성됩니다. 박하루는 현실 속 V가 되고,

이서영이 F, 자신이 T가 되는 거죠. 미적으로도 아름답고 자신도 아이디어를 얻고. 이런 동기는 충분히 가능하지 않을까요?"

거기까지 들은 곽 형사는 고개를 끄덕였다. 정말로 완벽한 형태였다. 한 사람의 목숨을 희생해가며 만들어낸 하나의 행위 예술이었다. 그는 사이코패스 살인마를 다루는 드라마 따위를 즐겨보지는 않았지만 그럼에도 그는 행위의 미학에 취한 살인마의 정신세계를 이해할 수 있었다.

"아아…… 역시 그랬었…… 아니, 잠깐. 좀 전에 범인이 김소윤이라 하지 않았습니까?"

조금 늦게 정신 차린 곽 형사는 말했다.

"네. 형사님도 속으셨군요. 하지만 아닙니다. 땡이라고요. 조금만 차분히 생각해도 이건 현실적이지가 않아요. 현실에서 그런 짓을 했다가는 그 소재로 글을 쓸 수 없잖아요."

"그렇구나!"

옆에 와서 이야기를 엿듣고 있던 젊은 형사가 외쳤다. 재건은 그를 힐끗 보고서 다시 말을 이었다.

"이렇게 말해서 미안하지만 박하루는 삼류 작가예요. 그 사람이 쓴 추리소설들은 대부분 형편없고 바보 같은 탐정은 헛소리만 지껄인다고요. 이미 그 소재에서도 프랙털은 성립하지 않아요. 소설 속에서도 동료 작가를 죽인 작가가 어떻게 그걸 소재로 글을 쓸 수 있겠어요? 그런데 가여운 하루 작가는 그걸 눈치채지 못하고 떠벌리고 다녔죠. 그래서 도작 욕심은 동기가 될 수 없어요."

"그런데 박상민 씨한테 그거 말고 다른 동기가 있었다면요? 그 이야기를 듣는 당시에 발생하는 또 다른 동기가 있었다면요?"

이미 소윤을 범인으로 확신하고 있었지만, 그는 재건의 추리 게임에 빠져들어서 가능성의 영역을 헤집고 있었다.

"좋은 지적이군요. 그런데 의사에 추리 작가에 능수능란하게 판권을 팔 수 있는 박상민 씨가 갑자기 자신에게 손해되는 충동에 휩싸이리라 보는 건 과도한 가정인 것 같습니다. 적어도 높지 않은 가능성이라고 베팅하기엔 충분하죠."

형사는 고개를 끄덕였다.

"자, 세 사람의 동기가 이렇게 부정됐습니다. 소거법에 따라서 남은 건 김소윤. 그는 박하루, 이서영 작가에게 해묵은 원한이 있어요. 그런데 박하루가 이 모임에서 김소윤의 심기를 긁는 소리를 했고 갖고 있던 원한이 거기서 확 불붙어버린 거죠. 한 번에 두 원한을 해결할 기회. 어차피 본인은 이 나라를 떠나니까 저질러버린 거예요. 어쩌면 이서영 작가에게는 해코지를 할 생각이 없었을지도 모르겠네요. 그보다는 도구로 써먹은 거죠. 잠깐이라도 누군가를 범인으로 몰아놓으면 출국할 기회가 생기니까요. 고양이 콧수염과 방에 갖다둔 약병으로 말이에요. 이제 제 판단을 믿을 수 있겠죠? 이제 얼른 행정 처리를 하자고요. 막히는 부분 있으면 제가 교묘한 화술로 도와드릴 테니. 더 끌다가는 비행기 타고 훌라당 날아가버린다고요."

셋이 먹다
둘이 죽어도

1

유난히 어수선했던 한 해도 이틀만 남겨둔 한가로운 탐정 사무소였다.

"누구시더라?"

탐정은 왜소하고 숫기 없어 보이는 남자를 거만하게 내려다보며 말했다.

"그때 만났던 경찰 형이잖아요!"

코코아를 내오며 조수 마곤은 말했다. 사내는 머쓱하게 웃으며 안쪽에서부터 따뜻하게 데워진 머그컵을 받아 들었다. 라디에이터가 돌아가고 있었으나 방금 전원을 틀었기 때문에 아직 실내 공기는 차가웠다.

"경찰? 으음. 이상하게 올해는 경찰을 많이 만난 것 같단 말이야. 그런데 경찰에게 개체의 고유함이 그렇게 중요한 요소일까? 공무원의 개체성을 지워버림으로써 오히려 사회는 공공성이라는 것을 획득하는 게 아닐까?"

"얼굴 까먹었다는 말 에둘러 말하지 마시고요. 여름에 수원까지 갔던 사건 있잖아요."

"아아."

재건은 입을 벌리고 잠시 동작을 멈췄다가 손뼉을 쳤다.

"그래서, 이번엔 무슨 의뢰이신가요?"

"역시 기억 못 하는 거 맞죠!"

마곤은 핀잔을 주며 소파에 등을 던졌다.

"하하. 그때도 이름을 말 안 했으니 기억 못 하셔도 괜찮습니다."

젊은 형사는 신분증을 보여주며 말했다.

"사실 의뢰는 아니고요, 자문을 구할까 해서, 어, 이래도 괜찮을지는 모르겠지만 백상규 선배가 보내서 왔거든요. 경찰이 대가를 제공할 수는 없는지라……."

조심스럽게 더듬더듬 말하고 있었지만 재건은 의중을 알 수 있었다.

"사건에 대해 의견을 묻고 싶은 거군요. 법적 증언까지 필요한 건 아니고 아마 내부적으로 어느 정도 결론을 내린 문제지만 확신도 없고 증거도 없어서 이 영특하고 고매한 탐정님의 고견이나 한번 들어보자, 하는."

"아, 예. 맞습니다."

형사는 순진하게 웃어 보였다. 재건은 그가 경찰 일에 어려움을 겪지는 않을까 하고 생각했다.

"그래서, 무슨 사건인가요? 참고로 이 몸으로 말할 것 같으면……."

재건은 홈페이지의 홍보 문구를 읊으려 했지만 마곤이 입을 틀어막았다.

"의뢰도 아닌데 적당히 넘어가도 되지 않을까요?"

정곡을 찔린 재건은 잠시 사고가 멎어 눈을 끔뻑거렸다. 그 틈을 노리고 형사는 용건을 빠르게 던졌다.

"걱정 마세요. 아마 탐정님도 흥미를 가질 만한 사건일 거예요. 살인 사건이거든요. 그런데 단순 살인 사건은 아니에요. 범인은 어느 정도 밝혀져 있는데, 그렇다고 속 시원하게 해결된 것은 아니고, 거기에 더 큰 음모가 있는 것 같달지, 지난 사건도 경험 많은 형사들도 좀처럼 겪기 힘든 희한한 일이었지만 이번엔……."

"오케이, 오케이. 알았으니까 차분히 말해보자고요."

재건은 그가 말주변이 그리 좋지 않다는 점을 알아챘다. 형사는 코코아를 한 모금 마시고 말을 이었다.

"수사 상황을 유출할 수는 없으니 앞으로 등장인물을 갑,

을, 병이라 칭할게요. 이 중 죽은 사람은, 어, 그냥 순서대로 갑이랑 을이라고 할게요. 맞습니다. 세 사람이 모였는데 한 명, 병만 살아남았다는 게 간략한 이 사건의 개요입니다."

"그럼 그 사람이 범인이라는 말이잖아요."

마곤은 말했다.

"그게 그렇게 안 된다는 게 문제입니다."

"호오."

재건이 추임새를 넣었다.

"세 사람 중 병 혼자 살아남았고 두 사람은 독을 먹고 죽었어요. 그런데 수사팀은 병이 범인이 아니라고 결론 내려야 할 상황입니다."

"그럼 되잖아요. 별로 신기한 일도 아니구만."

"그게, 저도 그랬으면 좋겠지만."

형사는 단어를 고르고 골라 말했다.

"이 병이라는 사람은 이전에도 비슷한 사건에 휘말린 적이 있습니다. 똑같이 세 사람이 모인 자리였고 두 사람이 죽었어요."

"네?"

마곤은 반사적으로 되물었다.

"사인은 좀 달라요. 그게, 그땐 세 사람이 러시안 룰렛을 했다고 했거든요."

"네에?"

마건이 목소리를 높이고 재건은 입을 다물었다.

"러시안 룰렛. 아시죠? 리볼버로 자기 머리에 총 쏘는 거. 그거 해서 앞의 두 사람이 차례대로 죽었다는 거예요. 병은 게임을 했는지 안 했는지 모르지만 살아남았고요."

"아니, 잠깐, 정말로 그걸 하는 사람이 있어요? 그런데 한 사람이 죽었는데 연이어서?"

"믿기 어렵지만……."

"그 얘기는 그 사건에서 병이 혐의점 없이 풀려났다는 말이겠지요?"

재건이 차분한 목소리로 말했다.

"네. 그렇습니다. 두 사람이 스스로 자신의 머리를 향해 방아쇠를 당겼다는 증거는 확실했다고 해요. 총알의 각도, 초연 반응, 지문, 그리고 강선 흔적까지. 증거와 살아남은 병의 증언이 일치했고 결국 검찰 쪽에서 기소를 포기했다고 하네요."

"한 번은 있을 수 있다."

재건은 말했다.

"이번이 두 번째라는 게 이상하다 이거죠? 세 사람이 모였는데 그중 둘이 죽고 혼자 살아남은 게."

형사는 긴장된 얼굴로 침을 꿀꺽 삼키며 고개를 끄덕였다.

2

재건은 이 존재감 없는 형사가 찾아왔을 때부터 정체 모를 불안감을 느꼈다. 지금까지 경찰이 먼저 재건에게 자문을 구해 온 적은 없었다. 추리소설의 오랜 클리셰인 탐정과 경찰이 상부상조하는 관계는 현실에서 이뤄질 가능성이 크지 않다. 이 형사가 언급한 대로 경찰의 수사 상황을 민간인에게 함부로 누설하면 안 되기 때문이다. 경찰은 공적 조직이고 경찰이 맡은 사건은 국가와 사회의 공무의 영역으로 넘어간다. 재건은 필요하다면 경찰을 들쑤시면서 정보를 알아내지만 그것이 아슬아슬한 줄타기라는 점은 잘 알고 있었다. 이렇게 경찰 쪽에서 먼저 접근해 온 것은 이례적이다. 재건은 자신의 조언이 무엇이 되었든 정식 증언으로 기록되지는 않을 것이라는 것을 직감했다.

"앞 사건은 저희 관할이 아니어서 논하기 어려운 감이 있습니다. 그렇지만 주요 용의자에 대해 판단할 근거로 삼기엔 충분하겠죠."

형사는 말했다.

"문제는 그것만으로 그를 범인으로 몰기 부족하다는 말이겠지요."

재건은 화답하듯 말했다.

"그렇습니다. 흔히 말하는 형사의 직관이란 게 있잖아요. 탐정님도 사건 많이 겪어봐서 아시겠지만, 직관이 앞서고 증거는 그 뒤인 사건이 좀 많잖아요. 하지만 우리나라는 법치국가고 직관만으로는 기소가 이뤄지지 않는다는 게 문제죠.

전 그 병이라는 사람이 경찰을 놀리고 있다는 느낌을 받았거든요. 그런 범죄자를 만나보신 적 있나요? 자신을 잡아넣을 증거가 하나도 없다는 것을 알고서 경찰을 비웃는 범죄자."

탐정에겐 아무런 공적 권한이 없기 때문에 재건 앞에서 그런 신경전을 하는 범죄자는 많지 않다. 형사는 직관을 우선할 수 있고 증거가 뚜렷하지 않더라도 수사 협조를 요청할 수 있지만 탐정은 다르다. 증거와 논리를 먼저 코앞에 들이대야 한다.

"일단 상황을 자세히 얘기해주시죠."

"네. 사건이 일어난 것은 지난주 금요일. 장소는 피해자 갑의 집이었습니다. 갑은 유통업계의 거물로 해외를 자주 오가며 외국의 문화를 앞장서서 들여오곤 하는 사람이었습니다. 하우스 맥주라고 하나요? 집 지하에다 양조장을 만들어서 지인들을 초대해 파티를 여는 것이 최근의 취미였다고 합니다."

"집이 꽤 컸나 보죠?"

"네. 이층집인데 천장엔 샹들리에나 이런저런 모빌이 달려 있습니다. 그런 집은 처음 가봤다니까요."

"발견이랑 신고는 누가 했죠? 사망 당시 상황은?"

"그게, 병이 했습니다."

"오호."

재건은 눈을 빛냈다.

"만취해 잠들었었는데 아침에 일어나보니 둘 다 죽어 있었다고 하더라고요. 셋이 마시던 거실 소파에서 말이에요."

"현장엔 형사님이 출동한 건가요?"

"네, 저도 함께."

"그렇다면 형사님이 본 병의 모습은 어땠나요? 뭘 하고 있었죠?"

"네?"

형사는 당황하며 되물었다.

"현장에 계속 있었나요? 집 밖에서 안절부절못하고 있었나요? 담배라도 피우고 있었나요?"

"아, 병은……."

형사는 답했다.

"소파에 그대로 앉아 눈을 붙이고 있었습니다. 우리가 들이닥치자 웃으며 손을 흔들었어요."

재건은 얼굴을 움찔거렸다.

"그래서 심상치 않은 사건이라 짐작하신 거군요."

"네."

"혹시 집 안에 CCTV가 있었나요?"

"네? 네. 어…… 어떻게 제가 말할 걸 미리 다 알고 계시는 것 같네요."

"태연한 행동은 찍히고 있다는 것을 가정한 것일 테니까요. 카메라가 있다는 것을 아니까 쓸데없이 움직이지 않는 게 낫다고 생각한 거죠."

"그렇군요! 역시 탐정님이네요. 우리는 CCTV를 분석하고 병의 증언을 대조해보았습니다. 그 결과 병의 증언에 영상과 어긋나는 것은 없다는 게 확인됐어요."

"CCTV 개수는?"

"어, 거실에 하나, 그리고 현관문 앞에서 진입 골목을 찍는 게 하나, 반대쪽 골목을 찍는 게 하나, 이렇게 셋이에요."

"좋습니다. 이제 병의 증언이 무엇인지 한번 이야기해 보시죠."

재건은 말했다. 형사는 자신이 취조받는 게 아닌가 하는 생각을 하며 이야기를 이어나갔다.

"세 사람은 서로 잘 알던 사이였다고 하네요. 갑과 을은 고등학교 동창이었고 병은 어쩌다가 업무 관계로 만나서 친해졌다고 하더라고요. 무슨 일인지는 밝히지 않았어요. 세 사람 다 술을 좋아해서 종종 같이 술을 마시러 다니곤 했는데 모두 입맛이 까다로워서 양주나 전통 소주, 탭하우스 맥주 따위를 찾아다니면서 마시곤 했다네요. 이번 모임은 갑이 집 안에 양조장을 차리고 처음 모인 거라고 했어요."

"주당 모임이라. 독이 발견된 곳은 맥주?"

"네. 두 사람의 잔에도 들어 있었고 오크 통에도 들어 있었어요."

"오크 통?"

마곤은 처음 듣는 어휘였다.

"해적들 쓰는 거 있잖아."

간단히 이해시킨 재건. 이어 말한다.

"그럼 병이 마신 건요?"

"오크 통은 무려 여섯 개나 있더라고요. 각각 다른 맥주를 담아두고 있었던 거예요. 그런데 그중 독이 들어 있던 통은 단 하나였어요."

"그럼 자기는 독이 안 든 맥주를 골라 마신 거네요! 그거도 일종의 러시안 룰렛 아닌가요? 게임을 했는지 안 했는지는 몰라도……."

마곤은 조금 흥분한 목소리로 말했다.

"그게, 상황이 좀……."

형사는 어려운 이야기를 꺼내듯 조심스레 말했다.

"CCTV에서는 병이 밤새도록 자기 소파에서 한 발짝도 안 움직인 것으로 나왔거든요. 그리고 병은 모임 도중 딱 한 종류의 맥주만 마셨어요. 피처, 라고 해야 되나? 유리로 된 맥주 컵 용량이 2리터는 돼 보이더라고요. 그거 하나만 밤새도록 그 자리에서 마셨다고 증언했고, 그렇게 확인됐어요."

"네."

재건은 건조하게 대꾸했다. 상대의 말에서 아직 드러나지 않은 부분이 있다는 투였다.

"우린 질문했습니다. 그때 마신 맥주가 무엇이었는지 기억하느냐고요. 단순 확인 차 질문이었죠. 어차피 독이 들지 않은 다섯 가지 맥주 중 하나일 테고 그중 하나를 말하는 것은 아무 의미 없었으니까요. 그런데, 그런데 말입니다. 병은 말하는 겁니다. 이렇게요."

그는 심각한 얼굴로 병의 말투를 흉내 내 말했다.

"'내가 마신 거 말이야? 똑똑히 기억하지. 주인 놈이 여섯 가지 서로 다른 맥주를 양조 시설을 갖고 있다고 자랑하더라고. IPA가 두 종류, 영국식 페일 에일이 두 종류, 스타우트 하나, 바이젠이 하나. 내가 먹은 것은 페일 에일이야. 주인 놈이 가장 자랑하던 달이 뜨는 호수는 예전에 마셔봐서 안 마셔본 걸 달라고 했어. 그래서 받은 게 이제 막 개발해 아무한테도 맛보여준 적 없는 맥주라는 거야. 이름이, 벚꽃꿈길이었나? 특별한 맛은 아니었는데 시큼한 꽃향기와 혀에 남는 홉의 맛이 나름 괜찮더라고.'"

형사는 인용을 마쳤다는 듯 잠시 말을 끊었다가 말했다.

"각 맥주에는 갑이 붙인 이름이 있었습니다. 오크 통에 각각 각인된 표찰이 붙어 있었죠. 짐작하셨을지 모르겠는데, 독이 들어 있던 통이 바로……."

"벚꽃꿈길……이었다는 건가요?"

마곤이 텅 빈 것 같은 눈으로 말했다.

"네. 당연히 병이 사용하던 컵도 조사해봤습니다만 거기서는 독이 발견되지 않았습니다."

형사는 말했다.

3

"뭐, 뭐죠? 그럼 병이 먼저 맥주를 따른 다음, 그 뒤에 통에 독을 탔다는 말인가요?"

마곤이 물었다.

"수사팀은 그렇게 보고 있습니다."

형사는 답했다.

"물론 다른 가능성은 체크했겠죠?"

재건이 말했다.

"네. 당연하지요. 우린 몇 가지 가설을 세웠어요. 첫째로, 처음 맥주를 서빙한 갑이 병을 속이고 다른 맥주를 가져다주었을 가능성. 그런데 이건 병이 부정하더라고요."

"어떻게요?"

"'내 혀를 우습게 보나 보군. 내가 맥주 종류도 구분 못 할 줄 아나? IPA, 페일 에일, 바이젠, 스타우트. 이 정도야 어린애도 구분할 수 있다고. 당연히 한번 마셔본 달이 뜨는 호수의 맛은 확실히 기억하고 있었고. 그렇다면 남는 건 벚꽃꿈길밖에 없잖아?'"

그는 병의 말을 인용했다.

"아니, 그런데 그 말을 믿을 수 있어요? 맥주 맛을 구분한다고요?"

마곤이 말했다.

"후, 역시 애송이는 안 된다니까."

재건이 말했다.

"맥주 맛을 아는 사람이라면 종류별로 브랜드별로 양조장별로 하나하나 구분할 줄 알아야지. 암. 그게 교양 아니겠어?"

"아니, 탐정님도 그걸 다 구분하고 마신단 말이에요?"

"다는 아니지만 종류 정도는 구분한다 이 말이야. 다르다고! 상면 발효랑 하면 발효. 밀 맥주랑 보리 맥주. 둔켈과 스타우트."

재건의 참견을 지원이라 생각했는지 형사는 살짝 입꼬리를 올리며 말했다.

"그래서 테스트를 해보긴 했습니다. 맥주 여러 종류를 사서 한 번씩 맛보여준 뒤 구분해보라고요. 그런데 그 사람은 정말 보통 이상의 미각을 지닌 사람이었어요. 우리 실험 의도를 무시하고서 제공한 맥주의 브랜드를 입 대는 족족 맞혀버리더란 말이에요."

"으음."

재건은 불만스레 입을 다물었다. 할 말이 있었지만 형사의 말을 좀더 기다려보기로 했다.

"수사팀은 혼란에 빠졌죠. 병은 밤새 그 자리에서 움직이지 않았습니다. 그렇다면 맥주가 담긴 오크 통에 독을 탄 것은 나머지 두 사람 중 한 명. 그런데 그 한 명도 자기가 탄 독에 의해 죽다니? 팀원 중에 아이디어를 내본 사람도 있었습니다. 바로 비슷한 두 맥주의 오크 통에 붙은 표찰이 바꿔치기 됐다는 가설인데요."

"살인을 기획한 사람이 갑. 을과 공모하여 병을 살해할 계획을 세운다. 하지만 이는 을을 속이기 위한 것이고 진짜 타깃은 을. 두 사람은 벚꽃 어쩌고 맥주에 독을 타고 병에게 그것을 권하기로 한다. 갑이 먼저 저장고에 가서 독을 타고, 표찰을 바꿔치기한다. 을에게는 호수 어쩌고 맥주가 안전한 맥주라고 알려주고 그것을 함께 마시도록 유도한다. 하지만 그

통에 든 것은 독이 든 벚꽃 어쩌고 맥주. 대신 병에게는 맥주 이름을 속이고 호수 어쩌고 맥주를 갖다준다. 을은 호수 표찰 맥주를 마시고 그것이 독이 든 맥주인줄도 모른 채 사망. 갑은 이것이 어떤 이유에선지 몰라도 을의 계획이었다고 주장할 계획. 그래서 본인도 독이 든 맥주를 마신다. 섭취량을 조절하여 중독만 되고 살아날 계획이었으나 일이 뜻대로 되지 않아 사망.

이런 시나리오죠? 병의 예리한 미각은 신뢰성 낮은 증언으로 취급하고요."

재건은 빠르게 가설을 정리했다.

"예? 예에. 아니, 어떻게…… 정확합니다."

형사는 입을 벌리고 감탄했다.

"뻔하니까요. 하지만 좋아하는 사람은 없었겠네요. 우연이 개입됐고 병의 미각은 확실해 보이는데다가 뭣보다 범행의 공모자가 독을 탄 맥주 통 위치를 확인하지 않을 리가 없잖아요."

"그것도 정확합니다. 그런데 더욱 결정적인 게 있었어요. 바로 표찰 말인데요. 이게 바로 뗐다 붙였다 할 수 있는 게 아니더라고요. 알루미늄 판을 음각해서 선반에 못으로 박아두는 형식이었어요. 뽑았다 붙였다 한 흔적은 없었고요. 적어도 연장 가지고 오 분 십 분은 뚝딱거려야 할 텐데 현실성이 없어요."

재건은 고개를 끄덕이고는 말했다.

"어떤 가설이라 해도 기괴한 결론이 나오는 건 마찬가지일 거예요. 병이 범인이 아닐 리가 없어요."

"하지만 증거는커녕 어떻게든 병이 범인이라고 짜 맞추지도 못하는 게 지금 상황입니다. 병은 정말 자기 소파에서 꼼짝도 하지 않았어요."

"병이 거짓말을 했다고 하면? 그러니까 병이 마신 게 다른 맥주였다면?"

"그것도 검토해봤습니다. 이 경우 병이 범인인 셈이죠. 모임 이전에 미리 침입해서 독을 탄 뒤, 주인인 갑에게 다른 맥주를 달라고 요청하고, 두 사람이 벚꽃꿈길을 마시도록 유도한 뒤, 감시 카메라 앞에서 알리바이를 확보하는 거예요. 벚꽃꿈길을 마셨다는 것은 병의 증언일 뿐이니."

"그거 말 되는데요?"

마곤이 말했다.

"그런데 이것도 불가능하다는 결론이 났어요. 병은 이 집에 처음 방문했었고, 집의 방범 장치는 물 샐 틈이 없었거든요. 물론 경비 회사가 알아채지 못하도록 침투하는 사람이 없는 건 아니지만, 그렇게 해서까지 자신을 유력 용의자로 만드는 짓을 하는 게 너무, 좀, 이상하잖아요."

"병이 슈퍼 스파이라는 가정을 해야 한다 이거지요?"

재건이 물었다.

"네."

형사는 무겁게 대답했다.

"마지막 말, 병이 매우 이상한 사람일 리가 없다는 가정은 전 거부하겠습니다. 전 그보다 이상한 사람을 많이 만나봤거든요. 하지만 슈퍼 스파이의 가정은 확실히 누더기 같네요."

재건은 말했다.

"그렇죠……. 결국 갑과 을 둘 중 누군가가 다른 한 명을 독살하고 자신도 자살했다거나, 아니면 셋이서 이상한 배팅을 한 러시안 룰렛을 했다거나 하는 가설밖에 남지 않게 됐어요. 하지만 어떤 가설이라도 불합리함과 찜찜함이 남아 있어요. 이대로라면 미제 사건으로 넘어가겠죠.

저는 이 병이라는 사람이 경찰을 비웃고 있는 게 아닌가 생각합니다. 경찰에 신고를 한 직후 그는 분명히 CCTV를 의식하고 있었어요. 이자가 카메라를 번뜩이는 눈으로 노려보며 슬쩍 웃는 모습을 보았습니다. 그것은, 제 눈엔 어디 잡을 테면 잡아봐라, 하는 눈빛이었습니다. 이 상황과 결말을 알고 있는 것 같았어요. 마치 이전 사건에서 그랬듯…….

물론 아무런 증거가 없는 말입니다. 세상에는 이해할 수 없는 사건, 정말 희박한 확률로 일어나는 사건이 분명히 존재하죠. 이자는 확실히 제정신이 아닌 자입니다. 어쩌다 자신에게 닥친 신기한 일을 그저 즐기고 있을지도 모릅니다. 그렇지만 단 하나, 그가 당황하고 곤란해하는 우리 경찰을 비웃고 있다는 점은 확실한 것 같습니다. 저는 그걸 가장 견딜 수 없네요."

형사는 말을 마쳤다는 듯 입을 다물었다. 웬일로 재건은 아무런 대꾸가 없었다. 연말이었다. 마곤은 일 년 내내 쉴 새 없이 떠들어대던 이 탐정에게 마침내 방전된 시기가 온 것이 아닌가 하고 생각했다.

4

"어떻게 그럴 수가 있죠! 이전에도 같은 사건이 있었다면서요? 똑같은 일이 두 번이나 발생했는데도 잡을 수 없다는 거예요?"

마곤은 말했다.

"수사팀에서는 어느 정도 받아들이려는 분위기입니다. 도저히 병이 개입할 여지가 없어요. 최면이라도 쓴 게 아니라면……. 그래서 마지막으로 탐정님께 의견이라도 여쭙고자 이렇게 찾아온 것입니다. 물론 실례되는 일이지만, 선배님도 그렇게 기대는 안 하신다 하셔서……."

젊은 형사는 말꼬리를 흐렸다. 팔짱을 끼고 있는 재건의 얼굴이 사천왕상처럼 기괴하게 일그러져 있었기 때문이다.

재건은 길게 콧김을 내뿜으며 말했다.

"흐응! 가소롭군! 정말 가소로운 자야! 범죄를 눈앞에서 저지르고서 보란 듯이 빠져나가면서 쾌감을 느끼는 변태 자식이 틀림없어! 용서할 수 없지. 암! 이 김재건 님에게 포착된 이상 빠져나갈 수 없다고!"

"방법이 있는 건가요?"

"모르는 일! 하지만 아직 나는 영상도 안 봤고 현장 구조도 모르고 그 자식 면상도 보지 못했다고! 단서가 더 있을 거야. 형사 형씨. 좀더 자세히 말해줄 수 있어요? 영상에 찍힌 사소한 움직임이나, 현장에서 조금 의아했던 물건이나."

"어, 제가 찍은 현장 사진은 보여줄 수 있어요."

형사는 핸드폰을 꺼냈다.

그가 보여준 사진 속 현장은 어수선해 보였다. 유리 테이블을 가운데에 두고 3인용 소파와 1인용 소파가 디귿 자로 둘러싸고 있었다. 테이블은 무릎 정도로 낮았는데 그 위에는 500ml 유리 맥주컵 세 개, 뚜껑 달린 대형 유리컵 한 개, 물컵 한 개, 그리고 펼쳐진 과자 봉지 네 개가 정신없이 놓여 있었다. 각 컵과 양 끝에 놓인 1인용 소파의 현장 보존 표식만 아니었으면 막 파한 평범한 술자리로 보였을 것이다.

"가운데 긴 소파가 병이 있던 자리인가요?"

재건은 물었다.

"네. CCTV는 병의 뒷모습을 찍고 있었고 거길 기준으로 왼편이 갑, 오른편이 을의 자리입니다."

"그런데 병이 피처로 마셨다고 했는데 옆에 작은 컵도 있는데요?"

재건은 사진 한 부분을 가리키며 말했다.

"아, 네. 설명이 부족했네요. 병은 피처 하나 가득 따른 것만 밤새 마셨는데 작은 컵도 같이 받아서 그것으로 따라 마시기도 한 모양이에요. 처음엔 2리터짜리로 마시기 어렵잖아요. 중간에 맥주 왔다 갔다 따르는 장난도 치고요."

"과자는 공용이었나요?"

"네. 거기 독이 섞여 있진 않았어요. 뿐만 아니라 병은 안주에는 손도 대지 않았고요."

"철저하네요. 맥주 저장소 위치는?"

"지하예요. 병 기준으로 왼편이고요."

"그러면 갑은 그쪽을 등지고 있었던 거군요."

"네. 그런데 어차피 지하라서 누구도 그쪽 상황은 못 봤을 거예요."

"혹시 맥주 저장소로 들어간 사람들 타임라인 같은 거 적었나요?"

"네. 물론이죠."

형사는 수첩 사이 종이 한 장을 꺼내 보여주었다. "창고"라고 쓴 부분이 맥주 저장고를 말하는 거라고.

P.M. 23:03 을, 병 도착. 이때 갑은 집에 없었음.

P.M. 23:26 갑 도착.

P.M. 23:31 갑, 을 창고. 병은 이때 받은 맥주를 밤새 먹음.

P.M. 23:59 을 창고.

A.M. 00:40 갑 창고.

A.M. 00:43 갑, 을 담배

A.M. 02:30 갑 화장실, 창고

A.M. 02:36 을 창고

A.M. 02:40 갑 창고

A.M. 02:41 갑, 을 담배

A.M. 03:10 을 화장실

A.M. 03:16 갑 화장실

A.M. 03:23 을 창고

A.M. 03:25 갑 창고

"별 의미는 없군요."

다 훑어본 재건은 종이를 테이블에 손바닥 소리 나도록 내려놓으며 말했다.

"네. 말씀드린 대로 병을 제외하고는 둘 다 수시로 오갔기 때문에."

"담배는 어디로?"

"현관문 바깥이었던 것 같습니다."

"카메라가 비추는 오른편이었단 말이군. 맞아, 화장실 같은 데도 다 검사한 거 맞죠? 변기 물 내리는 버튼이라든지."

"그런 거 만지고 손을 씻겠지요."

마곤이 말했다.

"혹시 모르지. 손을 안 씻는 것을 남자다움의 상징이라고 생각하는 치들일지."

"화장실도 집 안 곳곳 손 닿는 곳 전부 깨끗했어요."

"독 종류는? 맞아, 이거부터 물어봤어야 됐는데."

"아코니틴이에요. 한방에서도 쓰는 투구꽃 추출물인데 미량으로도 죽을 수 있고 증상도 바로 나타난다 하더라고요."

"혹시 증상 발발 시간 같은 거 계산이 됐나요?"

"그게, 다들 만취해 있어서 정확히 파악할 수 없다 하더라고요. 체내 증상이랑 이런저런 수치를 보면 즉사 범주라 하는데, 그게 삼십 분에서 길게는 몇 시간이라 어느 시점에 독을 먹은 건지 계산할 수는 없다고."

"영상을 봐도요?"

"네. 술에 취한 건지 마비된 건지 구분할 수 없더라고요."

"그 밖에 뭐든 얘기해주세요. 특별한 행동이라든가, 어쩌면 범인이 고의로 신호를 남겼을 수 있고."

"특별한 건…… 아, 새벽 3시쯤에 병이 을의 맥주컵을 슬쩍 건드린 적이 있어요. 담탐 때요."

"그거로군! 결정적인 증거!"

재건은 느닷없이 소리를 높였다. 깜짝 놀라 조금 움츠린 형사는 우물거리며 말했다.

"그런데 관련 진술이 있어요. 컵에 벌레가 앉은 거 같아서 내쫓은 거라고. CCTV에도 특별히 수상한 모습은 안 보였어요. 손이 정확히 보이도록 손끝으로 컵의 밑둥을 조금 민 정도였거든요."

"에이."

재건은 실망한 눈치였다.

"결국 아무것도 없다는 말이군."

형사는 면목 없다는 듯 고개를 숙였다.

재건은 혼잣말하듯 주절주절 말을 읊었다.

"문제는 다시 처음으로 돌아오는군요. 병이 마신 맥주가 벚꽃 어쩌고라는 점. 이건 증언이고 확실히 증명되는 건 아니에요. 이걸 신뢰하느냐 마느냐. 입증은 안 됐지만 그렇다고 부정할 이유도 없어요. 거짓말이든 착각이든 이 증언이 잘못됐다면, 즉 병이 마신 게 다른 맥주였다면 우리는 좀더 폭넓은 수사가 가능하겠죠. 모임 이전에 독을 탔다는 가능성을 열어둘 수 있으니까요. 같은 미제 사건이라 하더라도 지금과 같은 불합리함은 해소되겠죠.

하지만 병은 의도적으로 이 사건을 그 자리로 국한시켰어요. 이건 경찰은 물론 이성에 대한 도전이라고요! 병이 의도한 게 그거라고요. 아이러니를 던지는 것. 유일하게 가능한 경우의 수가 매우 불합리하다는 것을 받아들이게 하는 것.

전 이 자식의 얼굴이 보이는 것 같은걸요. 하찮은 인간들을 비웃고 그 위에 서서 지적 교만함을 뽐내는 모습이 보이는걸요. 자기 자신을 유일한 용의자로 만들고서 동시에 범인이라 단정할 수 없게 만들어놓았어요. 딜레마를 비웃는 얼굴이 눈에 선하다고요. 용납할 수 없어요. 이 탐정 김재건 님은 용납할 수 없어……."

재건은 토로하듯 그렇게 뱉어내더니 팔짱 낀 채로 고개를 숙였다. 형사는 그 침묵을 기다려줘야 할지 아니면 용건이 끝났음을 고하고 일어나야 할지 고민하며 어깨를 움찔댔다.

"가만히 있어보라고요. 생각중이니."

재건이 핀잔 주자 형사는 네, 하며 고개를 숙였다.

"끄어어어어어!"

몇 분이 지났을까. 재건은 돌연 자리에서 벌떡 일어나 외쳤다.

"용서 못 해애애애!"

형사는 겁에 질려 185센티미터의 거한을 올려다보고만 있었다.

5

"결론부터 말하죠. 범인은 병이 맞습니다."

탐정은 말했다.

"정말인가요? 또 알아내신 건가요?"

형사는 화색이 되어 물었다.

"알아냈죠. 이 몸이 누군데! 하지만 짜증 나는 건 여전하네요. 지금 말해주는 것을 잘 들었다가 대머리 형사님이랑 잘 의논해보세요. 미리 말하는데 해결된 것은 아무것도 없으니!"

"네? 알아냈다면서요."

마곤은 의아해하며 말했다.

"진상이란 건 나만 안들 아무 소용없어. 날 만나기도 전에 경찰은 병이 범인이라고 점찍고 있었잖아. 앎이 진실이 되려면 두 단계가 더 필요하지. 하나는 설명. 다른 하나는 증명."

재건은 한결 단호해진 말투로 말했다.

"설명은 할 수 있는데 증명은 못 한다는 말인가요?"

탐정의 하나뿐인 애재자 마곤은 물었다.

"그렇지, 총명한 나의 제자여. 난 어떻게 병이 범행을 저질렀는지 하나의 가설을 제시할 수 있어. 하지만 동시에 그걸 증명할 방법은 없다는 것을 알아버렸다는 말! 장군! 외통수! 체크메이트! 정말 열 받는군!"

"그럼 설명할 방법은 있다는 말인가요?"

형사가 말했다.

"물론! 하지만 그것이 진실이라는 보장은 어디에도 없다는 말씀. 성립 가능한 단 하나의 설명! 불필요하고 어수선한 곁가지가 없는 유일하게 논리적인 해설! 그걸 안다고 해서 경찰이 할 수 있는 건 없을 겁니다. 협박이나 고문이라도 하지 않는 한. 그런데 이 정도 되는 악질 중2병 범죄자가 그런 거에 굴할까요?"

"얘기해주세요. 방법이 없을지라도 아무것도 모르는 것보단 나을 거예요."

"그렇다면 밝히지! 그 자식의 방식을!"

재건은 자리에 다시 앉고선 크게 한숨을 내쉬고 말을 시작했다.

"이 트릭의 핵심은 '볼 수는 있지만 들을 순 없다'입니다. 우린 그날 있던 일을 영상으로 빠짐없이 볼 수 있었지만 거기서 무슨 얘기를 나눴는지는 알 수 없었죠. 영상은 가장 확실한 알리바이가 됐지만 오히려 속이기는 좋은 환경이었어요.

바로 우리는 거기서 무슨 대화가 오갔는지 모른다는 점 말이에요. 유일한 생존자이자 목격자인 병의 증언에 의존할 수밖에 없단 말씀.

즉 이것 자체가 심리 트랩이었던 것! 지금까지 우린 그 자식이 자신의 미감을 뽐내는 증언에 얽매여 있었죠. 그건 단지 그의 증언일 뿐인데도 증언이 가져다주는 모순에 쩔쩔매야 했어요. 그의 말이 정확하다면 우리는 이런 결론을 내릴 수밖에 없잖아요. 우선 갑이 병에게 벚꽃 어쩌고를 따라주고, 그 뒤 갑 혹은 을이 벚꽃 통에 독을 타고, 누군가가 죽고 다른 누군가도 왜인지는 모르지만 뒤따라 죽었다."

"그 증언을 부정하겠단 말인가요? 거짓말이었다면 아까 말했듯 이상한 결론을 내려야 할 것 같고, 역시 착각이었다?"

마곤은 질문했다.

"아니! 그 반대! 조금 전 말한 것처럼 그것이 착각이었다고 하면 병은 용의선상에서 벗어나게 돼. 독은 모임 이전 벚꽃 통에 이미 들어 있었다는 훨씬 무난하고 안락한 설명이 기다리고 있으니까. 이건 녀석의 도전이야. 어디 한번 딜레마를 해결해보라는 뻔뻔한 메시지. 그 증언을 인정한 상태에서 매듭을 풀어야 돼."

"그게 어떻게 가능하냐고요."

"먼저 제거할 것. 타당하지 않은 가능성."

재건은 검지를 들어 보이며 말했다.

"타당하지 않은?"

형사가 되물었다.

"바로 집주인인 갑이 범인일 가능성 말이에요. 이거야말로 가장 먼저 제거해야 할 가정이에요. 왜냐하면 그 말인즉 갑은 자기 집에서 독살 사건을 일으키고서 빠져나갈 수 있다 자신해놓고서 독에 오히려 당해버린 바보라는 뜻이니까요. 물론 그럴 가능성이 논리적으로 부정된 것은 아니지만 그보다 말이 되는 답을 먼저 찾아보자고요.

내가 뭘 말하는지 알아듣겠어요? 갑이 공범일 가능성, 혹은 병이 어떤 수작을 부려서 갑과 을이 서로를 살해할 가능성을 배제하자는 말이에요. 정말로 그것이 유일한 가능성이 되기 전까지는.

자, 그럼 이 베이스에서 시작해보자고요. 손 하나 까딱 안 한 병이 혼자서 두 사람을 암살할 수 있을까요? 그건 불가능합니다. 따라서 공범의 존재를 상정할 필요가 있습니다. 앞선 사고의 결정에 따라 공범은 을이라고 생각해볼 수 있겠죠."

"그럼 을더러 갑을 죽이게 하고 최면 같은 수를 써서……."

"최면도 배제하자고요. 그것도 현재로선 못 미더운 방법이잖아요."

재건은 형사의 참견을 불허하듯 말했다.

"여기서 불확실한 방법은 쓰이지 않았다고 생각해야 해요. 지금 우리는 한 번도 상대해본 적 없는 극악무도하고 영리한 범죄자를 상대한다고 생각하지 않으면 그를 이길 수 없다고요.

자, 확실한 사실을 검토해봅시다. 병은 모임 시작 시점 벚꽃 맥주를 받았다. 이후 어느 시점, 벚꽃 맥주의 통에는 독약이 들어가 있었다. 나머지 두 사람은 독약을 먹고 죽었다. 병은 한 발짝도 움직이지 않았고 대신 공범을 생각해볼 수 있다. 이 사실에서부터 확정적으로 도출해야 할 것은 맥주 통에 독을 탄 사람은 을이라는 점이에요."

형사는 묵묵히 다음 말을 기다렸다.

"네. 을은 실행범이었습니다. 갑의 집에서 과감히 범행을 저지를 수 있었다는 점에 비추어 보자면 병은 아마도 확실히 빠져나갈 수 있을 듯 보이는 방법을 제시했을 겁니다. 술을 마시다가 죽는 경우가 없는 것도 아니니 손님 입장에서 별다른 증거가 나오지 않으리라 믿을지도 모릅니다."

"처음엔 병이 을을 부추겨서 갑을 죽이되 둘 다 빠져나갈 수 있는 방법을 제시했을 거란 말이죠?"

마곤이 물었다.

"그렇지. 먼저 병에게 벚꽃 맥주를 따라주고, 그 뒤에 을이 오크 통에 독을 타는 거예요. 갑이 그걸 따라 오도록 유도한 뒤, 오크 통에 있는 걸 모조리 하수구에 버리면 끝. 그 뒤에 경찰에는 병이 미리 따라서 마시고 있던 벚꽃 맥주가 마지막 남은 것이었다고 주장하는 거죠."

"아. 그러면 독살의 증거는 안 남게 되겠네요. 영상에서는 확인이 안 될 테고, 남는 건 증언뿐일 테고."

"그래. 해부야 해보겠지만 을 역시 갑의 잔을 건드리지 않았다면 증거가 없는 건 마찬가지야. 오히려 이 경우 둘이 입을 맞춰 갑이 자살할 낌새를 보였다고 증언할 수도 있어."

"그러면 을은 왜 그걸 마신 거죠?"

형사는 물었다.

"그게 다음 해결할 과제죠. 앞서 영상에서 행동만을 볼 수 있고 대화는 알 수 없다는 것이 가장 큰 걸림돌이라 말했잖아요."

"그랬죠."

"또다시 가정을 해봅시다. 자, 갑을 죽여야 하는 을과 병은 이 자리에서 무엇을 해야 할까요? 갑에게 벚꽃길 맥주를 먹여야겠죠?"

"그렇죠."

"그러려면 어떻게 해야 할까요? 대화 주제를 그 맥주로 옮겨 가면 되지 않을까요?"

"아마, 그랬겠죠."

"이런 대화가 오갔다고 생각해봅시다. 을은 맥주 취향이 확고합니다. 평소 먹는 맥주만 마셔보고 갑이 자랑하는 새로운 페일 에일에는 별다른 관심이 없어요. 그런데 병은 다른 맥주는 거들떠보지도 않고 그 벚꽃 맥주를 칭찬합니다. 그러면서 을더러 새로운 시도도 해보지 않는 겁쟁이라고 놀리는 거죠."

"네에……."

"그래서 세 사람은 다 같이 벚꽃 맥주를 맛보기로 결의합니다. 갑이 뺄 수도 있겠지만 내가 이걸 마셔주는데 같이 마시는 게 맞지 않겠느냐 말하며 부추길 수도 있었겠죠. 그게 아니라도 남자들끼리 메뉴를 통일해서 동질감을 느끼는 경우 있잖아요.

그것은 병과 을 사이에 약속된 시나리오였습니다. 바로 갑에게 그 맥주를 먹이기 위해서요."

"그런데 을은 거기 독이 들었다는 걸 알잖아요."

형사가 말했다.

"말하고 있잖아요. 그들 사이에 어떤 대화가 오갔는지 우리는 모른다고요. 그래서 상상력의 동원이 필요한 거라고요. 병과 을 사이에 이런 약속이 있었다면요?

을이 자리를 비운 사이 병이 미리 갖고 있던 맥주잔과 을이 받은 맥주잔을 바꿔놓겠다고요."

"아."

형사는 비로소 깨달을 수 있었다.

"두 흡연자가 동시에 자리를 비웠을 때, 약 3시쯤. 병이 을의 맥주잔을 살짝 건드렸다고 했죠? 거기에 다른 의도가 있었다면? 을로 하여금, 두 사람의 맥주잔을 바꿔서 안전한 잔을 자신에게 주었다고 생각하게끔 하려는 의도였다면?"

"그, 그럼……."

"을은 모든 일이 시나리오대로 돌아간다고 생각했겠죠. 돌아와서 자신의 맥주잔이 움직인 것을 보고 거기엔 병이 갖고 있던 맑은 맥주가 담겨 있으리라 생각했겠죠. 바로 병의 의도대로. 사실은 맥주잔을 건드렸을 뿐인데. 본래의 독이 든 벚꽃 꿈길이 그 안에 여전히 담겨 있는데."

"잠깐! 온도는! 맥주는 꺼내서 시간이 지나면 식잖아요. 그러면 마시다가 구분할 수 있지 않아요?"

마곤은 반론을 제시해보았다.

"맥주를 안 마시면 잘 모르는 부분이긴 한데, 에일은 상온에서 발효하는 맥주고 차갑지 않게 해서 마신다고. 보관도 그렇게 차갑게 할 필요가 없어. 아마 집에 양조장을 차릴 정도의 맥주 마니아라면 바로바로 따라 마시는 맥주 통의 온도도 항상 먹기 좋게 과하지 않은 온도로 맞춰놨을 거야. 병은 그리고 피처가 있었잖아. 원래 온도는 어느 정도 유지됐겠지. 어쩌면 얼음을 달라고 했을 수도 있고. 컵이랑 피처 사이에서 왔다 갔다 따르는 장난을 치기도 했다고 했죠? 그건 온도를 맞추려는 것이었을 거예요."

"맞습니다……. 병은 얼음을 갖고 있었어요. 옆에 있던 물컵은 사실 얼음이 담긴 컵이었어요."

형사는 힘없이 말했다.

"이로써 두 사람은 독이 든 맥주를 마실 수 있었습니다. 어떤가요? 무리도 없고 합리적이고 관찰 정보와도 부합하는 이 시나리오. 그렇지만……."

"증거는 없죠."

형사의 목소리는 여전히 힘이 없었다.

"네. 여기까지도 어쩌면 병의 의도일지도 모르겠네요. 자, 알아냈으면 어쩔래? 증거가 될 만한 것은 아무것도 없고, 법원에서는 아마 그걸 주장하겠죠. 진실을 아는 것과 그것을 법정에서 입증하는 것은 별개. 정 불리해지면 맥주 맛을 구분했다는 자신의 증언을 뒤집을지도 몰라요. 지금으로선 병을 법적으로 구속할 방법은 없습니다.

그 의도까지 읽고 나니까 분노가 치미는군요. 전 살인을 게임처럼 여기는 놈들이 제일 싫단 말이에요. 차라리 지 원한 때문에 죽이는 거라면 죗값만 치르면 되는데, 이런 녀석들은 붙잡아도, 심지어 죽고 나서도 남겨진 사람들 주위를 뱅뱅 돌면서 괴롭힌단 말이에요. 영원히 남을 자신의 허명에 취한 자들이니까요. 이보시오, 형사 양반. 그 자식에 대해 더 말해줄 건 없는 건가요? 생김새나, 이름이나."

형사는 침울한 목소리로 말했다.

"죄송해요. 말씀하신 것을 들어보니 더욱더 말씀드릴 수 없을 것 같습니다. 법적인 문제도 있고, 수사팀에서도 어떻게 할지 방침을 정해야 하거든요."

"힌트라도! 범인이 남긴 메시지나, 아니면 닉네임 같은 거 없나요? 카드에 적힌 범행 메시지라든가, 경찰에 보낸 성명이라든가."

"아쉽게도 그런 건……."

"빌어먹을! 하는 김에 조금만 더 콘셉트를 잡아주지! 그 자식, 애매하게……."

"어, 이거 말해줘도 될까 계속 고민했는데."

형사는 머뭇거리다 말했다. 재건은 눈빛을 빛냈다.

"왠지 하시는 말씀에서 느낀 뉘앙스…… 때문에 하는 말인데요. 그, 병은 여성입니다."

"엥?"

재건은 눈을 끔뻑였다.

"성별을 생각하고 말씀하신 것 같진 않지만, 이 정도는 말씀드려도, 으음, 되겠지요."

"음. 은연 중 악의 디폴트에 대한 이미지의 스테레오타입을 상정했던 것 같기도 하고. 으음, 반성 반성."

"나머지 두 사람은 다 남성이었어요."

"그건 상관없어요."

"예……. 아, 그리고, 또 하나 말씀드릴 수 있을 거 같은데……."

"그런 게 있으면 한 번에 말하라고요. 고민하고 말하나 바로 말하나."

"죄송해요……."

형사는 고개를 숙이고 말했다.

"경찰이 들어오기 직전에, 그 사람은 다시 카메라를 의식했다고 말했죠?"

"그랬죠."

"영상으로 보는 사람을 의식한 건지, 잘 모르겠지만, 그게 보는 사람에겐 마지막 장면이니까 전 그렇게 느꼈어요. 아무튼, 그 사람은 카메라를 보고……."

"거 참 본론부터 빨리빨리."

"아, 죄송합니다. 그 사람은 동그란 눈을 치켜올려 카메라와 눈을 마주치고는 무언가를 말했어요. 뭐라고 한 건지 분석팀에서 추측한 게 뭐냐 하면, 아리가또, 라고."

일본어로 고맙다는 뜻이다.

그것만큼은 무슨 의도인지, 재건은 알 수 없었다.

6

다사다난이라는 말이 단지 관용어에 그치지 않는 정신없고 혼란스러운 한 해였다.

탐정 일을 다시 시작한 지 몇 달 동안 아무런 재미있는 일도 일어나지 않는다고 투정 부리던 재건이었다. 그렇지만 이번 한 해는 무언가의 음모가 아닌가 싶을 정도로 사건이 쏟아졌다. 그것은 재건이 그토록 바라마지않던 탐정 생활이었다.

그런데 재건은 오히려 지금 불충분함을 느끼고 있었다. 올 한 해 일 중 제대로 마무리 짓지 못한 것은 없었다. 다소간 질질 끌고 있는 사건이 있긴 했지만 어차피 그것은 또 무슨 일이 일어나기 전에는 잠들어 있는 것과 매한가지였다.

내가 놓치고 있는 게 있을까?

맥주 살인 사건. 그것만큼은 속 시원히 해결하지 못한 일이긴 하지만, 그것 때문일까. 어차피 내 일도 아니었는걸. 내 앞에 닥치기 전엔 숱하게 널려 있는 이 세계의 비극 중 하나일 뿐인걸. 재건은 늘 그렇게 생각했다. 세상의 모든 비극에 참견하려 들지 말자. 탐정은 오직 눈앞의 사건만을 상대한다. 제아무리 천재적인 탐정이라 하더라도 이 세상의 모순 자체를 해결할 수는 없기 때문이다.

따라서 이 사건도 내 손을 떠났다면 잊어버려야 한다. 그런데 왜 이렇게 머리 한 켠이 간질거릴까. 설마 내가 놓친 게 있단 말인가. 내 지성의 궁전이 위기를 알아채고 나를 향해 경고 메시지를 보내고 있는 것일까.

재건은 밤새도록 그날의 대화를 복기했다. 가능성. 가능성. 구름 위에 지은 유리성. 오직 가능한 하나의 해답.

"뭐야……."

재건은 식은땀을 흘리며 매트리스에서 몸을 일으켰다. 바닥에서는 가위바위보에서 진 가여운 제자가 새근거리며 잠들어 있었다.

"크. 강한 녀석이군. 무의식이란 녀석. 나를 이렇게 궁지에 몰아넣다니."

재건은 중얼거리며 침실 바깥으로 나갔다. 사무실과 생활 공간을 겸한 작고 어수선한 방 안으로 달빛이 쏟아지고 있었다.

"뭐예요, 대체."

마곤이 부스스한 몰골로 뒤따라 나왔다.

"너도 느끼고 만 것인가. 내 심장과 저 달빛의 고동과 공명을."

"아니, 자는데 밟고 지나가면 일어날 수밖에 없잖아요."

"난 깨닫고 말았어. 이 불안함의 원인을."

"사과도 안 하고 혼자 할 말 하는 거죠?"

"난 내 추리에서 빼먹은 게 있지 않나 생각했지. 막연하게 그 녀석이 나에게 비웃음을 던지는 것 같은 기분이 드는 건 단지 그 때문이라고 생각했어. 왜냐하면 녀석이 아무리 짓궂은 놈이라 해도 날 알 리 없고 또 자기 범행이 나에게 전해질 리는 없으니까. 이걸 바로 피해의식이라 하는 거지."

"잘 아네요. 잡소리 하려고 사람 깨우지 말라고요."

"그런데, 내가 놓친 게 분명히 있었어. 내 무의식은 그것 때문에 아우성치고 있던 거야. 내 본능이, 내 심장이 그걸 말하고 있었어."

"새벽이거든요? 결론만 말하죠?"

"마지막 메시지."

재건은 말했다.

"뭐요?"

"그 자식이 입 모양으로 말한 거 있잖아."

"아리가또?"

"그게 아리가또가 아닌 게 아닐까?"

"아닐 수도 있겠죠. 아리가또는 솔직히 생뚱맞잖아요. 누구한테 왜 고맙다고 하는 거야."

"아비앙또."

"네?"

"프랑스어로 또 보자는 말이야."

"프랑스어도 알아요?"

"아니. 봉쥬르, 구텐탁 이 정도만."

"구텐탁은 프랑스어가 아니잖아요. 그런데 아비앙또도 이상한데요? 왜 또 보자고 해요?"

"그게 문제란 거야."

"네?"

"그게 문제란 거야. 왜 또 보자고 했을까. 그는 누구일까. 나는……."

재건은 다시 말했다.

"나는 이 사건에 왜 엮여 있는 걸까. 정말 아무 관계없을까? 내가 모르는 일이 얼마나 일어나고 있는 걸까."

마곤이 처음 보는 재건의 진지한 얼굴이 하얀 달빛 아래에서 그림자 지고 있었다.

나이트메어 오브 크리스마스

1

담배 냄새와 요사스러운 캔들 향이 뒤섞이고 연기가 자욱하게 깔린 곳이었다. 어두컴컴한 실내는 자리마다 놓인 촛불만으로 밝혀져 있었고 드문드문 앉은 대충 훑어보기에도 어려 보이는 남녀의 손끝에서 춤추는 담뱃불이 그 불빛을 어지럽히고 있었다.

선예와 소희는 불안한 눈으로 두리번거리며 자리를 찾았다. 약속 장소는 카페 콩고물 두 번째 기둥을 돌아 왼쪽 자리. 정문에서 보이지 않는 자리라고 했으니 자리까지 직접 걸어가봐야 그곳이 어디인지 알 수 있었다.

마곤은 커다란 뿔테 안경을 쓰고 있었다. 알이 없는 장식용 안경이었다. 자그마한 체구에 단발머리, 거기다 안경까지 쓴 마곤의 모습은 얼핏 보면 이제 막 세상의 다채로움을 알아채고 눈을 빛내는 여자아이라 착각할 법했지만 그는 엄연히 남자아이였다.

"오랜만이야, 마곤아."

소희는 나직하게 웃으며 말했다.

"그런데 무슨 일이야? 네가 우리를 이렇게 다 부르다니. 그것도 탐정님 몰래 이런 복잡한 방법까지 써서 말이야."

두 사람은 마곤의 앞에 나란히 앉았다. 기둥이 등받이 너머에서 가려주는 자리였다. 하지만 사방에서 풍겨 오는 담배 냄새를 가려줄 수 있는 것은 어디에도 없었다.

"그야 우리끼리 해야 할 이야기가 있으니까요."

"그리고 그건 탐정님과 관련된 얘기지?"

선예는 담배 냄새에 코끝을 찡그리며 말했다.

"네. 그보다 자리 옮길까요? 여긴 흡연 카페라서 담배 냄새가 좀 나죠?"

"그게 좋을 거 같아. 그런데 이거 불법 아니니?"

소희가 물었다.

"불법이죠. 이 동네 불량 청소년들 아지트예요. 몰래몰래 이렇게 애들 상대로 영업하는 모양이에요. 탐정님이 모르는 장소를 찾느라 여길 골랐어요."

"이런 델 잘도 알았네. 그런데 여기 정말 안 좋은 데 같아."

소희가 말했다.

"그러게. 그 아저씨와 있는 거랑 이쪽 중에서 어느 쪽이 더 안 좋은 환경인지는 모르겠지만."

선예도 한마디했다.

"누가 들으면 탐정님을 인간 말종으로 알겠다. 아니, 인간으로서 심각한 하자가 있는 사람이 맞긴 하지만. 그래도 그렇게 불쌍하게 볼 건 아니라고요! 아니, 이미 틀려버린 건가. 그런 아저씨한테 양육당하고 있는 나는 그 영향에서 벗어날 수 없는 건가……."

두 사람이 말없이 쳐다보자 마곤은 헛기침을 하고는 자리에서 일어났다.

"험, 험. 일어나죠. 이 근처에 갈 만한 데를 찾아봐요."

"너, 탐정님 닮아가는 거 알아?"

"무슨 그런 끔찍한 소릴!"

선예가 말하자 마곤은 몸서리치며 서둘러 가게를 빠져나갔다.

2

연남동은 탐정 김재건의 활동 범위이긴 하지만 넓은 서울

땅에서 아무런 언질도 약속도 계획도 없이 그와 마주칠 확률은 특별한 고려 사항이 될 수 없을 것이다. 하지만 그 어떤 평화로운 상황 속에서도 결코 방심해서는 안 될 인물이 바로 김재건이다. 누가 감히 그의 변덕에서 완전히 벗어날 수 있을 것인가? 재건의 유일한 가족이자 제자인 박마곤이라면 더욱 조심스러울 수밖에 없다.

마곤이 위험을 무릅쓰고 연남동을 고른 이유는 그저 세 사람이 만나기 좋은 위치였기 때문이었다. 세 사람은 안이 들여다보이지 않는 카페를 골라 자리를 잡았다. 마곤은 이미 이전 카페에서 커피 한 잔을 비운 상태였다. 소희는 중학생이 커피 많이 마시는 것도 안 좋다며 마곤에게 코코아를 권했고 마곤이 받아들였다.

"난 에스프레소! 가게의 커피 맛을 알아보려면 에스프레소만 한 게 없지."

카페 드 비뉴의 자랑스러운 아르바이트생인 선예는 카운터 앞에서 당당하게 말했다.

"난 쓴 건 싫더라. 모카라테!"

소희는 그렇게 말하며 카드를 꺼냈다. 마곤은 자리를 잡고 있다가 두 사람이 돌아오고 진동벨이 울리자 쪼르르 달려가 음료를 받아 왔다.

"여기도 괜찮은데? 역시 커피는 이런 작은 가게가 좋다니깐."

선예는 에스프레소를 입에 대더니 말했다.

"난 솔직히 커피 맛 같은 건 잘 모르겠더라."

소희는 솔직하게 말했다.

"에이, 몰라도 돼! 언니는 그냥 내가 추천해주는 데에서만 마셔. 그리고 아는 척만 하면 되는 거야. 어머, 여기 커피는 사우어한 잔향이 제법 괜찮네? 하고."

선예는 말했다.

"탐정님을 닮아가는 건 누나 쪽인 거 같은데요."

마곤은 심드렁하게 말했다.

"내가 뭐? 어디가? 어떻게? 어떤 점에서? 어머나, 어쩜 그렇게 말할 수 있니?"

선예는 가시 돋친 듯이 말했다. 하지만 악의가 없다는 것은 마곤도 알고 있었다.

"그런 허세 부리는 거 말이에요. 크으. 이것이 바로 남자의 맛이지, 하는 거 봤잖아요?"

"에스프레소에 시럽을 말아 먹으면서 말이지. 세상에 그런 건 처음 봤다니깐. 광기 어린 얼굴로 부족해! 이게 아냐! 시럽을! 걸쭉한 시럽을 내게! 하는 게…… 어휴."

"사실 선예 누나가 억지로 에스프레소를 권해서 그렇게 된 거긴 하지만요."

"헤이, 미스 바리스타. 진정한 커피 맛을 보여 보시지! 자신 있다면 말이야, 하고 먼저 도발한 게 탐정님이었다고. 언니, 언니도 뭐라 말해봐. 내가 정말 그 탐정 아저씨 같은지."

"응? 으응."

소희는 멋쩍게 웃었다.

"그런데 쓴 커피 못 마시면 그럴 수도 있지 않을까? 나도 쓴 거 못 먹기도 하고……. 탐정님은 커피 맛보다는 시럽 맛으로 먹는 거 같지만."

"어휴. 또 이런다. 사시사철 삼시 세끼 천사 모드라니깐. 지금은 탐정님을 떼어놓고 우리끼리 모인 자리라구요. 자리에 없는 사람을 신나게 씹어댈 타이밍이라고."

"그런데 누나는 탐정님 얼굴 앞에서도 막 까대잖아요."

마곤이 말했다.

"어라, 내가 그랬었나?"

선예는 장난기 넘치게 눈동자를 굴렸다.

"탐정님한테는 무슨 일이라도 생긴 거야?"

소희는 물었다. 마곤은 유치원생 가방처럼 허리춤에 딱 달라붙은 사이드백에서 노트 하나를 꺼냈다. 두꺼운 표지의 다이어리였다. 마곤은 한 페이지를 펴서 두 사람에게 보여주었다.

"뭐니, 이건?"

선예는 그것을 끌어당겨 들여다보았다. 12월 달력이 펼쳐져 있었고 날짜마다 이것저것 낙서가 돼 있었다.

"곧 있으면 크리스마스죠."

마곤은 말했다.

"그렇지."

"누나들은, 크리스마스 영화 하면 뭐가 떠올라요?"

"뜬금없이 무슨 크리스마스 영화야? 난, 음. 역시 〈나 홀로 집에〉려나?"

선예는 진지하게 대답했다.

"소희 누나는요?"

"난……. 딱히 생각나는 건 없는데. 나도 〈나 홀로 집에〉나, 〈러브 액츄얼리〉, 〈다이하드〉? 그 정도야."

"〈다이하드〉라니, 그것도 조금 특이하네요."

"난 그냥 그게 떠오르더라고. 크리스마스를 앞두고 테러리스트가 나타나거든."

"그렇군요. 대체로 서양 사람들 나와서 메리 크리스마스, 이러는 영화들이죠? 결국 주인공은 크리스마스의 따뜻함을 느끼고요. 스크루지 영감도 마침내 회심하고 마음의 평온을 얻잖아요."

"크리스마스 영화가 대개 그렇지. 그런데 그게 어쨌다는 거니?"

선예는 말했다.

"우리 탐정님은 말이죠, 크리스마스 영화 중에서 뭘 제일 좋아하는지 아시나요?"

마곤은 괜한 질문을 던지고는 두 사람과 번갈아가며 눈을 마주쳤다.

"바로 〈배트맨 리턴즈〉예요."

"배트맨? 그게 크리스마스 영화야?"

소희가 말했다.

"배경이 크리스마스예요. 탐정님은 할 일 없을 때 별 잡소리를 다 하잖아요. 어느 날 그러는 거예요."

때는 바야흐로 반년 전. 재건과 마곤이 이른 폭염의 열기 속에서 헐떡이며 널브러져 있는 사무실이었다.

"제자, 넌 최고의 배트맨 무비가 뭐라고 생각하느냐."

"뜬금없이 무슨 배트맨이에요? 에어컨이나 고쳐달라고요. 더워서 아무것도 할 수 없잖아."

"난 최고의 배트맨 무비로 팀 버튼의 〈배트맨 리턴즈〉를 꼽지. 보통은 〈다크 나이트〉니 뭐니 찬양하기 바쁘지만 뭘 모르는 녀석들이야. 최고는 〈리턴즈〉라고."

"그러라고 하시든가요. 지금은 더워서 배트맨이고 슈퍼맨이고 아무 관심도 없거든요?"

"난 크리스마스면 언제나 〈배트맨 리턴즈〉를 복습하지. 그리고 가슴 깊은 감동과 삶에 대한 의지를 충전하고 다음 해를 맞이한단 말이야. 추천할 만한 습관이니까 한번 시도해봐봐."

"아니, 이 여름에 무슨 크리스마스 이야기예요? 또 크리스마스에 배트맨은 왜 보는데요?"

"그 영화는 최고의 크리스마스 영화니까. 크리스마스에는 배트맨이지. 90년대에는 크리스마스마다 〈나 홀로 집에〉와 배트맨을 틀어줬다고. 그때의 원동력으로 한국인은 IMF를 슬기롭게 극복할 수 있었던 거야."

"더워죽겠는데 개소리 좀 작작하라고!"

마곤은 그때 다이어리를 집어 던졌던 것으로 기억한다.

"그래서 전 집에 있던 〈배트맨 리턴즈〉 DVD를 한번 봤죠. 영 할 일이 없을 때요. 혹시 그 영화 본 적 있나요?"

두 여자는 고개를 저었다. 마곤은 그럴 줄 알았다는 듯 고개를 끄덕였다.

"옛날 영화잖아요. 요즘처럼 화려하고 그런 것도 아니고 화면도 어설프고. 그런데 나름 재밌더라고요. 요즘 나오는 거랑은 다른 매력이 있는 영화예요. 의외로 그거 좋아하는 사람도 많고요. 정말이지, 탐정님이 딱 좋아할 만한 영화 같더라고요."

"그게 문제였던 거구나."

선예가 말했다.

"네. 그게 문제였죠. 한번 보면 알 수 있을 거예요. 탐정님은 이렇게 말했어요. 제가 정확히 들려드릴게요."

"이 영화는 최고의 크리스마스 영화야. 크리스마스랍시고 가식 떠는 멍청한 인간들에게 엿 먹이고 모두 엉망진창으로 만들어버리는 영화니까! 크리스마스 따위 엿 먹으라고 해!"

"세상에나……."

선예는 중얼거리며 입을 가렸다.

"어쩜 그렇게 찌질할 수가……."

"원망……. 심성에 원망이 가득 차 있어. 소외되고 버림받은 인생 삼십여 년 만에 드디어 탐정님은 괴물이 돼버린 거야."

선예와 소희는 한마디씩 했다.

"마치 배트맨에 나온 악당들처럼요."

마곤은 다이어리 하나를 펼쳐 보았다. 펼쳐진 페이지는 12월. 한 달 동안의 메모가 빼곡했다. 대부분은 시간을 나타내고 있었다. 몇 시부터 몇 시까지. 대개 그 시각은 불규칙했지만 규칙적인 시간도 있었고 자정을 넘어선 새벽부터 시작된 날도 있었다.

그것이 무엇을 뜻하는지 어림잡기는 어렵지 않다. 그것은 일정표였다. 누군가의 행적에 관한 기록이었다.

"지난달부터 탐정님이 말없이 외출하는 일이 잦아졌어요. 뭐 하러 가느냐, 사건이냐 물어봐도 저에겐 한마디도 하지 않고요. 지금까지 이런 일은 없었거든요. 왜냐하면 탐정님이 받은 의뢰는 저한테 수업이었으니까요."

"전에 없이 위험한 일이라서 그런 게 아닐까?"

소희는 말했다.

"우리가 맡은 일 중 안 위험한 게 있을까요? 사이비 종교 교주, 폭풍우 몰아치는 섬의 살인 사건, 아이돌 살인 사건……."

"그건 그렇긴 하지만."

"더 이상한 건, 탐정님이 12월이 되기도 전에 이 배트맨을 봤다는 거예요. 아까 말했듯이 크리스마스에 배트맨을 보는 게 연례행사라고 했잖아요. 그런데 뜬금없이 11월에 그걸 봤단 말이에요. 내가 지금까지 그걸 보고 있는 탐정님처럼 진지한 얼굴을 본 적이 없었어요. 틀림없어요. 크리스마스와 관련된 음모를 꾸미고 있는 거예요. 배트맨을 보면서 누적된 분노를 엉뚱한 데에다 표출하려는 거라고요!"

가만히 이야기를 듣고 있던 선예가 말했다.

"네 말을 들으니까, 역시 수상해. 으으으으음. 처음부터 수상한 아저씨이긴 했지만 지금까지보다 역대급으로 수상한데? 정말 음모가 느껴져."

"나도 조금 이상하긴 하지만, 며칠 행적이 불분명하다고 음모까지야……."

"아니야! 언니는 만난 지 얼마 안 돼서 탐정님의 위험성을 과소평가하고 있어. 무슨 생각을 할지 모르는 양반이잖아. 이럴 땐 최대한 의심하고 보는 게 현명한 일이야. 무엇보다 같이 사는 마곤이가 이상하게 생각하잖아."

"그런가……."

선예가 워낙 단호하게 나오는 통에 소희는 꼬리를 내렸다.

"또 있어요. 이래 봬도 전 탐정의 제자라구요. 어느 정도 조사를 해 왔다니까요."

마곤은 다이어리를 끌어당겼다.

"보안 때문에 메모는 안 했지만 다 기억하고 있어요. 행적이 확인된 날이랑 안 된 날이랑. 여기 보면 이번 달에는 매주 금요일과 토요일 밤에 외출하고 있죠. 시간은 규칙적이지 않지만요. 그런데 매주 일요일은 어김없이 오전 10시에 나가고 수요일에는 6시쯤에 나가고 있어요."

"그럼 각각 어디 나가는지를?"

"네. 미행했죠. 위험했다고요. 그래서 금, 토, 일 삼일간 어디 쏘다니는지 알아냈죠."

"주말 밤이라면, 혹시 몰래 범죄자들 때려잡는 건 아닐까? 배트맨처럼."

소희가 농담을 던졌지만 마곤은 진지했다.

"금요일 토요일 저녁이랑 일요일이 달랐어요. 금, 토에 간 곳은 바로 다름 아닌 모텔이었어요."

"뭐어어엇!"

선예는 벌떡 일어나 외쳤다.

"모텔은 은밀한 곳, 법과 사람들의 시선을 피해 다닐 수 있는 곳, 그렇다면 그런 곳에서 할 수 있는 일이란? 시체 유기, 마약 운반, 불법 도박, 국가 전복 음모!"

"저기, 역시 모텔의 일반적인 목적은 고려 안 하는군요."

"일반적인 목적? 그게 뭔데?"

선예는 정색하고는 말했다.

"뭔데? 응? 뭔데 뭔데?"

일어난 채로 얼굴을 가까이 들이대고 커다란 눈을 깜빡거리며 압박하니 마곤은 땀을 삐질 흘리며 뒤로 물러났다.

"그, 그런 게 있잖아요!"

"그런 게 뭔데? 난 모르겠는데. 다른 목적이라도 있는 거야?"

"으으……."

마곤은 소희에게 구원의 눈빛을 보냈지만 소희는 웃기만

할 뿐이었다.

"아무튼!"

마곤은 선예의 부담스러운 시선을 뿌리치고는 빠르게 할 말을 이어나갔다.

"수요일 외출은 알아내지 못했어요. 자는 척할 수도 없고 탐정님이 나가기 전에 잔심부름을 시킨다든지 계속해서 말을 시킨다든지 해서 도저히 미행할 수 없는 상황이었거든요. 중요한 건 일요일이에요. 그날은 늦잠 자거나 나가기 귀찮거나 해서 한 번밖에 미행에 성공하지 못했지만 난 확신할 수 있어요. 새로 생긴 탐정님의 마실 중 가장 규칙적이고도 확실한 일은 그거일 거예요."

마곤은 코코아를 한 모금 마셔 목을 축이더니 말했다.

"놀라지 마세요. 일요일에 탐정님이 간 곳은 바로 교회였어요! 그 김재건이 매주 일요일 아침 9시에 일어나 씻고 준비하고 교회에 나간다고요! 그것도 머리를 빗고 구두를 신고서!"

그 말에 선예는 입을 다물지 못했다. 소희도 토끼 눈을 하고서 냅킨으로 입을 닦았다.

"말도 안 돼……."

"정말이니……?"

"믿기 어렵다는 거 잘 알아요. 하지만 전 직접 보고 온걸요. 탐정님이 교회에 가서 기도를 하고 찬송가를 부르고 번들번

들한 아저씨 아줌마 들과 덕담을 나누는 모습을요."

선예는 의자에 털썩 주저앉고는 외쳤다.

"그 아저씨가 운동화가 아니라 구두를 신었다고? 말도 안 돼! 있을 수 없는 일이야! 어디서 나타난 복제 인간이 틀림없어!"

"그 부분이었습니까!"

마곤은 소리쳤다.

"음, 탐정님에게 신앙심이라니, 뭔가 안 어울린다는 느낌이야. 나도 성당 다니기는 하지만, 탐정님 성격에 맞을까?"

정상적인 반응을 보이는 사람은 소희밖에 없었다.

"흑흑……. 누나밖에 없어요. 이상하죠? 정말 이상하다니까요. 탐정님이 모텔에 가는 것도 이상하고 교회에 가는 것도 이상해요. 그 두 군데를 동시에 간다는 건 더 이상하고요. 농담 아니라 정말로 인간 김재건에게선 나타날 수 없는 행동 패턴이라고요."

"이상하긴 하지. 그 사람이 도통 종잡을 수 없는 사람이긴 해도 평소 안 하던 짓을 한다는 건 다른 이야기니까."

선예는 팔짱을 끼고서 말했다.

"이 모든 것이 제 눈에는 연결돼 보이는 거예요. 크리스마스에 대한 원한, 수상한 행적, 나한테까지 감추는 무언가. 전 정말 걱정이라니까요. 이 아저씨가 쓸데없는 생각을 하는 건 아닌가.”

“정말로 악당이 되려 한다는 거야?”

소희가 물었다.

“악당 정도가 아닐 거예요. 그 사람이 음모를 꾸민다면 그야말로 악의 대마왕이 될걸요? 무엇이든 생각할 수 있다고요. 이를테면, 모텔을 돌아다니면서 폭약을 설치한 다음 크리스마스 날 밤에 동시에 폭파한다든가. 아니면 모텔을 돌아다니면서 모든 콘돔에 구멍을 뚫어놓는다든가. 아니면 어디서 이상한 능력자를 찾아내서 크리스마스에 싸돌아다니는 사람들을 전부 칠면조로 바꿔버린다든가.”

“에이, 설마 그렇게까진.”

선예는 말했다.

“탐정님의 크리스마스에 대한 원한은 우리의 상상을 초월한 것일 수도 있어요. 언제인지 정확히는 기억 안 나지만 지나가는 말로 크리스마스라든가 각종 기념일에 대해 불평한 적이 많았거든요.”

“그럼 교회는 왜 간 걸까? 교회를 폭파하려고? 아니면 잘못을 미리 회개하려고?”

“회개를 미리 하기도 하나요?”

“글쎄. 그런 회개는 의미가 없지 않을까. 난 잘못해도 상관없다. 회개하면 그만이니까, 라고 생각한다면 그건 기도를 악용하는 거잖아."

소희가 말했다.

"탐정님은 적어도 그렇게 자기 기만적인 사람은 아니에요. 교회를 폭파한다면 또 모를까. 자기 행동에는 일관성이 있다고요."

"흐음. 일관되게 악행을 저지른다 이거지……. 그래!"

선예는 무언가 결심한 듯 말했다.

"우리가 할 수 있는 것은 단 하나뿐이야."

"하나라뇨?"

"우리의 탐정님이 잘못된 길로 빠지지 않게 지켜주는 것! 난 탐정이 아니라서 무슨 짓을 꾸미는지 알 수가 없어. 그렇다면 발로 뛰어야지. 직접 미행해서 범죄의 증거를 잡고 추궁하자! 탐정님이 전에 그랬잖아. 인생은 하드보일드라고."

"말 순서가 왠지 엉망이 된 것 같지만 그 얘기를 하려고 누나들을 불렀어요. 나랑 같이 탐정님을 말려줘요! 비록 나랑은 상관없긴 하지만 크리스마스를 지키자구요!"

"그래! 우리 힘을 합쳐서 소중한 크리스마스를 지켜내자고!"

마곤과 선예는 의기투합하였다.

"그보다 그게 꼭 범죄라는 보장이……."

소희의 반론은 힘없이 달짝지근한 카페의 백그라운드 뮤직

속으로 흩어질 뿐이었다.

3

"우리는 알고 있습니다. 여러분 주님의 선택받은 자녀들은 보지도 않고서 사망 권세 이겨내신 하나님의 권능을 믿고 있습니다. 너는 나를 본 고로 믿느냐? 보지 못하고 믿는 자들은 복되도다. 『요한복음』 20장 29절 말씀."

여기저기서 아멘이 튀어나온다. 연단에 오른 일산 소명교회 정 목사는 청중의 목소리에 탄력받아 더욱 배에 힘을 줘서 토해내듯이 말한다.

"하지만 사단 마귀의 권능하에 있는 세속 백성들은 어떠합니까. 우리가 아무리 복음을 생명 말씀을 전하더라도 듣지 못하지 않습니까. 왜 그런지 아십니까? 사-단-의 목소리가 귀에서 알짱대고 있기 때문이에요. 사단의 전략은 이전보다 훨씬 교묘해졌습니다. 사단은 이 현대 문명 속에서 교묘하게 우리 천국 백성들을 유혹하고 있어요. 대중음악 속에서, 음란한 영화나 만화 속에서, 티븨 늬우스 속에서 우리 자신도 인지하지 못하게 사악한 악의 복음. 아, 이런 말은 좀 어폐가 있지만, 우리 성도들은 척하고 알아들으시지요?"

다시 여기저기서 아멘, 하는 소리.

"사악한 복음을 우리 무의식 속에 심어두고 있었단 말입니다. 무의식 속에! 이게 얼마나 심각한 일인지 아시겠습니까?"

곳곳에서 들리는 소리에는 탄식과 흐느낌마저 섞여 있었다. 목사는 그 소리들이 불러일으키는 공기의 변화를 감미하면서 천천히 말을 이어갔다.

"우리가 저 불쌍한 백성들에게 하나님의 복음을 전파해 불지옥의 고통에서 구해줘야 하지 않겠습니까. 하지만 저 불쌍한 백성들은 사단의 색안경을 쓰고, 사단의 보청기를 끼고, 사단의 마스크를 쓰고 우리의 복음을 듣고 있는 게 아니겠습니까. 도마가 예수님의 부활을 믿지 못했던 것처럼, 직접 보지 않으면 믿지 못하는 가여운 사람들이 아닙니까."

정 목사는 의도적으로 '저 불쌍한 백성들'을 반복하면서 점점 본론으로 나아갔다. 그의 목소리는 격정적이었고 쉬기 직전이었으며, 호소력 있었다. 신도들은 그것을 '성령 들림'이라고 받아들였지만 정작 정 목사 본인은 그렇게 생각하지 않았다. 그것은 온전히 그의 능력이었다.

어릴 적부터 작은 덩치와 모기처럼 앵앵거리는 목소리로 인해 여기저기서 치여 살 수밖에 없었던 그는 목회자가 되기로 결심한 뒤로 청중을 사로잡는 방법 대해 고심하기 시작했다. 그는 대중 앞에서 강한 영향력을 발휘하는 사람이라면 가리지 않고 분석하고 모범으로 삼았다. 유명한 아나운서에서부터 정치인, 코미디언, 심지어 히틀러나 레닌의 연설까지도 참조 대상이 되었다. 그는 기도를 쉬지 않았다. 그렇지만 그는 신이 인간에게 직접 권능의 일부를 나눠준다고는 믿지 않았다.

그 일이 일어나기 전까지는 말이다.

"우리 현대사회가 얼마나 복잡합니까. 인간의 문화, 하늘 백성의 문화가 뒤섞여서 무엇이 옳고 무엇이 잘못됐는지 모르는 시대입니다. 하나님께서는 이 어찌나 밝으신지, 그때를 대비해서 계획을 세워놓으셨던 겁니다. 바로 우리가 증인이 되라고. 아멘. 들을 귀 있는 자는 들으라."

정 목사는 단상에서 저벅저벅 걸어 내려왔다. 높은 단상에서 내려온 그는 헐렁한 정장을 입은 왜소한 중년일 뿐이었다. 하지만 그의 행동에는 거침이 없었다. 그는 제일 앞줄 한쪽에 예배용 의자를 조금 밀어놓고 공간을 차지하고 있는 휠체어로 다가갔다.

"하나님께서는 어느 날 저에게 기도의 응답을 내려주셨습니다. 오, 주여. 그때의 감동을 아직도 잊을 수 없습니다. 주님은 저에게 이렇게 말씀하셨습니다. '너 정 아무개야. 당장 세상으로 나가 나의 복음을 증거하라. 내가 너에게 표식을 내려줄 것이리라.' 이 우매하고도 가여운 백성들은 복음을 듣고서도 그것이 복음인지 알지 못합니다! 직접 그 증거를 보아야 믿겠다니 이 얼마나 개탄스러운 일입니까. 그래서 하나님은 저를 보내셨습니다."

그는 휠체어에 앉아 있는 사람의 어깨에 손을 얹었다. 그는 벙거지를 쓰고서 마스크를 쓰고 있었다. 목사의 손이 어깨에 닿자 움찔 몸을 움츠렸다.

"여기 태어날 때부터 앉은뱅이였던 자가 있습니다. 이 사람은 어째서 그렇게 태어났을까요? 마귀의 저주를 받아서? 부모의 죄악 때문에? 그보다 저는 여기에서 하나님의 원대하신 계획을 느낍니다.

이분은 저를 만나기 전에는 복음의 복 자도 들어본 적이 없었다고 했습니다. 하지만 이제는 당당한 하나님의 자녀가 되어 하나님 나라에 당당히 자리를 예약한 우리의 이웃이죠. 하나 제가 이 자녀에게 말해주지 않은 게 있다면 이 집회가 치유 집회라는 사실입니다.

여러분, 명심하십시오. 이적은 요행심을 가지고서는 결코 일어나지 않습니다. 오직 믿음, 보답을 바라지 않는 순수한 믿음으로만 이적을 일으킬 수 있습니다. 그래서 제가 약간 거짓말을 했습니다. 자, 고개를 들으십시오. 지금 이 순간 당신은 자유를 얻게 될 것입니다. 베드로가 가로되 은과 금은 내게 없거니와 내게 있는 것으로 네게 주노니 곧 나사렛 예수 그리스도의 이름으로 걸으라, 하고…….”

한겨울에 옷을 잔뜩 껴입고서 발가락에 땀이 날 정도로 뗀구들 위에 앉아 있는 것 같은 간질거림에 고통스러워하던 마곤은 고개를 들고서 반쯤 울먹이며 말했다.

“죄송한데요, 그 사람은 여기 못 왔어요. 미리 말하려고 했는데…… 이런 건 처음이라…… 흐윽…….”

목사는 그만 마이크를 떨어뜨리고 말았다.

전날 밤.

마곤은 또다시 재건을 미행했다. 이번에는 선예와 함께였다. 마곤의 능력은 미행에 특화돼 있어 혼자로도 충분했지만 선예는 기어코 같이 가서 재건을 추궁해야겠다고 우겼다.

“글쎄, 누나가 있으면 들킨다니깐요. 탐정님을 우습게 보면 안 돼요.”

“난 멀찍이 떨어져 있으면 되잖아. 그보다 전에는 왜 끝까지 안 쫓은 거야?”

“모텔 가는 것만 확인했죠. 솔직히 그 안에서 무슨 일이 벌어질지 무서워서…….”

“그럼 더더욱 이 누님이 필요하겠네. 가자! 가서 탐정님의 음모를 샅샅이 파헤치고 와!”

“명령조로 말하면서 가자! 라니요.”

아무튼, 두 사람은 재건의 뒤를 쫓았다. 재건은 차로 이동했다. 도보 미행이라면 마곤이 들킬 일은 없겠지만 영민한 탐정 김재건이라면 미행하는 차 정도는 금방 구분해낼 수 있었다. 그래서 마곤은 몰래 재건의 차에 GPS를 켠 휴대폰을 넣어두었다. 그리고 선예의 휴대폰으로 위치 추적을 하며 멀찌감치 택시를 타고 쫓아가는 것이다. 재건이 향한 곳은 일산 소명교회 부근이었다.

"구글 계정이 있으면 핸드폰 위치 추적이 꽤 정확하게 된다고요."

"정말이네. 신기하다. 나 폰 잃어버린 적 있었는데 이렇게 찾을 수도 있구나."

"전원이 켜져 있다면 말이죠. 역시 탐정님이 가는 곳은 교회 근처네요."

"일요일에 다닌다던 그 교회 말이지?"

"네. 아저씨, 찾았나요? 완전 낡은 프라이드인데."

마곤은 택시 기사에게 말했다.

"찾고 자시고 계속 저기 앞에 있었는데."

택시 기사는 건조하게 말했다. 재건의 차는 눈에 띄는 갓길에 불법 주차되어 있었다.

"흐음……. 너무 가까이에서 쫓은 게 아닌가. 뭐, 할 수 없죠. 전 여기서 내릴 테니 누나는 좀 떨어져서 내린 뒤 기다려주세요. 제가 안에 들어갔다 올게요."

마곤은 택시에서 내렸다. 골목 안으로 들어가 재건이 들어갔음직한 모텔을 찾아보았다. 눈에 띄는 모텔은 한 군데 있었다. 마곤은 그곳에 재건이 들어갔음을 대번에 알 수 있었다. 재건과 가까이 있으면 '느껴지기' 때문이다. 재건에게는 마곤의 능력을 증폭시키는 힘이 있었다.

마곤은 기척을 최대한 줄이고는 안으로 들어갔다. 1층에는 주차장뿐이고 위층으로 올라가야 카운터와 방이 있는 구조였다. 술에 취한 남녀 한 쌍이 어기적어기적 계단을 오르고 있었다. 마곤은 그들의 다리 사이로 재빠르게 지나쳐 갔다. 그들은 마곤을 볼 수 없었다.

재건은 마침 카운터 앞에 서 있었다.

어디서나 그렇듯이, 그는 직원과 실랑이중이었다.

"그럼 이건 어떨까요? 사실 저는 비밀스런 임무를 수행중인 경찰입니다. 비밀 임무이기 때문에 신분증은 보여드릴 수 없고요. 사장님은 그저 자랑스러운 대한 시민의 투철한 애국심으로 저에게 잠시 수사 협조를 해주시는 거예요. 어때요? 그러면 서로 기분 좋고 보람차고 좋지 않겠어요?"

"무슨 소리래? 경찰이라면 처음부터 그렇게 얘길 하든가. 그렇게 말하면 믿을 것 같아?"

카운터에 앉은 사람은 파마머리가 둥그렇게 머리를 감싼

중년 여성이었다.

"못 믿을 게 뭐 있어요. 어차피 검증 못 하는 일. 그렇게 믿어버리면 마음은 편하잖아요. 안 그래요?"

"잘도 그러겠다!"

마곤은 저도 모르게 소리 지르고 말았다.

"어라? 어디서 무슨 소리가 들린 것 같은 기분이?"

재건은 주위를 두리번거린다. 마곤은 숨을 멈췄다. 재건은 마곤의 능력을 잘 알고 있었고 정신을 집중하면 능력을 깰 수도 있었다. 하지만 이번에는 대수롭지 않게 넘어간 듯했다.

"어쨌든, 그냥 말만 해달라는 거예요. 혼자 장기간 묵는 손님, 혹은 장애인 손님. 방 번호 알려달라는 것도 아니고 그런 사람이 있었느냐고요. 그게 그렇게 감출 일이에요?"

"몰라! 그런 사람 없어! 숙박할 거 아니면 영업 방해 말고 나가!"

"에헤이, 영업 방해라뇨. 꼭 장사하는 사람들은 말만 걸어도 영업 방해란다. 사장님은 24시간 1,440분 내도록 일하시나. 지금 손님도 없구먼. 어라? 여기 줄 서 있는 분이 계시네. 좋아요. 그럼 잠시 비켜드리지. 하지만 그다음에 할 일 없으면 바로 나랑 얘기해야 해요. 알았죠?"

재건은 그렇게 말하며 옆으로 비켜섰다. 마곤은 한숨을 내쉬었다. 지금까지 저런 식으로 묻고 다녔다는 말인가? 저래서는 말해주려 하다가도 하려던 말이 쏙 들어가겠다.

마곤은 바깥으로 나갔다. 일단 재건의 목적은 알아낸 것 같다. '혼자 며칠 동안 묵는 손님 혹은 장애인.' 지금까지의 음모론에 비한다면 의외다. 진짜로 사건 때문에 외출하는 걸까? 하지만 하나뿐인 제자인 자신을 떼어놓고 해결해야 할 사건이 무엇인지 짐작도 할 수 없다. 마곤은 선예에게 문자를 남기고서 생각에 잠겼다. 내가 알아서는 안 될 사건. 그것은 내가 알면 상처받게 될 무언가가 아니라면 무엇이란 말인가?

"얘!"

약속 장소로 선예가 나타날 때까지도 마곤은 생각에 잠겨 있었다. 화들짝 놀라서 비틀비틀 쓰러질 뻔한 마곤은 저도 모르게 선예에게 기대고 말았다.

"왜 그래? 설마 보고 만 거야? 탐정님이 어른이 된 순간을?"

"으으, 그런 건 아닌데요."

마곤은 들은 것을 이야기해주었다.

"결국 미스터리만 늘어난 셈이네. 정말로 뭔가 조사를 하는 거였다니."

선예는 왼손으로 턱을 받치고서는 말했다.

"그러게 말이에요……."

"탐정님이 너한테 뭐 숨긴 거 없어?"

"알았다면 그게 숨긴 거겠어요?"

"그렇겠네……."

"탐정님한테서 배운 건데요. 이렇게 해보죠. 상황을 단순화해서 감춰진 인과관계를 알기 쉽게 하는 건데요."

마곤은 손가락 하나를 폈다.

"첫째, 탐정님은 크리스마스에 원한을 가지고 있다."

이번엔 중지를 펴고 말한다.

"둘째, 탐정님은 일요일마다 교회에 가기 시작했다."

세 번째 손가락.

"셋째, 탐정님은 주말 밤마다 여관을 돌아다니며 혼자 장기간 묵는 사람이나 장애인이 있는지 수소문하고 있다. 그리고 마지막으로, 이 모든 사항을 제자인 나에게 말해주지 않는다. 이 모든 사실을 만족시키는 단 하나의 답을 찾아야 돼요."

"어렵구나, 추리란 건."

"쉬울 리가 있나요."

선예는 잠시 바닥을 보며 마곤을 따라 생각에 잠겼다. 두 사람은 잠시 가만히, 그렇게 길거리에 서 있었다.

"탐정님이 크리스마스를 싫어하게 된 계기 혹시 아는 거 있어?"

"전 모르죠. 처음 만났을 때부터 기념일이나 행사 같은 걸 싫어했으니까요. 어릴 적에 스승의 날이나 어버이날 같은 것도 싫어했다고 했거든요. 괜히 무슨 날이라 이름 붙여서 생색

낸다고."

"생일 같은 건? 설마 생일도 안 챙기는 거야?"

"그렇죠, 뭐. 자기 생일을 말해준 적도 없네요."

"그럼 네 생일은?"

"뭐, 전 딱히. 어차피 고아라서 생일도 몰라요."

"정말 몹쓸 사람이네. 역시 뭔가 음모를 꾸미고 있다고밖에 생각할 수가 없는데."

"단서를 더 찾아보죠. 우리가 얻은 직접적인 단서는 하나뿐이니까요."

"그래. 내일 교회에 가서 무슨 짓을 꾸미는지 지켜보자. 다음 주면 크리스마스잖아. 무슨 꿍꿍이인지는 몰라도 그때까지 뭔가 사건을 일으키려는 것이 틀림없어."

그리고 다음 날. 그들은 일산 소명교회에 모였다. 마곤과 선예는 물론 성당에 다닌다던 소희까지 한자리에 모였다. 예배 시작은 11시였지만 그보다 두 시간은 일찍 모여야 했다. 성채처럼 높게 솟은 현대식 건축물은 무맥락하고 또 위압적이었다. 그들은 충분히 일찍 도착했다고 생각했지만 벌써부터 차량이 드나들고 있었다. 그것도 하나같이 시커멓고 안이 보이지 않는 대형차들이었다. 어떤 사람들이 이런 교회에 매주 드나드는지 마곤으로서는 짐작도 할 수 없었다.

크리스마스를 앞둔 12월이었다. 교회 건물은 온통 전선 전구로 치장돼 마치 커다란 크리스마스트리처럼 보였다. 현관에는 생전나무로 만든 진짜 크리스마스트리가 있었고 아침에도 불을 반짝거리고 있었다. 여기저기에 아동들의 솜씨가 분명한 그림이나 카드, 조형물들이 장식돼 있고 건물로 들어오는 진입로에는 "예수님의 탄생을 축하합니다"라고 적힌 플래카드가 걸려 있었다.

"크리스마스로군요."

마곤은 말했다.

"언니네 성당도 이렇게 화려하게 준비해?"

선예는 소희에게 물었다.

"아니. 우리는 그냥 트리 하나 정도? 내부 행사는 많이 하지만."

"예수 생일이 뭐라고 이렇게까지 하는 걸까요?"

크리스마스의 종교적 의미도, 재건의 엄격한 교육으로 인해 크리스마스의 세속적 의미도 그리 실감하지 못하는 마곤이 말했다.

"그러게. 사실 신도가 아니면 별 의미 없는 날인데 말이야."

소희는 말했다.

"일단 들어가보죠. 작전대로. 누나들은 예배당 같은 데 들어가서 적당히 섞여 있어요. 전 여기저기 쑤시고 다니면서 수상한 게 있나 알아볼게요."

세 사람은 그렇게 흩어졌다.

막연하게 수상한 점을 찾아 나섰던 마곤은 몇 분 지나지 않아 수상한 사람과 마주치고 말았다. 목사의 개인 집무실 문에 귀를 갖다 대고 있던 김재건을 발견했던 것이다.

'이봐요! 그렇게 노골적으로 염탐하고 있으면…….'

마곤은 능력을 발동중이었기 때문에 들킬 염려가 없었다. 하지만 185센티미터에 달하는 재건이라면 다르다. 아니나 다를까, 재건은 복도를 지나치던 장로에게 들키고 말았다.

"자꾸 이럴 겁니까? 사람 불러 쫓아낼 거예요!"

장로는 말했다. 재건은 예의 사람 억장 무너트리는 능청을 떨며 말했다.

"자꾸 뭘 어쨌는데요? 전 처음에 대화를 시도했는데 거부한 건 교회 쪽이잖아요. 얘기를 해보자고요. 더는 성도를 속이면 안 되잖아요."

"속이다니! 그런 경을 칠 소리를!"

"오늘 그걸 할 생각이죠? 그렇다면 저도 모든 수를 동원해서 저지하고 볼 수밖에 없죠. 난 모든 수를 생각할 수 있어요. 예배 자체를 취소시킬 수도 있다고요."

"예, 예배를……! 거기 누구 없어?"

"아니, 내가 그런다는 게 아니라, 그 정도로 극단적인 선택을 할 수도 있다는…… 아니, 어디서 갑자기 이런 장정들이 몰려오는 거래?"

재건은 어디선가 달려온 남자들에게 붙들려 끌려 나가고 말았다.

"이봐들! 난 당신들 신도들을 지켜주려고 이런 거라고! 얘기를! 얘기를 일단 들어보란 말이야!"

"어휴……."

마곤은 고개를 저었다. 재건은 역시 평범한 협상에는 영 재주가 없다.

재건은 스스로 주장하기를, 이 교회의 성도들을 지켜주기 위해 대화를 시도하고 있다. 그렇다면 의문이 깊어질 뿐이다. 지금까지의 정황을 보건대, 재건은 평범하게 사건을 해결하려는 것으로 보인다. 그렇다면 그것을 굳이 마곤에게 숨겨야만 하는 이유는 더욱더 생각하기 어렵다. 여기엔 사건 이상의 음모가 숨어 있다고, 마곤은 생각했다.

마곤은 일단 재건을 구하러 갈 필요는 없다고 생각했다. 여기가 위험한 곳도 아닐 테고 재건의 능력이라면 얼마든지 홀로 탈출할 수 있을 것이라 여겼기 때문이다. 대신 마곤은 목사의 방으로 슬그머니 들어갔다. 장로와 목사가 이야기중이었다.

"저자는 어떻게 할까요? 경찰 부를까요?"

장로가 묵직한 목소리로 말했다.

"흐음. 지금 경찰을 부른다면 예배에 차질이 생길 수 있으니, 일단 창고에 가둬두고 오후에 부르도록 합시다."

목사는 작은 체구의 사내였다. 마곤은 책상이 몸에 비해 너무 큰 게 아닌가 생각했다. 특별할 것은 없는 방이었다. 회사 사장이라든가 교수라든가 목사라든가 하는 나름 목에 힘주고 다니는 사람이 들어앉아 있을 법한 방이다. 커다란 책상, 서고, 분재, 세모난 명패까지.

"예. 그렇게 하죠."

장로는 대답했다.

"혹시나 언론 쪽에 말 흘릴 수도 있으니 번거롭겠지만 그쪽도 당분간 신경 써주시길 바랍니다."

"예. 정말 막무가내더군요."

"저도 그런 자는 처음 봐요. 무슨 생각일까요?"

"다른 교단에서 온 자일까요?"

"그런 것 같지는 않고……. 뭐, 주님께서 돌봐주시겠죠. 우리에겐 주님의 권능이 있으니까요."

그 말을 끝으로 장로는 방에서 물러났다. 방음 처리가 된 두꺼운 문이 열리고 마곤은 그 틈을 타고 재빨리 방에서 빠져나갔다. 아무리 눈에 보이지 않는다고 해도 사람 있는 방의 문을 멋대로 열었다가는 이상하다고 생각할 테니. 마곤은 우선 선예와 소희에게 가서 의견을 나눠보기로 했다.

"역시, 탐정님은 먼저 와 있었구나."

"거봐. 음모 같은 게 아니라니까."

본당 한구석에 앉아서 기다리고 있던 두 사람은 차례로 한 마디씩 했다.

"일단 탐정님이 뭘 캐내려 하는지 그것부터 알아보는 게 좋겠어요. 탐정님은 예배를 중단시키려고 했거든요. 아마 예배 시간에 뭔가가 일어날 거예요."

"이적."

문득 소희가 말했다.

"가수 이적?"

"이적 행위요?"

선예와 마곤은 동시에 입을 열었다가 둘 다 멈추더니 서로의 얼굴을 쳐다보고 머쓱하게 웃었다. 소희가 살짝 웃음 짓고는 말을 이었다.

"이적이라는 게 있거든. 예수님은 생전에 여러 가지 이적을 보였고 사람들은 그것을 하느님의 아들이라는 증거로 받아들였거든. 그런데 후대 성직자 중에 스스로 이적을 보일 수 있다고 주장하는 사람이 있곤 했어."

"네에? 그런 거 다 뻥…… 잠깐, 우리가 하는 일이 그런 건데? 그렇다면……."

"탐정님이 여관에서 혼자 묵는 사람이나 장애인을 찾는다고 했지? 그리고 예배를 방해한다고 했고. 그런 게 아닐까? 여기 목사님이 스스로 이적을 행할 수 있다고 주장하는 사람이라면."

마곤은 고무망치로 머리를 얻어맞은 듯한 기분이 들었다.

"그래요! 그거였어요. 우린 초능력자들과 관련된 일에 잘 얽히잖아요. 만일 그 목사에게 '능력'이 있고 그걸 이적이라고 광고한다면, 신도들은 그걸 정말로 신의 능력이라 생각하겠죠. 문제가 복잡해지겠네요."

"그래서 음모를 알아챈 탐정님이 했던 일은 기적의 증거가 될 사람, 장애인 같은 사람을 미리 찾아서 그 일을 못 하게 설득하려던 것이었다는 말이지? 그 사람을 모텔 같은 데 묵게 했을 것이라 추측하고는 말이야."

선예도 추리에 끼어들었다.

"네. 그리고 오늘까지도 그 사람을 찾지 못하자 본격적으로 쳐들어와 깽판을 치려던 거예요. 모든 게 설명되네요."

"그럼 이제 어떡하지? 곧 있으면 예배가 시작될 텐데."

소희가 말했다.

"그런데 굳이 그걸 방해할 필요가 있을까요? 사기든 뭐든 환자가 낫는다면 나쁜 일은 아니잖아요. 일단 아저씨부터 구해놓고 나중에 다 같이 목사를 만나보든가 하면 되지 않을까요?"

마곤은 말했다.

"이유가 있지 않을까?"

"이유요?"

"응. 탐정님한테도 굳이 지금 그걸 방해하려 한 이유가 있지 않을까? 그리고 이 사건을 너한테 숨긴 이유 역시 말이야."

"그 문제도 있었죠. 으음……."

"내 제안인데, 일단 탐정님 뜻대로 이 이적 행위부터 방해해보는 게 어때? 그 사람을 찾아서 말이야."

"이적 행위라뇨."

마곤은 웃었다.

"난 찬성! 그런 쇼를 계속하는 것도 정의롭지 않으니까."

선예는 손을 들고 말했다.

"그럼, 그렇게 해보죠. 제 능력이 있으면 이 안을 맘대로 돌아다닐 수 있어요. 치유받을 환자가 있다면 지금쯤 교회 안에 있을 테니 찾아서 설득해보도록 해요."

마곤은 말했다.

정말로 있었다. 보육실이라 적힌 방에 벙거지를 쓴 사람이 휠체어에 앉아 있었다. 마곤은 그곳으로 선예와 소희를 불러들였다. 그의 이름은 홍상수. 남성이었고 43세라고 했다. 그는 어릴 적 소아마비를 겪고서 하반신을 못 쓰게 됐는데 계속 시설에서 살다가 최근 정 목사를 만나 크게 감동하고 귀의하여 지금은 교회에서 만든 복지시설에서 살고 있다고 한다.

“탐정님은 목사가 이분을 모텔에 숨겨두고 있다고 생각한 모양이군.”

선예는 마곤에게 속삭였다.

“저한텐 왜 숨긴 걸까요? 별 근거 없이 대충 때려 맞히던 거라서 그런가? 혹시라도 틀리면 쪽팔리니까?”

마곤은 목소리를 더 낮췄다.

“흠, 흐음. 그래서, 하고 싶은 말이 뭐예요?”

홍상수는 말했다. 세 사람은 서로 두리번거리며 서로 먼저 말을 꺼내기를 기다렸다. 마곤은 이럴 때 후안무치하게 말을 꺼낼 수 있는 재건의 빈자리가 아쉽다고 느꼈다.

“그냥 까놓고 말할게요.”

선예가 스스로 총대를 메기로 했다.

“여기서 무슨 일이 일어날지 아시나요?”

“무슨 일은 무슨 일이에요. 그냥 예배드리러 온 건데.”

그의 말은 조금 어눌했지만 알아듣는 데 지장은 없었다.

“목사님은 아마도 기적을 보여줄 거예요. 아저씨를 예배 시간에…….”

“저, 잠깐만요.”

마곤이 말을 끊었다.

"그런데 아니면 어떡하죠?"

"아니라니?"

"그러니까, 지금까지 우리가 한 얘기는 그냥 추론이잖아요. 그런데 확실하게 목사의 능력이 밝혀진 건 아니잖아요. 탐정님이야 능력 감지자니까 그럴 수 있다 쳐도 우리는 능력이 있는지 없는지조차 모르는데, 만에 하나 그게 아니면 어쩌죠?"

"음, 그러고 보니 정말."

선예는 고개를 끄덕였다. 소희도 마찬가지였다. 다름 아닌 누군가를 초능력자나 사기꾼으로 모는 추론이지 않은가. 재건이 막무가내로 추리를 하고 여기저기 쑤시고 다닐 수 있었던 것은 '능력자를 감지하는' 재건의 능력 덕이기도 했다. 물론 재건의 앞뒤 가리지 않는 성격 때문이기도 했지만.

"어쩌지? 우리 추리가 맞는 것 같긴 하지만 그래도 만에 하나잖아."

선예는 말했다.

"만에 하나지."

소희도 말했다. 그들의 대화를 이해할 수 없었던 상수는 불평을 내뱉었다.

"뭐 하는 거예요? 알아들을 수 없는 소리만 하고."

하지만 시간이 없었다. 예배 시간은 삼십 분 앞으로 다가와 있었다.

"묘책이 없을까? 만에 하나도 방지하고 목사의 음모도 방해할 만한 거."

선예는 팔로 턱을 괴고서는 말했다.

"우리도 실수하지 않고 또 우리 추리가 맞았을 때도 대비할 수 있는 그런 거."

소희도 중얼거리듯 말했다.

"그런 게 있을 리가 없잖아요. 그냥 안전하게 가죠. 안전한 게 제일이에요. 일단 탐정님부터 구하고 봐요. 네? 그런데 왜 두 사람 다 저를 보는 거예요?"

마곤보다 조금 큰 정도의 선예, 머리 하나는 큰 소희의 시선이 마곤에게 꽂혔다.

4

"그딴 창고로 이 김재건 님을 가둘 수 있었을 거라 생각했다면 오산이다! 으하하하하핫!"

웬 목소리가 예배당을 쩌렁쩌렁 울렸다. 마이크의 힘도 빌리지 않은 생목소리가 그 자리에 앉은 모두가 들을 수 있을 정도로 울려댔다. 교회의 외관은 현대적이었지만 본당 안은 중세 교회처럼 고딕 양식의 천장이 높이 솟아 있었다. 좌석은 2층에 걸쳐 연단을 향해 비스듬하게 배치되어 있었고 연단 뒤쪽에는 파이프오르간이 천장까지 솟아 있었다. 불청객의 목소리는 위에서부터 들려왔다. 오르간의 파이프 꼭대기 즈음에 방이 하나 있었다. 거의 천장까지 닿아 있는 위치라 그곳으로 가려면 가장 위쪽의 좌석에서부터 한 층을 더 올라가야만 했다. 그 방은 전산실이었고 교회에서 사용하는 서버가 보관돼 있었다.

재건은 그곳 창문에 걸터앉아 있었다.

"여러분 성도들에겐 저엉말 미안하게 됐군! 하지만 나 악의 세례를 받은 김재건, 아니아니, 나이트메어 오브 크리스마스 님은 조금 비위가 상해서 말이야. 너희들을 괴롭히고 크리스마스를 피로 물들여야겠어!"

그렇게 소리치고 나서 재건은 파이프를 타고 주욱 미끄러져 내려왔다. 술렁하는 소리가 사람들 머리 위로 휩쓸고 지나갔다. 파이프 아래에는 오르간이 놓여 있었다. 두 손과 두 발의 마찰력으로 속력을 줄여가며 내려오던 재건은 중간 즈음에서 기둥을 박차고 뛰어내렸다. 그리고 연단의 넓은 마루 위에 멋지게 착지했다.

마곤은 그제야 발견했다. 재건은 운동화를 신고 있었다.

"와우! 내가 이런 걸 해내다니! 하지만 어린이 여러분은 따라 하지 마세요. 자칫하다간 무릎 나갈 뻔했다고!"

그러면서 재건은 정 목사에게 달려가 마이크를 빼앗아 들었다.

"유후. 마이크를 쓰니 편하군. 음향 좋은데? 자, 이제 나의 시간. 마이크를 든 김재건의 입을 막을 수 있는 사람은 아무도 없습니다. 여러분은 무엇을 기대하고 여기 찾아왔는지는 몰라도 원하는 걸 볼 순 없을 겁니다. 왜냐하면 나, 나이트메어 오브 크리스마스가 등장했으니까요."

"저리 꺼져! 예배를 방해하지 마!"

신도 중 누군가가 일어나서 외쳤다. 그를 필두로 하나둘 목소리를 높이기 시작했다. 성난 사람들은 욕설을 퍼부었고 이물질을 던지기도 했다. 하지만 재건은 표정 하나 바뀌지 않았다.

"좋습니다. 아직 크리스마스가 되려면 며칠 남았다 이거지. 여러분이 원한다면 난 이만 사라져주기로 하죠. 하지만 난 이 사람이랑 할 얘기가 있어서 말이야. 으응? 아니, 네가 왜 거기 앉아 있냐?"

마곤은 휠체어에서 다리를 꼬고 앉아 있었다. 마곤의 계획은 일단 예배에 참석하고 목사의 의도를 알아낸 뒤 능력을 이용해서 예배당에서 빠져나가는 것이었다. 하지만 그 타이밍에 재건이 등장해서 그럴 필요까지는 없어졌다. 이미 판은 뒤집어졌으니까.

"누나들도 와 있어요. 이따 같이 나가죠."

"네 자리에 있던 사람은?"

재건은 마이크를 내리고 말했다.

"위층 보육실에 있어요. 여기가 내려다보이는 창문 달린 방이요."

"그럼 그 사람을 데리고 나가는 건 무리겠군. 할 수 없지. 오늘은 철수다. 벌떡 일어나서 사람이 바뀌었다는 걸 보여주렴. 느닷없이 뛰어나가면 나사로가 셀프 기립이라도 한 줄로 알 거 아니니."

재건은 다시 마이크를 갖다 대었다. 사람들은 여전히 소란스러웠다. 재건을 잡으려는 듯 젊은 남자들이 계단을 달려오고 있었다. 필히 교회의 청년부원들이리라. 재건은 그들과 싸우고 싶지 않았다.

"자자, 이제 헤어질 시간. 여러분 모두 안녕. 모두들 빌어먹을 크리스마스 되시길! 그리고 우리 친구들은 사무실에서 보자고!"

재건은 달리기 시작했다. 마곤도 뒤따라 일어났다. 마스크를 벗고 모자를 집어 던지고서 잠시 얼굴을 군중에게 비추었다. 서두를 필요는 없었다. 마곤은 사람들 눈앞에서 사라져버리는 재주가 있었으니까.

교회는 잠시 아단법석이었다. 이리저리 도망치는 재건과 재건을 잡으려는 사람들의 술래잡기가 펼쳐졌다. 교회는 처음 온 사람들이 길을 잃을 만큼 크고 복잡했지만, 이미 몇 주간 들쑤시고 다닌 덕에 지리에는 훤했다. 오히려 신도들이 모르는 구석이나 샛길까지 꿰고 있었다. 재건의 질주는 마치 야생마 같았다. 그의 앞을 막아서려던 자는 기세에 밀려나버렸고 뒤따르는 자들은 점점 지쳐나갔다. 가끔 용감하게 허리 쪽으로 어깨를 들이미는 사람도 있었지만 재건을 당해낼 수는 없었다. 재건에게 부딪쳐 오는 사람들은 모두 나가떨어졌다.

마침내 재건은 주차장까지 다다랐다. 일찌감치 도착해서 차를 가장 빠르게 빠져나갈 수 있는 곳에 주차해두었다. 부딪치고 깨지고 너덜너덜해진 프라이드. 길거리에 주차해뒀다가는 멋대로 견인해가기 십상인 상태의 차였다.

재건은 프라이드 앞에서 멈춰 섰다. 숨을 거칠게 내쉬며 가슴께의 옷깃으로 부채질을 해 땀을 말렸다. 12월의 차가운 공기가 겨드랑이까지 스며들었다. 느긋하게 땀이나 식히고 있을 때가 아니었지만 재건은 일단 멈춰서 한숨을 돌릴 수밖에 없었다. 뒤이어 달려온 청년들도 재건을 따라 멈추었다. 그들은 그 자리에서 다음의 상황을 관전하기로 결정했다. 그럴 수밖에 없었다. 프라이드에 등을 기대고 있는 사람은 정 목사였으니까.

"어째 제 차를 알아봤습니다?"

재건은 한결 차분해진 목소리로 말했다.

"걸레짝 같은 차가 몇 주 동안 있다는 보고가 들어왔으니까요. 오늘 보고 짐작했습니다. 이런 차를 몰 사람은 댁밖에 없으리라고요."

"오, 나름 합리적인 추론. 그거죠. 때로는 가능성에 의존해 빠른 결정을 내려야 할 때가 있는 거죠."

"도대체 무슨 짓입니까? 예배를 망쳐놓다니. 홍상수 성도님을 빼돌리고 그 아이를 앉힌 것도 당신이죠?"

재건은 잠시 고민했다. 재건은 마곤의 일은 모르고 있었다. 하지만 괜히 말을 복잡하게 할 필요가 없다고 생각했다.

"예. 그 아이는 내 제자입니다. 예쁘게 생겼죠? 남자아이지만요."

"저기요! 여기까지 와서 그 소리예요?"

뒤에서 앙칼진 목소리가 들려왔다. 마곤이 선예, 소희와 함께 다가오고 있었다. 재건은 두 여자에게 손을 들어 인사했다. 소희는 웃으며 고개를 까딱했지만 선예는 입술을 내밀며 주먹을 내보인다.

"사무실에서 만나기로 했잖니. 스승 위엄이 말이 아니군. 작전이 모두 엉망이 돼버렸잖아."

"도대체 뭐 하는 사람들이야? 당신들. 이거 고소감인 거 알아?"

목사는 네 사람의 해후를 기다려주지 못했다.

"고소? 아아, 미안하게 됐으니 그런 협박은 참아주세요. 참고로, 이 아이는 법적 처벌 대상이 아니고 이 두 분은 딱히 관여한 것이 없고 제 얘기를 듣고 나면 절 고소할 맘이 사라질걸요?"

"얘기, 얘기, 얘기! 무슨 얘기를 하고 싶은 건데!"

"진작 제 얘기를 들었다면 이렇게 난리를 피우진 않았을 거예요. 아, 내 제자가 여기 잠입해 있었다는 것을 알았더라도. 그 점은 내가 미처 알지 못한 부분이니 사과할게요. 음, 조금 복잡하려나? 그러니까, 만일 내가 내 제자의 행동을 알았더라면 아까의 난리를 피울 필요가 없었을 테니 미처 제자의 동태를 파악하지 못했다는 점을 사과한다는 말이에요. 이해하심?"

"사과가 뭐가 그렇게 복잡하대!"

옆에서 마곤이 외쳤다.

"어쨌든 예배는 방해했을 거라 이 말이죠?"

"오오, 이해력 좋으시네. 그러니까 이런 대형 교회의 목사를 하시는 거겠죠. 그렇다면 대화가 빨라지겠군요. 부탁이 있는데 저 신도들은 물려주시지 않겠습니까? 우리 대화를 들어서 좋을 건 없어 보이는데요."

재건은 뒤로 돌아 청년들을 가리키며 말했다. 그들은 재건의 차를 둘러싸고 있었지만 하나같이 숨을 헐떡거리고 무릎을 짚고 비틀거리는 등 꼴이 말이 아니었다. 목사가 손짓하자 그들은 군말 없이 물러났다.

재건은 만족한 듯 고개를 끄덕이고는 성큼성큼 목사에게 다가가는 듯하더니 자신의 차 위로 훌쩍 뛰어 올라앉았다. 목사는 머리를 감싸고 재건의 쇄도를 피했다. 재건은 고소장을 읽듯이 설명을 시작했다.

"정무성 목사님. 사십 대의 나이에 소명교회라는 거대 교회의 담임목사로 부임. 교단에서나 대중적으로 많이 알려지지는 않았지만 최근 이적을 행한다는 소문이 났음. 교단에서는 아직 이적을 인정하지 않고 있지만 장애인을 실제로 치유해 준 사례가 세 건. 전부 수백 명의 증인 앞에서 이루어진 일이라죠."

"그래서요. 그게 불만입니까?"

목사는 재건 쪽으로 돌아 몇 발짝 뒤로 물러나며 말했다.

"네. 제 생각엔 그게 이적이 아닌 것 같습니다."

"무, 무슨 소릴! 내가 사기라도 친다는 말입니까!"

"아뇨. 사기는 아닐 거라 생각합니다. 하지만 그게 신의 권능도 아닐 거라 이 얘기죠."

"난 분명히 환자를 고쳤어요!"

"네, 네. 그렇겠죠. 아, 빈정거리는 게 아닙니다. 전 정말로 목사님이 그랬을 거라 생각합니다."

재건은 다리를 까딱거리며 말했다. 그 자세는 마치 소녀 같았지만 거구의 재건이 차 위에 그렇게 앉아 있으니 흉물스럽기 그지없었다.

"비밀을 하나 말씀드리죠. 세상에는 꼭 신이나 악마의 권능만 있는 게 아니랍니다. 어떤 사람들에게는 자연발생적으로 초능력이 발생하죠. 그걸 자각하는 사람도 있는가 하면 원인을 전혀 알지 못해 고통받는 사람도 있죠. 좋은 쪽이든 나쁜 쪽이든 간에 자신과 다른 사람들에게 영향을 끼치고요. 전 그 능력과 관련된 사건들을 처리하고 다니는 탐정입니다."

"하……."

목사는 가볍게 한탄했다.

"그런 말도 안 되는 소리를 믿으라는 겁니까?"

"잉? 목사님은 이적을 믿잖아요."

"이적은 내가 행하는 게 아닙니다. 오직 주님의 능력이 이 몸을 빌려 잠시 세상에 영향을 끼치는 것이라고요."

"그러니까, 그게 아니라고요. 이적이 왜 목사님한테만 허락됐겠어요. 이건 목사님만 겪는 일이 아니고 누구든 어쩌다가 생길 수 있는 거예요. 다행히도 목사님은 힐러가 된 거고요."

"지, 지금, 하나님의 증거하심을 부정하는 건가요? 하나님은 나로 하여금 이 땅의 불신자들에게 증거를 보여주고 그들을 구원하려…….”

쌀쌀한 날씨 속에서 목사는 식은땀을 흘리고 있었다. 연단 위에서의 여유롭던 모습은 온데간데없었다. 재건은 그가 궁지에 몰렸다는 것을 알 수 있었다. 고민할 타이밍이었다. 이대로 몰아붙여 스스로 인정하지 않을 수 없게끔 할 것인가, 아니면 구슬리고 설득해서 천천히 이해시킬 것인가. 아직 이 목사에게는 어느 쪽이 적절한 처방일지 감이 잡히지 않았다.

“안타깝지만 신은 종종 자기 양이 괜한 착각을 하는 것을 방치하더라고요. 나도 많이 겪어봤어요. 그러니까 받아들이는 게 어때요. 우린 그 뒤로도 할 이야기가 많다고요.”

“오, 주여! 그런 말을 내가 받아들일 것 같습니까? 당신이 어떻게 압니까? 그게 이적인지, 초능력인지 당신의 그 알량한 이성으로 어떻게 알 수 있느냐는 겁니다!”

“나야 여러 차례 검증했던 거고, 목사님이 최초의 사례가 아니니까요.”

“웃기지 마세요. 말도 안 되는 소리 하지 말라고요!”

“그럼 목사님은 그게 신의 힘이라는 걸 어떻게 확신하죠?”

“성령의 감동이 내게 있었으니까요. 예수께서 가라사대, 그러나 진리의 성령이 오시면 그가 너희를 모든 진리 가운데로 인도하시리니 그가 스스로 말하지 않고 오직 들은 것을 말하며 장래 일을 너희에게 알리시리라.”

"저기, 개인 체험을 말하는 건 아무 설득력이 없어요. 이럴 땐 전문가의 말을 들어야……."

"바람이 임의로 불매 네가 그 소리는 들어도 어디서 와서 어디로 가는지 알지 못하나니 성령으로 난 사람도 다 그러하니라."

"이거참."

"주의 성령이 내게 임하셨으니 이는 가난한 자에게 복음을 전하게 하시려고 내게 기름을 부으시고 나를 보내사, 포로된 자에게 자유를, 눈먼 자에게 다시 보게 함을 전파하며 눌린 자를 자유롭게 하고 주의 은혜의 해를 전파하게 하려 하심이라 하였더라. 아시겠습니까? 이건 하나님이 나에게 내려준 미션입니다. 그걸 당신이 멋대로 재단하고 평가할 수 있을 것 같습니까?"

목사는 재건의 말을 들을 생각이 없었다. 단순히 그를 논파하는 것은 재건으로서 어려운 일이 아니었다. 하지만 재건은 그것을 바라지 않았다. 그는 어디까지나 자기 힘을 착각하고 있을 뿐이었다. 선의를 가진 능력자를 처단하는 것은 재건의 취향이 아니었다.

"저기, 그거 『루카 복음서』 내용이죠?"

소희가 다가와 말했다.

"개신교에서는 다르게 부르는 것 같지만요."

"그렇습니다만? 구교 쪽에서 오신 분입니까?"

목사는 경계하는 눈초리를 하고선 말했다.

"교단 대표로 온 건 아니지만요. 죄송하지만 제가 조금 끼어들어도 괜찮으실지요."

"얼마든지."

목사는 어깨를 으쓱했다.

"그 대목에서 예수님은 갈릴래아로 돌아와서 많은 기적을 행하죠. 귀신 들린 사람, 열병 걸린 사람, 중풍 든 사람…… 목사님도 잘 아시겠지만 그 사건들은 그저 성령이 임하면 누구든 기적을 보여줄 수 있다는 걸 말해주는 게 아니에요."

"그렇죠. 그런 사명을 받은 사람만이 가능한 거죠."

"목사님이 인용하신 대목은 예언자 이사야의 두루마리를 예수님이 읽는 내용이에요. 예수님이 예언자의 권위를 이용한 거죠. 목사님은 그렇다면 스스로 예언자의 자리에 오를 수 있다고 생각하신 건가요?"

"선지자는 특별한 지위가 아닙니다. 누구든 계시를 받기만 하면……."

"거짓 선지자들도 계시를 받고 이적과 표징을 보여줄 수 있잖아요."

"지금 나를 거짓 선지자로 모는 겁니까!"

"아뇨, 그렇다는 게 아니라, 이적은 꼭 성령의 힘으로만 이뤄지는 게 아니라고……."

"그게 그 말이잖아요! 됐어요! 더이상 말할 가치를 못 느끼겠군. 당신들 전부 고소할 거요. 큰 처벌은 받지 않을지 몰라도 적어도 하나님은 당신들을 용서하지 않겠지."

목사는 씩씩거리며 발길을 돌렸다. 재건은 한숨을 내쉬었다. 끝까지 논쟁을 하는 건 재건도 원치 않았다. 하지만 이제는 방법이 없었다. 이대로 그를 방치했다가는 계속해서 이적을 보일 것이고 사람들은 점점 그에게 몰려들 것이다. 어쩌면 종교계에 큰 파란을 불러일으킬지도 모른다. 재건이 원하는 것은 그가 스스로 이 일을 그만두도록 하는 것이었다. 하지만 마지막 방법을 쓸 수도 있었다. 사람을 철저히 굴복시키는 것. 하지만 그렇게 한다면 많은 사람이 상처 입을 것이다. 목사는 물론, 그를 따르는 수많은 신도까지도.

재건은 차에서 뛰어내렸다. 그리고 목사를 앞지르기 위해 성큼성큼 걸어 나갔다. 하지만 재건은 이내 발걸음을 멈추고 말았다. 목사 또한 멈춰서 멍하니 앞을 바라보았다.

"이럴 수가……."

목사의 눈이 흔들렸다. 목사는 눈앞에 펼쳐진 광경을 도저히 믿고 싶지 않았다. 왜냐하면 기적이 일어났으니까. 그것은 기적이었다. 정 목사가 생각하기에 그것은 기적이라고밖에 설명할 수 없는 일이었다. 평생 휠체어에서 일어나지 못했던 홍상수가 멀쩡히 걸어오고 있었다. 신도들의 부축을 받긴 했지만 그는 분명히 자신의 다리로 걷고 있었다. 그런 기적은 오직 정 목사의 안수 기도로만 일어나야 했다. 하지만 오늘의 예배는 재건의 방해로 엉망이 되지 않았는가.

"결국 이렇게 됐군."

재건은 어깨를 늘어트려 안 그래도 작은 키가 더욱 작아 보이는 목사 옆에 서서는 말했다.

"내 또 다른 능력은 근처에 초능력자가 있으면 그의 능력을 증폭시키는 거예요. 나랑 같이 있으면 멋대로 능력이 폭주해서 원하지 않는 결과를 만들어낸다고요. 내가 아니더라도 능력은 언제든 예상하지 못한 결과를 불러일으킬 수 있어요. 혹시 알아요? 목사님 능력이 암세포 증식을 활성화시켜서 멀쩡한 사람 금방 골로 보낼지."

"저, 정말입니까?"

"적어도 오늘은 난 거짓말은 단 하나도 하지 않았어요. 아, 나이트메어 어쩌고 한 것은 농담이었지만요."

"정말로 성령이 아닌 건가요? 정말 내 기도는…… 응답받지 못한 건가요?"

목사는 황망히 말했다.

"그러니까 차분히 얘기를 해보자고 했잖아요! 목사님을 따르는 수천 명 신도를 생각해보세요! 본의는 아니었더라도 목사님은 그들을 속이고 있던 거예요. 그걸 막고 싶었다고요."

"그래도 어떻게! 어떻게 이렇게까지!"

"이보쇼!"

재건은 소리쳤다.

"그럼 내가 어떻게 했으면 좋았을까. 기자 부르고 밖에서 시위하며 신도들 사이에서 갈등 부추기고 뭐 고소라도 먹은 다음 전 국민이 보는 앞에서 공개 검증이라도 했다면 만족할래요? 내가 처음부터 말했죠. 대화로 해결하자고."

목사는 고개를 떨구었다. 자그마한 그의 어깨는 더욱더 초라하게 보였다. 재건은 더는 말하지 않았다. 이제 할 일은 끝났다. 재건은 동료들을 돌아보며 턱으로 차를 가리켰다. 일행은 말없이 차로 자리를 옮겼다.

"감사합니다. 목사님."

어눌한 목소리가 들려왔다. 재건은 무심결에 뒤를 돌아보았다. 홍상수는 눈물을 흘리며 목사 앞으로 와 무릎을 꿇었다.

"저 이제 평생 하나님 말씀을 증거하며 살겠습니다. 제 다리가 나은 건 하나님 덕분이지요, 맞죠?"

목사는 당황해서는 얼굴을 붉히며 말했다.

"아니, 그건, 전 딱히, 그게 아니라……."

"정말로 감사합니다. 제가 다시 일어날 수 있을 거란 생각은 못했습니다. 정말로 감사합니다. 제 생애 처음으로 받은, 크리스마스 선물입니다."

뒤에 서 있던 신도들도 눈물을 흘리며 기뻐했다. 여기저기서 아멘, 할렐루야, 하는 소리가 들려왔다. 목사는 어쩔 줄을 몰라 했다. 예배 시간에 보인 카리스마는 온데간데없었다. 그럼에도 신도들의 열기는 높아져만 갔다. 재건은 잠시 그 광경을 지켜보다가 발길을 돌렸다.

5

크리스마스이브였다. 그날이 무슨 날인지는 마곤에게 전혀 중요한 사항이 아니었다. 전날 저녁 내내 고민하던 마곤은 아침이 되자마자 선예에게 전화를 걸었다.

"사건이 끝난 게 아니에요! 탐정님이 또 사라졌다니깐요! 제가 행적을 못 밝힌 날짜가 있다고 했잖아요. 정기적인 수요일 6시 외출. 그런데 또 말없이 사라져버린 거예요!"

"그래? 이거 이상하네."

"아직 가장 큰 의문은 전혀 풀리지 않았잖아요! 탐정님이 왜 나한테 작전을 숨기는가. 어쩌면 목사의 이적 사건 자체가 은폐용인지도 몰라요!"

"설마 그러기야 하겠니. 수요일마다 애인이라도 만나러 가는 게 아닐까?"

"그거 진심으로 하는 소리예요?"

"아니."

선예는 까르르 웃는다.

"오늘 다시 모일래? 이따 저녁때 소희 언니랑 만나기로 했거든. 내가 일하는 카페 드 비뉴로 와봐."

"네. 왠지 허탈하네요. 다시 처음부터 생각해야 할지도 모르니까."

"그게 탐정의 일 아니겠니. 진실은 하나! 니까. 탐정님은? 지금 자리에 없어?"

"자고 있어요. 우리 기상 시간 아시잖아요."

"넌 되게 일찍 일어났네?"

"그야 잠을 제대로 잘 수 없었으니까요. 일요일 날 집에 돌아와서 내가 캐물었잖아요. 왜 그렇게 말도 안 하고 싸돌아다녔냐. 그러니까 그땐 수사 방식이 너무 비논리적이라서 그런 모습을 보이고 싶지 않았다고 둘러댔거든요. 납득은 가지 않았는데 그러려니 했죠. 그런데 어제 또 사라지다니요! 분명히 뭔가가 있어요. 나한테 감추는 무언가가."

"알았어, 알았어. 그럼 이따 와서 얘기하자. 크리스마스 파티까지 겸해서!"

"지금 이 일에 관심 없어진 거 맞죠?"

선예는 대답 없이 웃기만 했다.

일이 없을 때 재건은 지독하리만큼 방 안에 처박혀서 나올 생각을 하지 않는다. 그래서 무슨 핑계를 대고 선예에게 갈까 고심하던 차에, 재건이 먼저 나갈 준비를 마치고선 말했다.

"사실 난 크리스마스이브에 약속이 있는 남자였지. 집 잘 보고 있게나, 제자여. 산타클로스가 오면 안부 전해주고."

점심시간이 막 지난 즈음이었다. 재건은 이번에도 별다른 행적을 밝히지 않았다. 마곤은 잠시 고민하다 다이어리에 외출 시각을 메모했다.

마곤은 약속 시간에 맞춰 선예가 일하는 카페로 가보았다.

—어디니?

도착하기 직전에 선예에게서 문자가 왔다.

—지금 역에서 내렸어요.

—뛰어와! 파티 시작했어.

마곤은 역시나, 하고 중얼거렸다. 어쨌든 크리스마스이브다. 중학생의 대책 없는 고민보다야 파티가 우선이겠지. 그래도 뭐 이야기 정도는 할 수 있을 것이다. 크리스마스 파티는 처음이었지만 가끔 그렇게 노는 것도 결코 나쁜 일은 아니니까. 마곤은 또래에 비해서도 상당히 비관적인 축에 속했지만 그래도 재건처럼 엉뚱하게 기념일에 원한 같은 것을 갖고 있지는 않다. 사실 무언가를 즐겨본 적도 별로 없지만. 이놈의 탐정. 날 도대체 어떤 청소년으로 키운 거야?

학교를 다니지 않기 때문에 또래 문화도 모르고 무엇이 평범한 중학생인지도 모른다. 재건이 가르치는 것들, 탐정에 관한 것이나 세상사라든가 매 분기마다 읽게 하는 책이라든가 이따금 늘어놓는 장광설 등은 확실히 중학생 수준을 넘어서는 것들이다. 덕분에 마곤은 일찌감치 청소년의 일반적인 감성은 졸업해버렸다. 그런데 그게 과연 좋은 걸까? 재건은 종종 말했다. 너를 지상 최강의 중학생으로 만들겠다. 의미는 잘 모르겠지만 정말로 그렇게 될지도 모른다고 생각했다. 그런데 그게 나에게 좋은 일일까? 마곤은 걸으면서 생각했다.

마침내 상수동 한적한 골목길에 위치한 카페 드 비뉴에 도착했다. 이상하게도 카페의 불은 꺼져 있었다. 장소를 잘못 알았나? 습관적으로 모이는 장소가 이곳이니 무심코 여기서 모인다고 생각했을지도 모르는 일이다. 마곤은 다시 문자를 확인했다. 약속 장소는 틀리지 않았다.

마곤은 선예에게 전화를 걸어보기로 했다. 문 앞에 서서 번호를 찾고 있는데 차임 소리를 내며 현관문이 열렸다. 고개를 들자 선예와 무방비하게 눈이 마주치고 말았다.

"어맛!"

선예는 황급히 문을 닫고 안으로 들어간다.

"저, 저기요!"

마곤은 뒤따라 뛰어들려 했지만 문이 닫히고 말았다. 마곤은 문을 두드렸다.

"뭐 하는 거예요!"

"기다려봐! 아까 톡 했을 때 역에서 내렸다며!"

"네! 근데요!"

안에서 왁자지껄한 소리가 들린다. 마곤은 한 발짝 물러나 팔짱을 끼고 기다렸다. 서프라이즈라 이거지? 한 번도 크리스마스 파티를 겪어본 적 없는 나한테 이런 선물이라니. 전혀 기대도 못 해본 일이었다. 딱히 바라지도 않았지만. 그래도 기뻤다. 들어가면 가능한 한 기뻐해줘야지. 뻔했다. 재건도 없이 이런 이벤트를 꾸몄을 리가 없다. 이제야 재건의 행동이 이해되기 시작했다. 지금까지 크리스마스에 적대적이었던 언사, 12월 한 달 동안 자신을 떼어놓았던 것들. 사실 이 이벤트를 위한 것이었다. 크리스마스 파티를 선물해주려고.

"하하. 벌써 눈물이 나면 안 되는데."

코끝이 시큰해졌다. 하지만 참아야지. 깜짝 파티를 들킨 것도 우스꽝스러운데 문을 열기도 전에 질질 짜며 들어가면, 그보다 우스운 일도 없을 것이다.

"지금 연다!"

선예의 목소리가 들리고 문이 열렸다. 그와 동시에 불이 켜졌다. 갑자기 환해진 탓에 잠시 앞을 볼 수 없었다. 불이 켜지는 그 순간은 단지 선예가 앞치마를 입었다는 것밖에 알 수 없었다. 그리고 요란한 폭죽 소리가 따닥따닥 하고 들려왔고 마곤은 색종이 가루를 뒤집어썼다.

"생일 축하해!"

여러 사람이 외치는 소리. 마곤은 눈을 비볐다. 그리고 다시 그 안을 보았다. 마곤은 잘못 들은 게 아닌가 의심했지만 카페 내에 붙은 "HAPPY BIRTHDAY"라는 장식을 보면서까지 의심할 수는 없었다. 선예와 소희, 카페 종업원인 두리와 마스터, 그리고 카운터에 걸터앉아 한쪽 무릎을 세우고 있는 김재건까지.

마곤은 어리둥절할 수밖에 없었다. 마곤은 카페 한가운데에 놓인 자기 키만 한 케이크까지 볼 수 있었다.

"저기, 생일이라뇨?"

"자, 설명해주시죠, 탐정님!"

선예는 재건을 향해 손을 펼쳤다. 재건은 한 손으로 앞머리를 쓸어 올리며 말했다.

"이것은 전부 예견된 일이었단다. 넌 나의 치밀하고 위대한 음모에 빠져버린 거지."

"이번만큼은 좀 제대로 하시지!"

선예는 슬리퍼를 날려 재건의 얼굴에 명중시켰다. 짝, 하는 소리가 카페 내에 울려 퍼졌다.

"선예, 나이스 샷! 똑바로 하라고요!"

소희도 말했다.

재건은 슬리퍼의 충격을 못 이기고 카운터에서 내려왔다. 얼굴을 문지르며 재건은 말했다.

"으으, 나 이런 거 못 한다고."

"연습했잖아욧!"

"그냥 대본 읽듯이 말하면 되는 거예요."

재건은 여자들에게 밀려 앞으로 나왔다. 두 사람을 둘러싸고, 얼굴들이 벙글거리고 있었다. 이런 분위기는 재건이나 마곤이나 익숙하지 않았다.

"쳇."

재건은 바닥을 보며 괜히 뒤통수를 긁적인다.

"뭐."

하고 운을 뗀다.

"말하자면……."

하며 머뭇거린다.

"빨리빨리 좀 하라고옷!"

하고 날아오는 나머지 슬리퍼에 뒤통수를 얻어맞는다.

"알았어, 알았어! 하면 되잖아!"

재건은 뒤통수를 문지르며 주위를 힐끗거리다 헛기침을 하고는 드디어 본격적으로 입을 연다.

"뭐, 이제까지 넌 생일도 모르고 살았으니까. 그냥 네가 나한테 처음 온 날을 생일로 정했다. 어차피 생일을 자기 맘대로 정하는 사람은 없잖아. 불만 있냐?"

"으이구. 끝까지 저러네요."

선예의 핀잔.

"네가 내 행적을 궁금해할 것은 알았지만 미행까지 하고 교회까지 찾아올 줄은 정말 몰랐어. 그 점은 칭찬해주지. 그렇다면 몇 가지 궁금점이 생겼을 텐데 알려주도록 하지. 사실 목사의 이적 사건은 어쩌다 알게 된 거야. 너한테 주려고 케이크를 만들려고 매주 수요일 제빵학원에 다니는데 거기 강사님이 이상한 얘기를 하는 거야. 교회 목사님이 막 병자 고치고 그런다고. 그래서 수사에 들어간 거지."

그러고 보니 처음 보는 얼굴이 있었다. 삼십 대 후반은 되어 보이는 남자였다. 마곤과 눈이 마주치자 그는 눈인사를 했다.

"교회 같이 다니고 그러면 강사님도 만나고 그럴까 봐 일부러 넌 떼놓고 다녔어. 네가 거기 나타났을 때 들키는 게 아닌가 했지 뭐야. 그냥, 오래전부터 생일은 만들어주고 싶었어. 하는 김에 확실히 하고 싶었고. 케이크도 내가 처음부터 끝까지 다 만든 건데, 어, 너 왜 그래?"

마침내 마곤은 참을 수 없었다. 마치 봇물 터지듯이 눈물이 쏟아져 나왔다. 지금까지 단 한 번도 생일상을 받아본 적이 없었다. 따뜻한 가정이나 친구들의 환대, 평범한 축하 인사 같은 것은 꿈도 꾸지 않고 살아온 한 평생이었다. 마곤은 처음으로 목 놓아 울었다. 왠지 눈물을 참을 수 없었다. 아니, 참고 싶지가 않았다.

그날은 마곤이 태어나서 맞이하는 첫 생일이었다.

작가 후기

안녕하세요. 두 번째 단행본으로 찾아뵙는군요! 이래저래 어수선한 시절입니다. 제 소설이 여러분의 일상을 조금 베어 먹은 소일거리가 되어줬다면 글쟁이로서 그보다 보람찬 일은 없을 거예요. 자, 이제 각자의 삶으로 돌아갈 때입니다. 작가의 말도 끝. 여러분 다음에 또 만나요!

선예 벌써 끝이에요? 이렇게 짧은 작가의 말을 본 적이 없어요.

어라, 지금 작중 인물이 작가의 말에 침범하고 있는 건가요?

선예 작가님도 소설 속으로 침범했잖아요! 그런데 무사하시네요?

하루 그렇다면 저도 이렇게 등장인물로 등장해버리지요! 반갑습니다. 우리가 직접 마주하는 것은 처음이네요.

선예 독자들이 헷갈려 한다고요. 지금 캐릭터로서 등장한 거예요, 아니면 작가로서 등장한 거예요?

하루 뭐 어떤가요? 그렇게 말하는 선예 님도 본문에 등장하는 인물과 동일 인물이라는 보장이 없잖아요.

선예 그러고 보니 그러네요. 분량이 적어서 후기에라도 나와 내심 기뻤는데 그렇게 생각하니 딱히 좋아할 일이 아니었어요.

하루 모든 게 그렇지요. 원작 있는 영화와 원작의 관계도 그렇잖아요. 영화에서는 원작의 인물을 그대로 모사하는데 사실 그 둘은 세계관을 공유하지 않아요. 전 예전부터 그게 불만이었다니까요. 『삼국지』만 해도 역사랑 소설이랑 다르고 소설이랑 다른 미디어믹스랑 다른 거잖아요. 그런데 사람들은 어느 정도 그걸 연결 지어 본단 말이에요. 조금 이상하지 않아요?

선예 잠깐, 지금 작가의 말 본문보다 길게 말하신 거 알아요?

하루 너무하시네요……. 지금 캐릭터의 동일성 이야기를 하고 있잖아요. 중요한 철학적 문제라고요. 역시 이 주제를 회피하고 싶으신 모양이군요.

선예 지금 처음부터 끝까지 저언부 엉망이라구요.

하루 그보다 취직은 하셨나요? 전작에서 알바로 먹고 산다고 하셨던 것 같은데.

선예 뜬금없이 참견질!

하루 걱정 마세요. 저도 선예님 나이보다 훨씬 뒤까지 무직이었거든요.

선예 아니, 위로도 필요 없거든요. 그보다 내 설정 만든 게 댁이면서!

하루 아아, 그렇게 되는 건가요?

선예 하…… 그 인간이 왜 태어났나 알 것 같네요.

하루 하하. 그래도 반가웠어요. 앞으로 우리가 마주칠 일이 없을 것 같아서 등장시켜봤어요. 그래도 중요하게 이름 등장하는데 이대로 헤어지긴 아쉬우니까요.

선예 이 작품집은 등장인물 뒷얘기야 아무래도 상관없잖아요.

하루 그것도 그렇긴 하죠. 하지만 누구나 못다 한 이야기가 있는 법이니까요. 지나가는 인물이라 하더라도요.

선예 제가 등장한 작품인 「아이돌이 너무 많다」와 「나이트메어 오브 크리스마스」는 《미스테리아》에 수록된 작품인데 거기서 이 이상한 탐정 이야기를 처음 본 분도 많으실 거예요. 거기서 제 고민 같은 것은 이야기해봐야 군더더기만 되겠죠.

하루 선예님이 등장하지 않은 「어느 공화주의자의 죽음」이나 「하나, 둘, 셋, 넷」, 「웃는 탐정」도 먼저 공개된 작품이었죠.

선예 그 사건들이 전부 실제로 일어난 일들인가요? 그러니까, 일관된 타임라인 속에서요.

하루 아마 그럴 거예요.

선예 아마라뇨!

하루 하지만 그런 거 신경 쓰지 않아도 상관없는걸요. 잊어버리고 있다가 나중에 또 나오면 그때 다시 만나는 거죠.

선예 에구구. 대충대충이라 해야 할지. 처음 공개되는 나머지 작품들도 비슷한 시간대인 거죠?

하루 네. 재건이 선예 님을 만나고 난 뒤 약 일 년 정도의 이야기랍니다.

선예 잠깐, 그런데 한 명 은근슬쩍 끼어든 사람이 있지 않나요?

하루 어라, 누구였죠? 여사님이었나?

선예 소희 언니 말이에요! 여사님은 원래부터 알고 있던 사람이잖아요.

하루 아아, 그러고 보니. 소희 님이 계셨죠. 소희 님과는, 음, 조금 이전에 좀더 거창하고 복잡한 사건으로 만났을 거예요, 아마.

선예 아마라뇨! 똑같은 말 반복하게 하시네요.

하루 그야 아직 쓰지도 않은 이야기에서 등장하니까요.

선예 아이고야……. 작가님은 그런 캐릭터들 설정 하나하나를 정해두는 편?

하루 그렇기도 하고 아니기도 하고요. 하지만 이미지가 뚜렷한 편이 쓰기에도 좋아요. 그리고 쓰기 좋아야 읽기에도 좋더라고요. 선예 님도 가끔 느끼지 않나요? 아, 내가 살아 있구나. 단지 활자로만 존재하는 등장인물이 아니라 정말로 살아 있는 사람이구나.

선예 '지나가는 의뢰인 1'보다는 비중이 높긴 하죠. 으쓱.

하루 의뢰가 아직 다 안 끝났기도 하지만요.

선예 하지만 다 끝났더라도 전 자주 탐정 사무실에 놀러 갔을 거예요.

하루 그럴 것 같아요! 제가 선예 님을 좋아하는 이유라니까요.

선예 히. 작가의 편애 캐릭터가 공식적으로 밝혀지는 건가요?

하루 그럼요! 잠깐, 그런데 뭔가 이상하지 않나요?

선예 뭐가요?

하루 조금 전에는 공기가 두 사람만 있는 것보다는 따뜻했다가 지금 급격히 식어가고 있어요. 마치 보이지 않는 존재가 옆에 있다가 싸늘한 황천의 냉기를 내뿜는 것처럼요.

선예 잠깐, 우리 그거랑 관련된 사람을 하나 알잖아요! 그런데 알 것 같기도 하고 모를 것 같기도 하고?

하루 맞아요. 그런 게 있던 것 같은데. 뭐였지? 갑자기 머릿속이 하얘지네요. 혹시 능력자의 공격일까요?

선예 간섭계 능력자가 있다고 들었어요. 주변 사람들의 인식에 관여할 수 있는 능력 말이에요.

하루 그렇다면 정말 무서운 일이군요. 아아, 우리의 운명은 어떻게 되는 걸까요?

선예 빨리 막을 내리는 게 좋겠어요. 후기도 너무 길어지면 보기 안 좋다고요.

하루 그래요. 우리 동시에 퇴장합시다. 소설이 이래서 좋다니까요. 온갖 무대 효과나 그래픽이 글 한 줄로 처리되니까요.

선예 그러게 말이에요. 하나 둘, 짠! 하면 우리 동시에 퇴장하는 건가요?

하루 제가 셀게요. 동시에 사라지자고요. 자, 하나, 둘…….

선예 안녕!

마곤 이 인간들 일부러 나 없는 것처럼 굴고 있지! 난 아무 능력도 안 쓰고 그냥 옆에 앉아 있었는데!

옆에 누가 앉아 있는지 아무 언급 안 함으로써 독자의 눈을 속일 수 있다는 것도 소설의 묘미지요.

그럼, 진짜로 안녕!

박하루

수록 작품 발표 지면

어느 공화주의자의 죽음 …… 미스테리아 21호(2018년 11월)

아이돌이 너무 많다 …… 미스테리아 25호(2019년 7월)

하나, 둘, 셋, 넷 …… 미스테리아 29호(2020년 3월)

웃는 탐정 …… 미스테리아 34호(2021년 4월)

나이트메어 오브 크리스마스 …… 미스테리아 38호(2021년 11월)

민트초코 살인 사건 …… 미공개 단편

나는 범인이 아니다 …… 미공개 단편

고양이 콧수염의 동기 …… 미공개 단편

셋이 먹다 둘이 죽어도 …… 미공개 단편

시체가 너무 많다

초판 발행 2022년 5월 10일

지은이 박하루

책임편집 지혜림 ı **편집** 임지호
디자인 김마리 최미영 ı **저작권** 박지영 형소진 이영은 김하림
마케팅 정민호 이숙재 한민아 김혜연 이가을 박지영 안남영 김수현 정경주
브랜딩 함유지 함근아 김희숙 정승민
제작 강신은 김동욱 임현식 ı **제작처** 상지사

펴낸곳 (주)문학동네 ı **펴낸이** 김소영
출판등록 1993년 10월 22일 제2003-000045호
임프린트 엘릭시르

주소 10881 경기도 파주시 회동길 210
문의 031-955-1901(편집) 031-955-3578(마케팅) 031-955-8855(팩스)
전자우편 editor@elmys.co.kr ı **홈페이지** www.elmys.co.kr

ISBN 978-89-546-8625-9 03810

엘릭시르는 출판그룹 문학동네의 브랜드입니다.